# 나비의 입맞춤

# *Butterfly Kisses*

최정열 소설집

Adam Choi

도서출판 청어

# 나비의 입맞춤

# Butterfly Kisses

최정열 소설집

Adam Choi

# 작가의 말

글을 쓴 지 30년이 훌쩍 넘었습니다. 여러 편의 단편, 중편, 장편을 썼고, 영문소설도 몇 편 쓰고, 논픽션도 써 왔습니다. 그런 와중에 장편소설을 우리글과 영문으로 많이 발표했는데, 중·단편 선집을 내는 것은 이번이 처음입니다. 나름대로 역사, 종교, 인간의 본연성, 그리고 사랑 등에 대해 글을 썼지만 아직도 부족한 면이 많은 편입니다.

이 책의 출판을 위해 물심양면으로 수고하고 고생해 주신, 소설가 김중태 선생님께 감사함을 표합니다. 출판하는데 도움을 주신 청어출판사 대표님과 직원 여러분께도 고마움을 표합니다. 그리고 이 책을 읽어주실 독자님들께도 감사의 말씀을 드립니다.

앞으로도 꾸준히 글을 쓰면서 더욱 좋은 글로 여러분을 만나게 된다면 영광이겠습니다. 감사합니다.

**미국 캘리포니아에서**

**최정열**(Adam Choi)

# 차례

# 검은 훈장

땅덩어리가 이글이글 끓어오른다. 새빨간 태양의 열기가 그대로 땅 위를 그슬리고 그 열기는 세상을 녹여버릴 듯이 교정에 가득 차 있다. 케이는 이마에 흐르는 땀을 손등으로 씻어 내면서 교실 밖을 불안한 기색으로 훔쳐본다. 분명히 있었다. 다리를 절면서 허름한 작업복을 입고 땟국이 줄줄 흘러내리는 머리는 마치 일부러 누가 뽑아버린 듯이 절반쯤이 빠져 있다. '왜 왔을까?' 케이는 안절부절못하고 밖을 훔쳐보다 아무래도 뒷문으로 나가야겠다는 결심을 한다. 다른 학생들의 눈에 띄면 어쩔까 망설이기도 해봤지만 우선 이 순간은 벗어나야만 했다.

살금살금 뒷문으로 빠져나가려는데 담임선생이 케이를 발견했다.

"케이, 네 아빠가 밖에서 기다려."

그 순간 케이는 뒷문을 향해 달렸다. 허름한 몰골 모습의 아빠가 불렀다. 아빠가 부르는 소리에 더욱 창피해진 케이는 그대로 도망쳐 뜨거운 열기 속으로 몸을 숨겼다. 작은 골목은 왠지 모르게 케이를 안심시켰다. 세상에서 이렇게 숨어버렸으면 좋겠다는 생각이 든다. 케이는 숨을 크게 들이쉬었다. 시간이 조금 지나자 스텔라와 자넷이 골목으로 다가왔다.

"케이, 왜 그렇게 도망갔어?"

케이는 다른 학생들도 모두 아빠를 보았다는 사실을 알고 창피함에 입술을 깨물었다. 그녀의 하얀 피부 때문인지 입술이 빨갛게 부풀어 보였다. 스텔라와 자넷이 케이의 마음을 짐작했는지 더 이상 묻지 않았다.

"케이, 맥도날드 갈래?"

케이는 어디든지 가고 싶었다. 아무도 모르는 곳으로. 그래서 자기의 생활에서 훌연히 벗어나고 싶었다. 맥도날드 가게는 더위를 식히려는 사람들로 북적였다. 케이는 이맛살을 찌푸렸다. 케이는 사람들이 많은 곳이 싫었다. 자신의 구차한 모습을 그들이 왠지 알아차릴 것 같았기 때문이었다. 스텔라와 자넷이 그런 케이의 표정을 보고는 눈치를 살폈다.

"다른 데 가자."

스텔라가 말하자 자넷도 고개를 끄덕였다. 자넷이 차라리 자기 집으로 가자고 했다. 자넷의 집에는 밤까지 아무도 없을 것이었다. 케이가 말이 없자 자넷이 케이의 작고 여린 손을 잡아끌었다.

자넷의 집도 케이의 집처럼 엉망이었다. 페인트가 벗겨진 벽은 속의 상처를 다 내보이며 신음을 뿜어내고 있는 것 같았다. 문을 열 때 삐꺽하는 소리가 마치 아프다고 비명을 지르는 것 같았다. 다행히 집안에서는 술 냄새같이 퀴퀴한 냄새가 나지 않았다. 케이는 유난히 술 냄새를 싫어했다. 그것은 바로 주정꾼 아빠의 냄새이기 때문이었다. 인생 패배자의 역한 냄새. 그녀는 절대로 아빠처럼 인생 낙오자는 되고 싶지 않았다.

자넷이 냉장고를 뒤져 콜라와 과자를 가져왔다. 스텔라가 콜라병을 케이에게 주었고, 케이는 콜라를 병째 들로 꿀꺽꿀꺽 들이마셨다. 케이가 콜라병을 자넷에게 넘겨주자 자넷도 병나발을 불었다.

"자넷, 스텔라. 생각해 봤어?"

스텔라는 아직 마음의 결정을 하지 못했는지 아무 말도 하지 않았고, 자넷은 고개를 끄덕였다.

"케이, 네가 간다면 나도 갈 거야."

케이는 자넷의 말을 듣고 고개를 끄떡였지만 스텔라에게 강요할 마음은 없었다.

"딱 3년만 갔다 오는 거야. 그리고 그 다음에 직장을 잡구."

스텔라가 걱정스러운 목소리로 말했다.

"요즘은 무조건 이라크에 보낸다는데…."

"이라크에 가더라도 나는 갈 거야."

케이는 아주 단호하게 말했다.

"여자가 군대 생활이 쉽지도 않을 텐데 전쟁터에 가겠다는 거야?"

"나는 지금 생활이 지긋지긋해."

케이는 지긋지긋한 아빠에게서 우선 벗어날 수만 있다면 무슨 짓이라도 하고 싶었다. 여자가 아무리 군인 생활이 어렵다고 해도, 지금의 생활보다는 나을 것 같았다. 케이는 다 허물어져 가는 건물 뒤로 돌아갔다. 건물 뒤쪽에 붙어있는 작고 게딱지 같은 창고가 바로 케이의 집이었다. 그곳도 집주인이 케이 아빠의 사정을 봐주기 때문에 들어 사는 것이었고, 언제든지 나가라면 나가야만 했다. 그러나 어차피 다른 사람이 들어오지도 않을 방이다 보니 집주인은 그냥 눌러살도록 해주는 것이었다.

방문을 살짝 열었다. 퀴퀴한 곰팡이 냄새와 역한 술 냄새가 풀풀 풍긴다. 아빠는 술에 취한 채 곯아떨어져 있을 것이다. 그것이 아빠의 삶이었고, 바뀐 적이 없는 케이네의 생활이었다. 케이는 아빠가 깨어날까 봐 살금살금 기어 나와 합판으로 대충 막아놓은 자기 방으로 들어가려고 했다. 그런데 갑자기 말소리가 케이의 발걸음을 붙잡았다.

"이제 들어오니?"

케이는 아빠와 어떤 이야기도 하고 싶지 않았다. 그래서 아무 말도 하지 않고 그대로 방으로 들어가자 아빠는 다시 불렀다.

"이리로 와서 앉아봐라. 할 얘기가 있다."

"그냥 하세요."

케이는 선 채로 이렇게 대답했다.

"꼭 군대에 가야 하겠니?"

하마터면 케이의 입에서 큰소리가 나올 뻔했다. '그래요! 아빠가 없는 곳이라면 지옥이라도 가겠어요.' 하고.

"힘들 거다. 특히 너 같이 아직 어린 소녀에게는."

아빠의 목소리에 왜 물기가 묻어날까? 생전 처음 들어보는 그런 목소리. 아빠는 절대로 이런 목소리를 내지 않았다. 케이는 갑자기 눈물이 울컥 솟아오를 것 같아서 그냥 문을 열고 방으로 들어갔다. 냄새나는 침대에 누운 케이의 눈에서 엄마의 모습이 떠올랐다. 평생 병 때문에 일어서지도 못했던 엄마. 케이는 눈물을 훔치며 잠을 청했다.

입대 시험 점수는 그런대로 잘 나왔다. 함께 가겠다는 스텔라와 자넷은 보이지 않았다. 모병관이 다가와서는 케이에게 미소를 보였다. 모병관의 말은 케이가 시험을 잘 보았으니 원하는 병과에 지원할 수 있다고 말했다. 케이의 기분은 날아갈 것만 같았다. 그 지겨운 지옥에서 해방될 수 있게 되었다. 그런데 문제가 있었다. 케이는 아직 18살이 되지 않았으니 부모님의 입대 동의 사인이 필요하다는 것이다. 케이는 그 말을 듣고는 미간을 찌푸렸다. 18살이 되려면 아직 2개월이 더 남았다. 그렇다고 2개월을 더 기다릴 수는 없었다. 하루라도 아니 한 시간이라도 빨리 집에서 나가는 것이 케이의 목적이었으니 말이다.

케이는 아빠에게 서류를 집어 던지다시피 건넸다. 아빠

는 술에 취해 몽롱한 시선으로 서류를 바라보았다. 사인해 달라고 간단하게 말을 던졌다. 그리고는 냉정한 표정을 얼굴에 흘리며 방으로 들어갔다. 그러면서도 케이는 아빠가 사인을 해주지 않으면 어떻게 하나 무척 걱정했다. 만약에 아빠가 사인을 해주지 않는다면 사인을 가짜로라도 해야 한다는 마음을 굳게 먹었다.

아침에 일어나자마자 서류를 먼저 보았다. 다행히 아빠는 사인해 놓았다. 케이는 서류를 들고 밖으로 나가려는데 자는 줄 알았던 아빠가 눈을 감은 채 말했다.

"졸업식은 해야 하지 않겠니?"

졸업식에 참석하지 않아도 졸업장은 나왔다. 이미 수업은 끝났으니 말이다. 케이는 아무 말도 하지 않고 그대로 밖으로 나왔다. 그런데 이상하게 마음이 서늘한 느낌이 드는 것은 웬일일까?

일이 이상하게 꼬이고 있다. 분명히 독일로 간다는 옵션을 받았는데 이라크로 파병된다는 소문이 돌았다. 기본 훈련을 마치고 병과 교육을 받는데 그런 소문이 돈 것이다. 벌써 이라크에서는 많은 전사자와 부상자들이 나왔고, 미군들은 이라크에 가는 것을 두려워하고 있었다. 어떤 병사는 아예 탈영한다는 말까지 나왔다. 케이는 불안한 소문을 들어도 두려워하지 않았다. 이제 아빠에게서 탈출했기 때문이었다. 다시 집으로 돌아갈 수는 없었다. 독일이건 이라크건 간에 여기서 끝을 봐야만 했다.

독일 11연대 기갑부대 전체가 이라크로 파병이 되었다. 독일행이 자연히 이라크행이 된 것이었다. 케이는 병과 교육을 마치고 바로 자대 11연대 기갑부대 보급병으로 발령이 났다. 이제 할 수 없이 이라크 전선에 가야만 했다. 병과교육 졸업식에 많은 군인 가족이 몰려와서 졸업을 축하하고 있었지만 케이는 아무도 없었다. 케이는 그것이 오히려 마음이 편했다.

"헤이, 박 이병. 졸업한 소감이 어때?"

교관이 케이의 어깨를 툭 치며 미소를 짓는다. 케이는 순간적으로 그에게 경례를 붙이는데 그 옆에 누군가가 서 있었다. 가슴이 덜컥 내려앉았다. 왜 그 순간에 술 냄새를 맡았을까? 아빠의 모습, 정말이지 아빠는 형편없는 술 중독자의 모습이다. 양복을 입고 있었지만 몸에서 술 냄새가 풀풀 풍기는 것만 같았다.

"박 이병, 아빠와 함께 내가 이야기 좀 할 수 있을까?"

교관이 도대체 아빠와 무슨 이야기를 할 것이 있단 말인가? 케이는 이런 생각을 하면서도 아빠와 어색하게 함께 있는 것보다 그것이 나을 것 같아 밖으로 나갔다. 교관은 아빠에게 이상한 태도를 보였다. 마치 그가 아빠와 굉장히 친한 것 같은 느낌을 주고 있었다. 하긴 이제 전쟁터로 나가는 자식을 둔 부모에게 교관이 그런 행동을 보이는 것은 당연한 일인 터였다.

케이는 노골적으로 아빠를 외면했다. 거친 피부와 잘 깎지 않아서 마치도 쥐가 뜯어 먹은 것 같은 수염, 번들번들 땟국이 흐르는 머리카락. 빨갛게 변한 코. 절룩절룩 비정상인 걸음걸이가 케이의 신경에 거슬렸다. 아빠는 몽롱한 눈빛으로 케이에게 다가왔고, 케이는 등을 돌린 채로 있었다. 아빠는 잘 다녀오라는 단 한마디만 했다. 아빠의 그런 한마디가 케이는 왜 그렇게 서럽게 들렸는지 모를 일이었다. 그 말을 해주고 난 아빠가 등을 보이며 절뚝거리는 발걸음으로 멀어지자, 케이는 그때까지 참았던 눈물이 한꺼번에 쏟아졌다.

병과 교육장에서 바로 군용항공기로 이동된다고 했다. 케이는 더플 백을 손에 쥐고 트럭에 오르려고 했다. 그때 교관이 다가와서 손을 잡고 아빠를 위해 무사히 다녀오라는 인사말을 했다. 교관은 여태까지 케이를 박 이병이라고 불렀는데 이상하게 이번에는 '케이'라는 이름을 불렀다. 하지만 그런 것을 생각할 여유가 없었다. 케이는 트럭에 올랐다. 이제 아무도 모르는 자신만의 세상으로 떠나야만 했다.

무지막지한 열기와 사막의 모래바람이 케이를 괴롭혔다. 특히 방탄복에다 중무장은 정말로 조그만 소녀의 몸으로는 견디기 힘든 무게로 눌러댔다. 철모 아래로 내려뜨린 검은 머리카락은 군복과는 어울리지 않아 보였다. 그리고 손으로 들고 있어도 무거운 방탄복은 케이의 힘으로 지탱하기도 힘들어 보였다. 그러나 참고 이겨야만 했다. 언제 어느 곳에서 총탄이 쏟아질지 몰랐고, 갑자기 나타나는 적군들의 기습은 간담을 서늘하게 했다.

지급된 MRE(Meal ready to eat: 비상식량. 흔히 C-레이션이라고 했음)를 까먹다가도 총소리가 나면 그대로 팽개치고 땅바닥에 납작 엎드려야 했다. 사람이 두려웠다. 특히 사막지대를 지나가다 나타나는 사람들은 거의 적군이었다. 미군들은 적군에 시달리면서 또 사고에 시달렸다. 하지만 정말로 고통을 주는 것은 기후였다. 기후에 익숙하지 않은 외부인을 모두 말려 죽이겠다는 듯이 낮에는 온몸을 까맣게 태워버릴 것 같은 열기가 살갗을 지져댔고, 밤에는 손이 곱을 정도의 매운 추위가 엄습했다. 도대체 왜 이런 나라에 들어와서 이런 전쟁을 치러야 하는지 이해할 수가 없었다.

여러 종류의 인종들이 모여 있는 미군도 이상하기는 마찬가지였다. 어떤 병사는 전쟁에 미쳐 있었다. 총을 들고 마치 컴퓨터 게임을 하듯이 방아쇠를 당겼고, 어떤 병사는 자신이 영웅이라도 된 것처럼 멋진 포즈를 취하곤 했다. 병사들이 전쟁에 겁을 먹고 있는 것도 사실이었다. 총소리가 나면 납작 엎드려 덜덜 떨고만 있는 병사들도 있었다. 케이는 이런 여러 인종의 군대에서 어떻게 하든 살아서 돌아가야 한다는 생각이었다.

흙으로 대부분 지어져 있는 앙상한 몰골의 이라크의 집

들. 흙으로 벽돌을 만들어서 지었기에 오래된 집들은 부석부석 먼지를 내면서 무너져 내렸다. 그것은 흙으로 지었기 때문이 아니라, 태양과 세월의 무게를 이기지 못해 부서져 내리는 것이었다. 케이의 소대는 인적이 없는 인가를 하나하나 수색해 나갔다. 목이 말랐다. 강렬하게 타는 태양이 그대로 케이를 말려 죽일 듯이 쏟아지고 있다. 케이는 손을 허리로 돌려 수통을 잡았다. 바로 그때 아무도 없던 인가에서 사람의 그림자가 나타났다. 케이는 황급히 총을 바로 잡으려고 했지만 이미 때는 늦었다.

탕 탕 탕탕…

총소리가 마치 먼 모래바람 속의 웅장한 장송곡처럼 들렸다. 케이는 몸을 웅크렸다. 엄마가 떠오르는 것이 아니라 아빠의 초췌한 모습이 떠오른다.

"일어나, 이 바보야."

누군가가 케이를 발로 걷어찼다. 케이는 꿈에서 깨어나듯 눈을 떴다. 태양이 신기루와 같아 보인다. 죽은 것이 아닌가 보다. 케이는 자기를 발로 찬 병사를 쳐다봤다. 그의 총구에서 아직도 흘러나오는 화약 연기가 정신을 혼미하게 만든다. 그것은 음악의 운율과도 같이 느낌이었다. 케이는 자신의 몸을 더듬거렸다. 벌집처럼 총구멍이 나 있을 것 같던 몸이 멀쩡하다. 벌집이 나 있는 적병의 몸에서 피가 붉은 피가 분수처럼 솟구치고 있다.

"물을 마시더라도 으슥한 곳에서 마시면 안 된단 말이

야.”

케이를 구한 병사는 화약 냄새가 나는 총을 오른손으로 바꿔 들고 그녀에게 손을 내밀었다. 케이는 그 손을 잡고 일어나다 멈칫했다. 그의 손도 자기 피부와 똑같은 황색이었다. 악수를 하는 그의 손에서 강인한 근육질이 느껴졌다. 따라서 강인한 생의 의지가 풍겼다.

“난 킴이라고 해.”

케이는 킴의 계급을 보았다. 스텝 서전(Staff Sergeant: 하사)이었다. 케이는 그의 손에서 느껴지는 인생의 중압감을 느꼈다. 마치 절대로 무너지지 않은 거대한 바위 같은 느낌. 그는 천천히 사막의 모래바람을 막으려고 얼굴에 썼던 스카프를 벗었다. 그의 얼굴을 바라보는 순간 케이는 가슴이 뭉클한다. 머나먼 이국땅 전쟁터에서 동족을 만나는 반가움과 동시에, 군인이라는 동질의 믿음이 이렇게 굳은 의지가 될 줄은 미처 몰랐다. 킴은 강인한 전투병이었다. 여태까지 한 번도 느껴보지 못한 굳센 사나이, 동시에 아빠의 냄새를 느끼고 있었다. 역한 패배자의 술 냄새에 비하면 킴의 냄새는 너무나 강인한 남성의 냄새였다.

“자, 다음에 보자. 박 이병.”

킴은 싱긋 미소를 짓고 밖으로 사라졌다. 케이는 갑자기 세상이 한차례 확 뒤바뀐 느낌이 들었다.

같은 소대로 편입된 김 하사는 스쾃 리더(분대장급)였다. 그는 벌써 상당한 전투 경험이 있는 것처럼 보였다. 케이는 그에게 고맙다는 인사도 제대로 하지 못하고 벙어리 같이 굴었나 싶었다. 케이는 저녁에 김 하사 천막으로 찾아갔다. 김 하사는 총기를 손질하다 고개를 들었다. 케이의 가슴이 뛰어댔다.

"어, 그래. 박 이병. 거기 앉아."

김 하사는 예의 그 강인한 인상으로 아무렇지도 않다는 듯이 케이에게 자기 간이침대의 한쪽 끝을 내주었다. 케이는 멈칫거리다 침대 걸터앉으면서 흘끗 김 하사를 살펴보았다. 모래바람에 약간 거칠어진 피부는 오히려 철갑처럼 느껴진다. 총기 손질하기 위해 걷어 올린 근육질의 팔이 기계처럼 움직이고 있다.

"너는 이번에 입대했지? 그래 군대 생활은 견딜만해?"

케이는 고개만 아주 조금 끄덕였다. 왜 그런지 그의 앞에서 자꾸만 자신이 작아지는 것처럼 느껴졌다.

"너 같이 어린 소녀에게는 힘들 텐데."

"고마워요."

케이는 거의 들리지도 않을 만큼 작은 소리로 말했다. 그 말을 듣고 김 하사는 손질하던 총기를 옆으로 치우고 케이를 쳐다보았다.

"뭐가?"

"아까 낮에."

"잊어버려. 하지만 같은 실수를 저질러서는 안 돼. 알았지?"

케이는 고개를 끄덕였다. 김 하사가 MRE를 하나 잡아서 북 뜯는다. 보통 힘이 세다는 미국 병사들도 저렇게 뜯어내지 못하는 특수 비닐 포장이었다. 그는 봉지 안에 손을 넣어 안에 있는 과자를 꺼내 케이에게 건네주고 저도 하나를 입에 밀어 넣고는 우적우적 씹었다.

"한국 사람이지요?"

"그렇지. 너도 한국 사람이지?"

케이는 조금 대답을 망설였다. 아직 한 번도 한국 사람이라고 생각한 적이 없었기 때문이다.

"한국 사람은 자신이 아무리 한국인이 아니라고 부정해도 한국 사람일 뿐이야."

케이는 그의 말이 무슨 뜻인지 얼른 감이 잡히지 않았다.

"어떻게든 살아남는 것이 한국인의 특징이야. 너도 어떻게든 살아남아야 해. 알았지?"

"케이예요."

비로소 케이는 자신의 이름을 그에게 말해본다.

"그래. 나는 경호라고 해. 김경호."

케이는 그 이름을 찬찬히 되뇌어 보았다. 그의 이름이 강한 의미를 띠고 케이의 가슴속에 뱅뱅 맴돌았다.

적이 대대적인 기습을 단행하였고, 미군은 즉각적인 집중포화를 퍼부었다. 전쟁은 이미 승리했다고 몇 년 전에 발표가 났지만, 그것은 잘못된 발표였다. 전쟁은 그 발표가 난 순간부터 다시 시작되었고, 누구의 승리도 패배도 없이 계속되고 있었다. 이제 미국은 이라크에서 철군할 준비를 서두르고 있었다. 월남전에서와 마찬가지로 이 전쟁도 승리하기는 어려울 것 같았다.

"찰리 컴퍼니(Charlie Company: C 소대. 미군에서는 A, B, C, D를 각각 알파, 브라보, 찰리, 델타 등으로 표기한다) 집합!"

또다시 어디론가 이동이 있거나 순찰이 있는 모양이었다. 케이는 알파 스쾃(A squad: A 분대)분대를 인솔하고 떠나는 김경호를 눈으로 따른다. 아니 그녀가 막사에서 그를 만났던 이후로 케이의 눈은 항상 그를 찾아 헤맸다. 그는 다른 사람의 마음을 포근하게 해주는 뭔가가 있었다. 여태까지 케이의 기억에 새긴 남자는 오직 패배자인 아빠뿐이었다. 하지만 아빠와는 달리 그는 강인했고, 용기가 있었고, 또한 승리를 쟁취하기 위한 남자였다. 마침내 케이의 분대도 다른 분대를 따라 이동하기 시작했다.

가도 가도 끝이 없는 황무지 사막이다. 마치 신의 저주를 받은 땅인 양, 자연의 혜택을 전혀 받지 못한 버림받은 땅이었다. 먼지가 일면 그대로 코와 눈에 마구 들어오기 때문에 보호 안경을 쓰고 스카프를 코 위로 뒤집어써야만 했다. 앞쪽에 인가가 보였다. 인가가 보인다는 것은 위험이 있다는 신호와도 같았다. 인가가 보이자 순간적으로 바로 위험에 노출된 상황인 것처럼 모두 긴장하면서 길 양쪽 옆으로 우선 몸을 숨겼다. 한 분대가 지형지물을 이용해서 낮은 포복으로 전진하고 다른 분대가 극도로 경계하면서 다시 그 뒤를 따랐다. 언제 적군의 재래 포탄 공격이 있을지 모른다. 항상 적군은 재래식 무기로 미군을 등 뒤에서 괴롭혔다. 끝나지 않을 것 같은 공격과 저항은 이념이나 종교가 살아있는 한 절대로 없어지지 않을 듯싶었다.

인가로 가까이 들어서는데 갑자기 커다란 폭발음이 들렸다. 부비트랩이라는 것에 누가 걸렸을 것이다. 처절한 비명이 들렸고, 미군들은 혼비백산해서 그 자리에 몸을 납작 엎드렸다. 그 순간을 시작으로 포탄이 마구 쏟아지며 케이의 옆에서도 폭탄이 떨어지면서 불꽃놀이를 하는 듯이 총알이 시뻘건 불꽃으로 날아온다. 머리만 내밀면 그대로 불꽃 탄알에 구멍이 뚫릴 판이다. 미군들의 응사가 시작되고, 곧바로 지원병력을 요청하는 무전 신호가 요란하게 울린다. 이내 미군의 폭격이 시작되었다. 천지를 뒤흔드는 굉음과 화염이 충천했다. 이곳이 바로 지옥이었다. 저주받은 땅에서 일어나는 지옥의 향연이랄까.

한 차례의 폭격이 지나가자 적군의 대항이 한층 수그러들었다. 돌격 명령이 떨어졌고, 분대는 자세를 낮추고 건물을 향해 돌진했다. 그때 케이의 발밑에서 끼익, 하는 소리가 들렸다. 옆에 있던 병사가 케이에게 비명 같은 소리를 질렀다.

"움직이지 마!"

그 일순 케이는 온 세상이 깜깜해졌다. 곳곳에 적군이 지뢰를 매설했지만 케이는 자신이 밟으리라고는 생각하지 못했다. 아무런 생각도 할 수 없이 온몸이 후들후들 떨렸다.

분대원들은 삽시간에 멀리 떨어져 나갔다. 지뢰가 만약 터진다면 케이는 물론, 다른 병사들도 부상당할 것이었다. 분대장이 다급히 지뢰 해체 반을 소리쳐 불렀다. 워낙 급박한 상황이라 서로의 대화도 불분명했다 케이는 얼어붙은 상태에서 문득 아빠 생각이 났다. 아빠의 모든 상황이 이런 것은 아니었을까? 하나같이 자신들의 안전을 위해 아빠를 배척했기 때문에 사회로부터 고립된 아빠였다는 생각이 찾아들었다. 그녀는 갑자기 눈물이 났다.

"케이, 그대로 있어. 절대로 움직이면 안 돼!"

케이에게 친숙한 목소리가 들려왔다. 그 목소리만 들어도 마음에 놓였다. 김 하사가 대검을 들고 다가왔다. 그는 대수롭잖아 보였지만, 케이는 파들파들 떨고 있었다.

"케이, 노래를 불러봐, 아는 노래를 부르라구."

김 하사는 케이의 발밑에 대검을 대고 조심스럽게 찔러 나갔다. 케이는 노래를 부르려고 했지만 노래고 뭐고 아무것도 생각나지 않았다.

"내 고향으로 날 보내주~"

김 하사가 이렇게 노래를 시작하자 케이는 조금 용기를 내어 노래를 따라 불렀다. 노래를 하자 약간은 편안해지는 느낌이었다.

"오곡 백화가 만발하게 피었고…."

노래를 부르면서 케이는 아빠가 살고 있는 허름한 창고 방을 생각했다. 왜 갑자기 창고 방 집이 그리워질까? 아빠의 주름 깊게 파인 얼굴. 술 냄새. 그것들이 케이의 머릿속으로 잉크처럼 번져나갔다.

"잠시만 있으면 돼! 알았지, 케이?"

그때 앞서간 분대원들과 적들의 교전이 다시 시작되고 폭탄이 쏟아져 작렬했다. 그 순간 바로 옆에 폭탄이 떨어지고 케이는 몸을 바싹 웅크렸다.

"안돼, 움직이지 마?"

클릭 소리가 들리고 김 하사가 케이를 거세게 밀었다. 케이는 갑자기 몸이 붕 떠오르는 것을 느꼈다. 폭발이 요란했다. 세상을 온통 집어삼키고 침묵시켰다. 아무것도 보이지 않았다. 세상은 마치 검은 먹칠을 해 놓은 것 같았다. 케이는 자신이 암흑 속에 갇혀 있었다. 여기가 어딘가? 지옥? 죽어서 지옥에 온 걸까? 누군가의 목소리가 들린다. 요란한 아우성이었다. 적군과 아군이 백병전을 벌이면서 미친 듯 질러대는 고함과 비명을 지르는 부상자들의 절규 같은 것이었다.

"박 이병, 정신이 드나?" 하는 소리에 케이는 몸을 일으키려고 하는데 누군가 만류했다.

"그대로 있어. 자네는 많이 다쳤다구."

처음으로 생각나는 것이 김경호 하사였다. 그는 어떻게 되었을까?

"김 하사님은?"

아무런 대답이 없다. 케이는 울컥 눈물이 솟구쳤다. 전신이 떨렸다. 그녀는 그저 흑흑 흐느껴 울었다. 잠시 후에야 어색한 말소리가 귓전에 들려왔다.

"살아있네."

그 말이 무척 고마워 케이는 손을 내밀었다. 그녀의 손을 군의관이 손을 꼭 잡아주었다. 케이는 김경호가 살아있다는 사실이 한없이 고마웠다. 그의 얼굴이 머릿속에 계속 떠올랐다.

케이는 바그다드에 있는 미군병원에서 본국으로 이송되었다. 케이는 왜 병원에서 자신의 머리에 감긴 붕대를 풀지 않는지 알 수가 없었다. 몸은 그래도 괜찮은 것 같았는데 미국으로 이송하는 것을 보아서는 자신이 큰 부상을 당했던 모양이었다. 그런데 더 이상한 것은 아무리 김 하사를 만나게 해 달라고 해도 그가 오지 않는 것을 보면 그 역시 부상을 당한 것 같기만 했다. 아무튼 케이는 머리에 감고 있는 붕대가 갑갑하기 짝이 없었다. 김경호를 보고 싶어 미칠 것 같았다. 미군병원에 이송된 뒤로도 케이는 김경호를 찾았지만 김경호에 대한 소식은 아무도 알려주지 않았다. 며칠 후에 병실 문 열리는 소리가 들리고 누군가가 말한다.

"박 이병, 누가 찾아왔어요."

그 말을 듣는 순간 케이는 가슴이 두근거리기 시작했다. 여기에 찾아올 사람은 김경호 하사뿐이었다. 케이는 강인한 목소리의 김경호가 자신의 이름을 불렀을 거란 생각을 했다. 그런데 술 냄새가 났다. 누군가가 케이의 병상 옆에 앉았다. 케이는 그가 누군지 알아차렸다. 작은 울음소리가 들려왔다. 냄새도 역겹지만 흐느끼는 울음소리가 신경을 자극했다. 아빠의 못나고 지겹도록 피곤한 패배자의 울음소리….

"왜 오셨어요?"

케이는 퉁명스럽게 소리쳤다. 하지만 아빠는 아무 말도 없이 그저 옆에 앉아 흐느끼고 있었다.

"가세요. 나도 곧 다시 군대로 돌아갈 거예요."

케이의 마음이 미칠 듯이 답답했다. 아빠가 옆에 있다는 자체가 싫었다. 그때 옆에서 누군가가 말했다.

"박 이병, 자네는 이제 집으로 돌아가야 하네. 그래서 아빠가 오신 거야."

"뭐라고요, 내가 왜요?"

"자네는 지뢰의 파편으로 두 눈을 다 잃었네. 명예제대를 하는 거야."

갑자기 가슴이 콱 막힌다. 이게 무슨 소리란 말인가? 실명이라니?

"노, 노! 노! 아냐! 아니라구."

케이는 몸부림을 쳤다. 몸부림치는 케이를 위로하려고 아빠가 케이의 손을 잡았다. 케이는 아빠의 손을 거세게 뿌리쳤다.

"싫어! 안 돼!"

케이의 울부짖음과 몸부림은 영원히 끝나지 않을 것처럼 병실을 울렸다. 아빠의 흐느낌이 더욱 커졌다.

그 이후 케이는 생활이 싫었다. 아빠가 해주는 밥도 먹지 않았다. 이제 그녀는 술을 마시기 시작했다. 눈이 없으니 어디에 갈 수도 없는 그녀는 술만 마셨다. 아빠가 옆에 있다는 것이 더욱 케이를 괴롭혔다. 차라리 죽고만 싶었다. 이렇게 사는 것은 죽음보다도 못한 것이었다. 정부에서 나오는 적은 생활비와 혜택으로 근근이 연명할 수는 있지만 이렇게 사는 것은 케이가 원하는 것이 아니었다.

케이는 자신이 아빠를 닮아간다고 생각한다. 술주정뱅이가 되어서 술 냄새를 푹푹 풍기면서 골방에 갇혀 있는 것이다. 자신이 가장 혐오했던 아빠처럼 자신도 이제 완전히 술주정뱅이가 되어있었다. 케이의 아름답던 소녀의 모습은 더 이상 존재하지 않았다. 남은 것은 아빠와 같이 술 중독자로서 인생 패배자의 모습뿐이었다. 정부에서는 케이에게 재활 훈련을 통한 새 삶의 방법을 권유했지만 케이는 아무것도 하기 싫었다. 아빠가 싫듯이 정부도 싫었다. 모든 것이 그들의 탓이었다. 아빠가 없었다면 케이가 군대에 갈 이유도 없었고, 또 군대에 가지 않았다면 실명할 이유도 없었다. 모든 것이 아빠 탓인 것만 같았다. 그녀는 아빠와 모든 것을 원망했다. 왜 자신의 목숨을 가져가지 않고 두 눈만 가져갔냐고 몸부림을 쳤다.

그렇게 원망하고 절규하다 그녀는 술을 마셨다. 이렇게 하루하루를 살다가 죽으면 그뿐이라는 생각이 들었다. 아빠가 옆에 있으면 케이의 원망은 더욱 심해졌고, 아빠를 죽이고 싶도록 미워했다.

며칠 동안 아빠의 모습이 보이지 않았다. 케이는 그래도 허전하지 않았다. 아니 오히려 홀가분했다. 만약에 케이의 인생에 아빠가 없었다면 더 나은 삶을 살 수 있을 거라는 생각도 들었다. 술을 마시려는데 노크 소리가 들렸다. 아무도 집에 찾아올 사람이 없었다. 케이는 아무 대답도 하지 않았는데 문이 덜컥 열리고는 한 사람도 아닌 몇 명이나 되는 사람들이 안으로 들어오는 것이 느껴졌다.

"케이, 아니 박 상병. 우리는 군인병원에서 왔네."

군인병원에서 왜 케이를 찾아왔을까? 누군가 한 명이 케이에게 무엇을 건넨다.

"훈장이네. 그리고 2계급 특진이야."

그게 무슨 대수로운 이야기일까? 케이는 콧방귀를 뀌었다. 2계급 특진이 아니라 백 계급 특진이라도 기쁘지 않을 것이다. 케이는 그저 자기에게 건네진 훈장을 아무 의미

없이 만지고 있었다.

"그리고 더 좋은 소식이 있네."

케이에게 더 좋은 소식이 있을 턱이 없었다. 그런데 군의관이 하는 말이 그녀의 가슴을 찡 울렸다.

"자네에게 안구 이식 수술을 하기로 했네."

안구 이식 수술? 그렇다면 다시 햇빛을 볼 수 있다는 말이었다. 그녀의 손가락이 기쁨으로 파르르 떨렸다. 군의관은 수술을 위해서 지금이라도 입원하자고 했다. 그 말을 듣자 케이는 정신이 펄쩍 들었다. 만약에 다시 세상을 볼 수만 있다면 펄펄 날아갈 것이다. 너무나 흥분하고 기뻐서 케이는 자신의 두 손을 꼭 모아 잡았다.

수술 경과는 아주 좋았다. 케이는 붕대를 풀기 전에 벌써 희미한 빛을 볼 수 있을 정도였다. 군의관들이고 옆에 있던 간호병들도 마치 자신들의 일인 양 너무나 기뻐했다. 케이는 차마 말도 하지 못하고 그저 흐느껴 울 뿐이었다. 감사하단 말도 입에서 나오지 않았다. 비록 하나의 눈이었지만 그녀는 뚜렷하게 사물을 볼 수가 있었다.

케이가 퇴원하는 날. 병실에서 나오다 그녀는 어색하게 미소를 짓는 한 남자를 보면서 심장이 멈출 것만 같았다. 온몸의 핏줄기가 모조리 머리로 쏠리는 것처럼 아찔한 느낌이었다. 김경호? 그가 케이를 보고 어색한 미소를 던지고 있었다. 말이 생각나지 않았다. 그저 의미만 느낄 뿐이다. 약간 정신을 차린 케이는 무작정 달려가 그에게 안겼다.

"어어, 넘어지겠다."

한참 그의 품에 얼굴을 묻고 흐느끼다가 케이는 이상한 냄새를 느꼈다. 술 냄새? 케이가 느꼈던 김경호의 냄새는 강인한 남성의 냄새였다. 그런데 왜 아빠와 같은 인생의 패배자에게 나는 술 냄새가 그에게서 날까 이상했다. 고개를 들어서 그의 얼굴을 보자, 그는 예전의 그 얼굴이 아니었다. 강인한 표정은 전혀 보이지 않고 오히려 뭔가에 주눅이 든 그런 표정이었다. 그의 강철 같은 팔뚝도 온데간데없이 그저 나약해 보이기만 했다.

"가지. 어디서 식사라도 함께 하자."

그의 말소리도 허약하게 들렸다. 마치 생기를 잃은 껍데기만 있다는 느낌이 든다. 왜 이런 느낌이 들까. 케이는 고개를 저어보았다. 케이가 어리둥절하고 있는 사이에 김경호는 케이의 앞으로 걸어갔는데, 걷는 그를 보면서 갑자기 울음이 터져 나왔다. 마치 아빠의 걸음걸이처럼 절뚝절뚝 걷는 그의 두 다리는 모두 의족이었다. 케이가 김경호의 뒤에서 울음을 터뜨리자 김경호는 다시 그녀에게 절뚝절뚝 다가와서는 그녀를 꼭 껴안았다.

"미안해요, 정말 미안해요."

"쉬, 쉿! 아무 말 하지 마."

케이는 그냥 그에게 안겨서 실컷 흐느껴 울었다.

케이는 이제는 술을 끊고 열심히 일했다. 그녀의 하나밖에 없는 눈에서는 의지의 빛이 가득 차 있다. 처음에는 한 눈으로 사물에 초점을 맞추기 어려웠지만 그래도 작은 아파트에서 자신만을 기다리는 김경호를 생각하면서 열심히 일했다. 저녁에 일을 마치면 김경호에게 맛있는 저녁을 해주기 위해 분주하게 장을 보고서는 집에 들어왔다. 김경호도 예전의 그 강인한 빛을 찾지는 못했어도 그래도 많이 나아졌다. 전쟁의 상처는 쉽게 사라지지 않는다. 하지만 그것을 극복하는 것은 의지의 힘이었다. 김경호도 술을 끊고 집에서 나름대로 일에 몰두하고 있다. 그런데 케이가 들어와도 쳐다보지도 않는다.

"무슨 일을 그렇게 열심히 해요?"

그러나 김경호는 대꾸도 하지 않았다. 케이가 삐진 척을 하면서 김경호의 곁으로 다가가자 김경호는 갑자기 케이의 얼굴 앞에 바싹 무언가를 들이밀었다.

"뭐예요?"

"후후후, 풀어 봐!"

케이는 작은 포장지를 뜯고서 상자를 열다가 그만 가슴이 콱 막혀와서 눈물을 글썽였다.

"케이, 나와 결혼해 주겠어?"

케이는 아무 말도 할 수 없어서 그저 그의 품에 꼭 안겼다. 멀리서 찾았던 행복은 행복이 아니라 행운이었다. 하지만 행운은 누구에게나 다가오는 것이 아니다. 곁에 있는 행복을 찾는 것이 먼 데 있는 행운을 찾는 것보다 더 기쁜 일이었다.

결혼식은 군의관들과 관계자들, 그리고 옛 친구인 스텔라와 자넷도 찾아왔다. 막 결혼식이 시작되려는데 김경호가 케이의 손을 잡고는 굳은 표정이 되었다. 케이는 그런 그의 표정이 불안했다. 무엇을 물어보기도 겁이 났다. 김경호는 마침내 결심했다는 듯이 말했다.

"아빠도 모셨어."

그 말에 케이는 전에 나쁜 기억이 떠오르며 당황한다. 아빠는 술 냄새를 풍기면서 인생 패배자의 모습으로 다리를 절뚝이며 결혼식에 들어와 기쁜 결혼식을 망칠 것이다. 다시는 케이의 인생을 아빠의 삶과 결부시키지 않겠다고 얼마나 결심했던가? 케이가 김경호와 함께 아파트로 나올 때까지도 아빠는 집에 나타나지 않았었고, 케이는 오히려 그것이 잘된 일이라고 생각했었다. 김경호에게 아빠의 모습을 보이는 것은 죽기보다도 더욱 창피했었다. 그런데 어떻게 김경호가 아빠를 알고 또 아빠를 결혼식에 모셨단 말인가? 갑자기 아빠를 생각하니 짜증이 났다.

"왜요?"

케이가 소리치는데 김경호는 작은 목소리로 속삭였다.

"나도 이렇게 되고 난 후에 이 세상을 원망했지. 심지어는 케이 너까지도 원망했어. 그때 내게 남은 것은 아무것도 없었어. 술에 절어 살면서 한탄만 하고 살았는데 내게 보내온 편지 한 통이 나에게 용기를 주었어. 그 편지가 너를 만날 자신을 주었던 거지."

케이는 그가 무슨 소리를 하고 있나 그저 그의 얼굴만 빤히 쳐다보았다.

"그레나다 전쟁(Grenada War)에서 다친 분의 편지였어. 그는 그때 전쟁영웅이라고 신문에 대서특필 되었지. 고립된 한 분대를 살리고는 자신은 다리를 잃었어. 명예제대를 하고 살다가 폐인이 되었지. 그래. 명예제대의 훈장은 빛나는 것이 아니었어. 검은 훈장인 셈이지. 그런데 폐인이 되어 살던 어느 날 그에게 한 여자가 찾아왔지. 그녀도 그레나다 전쟁에서 군인으로 있던 여자였는데, 그의 이야기를 듣고 그를 찾은 거야. 그 여자는 그에게 힘을 주었고, 그는 다시 그 여자를 통해 삶을 되찾았던 거지. 그 여자와 결혼해서 아이를 하나 낳았는데, 아이를 낳다가 자신에게 새 삶을 준 그 여자가 병에 들게 되었어. 그리고 그 여자가 시름시름 몇 년을 앓다가 병으로 죽은 거야. 아내가 죽자 그는 다시 살 이유를 느끼지 못했어. 술을 마시기 시작했고 그는 다시 폐인이 되었지. 딸 하나를 키우며 간신히 정부 보조를 받으며 술로 세월을 보내며 세상을 살았던 거야."

"그런 이야기는 왜?"

"그런데 그분이 그 딸을 위해서 하고 싶은 일이 있다는 거야."

김경호의 눈에 이상하게 눈물이 고였다. 케이는 그의 눈에 고이는 맑은 액체를 이해하지 못하는 눈빛으로 쳐다보았다.

"딸을 위해 눈을 하나 바치겠다는 것이었어."

"뭐라고요!"

케이는 마치 악이라도 쓰듯이 소리를 질렀다.

"그분은 이 말을 절대로 하지 말라고 했지만… 영원히 비밀로 할 수가 없었어. 미안해!"

케이는 아무런 말도 할 수 없었다. 그저 온몸이 세상에 붕 떠서 빙빙 도는 것 같았고, 모든 것은 현실이 아닌 꿈과도 같은 느낌이었다.

결혼식이 시작되어도 케이는 움직일 수가 없다. 주위에서 사람들이 그녀를 부축해서 일으켰다. 그 순간 군의관들과 군인들이 모두 일어나 막 식장으로 들어서는 한 사람을 향해 경례를 붙였다. 그 사람은 결혼식장으로 절뚝이며 들어섰고, 김경호도 그에게 경례를 붙였다. 하나밖에 없는 눈으로 그 사람은 자기가 청하지도 않은 자리에 불청객으로 찾아왔다는 어색한 미소를 지었을 뿐이다. 케이의 눈에 그 사람의 가슴에 단 훈장이 검은색으로 아른거리다 이어 푸른빛을 내는 것 같이 보였다.

# 나비의 입맞춤(Butterfly Kisses)

바람은 건조한 고독의 냄새를 가득 안고 달려든다. 수많은 얼굴을 지닌 숱한 바람의 냄새들. 고독을 운명이라고 말한다면 그것은 너무 지독한 상상일 것이다. 하지만 운명만큼 고독한 것은 없다는 사실은 진실일지도 모른다. 명진은 이런 생각을 하면서 먼 사막을 바라보았다. 끝없이 펼쳐진 사막. 생명이 없다고 말하는 사막에는 그런 사람들의 말을 우롱이라도 하듯 아름다운 야생화가 피어있다. 불어오는 바람은 먼지의 향기를 허공에 날리며 사막의 삭막한 풍경을 연출해 낸다. 먼지의 향기는 명진에게 예전의 추억을 되살리며 아롱다롱한 꽃무늬로 장식을 했다. 먼지의 냄새를 향기로 느끼는 사람은 별로 없을 것이다. 가슴에 고독이 치밀어 오를 때 퀴퀴한 모습으로 어둠 속에서 다가오는 그 지독한 향기. 그것은 강한 고독을 겪은 사람만이 느낄 수 있는 아픔의 향기였다. 먼지의 향기는 짧은 순간의 운명처럼 고독에 몸부림치는 사람에게 잠깐 머물다 스러지고 가슴에 짙은 여운을 남겨놓는다.

야생화의 주위에 벌들이 어둠 속을 날아다니는 상념과도 같이 날아다닌다. 벌들의 날갯짓이 비명처럼 명진의 가습으로 다가왔고, 벌들은 안간힘을 쓰며 매몰찬 야생화 주위를 앵앵하고 날아다닌다. 치열한 생존경쟁에서 살아남으려는 듯, 얼마 되지 않은 사막의 야생화는 꿀을 지키기 위해 꽃잎을 닫으려고 애를 쓰고 있다. 그리고 다시 이는 고독한 운명을 닮은 바람 줄기. 야생화에 머무르려는 벌들은 바람결에 내쳐 달콤함을 포기한 채 다른 곳으로 날아가 버린다. 호랑나비 한 마리가 바람을 타고 시름에 겨워 날아온다. 사막의 바람에 시달린 나비의 넓은 날개는 기운을 잃고 안타깝게 야생화에 몸을 얹었다.

명진은 그 장면을 눈을 가늘게 뜨고 쳐다본다. 어둠에 빛나는 별처럼 명진의 가슴에서 걷잡을 수 없는 추억의 물결이 몰아쳤다. 그의 눈에 한 여자가 풀밭을 뛰어다니는 것이 비친다. 그녀가 보이자 그는 그녀를 잡기라도 할 듯이 손을 내밀어 보지만 여자는 퍽 하고 깨져 날개만 남은 나비처럼 날아갔다. 잡을 수 없는 환상은 그의 가슴에 한을 남겨놓을 뿐이다. 명진은 눈을 감고 가쁜 숨을 내쉬며 이미 깨어져 조각난 환상을 다시 꿈꿔본다. 그런 그를 조롱이라도 하는 것처럼 사막의 바람이 그의 얼굴을 때렸다.

삶이란 꿈을 좇는 현실인가 아니면 현실을 좇는 꿈인가? 둘 다일 수는 없다. 어떤 사람에겐 꿈을 좇는 현실이지만 명진에게는 삶이 현실을 좇는 꿈이었다. 꿈은 항상 달콤한 모습으로 나타나서는 흉측한 현실로 깨어진다. 그리고 그 현실의 끝에는 항상 고독이 도사리고 있었다. 사막에 길이 열려 있다. 그 길을 따라 명진은 마약에 취한 듯이 몽롱한 눈빛으로 차를 몬다. 사막에 그어진 길은 마치 엉성한 미술가의 불규칙한 구도처럼 이리 비틀 저리 비틀 춤을 추고 있었다.

대개의 정신병원들이 그렇듯이 명진이 다니는 병원도 흉물스럽게 흰색으로 포장되어 있었다. 명진에게 흰색은 정말이지 흉물스러운 색깔이었다. 모든 것을 덮어버리면서 자기만 교묘히 아름다운 모습을 내세우는, 그러면서도 모든 것을 배타적으로 인정하지 않는 그런 가장무도회의 가면 같은 색깔이다. 명진은 그 색깔이 싫었고, 또 그곳에서 일하는 것이 싫었다. 하지만 그것은 그가 선택한 직업이기도 했다.

"닥터 한, 12호실의 환자입니다. 약간의 유포리아(Euphoria: 다행감. 무조건 유쾌한 정서를 가진 쾌락적 정서의 첫 단계. 뭐든지 낙천적이며 마음 편한 즐거움을 느낀다. 하지만 정신병이 진행되면서 의기양양에 취하는 2번째 단계를 지나 기고만장에 이르게 된다. 어떤 때에는 심한 우울증을 수반한다.) 증세와 또 환시 장애(Visual Disorder: 환각인 Hallucination보다는 약하지만 정신 장애의 일종이다. 때로 단순하게 불빛이나 불꽃 등 빛을 보게 되는 현상이다.)가 있습니다."

간호사의 말을 들으면서 명진은 차트를 들고 천천히 복도를 걸어갔다. 단순 일색인 벽들. 어딘지 모를 긴 관을 통해서 다른 세상으로 들어가는 착각이 든다. 명진은 12호실

앞에 섰다.

"빌어먹을."

그는 조용하지만 강하게 소리쳤다. 12호실. 완전하다는 의미. 그것이 무슨 소용이 있겠는가? 명진은 그 12라는 숫자도 싫어했다. 그 숫자는 신의 뜻으로 알려진 완전한 부호. 그렇기에 인간의 모든 것은 12로써 완성되었다. 12달, 12시간, 12지신, 12제자 그리고 그에 파생한 360이란 숫자도 끔찍한 음모처럼 느껴졌다. 완벽하지 못한 명진에게 완벽을 가장하며 다가오는 그 숫자들. 명진은 이렇게 생각하면서 병실 안으로 들어섰다.

여자가 파란 옷을 입고 있다는 것이 그래도 안정감을 주었다. 만약에 붉은 옷이나 하얀 옷을 입고 있다면 명진은 정말로 미칠 것이다. 여자는 그저 창밖을 쳐다보고 서 있었고, 명진은 차트를 펼치며 말했다.

"닥터 한입니다."

하지만 여자는 그대로 등을 돌린 채로 창밖만 바라보고 있었다. 여자의 두 어깨에서 이상하게 나비가 날아오르는 느낌이 든다. 명진은 그런 느낌이 들었다고 생각하자 순간적으로 숨을 멈추었다. 다시 나비가 그의 눈앞에서 하늘하늘 춤을 추어댔고, 그가 그 나비를 잡으려고 손을 내미는데 나비는 그가 손을 내밀자 산산조각으로 부서져 허공으로 사라져 버렸다. 일종의 환시였던가? 명진은 크게 숨을 내쉬면서 다시 정신을 가다듬고 말했다.

"우선 검진을 해야겠습니다."

하지만 여자는 그대로 창밖을 바라보다가 조그맣게 말했다.

"나비예요. 빛 속에서 나비들이 헤엄을 치고 있어요."

여자가 이렇게 말하자 명진의 머릿속에 모든 생각이 지워져 버렸다. 그저 그의 눈은 환각에 취한 것처럼 나비를 쫓고 있었다. 그는 자신이 환자인 것처럼 흐느적거리며 걸어가 자신도 모르게 여자의 옆에 섰다. 창밖에는 주차장에 몇 대의 차가 서 있을 뿐이다. 그런데 이상하게도 여자가 그렇게 말했기 때문인지 수없이 많은 나비가 보였다. 나비들은 꽃이 만발한 들판으로 날아다니고 아름다운 불꽃들이 나비들의 날개에서 마구 산란하고 있다.

"아름답지 않아요?"

여자의 말에 명진은 숨을 죽였다. 어째서 나비들이 저렇게 많이 날아다니는 걸까? 저 나비들은 어디서 왔고, 또 무슨 의미를 지니고 있을까? 명진은 이렇게 생각하며 한참 동안 여자와 함께 창밖을 바라보고 있었다. 방에 노크 소리가 나면서 그 환각은 퍽 하는 연기와 함께 사라지고 명진은 제정신으로 돌아왔다.

"닥터 한, 전화 왔습니다."

간호사가 진료실 밖에서 말하자 명진은 놀라서 약간은 큰소리로 말했다.

"메시지 받아 놓으세요."

명진의 눈에 더 이상 나비가 보이지 않았다. 그저 덩그러니 주차된 차량 몇 대만이 보일 뿐이다.

여자가 진료 의자에 앉는 행동이 수없이 많은 세월이 걸리는 느낌이다. 그녀의 동작은 하나하나씩 끊어져서 마치 무성영화의 한 장면 같았다. 명진은 의자에 앉아서 빤히 자기 눈동자를 쳐다보는 그녀를 보고 눈을 다시 감았다. 그녀의 눈동자에 나타난 그 깊숙한 의미. 그것을 감당해낼 마음의 여유가 없었기 때문이다.

"송은영이에요."

"예, 송은영씨."

명진은 은영의 말을 듣고서야 환각에서 깨어난 것처럼 눈을 떴다.

"몇 가지 질문을 드리겠습니다, 송은영씨."

명진은 다급히 몇 가지 질문을 하려고 했지만 은영의 말에 그의 입은 다물어졌다.

"선생님은 버터플라이 키스라고 들어보셨어요?"

그 단어가 맹렬히 달려들어 명진의 가슴을 잔인하게 헐뜯었다. 얼마나 오랜만에 들어보는 단어인가? 버터플라이 키스. 명진의 눈에 나비와 키스를 하는 여자의 모습이 다시 떠오른다. 토끼풀이 지천으로 깔려 있던 풀밭. 그 풀밭에서 뛰놀던 여자는 버터플라이의 키스와 함께 사라지지 않았던가?

"아름답지 않아요? 버터플라이 키스!"

은영의 말은 계속되었다. 마치 혼자서 하는 독백처럼.

"푸른 풀밭에 잠들듯이 누워있는 순백의 여인에게 마법처럼 다가와서는 키스를 남기고 사라지는 나비. 그것은 영원히 잠들라고 하는 주문과도 같아요."

명진은 은영을 진료할 수 없었다. 마치 은영의 말은 마법의 주문과도 같이 명진의 이마에 키스를 남기고 사라진다.

"영원히 자면서 꿈을 꿔요. 불꽃이 하늘에 가득하고 그 불꽃들 하나하나가 나비로 변해서 날아와요. 그리고는 잠든 순백의 여인을 감싸고 하늘로 오르지요. 창공에는 온통 나비뿐이에요."

은영은 마치 온 방에 나비가 가득 찬 것 같은 느낌인지 두 손을 포개어 나비를 손바닥에 담는 시늉을 한다. 명진도 나비를 볼 수 있었다. 그 나비의 키스는 명진에게서 그녀를 완전히 앗아가 버렸지만 그래도 명진은 나비를 본다는 것은 그녀를 추억할 수 있어서 좋았다.

"버터플라이 키스는 그런 뜻이 아니에요, 송은영씨."

명진이 왜 이렇게 은영에게 말했는지 자신도 알 수가 없었다. 유포리아에 빠져 있는 환자에게 치명적인 말이 될지도 모르는 말이다. 자기의 세계에 완전히 빠져 만족감을 느끼는 환자의 환상을 깨는 치료는 치료가 아니라 독약이었다. 하지만 독약도 달콤할 수는 있었다.

"버터플라이 키스는 딸에 대한 아버지의 사랑을 그린 겁니다. 아버지는 자기 아내와 똑같이 닮은 딸의 침대맡에서 옛날이야기를 해주지요. 아버지는 이야기하면서 딸의 머리에 꽂은 꽃에서 나비가 키스를 하는 상상을 합니다. 그런 이야기를 들으며 딸은 커 나갑니다."

은영은 정신병자라고는 생각되지 않을 만큼 이상하고 침착한 표정으로 고요히 명진의 이야기를 듣고 있다.

"16살 때, 딸은 아버지의 입이 아닌 뺨에 키스를 하지요. 이제 딸은 소녀에서 여인으로 변모해 갔던 겁니다."

왠지 모르게 은영의 눈에서 눈물이 반짝 고였고, 명진은 그 눈물에서 찬란히 부서지는 불꽃을 본다. 마치 환시에 걸린 환자처럼. 아니 명진은 언제부터인지 환시 환자였을지도 모르는 일이었다. 자신도 모르게 정신병에 걸린 환자와도 같이.

"결혼식 때, 딸은 아버지 보고 울지 말라고 하며 자신도 눈물을 흘립니다. 아버지의 눈에는 아직도 침대에서 옛날이야기를 듣던 그 딸의 모습이 비치는데, 이제 딸은 영원히 떠나는 것입니다. 버터플라이처럼 날개를 펴고 아버지를 홀로 둔 채 세상을 날아가는 거지요."

명진의 말을 듣던 은영의 뺨 위로 기어이 눈물이 굴러떨어졌다. 허공으로 떨어지는 그 눈물방울은 갑자기 나비의 모습으로 변하며 찬란한 불꽃을 그 날개에서 뿜어냈다. 명진은 그 불꽃의 찬란함에 취해 헉헉거리며 눈물을 흘리는 그녀에게 화장지를 건넸다. 그 순간 은영이 갑자기 명진의 뺨에 키스했다. 헉! 명진은 아무런 말도 어떤 행동도 할 수가 없었다. 마치 전기에 감전된 사람처럼 그저 숨을 멈춘 채 굳어져 있을 뿐이었다. 그의 가슴에는 온통 나비의 날개에서 뿜어낸 빛만이 가득 찼다.

명진은 프론트 데스크에서 간호사에게 차트를 넘기면서 은영을 쳐다본다. 은영은 대기실에 앉아서 타임스를 뒤적이는 남자에게로 다가가다가 갑자기 뒤돌아섰다. 그때 남자가 타임스를 놓고 뒤돌아서는 은영을 못마땅한 눈초리로 쳐다보았다. 은영은 소녀처럼 데스크로 깡충깡충 달려왔다.

"저 선생님, 나비 보러 같이 갈래요?"

너무나 예상치 않았던 그녀의 행동에 다른 사람들이 모두 이상하다는 듯이 쳐다보았지만, 그녀의 입가에는 포만감에 찬 소녀 특유의 미소가 흐르고 있다. 남자가 당황해서는 허겁지겁 그녀에게 다가와 은영의 손을 잡고 조용하지만 불만스럽게 말했다.

"여보, 이제 갑시다."

하지만 은영은 명진의 눈을 똑바로 보며 다시 물었다.

"선생님, 나비 보려 함께 가요?"

그러자 남자는 허둥지둥 은영의 손을 잡아끌었고, 명진은 아무런 대답도 할 수 없었다. 은영은 남자에게 끌려서 뒤를 자꾸만 돌아보면서 안타까운 표정을 지으며 병원 밖으로 사라졌다.

"닥터 한은 환자들에게 너무 잘해주니까 곤란한 상황이 많은 거야."

옆에 있던 닥터 조가 명진에게 이렇게 말했고, 명진은 그것에 대답할 아무런 말도 생각나지 않았다.

"그런데 닥터 한, 요즘도 야생화를 보러 앤텔롭 밸리 사막에 가나?"

명진은 그저 고개만 끄덕이며 다른 차트를 보는 시늉을 했다.

"나비? 그것에 너무 취하지 않는 것이 좋을 거야, 닥터 한."

닥터 조는 명진의 모든 것을 알고 있는 듯이 말했다.

휴식시간에 잠시 휴식을 취하는데 닥터 조가 명진의 사무실로 들어온다.

"닥터 한, 커피 한잔할까?"

"좋습니다, 조 박사님."

닥터 조는 인스턴트커피를 스푼으로 떠서는 커피잔에 넣었다. 그리고는 뜨거운 물을 붓는다.

"아까 그 환자 말이야."

닥터 조는 커피를 가져와서는 책상에 놓으며 말했다. 명진은 파란 옷을 입고 잔잔한 미소를 띤 송은영을 생각했다.

"좀 특이한 케이스야. 다른 닥터들은 단순한 유포리아라고 하지만 내가 보기에는 심각한 우울증(Depression: 슬픔이 감정의 주가 되어 오랫동안 방치될 때 일어날 수 있는 슬픔의 최고조 단계로서 심하면 자살할 수도 있음)이 유포리아에 감추어진 케이스 같아."

명진은 커피를 한 모금 마시고는 물었다.

"어떻게 그렇게 보시지요?"

"그 환자의 아버지가 극심한 고독에 못 이겨 자살했어. 그런데 그 아버지는 그 환자 하나만 키우면서 여태까지 살아왔거든. 딸이 결혼하고 나가자 혼자 남은 아버지는 슬픔과 고독에 빠져 살다가 우울증으로 자살한 거야. 그런 아버지의 자살을 알게 된 그 환자는 죄책감과 아버지를 그리는 그리움, 그리고 그 잔인한 슬픔을 자신의 감정에 새겨놓은 거지. 그러면서 그 환자는 끊임없이 아버지와 대화하는 거야. 자신에게 조그만 관심을 갖는 사람이 있으면 그 사람을 아버지로 보는 거지. 닥터 한도 알다시피 우울증과 자살은 유전일 가능성이 많아."

명진은 왜 송은영이 자신의 말을 듣고 눈물을 흘렸나 이제는 알 수가 있을 것 같았다. 우울증과 자살, 그리고 그 운명적 유전 관계는 정말로 과학으로는 증명할 수 없는 것이란 생각이 들었다.

"그런데 왜 그런 것을 제게 말씀하시는지?"

명진은 닥터 조의 의도가 궁금했다.

"잘 알지 않나, 닥터 한? 플로리다에서 있었던 일."

명진은 눈을 가늘게 떴다. 갑자기 나비가 몰려온다. 그리고 나비와 키스하는 유빈의 모습이 떠올랐다.

"닥터에게 환자는 환자일 뿐이야, 닥터 한. 그 이상의 감정도 그 이하의 감정도 표현해서는 안 돼.”

명진은 눈을 감았다. 진실은 아무도 모른다. 왜 유빈이 그렇게 가야만 했는가를. 어떤 이들은 자살이라고 했고, 어떤 사람들은 명진의 잘못이라고 했다. 명진 자신도 그것이 어떻게 된 것인지 분명하지 않았다.

“그 환자는 여러 의사가 이미 포기한 사람이야. 그래서 로렌스 원장이 닥터 한에게 그 환자를 진료하라는 거야.”

명진은 병원에서 자신을 어떻게 생각하는지 잘 알고 있었다. 어찌 보면 명진도 정신병의 증후가 보였다. 플로리다에서 그 사건이 난 이후로는 그 상태가 점점 심해지는 것도 같았다. 항상 달려드는 나비의 영상. 그것 때문에 그는 플로리다에서 이곳 로스앤젤레스로 이사를 온 것이다. 그런데 왜 원장은 송은영 환자를 명진에게 맡겼을까? 아마 그 환자가 나비에 대한 강한 집착과 환상을 갖고 있었기 때문일까?

명진은 퇴근을 하려는 순간에 자신을 부르는 간호사를 뒤돌아보았다.

“닥터 한, 전화 왔는데요.”

메시지를 받으라고 하려다가 마음을 바꾸었다.

“예, 닥터 한입니다.”

“선생님.”

명진은 전화기에서 나오는 말소리에 가슴이 두근거렸다.

"나비는 꿀만 먹고 살지는 않아요. 나비는 꽃가루도 먹어요."

그 말을 듣는 순간 명진의 심장이 멈추는 것 같았다. 옆에서 간호사들이 표정이 바뀌는 명진을 보면서 이상한 듯이 쳐다보았다. 명진은 재빨리 안색을 바꾸면서 말했다.

"저 지금 퇴근하는 시간입니다. 제 휴대전화로 전화를 거시겠어요?"

명진은 자신의 휴대전화 번호를 주고서 전화를 끊었다. 천천히 주차장으로 걸어 나갔다. 그는 휴대전화를 꺼내 보았다. 하지만 전화는 오지 않는다. 차를 타고 시동을 걸었다. 시동 걸리는 소리가 마치 환청처럼 푸르륵 거렸다. 그것은 고독에 배고픈 환자가 들을 수 있는 굶주림의 소리였다. 그는 차를 몰고 주차장을 나오며 생각에 잠긴다.

얼룩말 독나비. 영어로는 지브라 롱 윙 나비(Zebra long wing Butterfly), 즉 얼룩말 긴 날개 나비란 말이다. 학명은 헬리코니어스 사라(Heliconius sara). 꽃의 꿀과 꽃가루를 먹고 사는 이 나비는 다른 나비들이 대개 한 달가량을 사는 것과는 달리 수명이 6개월이나 된다. 이것은 이 나비가 꽃의 꿀 외에도 꽃가루를 먹기 때문에 수명이 긴 것으로 추정된다.

이 나비는 시계초(Passion flower)라는 식물에 아주 작은 노란색 알을 낳는데 이 식물은 여러 가지 독성을 지니고 있고, 알에서 깨어난 노란색 유충은 시계초를 먹고 자라기 때문에 얼룩말나비는 자연스럽게 독성을 지니게 된다. 미국 남부에 분포하며 특히 미국 플로리다주에 흔한 나비이다.

이 나비가 그 비극을 연출했던 것이다. 정신병이 약간 있던 환자 유빈은 명진을 보자마자 따랐다. 환자와 의사와의 결혼. 그것은 이미 지독한 운명을 예고하고 있었던 것이다. 명진이 병원에서의 일에 미쳐서 집에 돌아오지 않는 날이 많아졌고, 혼자 남아서 명진을 기다리던 유빈은 극도의 환각 상태에서 나비가 되었다.

핼루씨네이션(Hallucination: 환각)은 그녀가 마치 나비가 된 것 같은 착각을 일으키게 했고, 그 착각은 시계초의 꽃가루까지 먹게 만들었다. 그녀는 아무것도 먹지 않았다. 그저 꽃과 꽃가루만을 먹고 나비처럼 살았다. 그리고는 그 꽃과 꽃가루가 그녀를 죽였던 것이다. 그녀의 사인은 독극물에 의한 사망이지만, 그 근본 원인은 명진에게 있었다. 명진은 그녀를 서서히 고독으로 죽게 만들었던 것이다. 명진에게는 일만이 다였다. 집에서 명진을 기다리는 유빈은 할 일이 없었다. 그저 명진을 기다리는 것이 그녀의 일과였다.

명진은 유빈이 죽고 난 후에야 그녀가 임신중독증(Toxemia of Pregnancy)으로 자간전증(Preeclampsia)을 앓고 있었다는 사실을 알았다. 그것이 그녀를 완전한 환각으로 몰았는지 모른다. 명진은 그녀가 죽던 날을 거울을 보듯이 또렷하게 기억했다. 시계초에 날아오던 나비가 방향을 바꾸어 유빈에게 키스하던 순간을. 그것은 자살이었지만 실제로는 명진 자신이 그렇게 몰고 간 타살이나 마찬가지였다. 명진은 유빈을 묻으면서 나비의 키스를 꿈꾸며 태어날 아기도 함께 가슴에 묻었다. 꽃가루를 먹으며 명진의 얼굴을 쳐다보던 유빈. 꽃밭에서 그녀는 매일 춤을 추고 있었고, 나비는 그녀에게 영원한 키스를 했다. 그리고 유빈이 갖고 있던 고독이라는 병은 유전처럼 명진이 물려받았다. 명진의 눈에 깜빡 이슬이 맺힌다.

휴대전화가 울고 있다. 그것은 눈물 없는 절규처럼 명진의 가슴을 짓 뜯어놓는다. 명진은 한숨을 크게 내쉰 다음에 전화를 받았다.

"선생님, 나비가 날아와요. 나비가 제게 키스를 하려고 날아와요."

왜 그 생각이 떠오를까? 유빈이 꽃가루를 먹고 나비가 키스를 하고, 그리고 유빈은 하얗게 쓰러진다.

"안 돼!"

명진은 넋이 나간 모습으로 소리쳤다.

"선생님, 나비는 날아갈 수가 없어요. 날개를 펴는 순간에 이 세상 모든 것은 불꽃으로 변할 거예요."

그 말에서 명진은 급박함을 느낀다. 절대로 극복할 수 없는 절망감, 그것으로 인해 유빈은 서서히 죽어갔던 것이었다.

"어디에요, 송은영씨? 거기가 어디에요?"

은영의 흐느낌 소리가 들려왔다. 그것은 더 이상 날 수 없는 나비의 절망적인 몸부림일 것이다.

"제발 어딘지 알려줘요. 제발!"

명진의 눈에 불꽃이 아롱댄다. 그 불꽃은 점점 커다랗게 뭉쳐지면서 나비로 변했다. 은영의 소리가 그 불꽃에서 형상처럼 나타났다.

"순백의 여인은 버터플라이의 키스에 붉은 선혈을 토하며 죽게 되지요. 나비, 순백, 선혈. 얼마나 멋진 색깔들이에요."

명진은 헉헉대며 생각한다. 시간이 필요했다. 무슨 행동을 해야만 했다.

"송은영씨, 나비가 보고 싶다고 했지요? 나와 함께 나비를 보러 가고 싶다고 했지요?"

"예, 선생님. 나비를 보고 싶어요. 선생님과 함께 나비를 보고 싶어요."

은영이 관심을 보이는 말투였다. 명진은 약간 숨을 돌리면서 물었다.

"어디서요? 송은영씨, 어디서 보고 싶지요?"

"데스칸소 가든에 가면 나비들이 많아요."

"그래요, 송은영씨. 데스칸소 가든에서 만나요. 지금이요."

명진은 딸깍하고 끊어지는 전화 음을 듣는다. 그것은 혈맥이 뚝 하고 끊어지는 것 같은 그런 느낌이었다. 명진은 차를 와락 돌렸다.

1418 데스칸소 길(Descanso Drive). 라 캬나다 시의 고풍 어린 느낌이 명진의 마음에 전혀 닿지 않았다. 드넓은 주차장은 텅 비어 있었고 몇 대의 차만이 운명을 기다리고 있는 듯이 보였다. 하지만 명진은 그런 것에 신경 쓸 마음의 여유가 없었다. 그는 무조건 차에서 내려 허겁지겁 데스칸소 가든의 정문으로 달렸다. 숨이 막힐 것 같았다. 나비들이 마구 날아온다. 그것은 죽음의 키스를 위해 준비한 나비들의 마지막 운무(雲霧)처럼 보였다.

정문에 한 여자가 순백의 옷을 입고 서 있다. 그 모습은 이미 다가와 버린 죽음을 맞이하려는 예복을 입은 사람처럼 눈이 부셨다. 명진은 헉헉대면서 달려가서는 그녀의 앞에 섰다. 은영의 표정은 예전의 유빈의 표정과 똑같았다. 핏기 하나 없는 창백한 얼굴, 붉은 립스틱이 마치 입에서 선혈이 흘러나오는 것 같은 느낌을 준다. 명진은 와락 그녀를 껴안았다. 그녀의 감정이 그대로 명진의 가슴으로 달려들었다. 은영이 말했다.

"선생님, 가든이 벌써 끝났어요. 4시 반에 문을 닫는데요."

그녀의 목소리에 슬픔이 묻어났다. 그런데 이상한 느낌이 들었다. 명진은 후다닥 그녀의 손을 잡았다. 그녀의 손에 쥐어진 날카로운 칼날. 명진은 부들부들 떨면서 은영에게 말했다.

"송은영씨, 다음에 오면 돼요. 다음에 나와 함께 정말로 멋진 나비를 보러 가요."

그녀를 막아야만 했다. 어떻게 해서든지 그녀를 막아야만 한다는 생각만이 명진의 머리에 가득 찼다. 명진은 그녀의 손에 들려진 칼을 그녀를 다독이며 빼앗았다. 그런데도 은영은 아무 일도 없다는 듯이 눈을 반짝였다.

"정말이지요, 선생님. 정말 나와 함께 나비를 보러 가는 거지요?"

"그래요. 이런 갇혀진 정원이 아닌 저 넓은 사막에 훨훨 나는 나비를 보러 가요. 내가 약속할게요."

"나 다시는 떠나지 않을 거예요. 아빠, 난 더 이상 아빠를 홀로 두지 않을 거예요."

은영은 자신의 아빠를 쳐다보는 것일까? 그녀의 힘없는 독백이 명진의 가슴에 사무쳤다. 명진은 은영을 껴안았다. 껴안지 않고는 도저히 견딜 수 없었다.

"당신 뭐 하는 거야!"

갑자기 분노에 찬 목소리가 등 뒤에서 들려온다. 그리고 은영의 눈에 나타나는 공포심과 적개심. 명진은 은영에게서 떨어지며 뒤를 돌아보았다. 그 순간 무언가가 그의 얼굴을 강타하며 눈앞에 불꽃이 번쩍 일었다.

"이 사람, 아주 나쁜 사람이네!"

그 남자. 병원에서 타임스를 보던 남자다. 은영의 남편.

명진은 그에게 강하게 얻어맞고 땅바닥에 처박힌 채 남자를 올려다보며 헉헉거렸다.

"오해입니다. 송은영씨가 지금 위험한 지경입니다."

"이 새끼야, 아픈 환자를 이렇게 우롱해도 되는 거야!"

남자의 발이 그대로 명진의 배를 걷어찼고, 은영은 울부짖었다.

"안 돼, 그러지마. 안된다구."

남자는 은영의 손을 와락 거머잡았다.

"또 그 지랄 같은 나비 때문에 이곳에 온 거야? 그만 해! 이젠 지겨워 죽겠다구."

남자는 은영을 질질 끌고 가면서 소리쳤다. 명진은 가까스로 일어나서 남자를 향해 뛰었다. 그리고는 앞을 막아섰다. 은영을 이대로는 보낼 수 없었다.

"송은영씨는 위험한 상태입니다. 잘못하면 큰일 날 수도 있습니다."

"야, 이 새끼야. 네가 무슨 상관이야! 이 년이 죽건 말건 네가 상관할 바가 아니잖아?"

명진은 남자의 말에 아무 대답도 할 수 없었다. 하지만 그대로 보내면 분명히 무슨 일이 일어날 것이다. 예전에 유빈이 했던 그런 일이. 갑자기 무엇을 보았는지 남자의 표정이 확 바뀐다.

"당신 손에 가지고 있는 것이 뭐야?"

명진은 그제야 자기가 아직도 은영의 칼을 손에 쥐고 있다는 것을 깨달았다.

"이, 이건?"

남자는 약간은 겁먹은 표정으로 명진의 눈치를 보다가 은영을 데리고 바삐 사라졌다. 명진은 텅 빈 주차장에서 그대로 서서 자기 손에 들려진 칼을 바라만 보고 있었다.

로렌스 원장은 명진에게 소리쳤다.

"환자들을 밖에서 만나는 게 말이 됩니까! 환자의 남편이 병원 측을 상대로 고소하려고 하고 있어요. 그리고 흉기를 들고 있었다는데 그게 사실입니까?"

명진은 할 말이 없었다. 하지만 분명한 것은 은영이 위험한 상태라는 사실이었다.

"미스터 로렌스, 죄송합니다. 하지만 그 환자는 위험한 상태입니다. 잘못하면 자살로 이어질 수…."

"시끄럽소, 닥터 한! 환자들이 밖에서 자살하는 것까지 우리가 책임질 수 없어요. 다음에 다시 이런 일이 일어난다면 그것으로 끝이오."

명진은 눈을 감는다. 핏기없는 은영의 얼굴이 떠올랐다. 그리고 순백의 드레스. 붉은 입술. 불꽃이 허공에 일렁일렁 일어나고 그것은 바로 나비로 변할 것이다.

"나가 보시오."

명진은 부스스 자리에서 일어나서는 원장실을 나왔다.

환자들을 진료하지만 생각은 다른 데에 가 있었다. 분명히 은영에게 무슨 일이 있을 것 같은 불길한 예감이 들었다. 점심시간을 막 지나는데 명진의 휴대전화가 울음을 터뜨렸다. 명진은 후다닥 전화를 받았다.

"선생님, 나비가 왔어요. 정말로 예쁜 나비예요. 이젠 제게 키스를 하려고 해요. 여태까지 본 중에서 가장 예쁜 나비예요. 나는 이제 날 수 있을 것 같아요."

명진의 가슴이 불안감으로 가득 찼다. 은영의 말투에서 명진은 이미 그녀가 무엇을 결정했는지 확실히 느낄 수 있었다. 그의 마음이 다급해졌다.

"송은영씨, 지금 어디 있어요?"

"다 준비가 되었어요. 이제 꽃밭으로 가서 황홀한 불꽃들을 구경해야겠어요. 선생님도 함께 보았으면 좋겠지만 그리 시간이 많지 않네요."

"송은영씨! 내가 가겠어요. 기다려요! 나와 함께 나비를 봐요. 또 데스칸소 가든에 있지요?"

명진의 추측이 맞았다. 은영은 데스칸소 가든에 있다고 순순히 답했다. 은영은 나비를 보기 위해 매일 데스칸소 가든으로 가는 것이다. 마지막을 준비하기 위해서.

"기다려요! 나와 함께 나비를 봐야 해요."

명진은 후다닥 가운을 벗었다. 그리고는 병원 밖으로 뛰어나가는데 닥터 조가 그런 그를 보고 소리쳤다.

"닥터 한, 어디 가는 거요?"

하지만 그 소리가 들리지 않았다. 명진은 그저 넋이 나간 것처럼 달려서 차에 올라 시동을 걸고는 부웅 하고 떠났다.

순백의 드레스, 붉은 입술. 은영은 그렇게 똑같은 모습으로 데스칸소 가든 앞에 서 있다. 명진이 그녀의 앞에 끼익하고 차를 세웠다. 차가 서자 은영의 초점 잃은 눈동자가 잠깐 생명을 찾는다. 명진은 그대로 차에서 뛰어 내려 은영에게 달려갔다.

"송은영씨?"

은영의 팔목에 무언가가 뚝 하고 떨어진다.

"이런 바보! 송은영씨!"

순백의 드레스의 왼팔 소매에 붉은 핏자국이 배어 나왔다.

"송은영씨?"

명진은 그녀를 껴안고는 부랴부랴 차에 태웠다.

"넓은 사막에 훨훨 나는 나비들을 보고 싶어요, 선생님. 부탁이에요."

명진은 어떻게 할지 분간이 되지 않았다. 병원으로 갈지 또는 그녀의 말대로 사막으로 갈지 판단이 서지 않았다. 그때 은영의 손이 스르르 명진의 손을 잡았다.

"부탁이에요, 선생님. 사막으로 데려가 주세요. 제게 약속했잖아요."

명진은 차에 시동을 걸었다. 그때 저쪽에서 뛰어오는 남자를 본다. 은영이 소리쳤다.

"도망쳐요, 선생님. 저 사람에게 붙잡히고 싶지 않아

요.”

어떻게 할 생각이 나지 않았다. 머릿속이 온통 하얗게 비워진 느낌이었다. 남자가 고래고래 소리쳤다.

“도와줘! 납치야! 저 새끼 잡아!”

그 순간 명진은 자신도 모르게 차를 앞으로 왕 하고 운전했다. 남자가 소리치는 소리가 멀리까지 들려왔다. 은영은 창밖만을 바라보고 있었고, 명진은 그런 그녀의 손을 꼭 잡고 있었다. 피는 다행히 동맥을 긋지는 않았는지 이제는 멈춰있었고, 순백의 드레스에 배어난 붉은 선혈이 마치 꽃처럼 아름다운 무늬를 드러내고 있었다. 길은 사막의 상처다. 사막의 상처는 인간에 의해 그려진 것이다. 자기의 의사와 전혀 상관없이 사막은 인간에 의해 흉측한 상처를 깊숙이 안고 있는 것이다.

“음악을 듣고 싶어요.”

은영이 작은 목소리로 말했다. 명진은 그녀가 무슨 노래를 듣고 싶어 하는지 알고 있다. 밥 칼리슬(Bob Carlisle)의 ‘Butterfly kisses.’ 명진은 오랫동안 듣지 않았던 CD를 찾아서 플레이어에 넣고 버튼을 눌렀다.

“There's two things I know for sure: She was sent here from heaven and she's daddy's little girl. As I drop to my knees by her bed at night. She talks to Jesus and I close my eyes and I thank god for all the joy in my life. Oh, but most of all For butterfly kisses after bedtime prayer: sticking little white flowers all up in her hair: "Walk beside the pony, Daddy, it's my first ride." "I know the cake looks funny, Daddy, but I sure tried." "In all that I've done wrong I know I must have done something right to deserve a hug every morning and butterfly kisses at night…."

은영이 노래를 들으면서 정신없이 흐느끼고 있었다. 노래는 그대로 흉기가 되어 가슴을 찌르고 동공을 눌러 눈물을 자아냈다. 그때 명진은 도로 위에 사인을 본다.

'Kidnap alert(납치 경보)! 차량 번호, 차량 색깔, 도주 경로: 앤텔롭 밸리.'

명진은 눈을 감았다가 다시 떴다. 경찰이 금방이라도 쫓아올 것 같았다. 그전에 은영에게 사막을 보여주고 싶었다. 나비들이 사막의 바람과 함께 춤을 추는 광경을.

사막의 바람은 고독했다. 그것은 온몸을 쪼갤 듯이 불어오고, 벌판 야생화의 신들린 몸짓이 명진과 은영이를 맞이했다. 미친 것은 명진도, 은영도 아니었다. 사회가, 세상이 미친 것이었다. 명진은 은영이의 손을 잡았다. 사막은 고독의 색채를 머금은 채 은은한 빛으로 다가오고 있었다.

“송은영씨, 저기를 봐요.”

명진이 가리키는 곳을 따라 은영의 시선이 머문다. 나비 한 마리가 고독과 싸우면서 야생화로 날아들었다. 자유라기보다는 힘겨운 세상과의 싸움처럼 보였다. 은영은 그 모습이 안타까운 것인지 그저 명진의 품에 안겼다. 그 체온에서 명진은 은영이의 감정을 고스란히 느낄 수 있었다. Empathy! 완전한 감정이입이란 말이다. 명진은 정신과 공부를 처음 시작할 때 이 단어를 보고는 가슴에 꽉 막힌 듯한 사슬을 생각했다. 하지만 지금 이 단어는 사슬이 아니라 자유였다. 정신병을 가진 사람의 눈에는 정신병자가 아닌 사람들이 모두 정신병자였다. 사회는 정신병자를 격리하려 하지만 정말로 격리된 것은 사회였다. 다른 감정을 인정하지 않는 사회는 사회답게 정신병자를 보지만 정신병자의 감정은 언제가 사회를 정신병자답게 보고 있었다.

그는 갑자기 노래가 부르고 싶었다. 명진은 버터플라이 키스를 조용히 노래한다. 은영의 눈에 눈물이 흐르고, 그것은 아픈 상처가 되고, 나비가 되어 날았다. 명진의 눈에 천천히 나비가 날아오는 것이 보인다. 그리고 나비는 은영이의 마지막을 알려주듯이 그녀의 입술에 가볍게 키스했다.

“안 돼!”

명진은 은영의 손을 와락 움켜잡았다. 은영이 배시시 웃었다. 그녀의 손에 든 칼이 이미 그녀의 손목을 긋고 있었다. 그녀의 축축한 눈에서 명진은 환상을 볼 수 있었다.

“아빠, 난 다시는 아빠를 떠나지 않을 거야. 정말로 다시는 아빠를 떠나지 않을 거야.”

명진은 칼을 빼앗으며 부르짖었다.

“이 바보야, 유빈아! 이 바보야!”

이제 은영은 은영이 아닌 유빈이 되어서 명진을 쳐다보고 있다. 명진에게 은영은 유빈이었고, 은영에게 명진은 아빠였다.

“난 이제 당신 곁을 떠나지 않을 거야.”

그의 귀에 환청이 이글거렸다.

“그래, 떠나지 마! 나를 혼자 두지 마!”

명진은 은영을 부둥켜안았다. 은영이 힘없이 미소를 보인다.

“아빠, 외로웠지? 이제 난 아빠와 함께 영원히 있을 거야.”

나비가 날고 있다. 어디서 날아왔는지 나비가 온통 하늘을 뒤덮고 있었다.

“아빠, 보이지. 나비야, 불꽃 사이에서 나비들이 날아다니고 있어.”

명진도 그것을 본다. 그것은 환각이 아니다. 환시가 아니었다. 정말로 나비가 날아들고 있다.

그 순간 불꽃들이 아지작 사라지면서 환청이 들렸다. 그것은 정말로 지독한 환청이었다.

"닥터 한, 칼을 버려!"

명진은 어느새 주위에 빙 둘러선 경찰들을 본다. 그것은 환각이다. 갑자기 웃음이 났다. 정말로 명진은 자신이 미친 거라는 생각이 든다. 세상이 미치지 않았으면 명진이 미친 것이리라.

"칼을 버려!"

경찰들은 모두 명진에게 총을 겨누었다. 그런데 총구가 전부 나비로 보였다. 저 총구에 불꽃이 튀는 순간에 나비는 온통 명진을 향해 날아오리라. 은영이 나비의 마지막 키스에 취했는지 축 늘어진다. 그것을 보고는 명진이 와락 은영의 몸을 껴안는데 어떤 소리가 들린다. 그것은 나비의 울음소리일 것이다. 어디선가 빨간 선혈이 은영이 순백의 드레스 위로 뚝뚝 떨어졌다. 명진은 웃는다. 순백의 드레스에 떨어진 선혈 자국이 나비로 변해서 명진의 입으로 다가왔다. 그리고 나비는 그에게 진한 입맞춤을 했다. 명진은 콜록콜록 기침을 하면서 피를 입으로 토해냈다. 다시 총소리가 들리고, 명진이는 은영이 위로 쓰러졌다.

"그래, 유빈아. 널 혼자 두지 않을게."

그때 명진은 아주 약한 나비의 숨소리를 들었다.

"아빠, 사랑해."

나비는 그에게 아주 지독한 키스를 했다. 명진은 그 키스에 취해서 눈을 지그시 감았다. 날아다니는 나비 사이로 수많은 영상이 스쳐 지나갔다.

# 플리 바겐(Plea Bargain)
## -형량 감축 흥정

아침 안개가 짙었다. 먼 로렐라이 언덕에서 들려오는 노랫소리에 취한 드래곤의 입김 같은 안개 속으로 혼을 모두 빼앗긴 듯한 한 무리가 흐느적거린다. 동시에 트럼펫 소리가 들리고, 어슴푸레하게 바라보이는 군인들이 국기에 엄숙한 부동자세를 취했다. 마치 각본 없이 잘 짜여진 음모처럼 느껴진다. 안개 속에서 들려오는 구령 소리에 아직 잠이 덜 깬 정신으로 형석은 자리에서 일어났다.

"국기에 대하여, 경롓."

형석은 습관적으로 손을 들어 올려 경례를 했다. 그 바람에 눈앞의 안개가 흩어졌다. 형석은 국기에 대한 경례를 하고 있지만 국기를 쳐다보고 있지 않았다. 그 옆에서 두 번째 열에 곧게 서 있는 병사를 흘겨보고 있을 뿐이다. 엄밀히 말하면 그의 얼굴에서 흘러내리는 안개가 아니라 눈물방울을 보고 있는 것이었다.

3일 전에 부대에 전입해 온 병사의 카키색 명찰은 형석의 가슴을 떨게 만들고 있었다. 'KIM'이라고 쓰인 검은 글자가 가슴에 선명한 한국적 감정을 고스란히 담은 채 빛나고 있었다. 형석은 가슴이 뭉클, 반가운 마음에 그에게 달려가 손을 덥석 잡았다.

"한국 분이시죠?"

매우 반가울 수밖에 없었다. 근 1년 동안 한국 사람이라곤 거의 구경할 수가 없었던 것이다. 특히 같은 군 동료는 그가 처음이었다.

"안녕하세요."

김은 조금 어색한 미소를 지어 보였다. 형석은 그의 얼굴에 떠오르는 미소에서 강인함을 느끼고 있었다.

"헤이, 써전 진. 무얼 그리 생각해?"

형석은 움찔하면서 숨을 훅 들이마셨다. 토니 하사는 항상 웃음을 입가에 달고 다니는 전형적인 백인이었다.

"오늘 저녁에 한잔 어때?"

형석은 아침 점호가 끝난 뒤 흩어지는 군인들 사이에서 김의 뒷모습을 보고 급히 다가갔다.

"야, 진. 아직 대답을 안 했잖아."

"다음에…."

토니를 뒤로 한 채 형석은 차우 홀(구내식당) 앞에서 김을 따라잡았다. 그 앞엔 무럭무럭 김이 피어나는 오믈렛과 으깬 감자가 놓여 있었다. 형석은 그 앞자리에 아침 식사를 내려놓고 앉았다.

"안개가 참 많이 끼었군요."

형석이 먼저 말을 건넸다.

"독일 생활이 어때요? 이제 사흘 정도 지났죠?"

김이 그에게 미소를 보낸다.

"아직은 잘 모르겠습니다. 날씨가 궂은 것이 마음에 들지 않는군요."

김은 오믈렛을 포크로 찍어 입에 넣었다.

"저는 진형석이라고 합니다."

"김보현입니다. 잘 부탁합니다."

김은 오믈렛을 다 씹어 삼킨 다음 말을 받는다. 김보현 상병의 강렬한 눈빛은 역시 인상적이었다.

근무를 마치는 5시경은 아주 바쁜 시간이다. 벌써부터 다운 타운으로 나가려는 성급한 어린 병사들은 아예 일손을 놓아버렸고, 형석은 그런 그들을 보면서 혀를 끌끌 찼다.

"야, 울브라이트 일병, C 컴퍼니에 나이트 비젼 두 개 지급해!"

울브라이트가 그 검은 얼굴을 찌푸렸다. 왜 하필이면 자기만 시키냐는 말투다. 하지만 할 수 없다는 듯이 워커를 질질 끌며 내키지 않는 일을 할 수밖에. 형석은 국기 하강식 나팔이 불자 자리에 서서 경례를 하다 의무실 쪽에 거수경례를 하고 서 있는 김보현을 발견했다. 아침에 김의 눈에서 흘러내리던 눈물은 무엇이었을까? 형석은 김보현의 뒷모습에서 깊은 상념에 빠져 있다는 느낌이 들었다.

훌다강을 지나 언덕으로 한참을 올라가면 캐슬 오랑제리

가 있고, 그 왼편으로 작고 아담한 길을 따라가면 호텔 하나가 사거리에 나타난다. 호텔 일층 한쪽으로는 작은 레스토랑이 있는데, 그 주인은 자신을 '볼프강 리'라고 소개했던 중년 남자였다. 볼프강은 아주 날카롭게 생긴 한국 사람으로 오래전에 독일로 이주해 왔다고 했다. 형석은 김보현이 오기 전에 몇 번 이곳에 들르곤 했는데 볼프강은 형석에게 처음부터 친밀하게 다가왔다. 마침 볼프강이 있었기에 형석과 김보현의 술자리에 그가 함께 합석하게 되었다. 어차피 가을 안개가 많이 끼어 손님도 별로 없는 터였다. 김보현은 의외로 말이 없는 사람이었다. 극히 필요한 말 이외에는 전혀 말을 하지도 않았고, 스스로 어떤 화제를 꺼내는 일도 없었다. 그런 김보현에게 볼프강이 말을 건넸다.

"세상은 참 재미있는 거야."

볼프강이 스카치 한잔을 입에 털어 넣고는 구운 고기 한 점을 젓가락으로 집으며 인상을 찌푸린다. 스카치의 톡 쏘는 맛이 그의 구미를 자극한 것이다.

"세상은 정의보다는 힘이 지배한단 말이야."

그는 고기를 입에 넣고는 마치 어떤 원한이라도 풀려는 듯이 으적으적 씹었다.

"우리가 알거나 믿고 있는 지식들이 모두 어떤 검은 힘으로 의해 이룩된 왜곡된 진리란 사실을 알게 되면 이 세상은 아주 웃기는 것이 되고 말지."

다른 어떤 화제에도 반응을 보이지 않았던 김보현이 그

말에는 약간 눈을 가늘게 뜨며 반응을 보였다.

"이를테면 어떤 것을 말하지요?"

기어이 김보현이 입을 열었다. 볼프강이 입가를 약간 씰룩거리며 말을 받았다.

"우리가 잘 아는 카우보이 있잖아. 그게 세상 사람들은 모두 미국 서부의 고유문화라고 생각하잖아. 그런데 그건 미국의 전통문화가 아니라 오히려 그 원조는 멕시코란 말이야."

"그래요?"

이번에는 형석이 믿지 못하겠다는 투로 반문했다.

"멕시코에서 카우보이 문화가 미국에 유입되고 미국이 강력한 힘으로 세상에 군림하게 되자 카우보이는 미국의 강압에 의해 미국 고유의 전통으로 둔갑하게 되었지."

"힘은 인간을 위대하게도 만들지만, 오히려 인간을 가장 비참하게 만드는 근본 원인일 때가 많아요."

김보현은 무엇을 생각하는지 강하게 주장한다.

"인간 존엄성의 한계는 자신의 힘이 지켜낼 수 있는 범위에 국한된다고 봅니다. 어떤 거대한 조직이나 국가의 힘이 이 세상의 수많은 진리를 왜곡시키고 있지요. 그리고 그 힘은 인간의 사상까지도 굴복시키는 잔인함을 가지고 있답니다."

김보현은 얼굴이 벌겋게 상기된 채로 이렇게 말했고, 볼프강의 입가에 이상하게 회심의 미소가 어리는 것 같았다.

김보현은 취했는지 정신없이 떠들어 댔고 형석은 그의 말에 처절한 비애가 담겨 있다는 사실을 깨달으며 가슴이 아릿했다. 미국이 한국을 경제적 식민지로 만들려고 한다는 매판자본론은 김보현의 학창시절에는 꽤 많은 학생이 수긍했던 이론이었다. 그리고 그것은 어느 정도 순수한 민족주의를 갈망하는 일부 학생들에게는 치욕스런 일이기도 했다.

김보현은 '관자'의 '물고기 잡는 법 구조론'을 신봉하는 사람 중에 하나였다. 즉 누구를 도와주려면 근본 원인부터 도와서 그 인간이 자립하게 만들어야 하는데, 그저 눈앞의 구원만으로 인해 오히려 그 인간의 자립을 저해하게 만들어서는 안 된다는 논리를 가슴 깊이 새기고 있는 것이다. 관자의 물고기론은 사람에게 물고기를 돕는 것보다 물고기 잡는 법을 가르치라는 것으로 유명한 이론이다. 하지만 미국의 구호물자와 원조의 저변에는 저들의 상품에 입맛을 들이려는 음모를 얼마간 내포하고 있다는 사실을 간파한 학생들 사이에서, 미국의 매판자본론을 비판하는 순수 민족주의적 사고가 일어나는 것은 어쩔 수 없는 당연한 결과였는지도 모른다. 그러나 이런 미국에 대한 비판과 혐오가 김보현을 미국으로 내몬 계기가 되었다고 하니, 참으로 운명이란 거대한 음모를 가진 이상한 궤적으로 우리의 인생을 이끌어 나가는 것 같았다.

음산한 안개가 거머리의 흡입판처럼 처덕처덕 몸에 감겨오는 축축한 가을밤, 김보현은 등사판을 긁다가 짜증을 냈다.

"이런, 잉크가 너무 많이 번져서 미치겠네."

그의 얼굴에는 피로감이 한가득 퍼져 있었다.

"형, 좀 쉬었다 하자."

정은은 복사된 용지를 추리며 헉헉거렸다. 벌써 3시간째 등사판을 밀고 있으니 죽을 지경이다. 그러나 힘 드는 것보다도 참기 어려운 것은 자신들이 하고 있는 일이 국가에서 금지하는 불온 행위라는 긴장감이었다. 김보현은 하던 일을 멈추고 정은을 바라본다.

"힘들지?"

"응, 형."

정은은 곧 눈물이 날 지경이었다. 김보현이 하는 일만 아니었다면 당장에 그만두고 도망쳤을 것이다.

"그럼 이것만 추려서 나갈까?"

정은이 그 말을 듣고는 뛸 듯이 기뻐했다.

작은 양식집에서 늦은 저녁을 먹으며 정은이 자꾸만 김보현을 쳐다본다.

"왜?"

김보현이 기어코 정은에게 물었고 정은이 행복한 표정을 보이며 말한다.

"아니, 암 것도. 그냥 형이 왜 이런 일에 그렇게 열심인가 하는 생각이 들었어."

그것은 김보현 자신이 생각해도 알 수 없는 일이었다.

자신은 운동권 학생도 아니었고, 정부에 강력한 불만이 있는 것도 아니다. 또한 자신은 그래도 우리나라에서 몇 손가락 안에 드는 고관의 집안이 아니던가. 하지만 김보현의 마음속에는 우리 민족이 어떤 나라의 속국이 되고 있다는 사실이 가슴 아픈 것이었다.

"너, 내가 이러는 것 싫지?"

"아니야, 형. 난 형이 하라는 일은 뭐든지 할 수 있어."

정은은 정색하면서 이렇게 대답한다. 김보현은 괜히 정은을 이 일에 끼어들게 만들지는 않았나 생각하며 포도주를 한잔 마신다.

또 안개가 자욱했다. 지난밤부터 내린 물안개가 몸과 마음을 온통 축축하게 적셔 버린다. 김보현은 안개 속에서 불쑥불쑥 솟아나는 새벽의 어둠을 머금은 건물 그림자에 가끔 지레 놀라 눈을 부릅뜨고 본관 건물로 스며들었다. 어스름 불빛이 이상스런 모습으로 비쳤고, 아직 캠퍼스에 학생들이 하나도 없기에 강의실은 모두 썰렁한 냉기만 흐르고 있었다. 김보현은 조심스럽게 가방을 열어 어제 등사한 한 묶음의 종이를 책상 위에 내려놓았다. 누군가가 이놈하고 자신의 어깨를 움켜잡을 것 같은 느낌에 김보현은 자꾸만 주위를 둘러보지만, 주위는 기괴한 어둠이 그를 감싸고 있었다.

김보현은 속으로 몇 번이고 다짐한다. '그래, 이것은 범죄행위가 아니야. 이것은 민족의 정기를 일깨워 주려는 의로운 행동이야.' 그러나 시대는 그런 행위를 범죄시하는 때였다. 그렇기에 김보현의 마음이 무척이나 초조하고 불안한 것이다.

마지막 한 장까지 남기지 않고 모두 뿌린 김보현은 이제 약간은 안심한 듯 터벅터벅 도서관으로 향했다. 가방에는 아무런 증거도 남아있지 않았고 일찍, 등교한 몇몇 학생들이 유인물을 주워 읽는 모습이 보였다. 그는 걷다가 싸늘한 새벽 어둠이 이마에 머무는 걸 느끼며 손으로 닦아내었다. 김보현은 이마에 땀을 흘리고 있는 그제야 깨달은 것이다.

캠퍼스를 이리 저리로 거닐며 땀을 식히다 김보현은 마침내 도서관으로 들어가는 몇 명의 학생들과 뒤섞여 들어가려는데 누군가가 앞을 막아선다. 짧은 머리에 날카로운 안광, 캠퍼스에 상주하는 정보원이었다. 김보현은 다리 힘이 쭉 빠지면서 후들후들 떨렸다. 여태까지 행위에 당차게 자긍심을 가지고 있었는데 이 순간 정보원 나부랭이 앞에 두 다리가 후들거리는 나약함을 보이다니, 김보현은 그 짧은 한순간에 수십 가지 생각을 했다. 뒤로 돌아 튀어? 순순히 따라가? 아니면 때려눕히고 도망쳐? 그러나 이런 생각은 오직 그의 마음속에서만 뱅뱅 돌 뿐이다. 사실 그는 아무런 행동도 취하지 못하고 나약한 모습으로 서 있었다. 숨이 멎을 것만 같았다. 그는 어금니를 악물어 보지만 마음이 떨리기는 마찬가지였다. 마침내 누군가 뒷전에서 말을 건넨다.

"학생, 좀 볼까?"

그것은 이 세상 어떤 말보다 더 공포의 소리였다. 두 명의 정보원이 앞뒤로 가로막고 서서 다른 학생들이 눈치를 채지 못하도록 김보현을 연행했다. 그런 사태를 누구 한 사람이라도 알게 되는 날엔 큰 소란이 일 것이 자명했다. 피가 끓은 젊은 대학생들은 학우인 김보현이 캠퍼스 내에서 정보원에게 연행되는 사실에 격분하며 별의별 짓을 다 할 것이었다. 하지만 김보현은 순순히 그들을 따라갔고, 그들도 어떤 강제적 방법을 행사하지 않았다.

끌려간 곳은 창문 하나도 없는 방이다. 방의 중간 정도에 갖은 책상 하나와 의자가 덩그러니 놓여 있었다. 우중충한 시멘트벽은 무엇으로 긁혔는지 군데군데 흠집이 나 있으면서 검붉게 얼룩져있었다. 약간 근엄하게 생긴 사내 하나가 들어와 책상 위에 유인물을 홱 던진다. 사내의 '이거 네 짓이지' 하고 묻는 태도다. 김보현은 고개를 끄덕이며 수긍했다. 어차피 밝혀질 일인데 굳이 부인할 필요가 없다는 생각이었다. 만약 그것이 불법이어서 감방에 간다면 그렇게 하면 되는 것이다.

"너를 도운 놈들은?"

김보현이 그 말을 듣고 고개를 쳐들어 사내를 본다. 왜 갑자기 정은이 생각이 나는 걸까? 김보현이 이렇게 잠시 있는 사이에 뭔가가 그의 어깨를 사정없이 내리찍었다. 그는 악, 하는 비명을 지르며 시멘트 바닥에 나뒹굴었다. 그의 해맑은 얼굴이 한순간에 산산이 부서져 버린다. 그는 나동그라진 몸을 일으키려는데 사내는 여우상 같은 얼굴로 다시 물었다.

"도와준 놈들은?"

김보현은 간신히 고개를 들어 올리고 증오에 타는 눈빛으로 사내를 노려보았다. 구둣발이 복부에 세차게 걷어 질러졌다. 김보현은 비명을 지르며 그 자리에 꼬꾸라졌다. 공포와 더불어 무력감이 한꺼번에 밀려왔다.

그렇게 며칠이 지났을까? 김보현은 주눅이 들어 차가운 시멘트 바닥에 웅크리고 앉아 있었다. 반죽음 상태였다. 그는 번갈아 모질게 고문을 가하던 사내들을 생각하며 진저리를 쳤다.

"여기는 누가 죽어도 아무도 모르는 곳이라는 걸 알아. 너 하나쯤은 쥐도 새도 모르게 처리해 버릴 수 있다 그 말이야, 알겠어?"

그들은 단순히 겁주는 소리가 아니었다. 김보현은 그들이 가하던 고문에서 깨달은 것이 있었다. 그 순간에 있어 그들은 절대의 힘을 가진 권력자이고, 한 사람의 생명을 얼마든지 좌지우지할 수 있는 자들이었다. 김보현은 이를 악물었다. 살아나가야만 했다. 다시 하늘을 우러러 소리치며 뛰어보고 싶었다. 후회와 갈망 속에 그는 흐느껴 울었다. 아무리 마음을 다잡아도 자신은 점점 더 비굴해지고 있었다. 미안하고 천벌을 받을 수도 있는 일이지만 아무런 상관도 없는 친구들의 이름을 넘겨주었다. 정은이가 무척 보고 싶었다. 그러나 그녀 생각도 지워야만 했다. 정은이를 줄곧 마음에 두고 생각하다가는 얼결에 입에서 정은이 이름이 나올 수도 있었다.

지금 이 순간에 민족이니 사상이니 이념이란 것은 모두 배부른 자들의 헛된 망상일 뿐이었다. 어머니, 아버지가 보고 싶어 미칠 것 같았다. 아니, 삼촌에게 연결만 되어도 이렇게 참혹한 모습이 되진 않을 것이었다. 살아날 수만 있다면 어디 무엇에라도 매달리고 싶었다. 고문을 당하지 않고 목숨이 붙어, 살 수만 있다면 무슨 짓이든지 할 것 같았다. 아니, 차라리 죽고 싶기도 했다. 그는 자꾸만 나약해지는 마음속의 정은이라는 이름을 지우고 싶었다. 그는 다짐하며 입을 굳게 앙다물었다. 죽어도 지옥의 악마들에게 그녀를 넘길 수는 없었다.

갇혀 있는 방문 열리는 소리가 몸서리치게 무서웠다. 그는 방구석으로 기어갔다. 살고 싶은 생명체의 본능적 몸부림이었다. 사내가 들어온다. 그는 마치 악마나 신과 같아 보였다. 절대자요, 저항할 수 없는 막강한 권력자. 그는 잔인한 만행의 고통에서 조금이라도 벗어나고 싶은 나머지 정신 이상자 같은 침을 흘리며 다 죽어가는 시늉을 바들바들 떨었다. 정은이가 뇌리를 스쳐 가곤 했다. '안 돼! 안

돼' 그는 깊은 내부에서 애절하게 부르짖고 있다. 그는 퉁퉁 부어오른 눈으로 사내를 올려다보며 미친 듯 애걸한다. 터진 입술의 피딱지가 떨어져 피가 주르르 흘렀다.

"서 정… 은…."

그 말을 내뱉는 순간 억세게 다잡고 있던 긴장이 풀리면서 그는 지옥에 떨어지는 충격과 함께 혼절해 버리고 말았다.

그가 의식을 회복하며 눈을 떴다. 뽀얀 천장이 올려다보였다.

"일어났구나."

김보현은 너무도 다정한 목소리가 믿기지 않아 고개를 옆으로 돌렸다.

"삼촌?"

"그래. 삼촌이다, 이놈아."

그 순간 김보현은 울음을 터뜨렸다.

"엄마 아빠가 곧 오실 거야."

김보현은 솟구치는 설움을 참지 못하고 울었다. 보현이 실종된 그동안 공직에 있던 삼촌도 보현이가 어디로 사라졌는지 찾을 수가 없었다고 했다. 근 1달간의 실종, 그리고 귀환은 가족 중에 누구도 함부로 그 이야기를 입에 담을 수 없다고 했다. 김보현은 삼촌의 도움으로 외국으로 도피길에 올랐고, 영주권을 얻어 미육군에 지원했던 것이다.

형석은 김보현에게 정은이가 어떻게 되었느냐고 차마 물을 수가 없었다. 그의 참혹한 모습은 감히 말을 걸기도 어려울 지경이었다. 김보현은 담배를 한 개비 피어 물었다.

11th ACR (11 육군 기병 연대)의 새벽은 2마일 구보로 시작된다. 부대 정문을 나서서 오른쪽 도로를 따라 각 대대가 구보를 시작했고, 형석이 속한 CSS(Combat Support Squadran 전투 지원 대대)는 보병과 포병이 앞서 간 새벽길을 뒤밟아 뛰어간다. 형석은 밤늦게까지 술을 마신 탓에 뛰기에 약간 힘이 들었다. 김보현은 앞에서 달리고 있다. 그의 뒷모습에서 강한 외로움이 배어 나온다. 그리고 형석은 여태까지 한 번도 진지하게 생각지 않았던 국가권력과 민족, 그리고 사상에 대해 생각해 보았다.

구보를 끝낸 후 샤워를 마치고 김보현은 메스홀(차우홀, 구내식당)로 가려다 김보현의 방 앞에 우뚝 멈추어 섰다. 어쩐지 그에게 호감이 갔다. 마지막 안간힘을 쓰면서 어쩔 수 없이 사랑하는 여자의 이름을 그들에게 말할 때, 김보현의 두 눈에서 굵은 눈물이 방울져 굴러 떨어지는 것이 형석의 가슴을 무척이나 아프게 만들었다. 형석은 감정을 약간 추스른 후 김보현의 방문을 두드린다. 문이 빠끔히 열렸다.

"김형, 아침 식사 같이 안 하려우?"

김보현이 군복 상의를 걸치며 미소를 보냈다.

"그럽시다."

그 어색한 얼룩무늬 BDU(미군복)가 김보현의 몸에 신기하게 잘 어울렸다. 거의 매일 느슨하게 돌아가는 일상을 마치고 형석은 카미서리(군부대 내에서 주류 등속을 파는 가게, PX에서는 주로 식료품만을 취급함)에 들러 시바스 한 병을 샀다. 저녁에 김보현과 한 잔 더 하고 싶어서였다.

레스토랑은 거의 텅 비어 있었고 형석과 김보현이 들어서자 볼프강이 웃으며 둘을 맞았다. 레스토랑 안에는 끈끈한 독일계의 음악이 아닌 퇴락한 영국계 킹 크림슨의 노래가 절규하듯이 울려 퍼지고 있었다. 볼프강은 마침 게르만계의 느끼한 소시지가 가득 담긴 약간은 매콤한 스튜를 끓여 내왔고, 형석은 그 매콤한 맛이 좋아 숟갈로 떠서 홀짝였다. 볼프강은 갈색의 스카치를 형석과 김보현의 잔에 따라주고는 자신도 한 잔을 부어 마신다.

"카, 좋은 술이야. 예전에 박정희 대통령이 즐기던 거라 역시 다르구만."

볼프강은 술을 음미할 줄 알았다. 그러나 형석은 스카치나 버번이나 모두 한 가지 맛 같았다. 취하는 맛 딱 하나 말이다.

"백인들은 잔인한 자들이야. 자신의 이익을 위해 온갖 만행을 저지르지. 크나큰 힘을 소유하기 위해서 말이야. 세상의 온갖 악행은 힘을 가지려는 자들에 의해 저질러졌고 그들에 의해 그것이 진리로 왜곡되는 거야."

볼프강의 말에 이 같은 말에 김보현이 소시지를 씹으며

덧붙인다.

"미국에서 일어났던 가혹행위가 대부분 백인에 의해 저질러졌습니다. 흑인들을 노예로 잡아 오는 끔찍한 일이나, 사람의 머리 가죽을 벗기는 잔인한 행위를 그들은 자신들의 이익 때문에 기꺼이 즐겨 했으니까요. 흑인들이나 인디언들은 백인들의 희생자들일 뿐입니다. 특히 인디언들은 백인들을 위해 그들의 정착을 돕다가 오히려 제 땅을 모두 빼앗기고 말았지요."

"이스라엘은 어떻고. 백인이 아메리카 대륙을 삼킨 것과 똑같이 그들은 자신들을 살게 해준 팔레스타인의 땅을 빼앗아 그들의 나라를 없애고 말았지. 어떤 의미에서는 이스라엘과 미국은 똑같은 양식의 다른 나라일 거야."

형석은 언젠가 한 번 인디언 촌에서 보았던 우리와 극히 비슷하게 생긴 인종의 인디언을 머리에 떠올린다. 김보현의 말이 그의 귓전에 메아리친다.

"인디언들은 토지를 소유할 수 없고, 인디언 보호구역만 벗어나면 정부의 보조가 끊어지기 때문에 살아가기가 어렵습니다. 그래서 그들은 창살 없는 감옥 같은 인디언 레저베이션에서 마약과 술로 한평생을 지내게 될 수밖에 없이 만들어진 겁니다. 참으로 잔인한 것이 백인들의 음모지요."

형석은 인디언들의 눈빛을 기억한다. 영혼을 숭배하고, 하늘과 자연을 닮기 간절히 원했던 그들은 이제는 거대한 힘에 굴복하여 그저 허여멀건 눈빛을 멀뚱거리며 마약과 술에 취해 흐느적거리고만 있는 것이다. 형석이 중얼거리듯이 말했다.

"멕시코 국경에 간 적이 있었어요."

형석은 마치 꿈을 꾸는 듯한 표정으로 그때를 짚어내고 있다.

"정말로 몰골이 끔찍해서 도저히 사람처럼 보이지도 않는 인간 군상들이 흐느적대며 손을 벌리고 구걸을 했어요. 난 그들을 보면서 한편으론 연민을 느끼면서도 한편으로는 멀쩡한 사지를 갖고도 일을 안 하고 구걸한다는 사실을 경멸했지요. 그런데 나중에 알고 보니 그들은 멕시코인들 중에도 원주민에 해당하는 인디오들이었어요. 스페인 점령 이후에 그들은 토지나 건물의 소유가 금지되었고 직업도 묵시적으로 금지되었다고 합니다. 그들이 부유해져서 다시 금전으로 땅을 되찾을까 두려워 원천적으로 그 기회를 봉쇄한 거죠. 참으로 잔인한 법률입니다."

정말로 잔인한 힘의 법칙이 이 세상 어디에나 존재하는 것이다. 그런 잔인한 힘에 의해 인간은 수없이 희생되고, 또 그 잔인한 힘에 언제든지 타협하는 것이다.

볼프강이 잔을 비우며 형석에게 묻는다.

"써전 진은 병과가 뭐지?"

형석이 볼프강이 군대에 관한 질문을 하자 피식 웃는다. 갑자기 화제를 바꾸었기 때문이었다.

"76 V(빅터라고 읽음)입니다. 보급이지요."

"아, 보급."

볼프강은 보급이라는 소리에 아는 체를 한다.

"그렇다면 뭐를 보급하지?"

"클래스 2와 클래스 4를 취급해요. 군복무에 쓰이는 일용품이지요."

형석이 자세하게 설명하자 볼프강이 진지하게 들었다.

"그렇군. 그럼 다른 중요한 물품은 취급하지 않나?"

"클래스 3를 함께 취급해요. 반영구제들로 컴퓨터부품에서 미사일까지 다 보급합니다."

형석이 여기까지 말하다가 김보현의 눈빛을 보고는 기분이 이상해져서 입을 다물었다. 그러나 볼프강은 그런 눈치를 채지 못했는지 김보현에게 물었다.

"미스터 김은 병과가…?"

김보현이 말없이 술잔을 입안에 털어놓고는 숟가락을 잡아 냄비에 든 소시지를 건져낸다.

"63H(호텔이라고 읽음)입니다."

형석이 김보현의 말을 듣고는 고개를 갸웃했다. 63H는 운전병이지만 김보현은 운전병이 아니었다. 그러고 보니 형석은 아직 김보현이 어디서 근무하는지 병과가 무엇인지도 모르고 있었다. 하긴 형석이 근무하는 부대 전체가 전투 지원대대니 각종 병과가 다 모여 있었고, 어떤 때는 어느 곳에서 근무하는지도 잘 모를 때가 있었다. 볼프강이 김보현에게 뭔가를 더 물으려 하는데 김보현은 숟가락을 놓아버렸다.

"아, 오늘은 많이 취하는군요. 들어가 봐야겠습니다."

그러자 형석도 할 수 없이 자리에서 일어설 수밖에 없었다.

시내에서 강을 건너오는 다리 중간에서 김보현이 형석에게 말을 건넨다.

"진형, 저 볼프강이란 사람 조심해야 할 거요."

형석이 그의 말뜻을 몰라 그의 얼굴만 쳐다보았다.

"냄새가 나요. 저런 사람은 분명 어떤 조직원일 거요. 그가 박정희 대통령이라고 말할 때, 그의 표정을 보았죠?"

그 말에 형석의 가슴이 덜컥하고 내려앉았다. 그런 생각을 전혀 하지 않았는데 김보현의 말을 듣고 보니 그럴 수도 있겠다는 생각이 들었다. 하긴 전에도 볼프강은 군대 이야기를 꼬치꼬치 물은 적이 있었다. 그렇다면 그는 누군가가 파송한 스파이란 말인가? 그리고 그를 파송한 것은 누구일까? 북한? 한국? 아니면 다른 어느 나라?

그날 이후로 형석은 레스토랑에 가지 않았다. 그렇지만 김보현과는 시간이 날 때마다 만나 술도 함께 하고 이야기도 나누었다. 그들이 아주 친해져서 격이 없어질 무렵에 형석은 김보현이 아주 이상한 병과를 가지고 있다는 사실을 들었다.

"뭐? 인텔리전스?"

김보현이 고개를 크게 끄덕였다.

"말하자면 큰 국가의 비밀은 아니지만, 그저 우리가 쉽게 무선으로 접할 수 있는 것을 무선 암호화한다든지, 아니면 다른 나라의 말들, 특히 한국이나 북한의 말을 듣고는 그것은 번역하고 암호화하는 일들이야."

"그럼 극비사항(top secret)도 있겠네?"

김보현이 고개를 가로젓는다.

"천만에. 하지만 비밀화(classified)가 된 것들이라고 볼 수 있지."

Top Secret과 Classified는 성격이 다른 문서를 말한다. 하지만 둘 다 비밀문서에 속한다. 형석은 그가 여태 그 사실을 말하지 않다가 왜 갑자기 밝히나 이상하게 여겼다. 굳이 밝힐 이유가 없었기 때문이다. 그러나 그 이유는 김보현의 입으로 금방 이어졌다.

"진형에게 부탁이 하나 있어."

"뭔데?"

김보현의 말투에서 강력한 긴장감이 묻어났다. 그 바람에 형석도 조금 긴장한다.

"이 서류를 볼프강에게 전달해 주었으면 해."

김보현이 내미는 두툼한 서류는 형석을 긴장시켰다.

"아니? 이게 뭔데?"

김보현이 형석의 손을 꼭 잡는다.

"나라를 위한 거야. 진형, 우린 진형의 도움이 절실히 필요해."

형석은 엉겁결에 그의 손을 마주 잡았는데 그것이 김보현에게는 승낙의 표시인 줄 알게 했다.

"고마와, 진형. 난 진형이 꼭 우리를 도울 줄 알았어."

이렇게 되니 형석은 그의 부탁을 거절할 도리가 없었다.

형석은 볼프강의 그 끈적끈적한 미소가 싫었다. 서류를 넘겨받고 형석에게 보여준 그의 태도가 심한 거부감을 일게 했다. 그는 약간 도도한 자세로 고개를 쳐들며 딱딱하게 말했다.

"조국이 써전 진의 행동을 기억할 겁니다."

그것은 마치 60년대 초에나 나올, 애국심을 끌어내기 위한 유치한 말장난 같다는 생각이 들었다. 그 당시 서구에 많이 퍼져 있었던 극단적 민족주의의 반영 같은 것 말이다. 형석은 그대로 레스토랑을 뒤로 하고 앞으로 내달리듯이 나왔다. 어떻게 김보현이 볼프강 같은 인물과 가까워졌는지 이상하게 여기며….

형석이 그 이유를 듣게 된 것은 둘이 함께 CQ(불침번, 혹은 당직)를 보게 될 때였다. 이제 제법 쌀쌀한 북구의 겨울바람이 막 독일의 국경에 불기 시작했기에, 숙소 밖의 풍경은 을씨년스럽기 그지없었다. 이따금 바람에 날리는 낙엽이 창문에 부딪히면 창문은 자지러지는 비명을 지르며 부르르 부르르 떨어댔다. 김보현은 마치 낙엽 냄새를 닮은 담배연기를 내뿜으며 조용히 말했다.

"정은이 때문이야."

주의 깊게 듣지 않으면 그 말은 마치 혼자 중얼거리는 것처럼 처량했다.

“볼프강이 어떻게 알았는지 정은이의 소식을 알려 주더군.”

“그럼 내게 ‘조국을 위해서’라고 말한 것은 뭐야?”

형석이 조금은 말소리를 높였다.

“미안해, 진형. 그래야만 진형이 나를 도울 것 같았어.”

형석은 약간 미간을 찡그린다. 하긴 여자 때문이라는 것보다는 나라를 위한다는 명목이 더 나았는지도 모르니까.

“내 짐작대로 그는 정보원이었어.”

김보현은 이빨을 물며 부르르 떤다.

“내가 진형에게 왜 정은이가 어떻게 되었는지 말 안 했는지 모르지? 그 당시 우리 사회, 아니 우리나라의 상황은 여자가 정보부에 끌려가면 끝난 거야. 개보다도 치욕스런 꼴을 당하는 거야. 후후후.”

김보현의 웃음소리는 너무나 처절하게 들렸다. 그는 이미 꺼져버린 담배꽁초를 버리고 다시 한 개비를 빼어 물었다. 형석은 이상하게도 담배 연기에서 자꾸만 가을 냄새를 맡는다.

“한국에서 도망치기 전, 삼촌에게 빌다시피 해서 정은이를 면회 간 적이 있었어.”

그의 얼굴이 그때의 일을 기억하는지 심하게 일그러졌다. 평상시에 평온했던 그의 모습과는 사뭇 다른 모습이었다.

"정은이가 철창을 잡고 절규하더군. 형, 내가 왜 여기에 갇혀서 이런 수모를 당해야 해? 난 형을 좋아한 죄뿐이 없다고, 라고 말이야."

형석은 김보현의 두 뺨으로 굴러떨어지는 눈물을 안타까워한다.

"나는 최소한 한국에 나가 정은이를 위해 법정에 섰어야만 했어. 그녀는 아무 죄가 없다고. 모든 게 내가 시킨 일이라고 말이야. 하지만 나는 무서웠어. 다시 정보원들에게 잡혀가는 것이 공포스러웠다고."

형석이 눈을 감는다. 인간의 잔혹한 짓은 무서운 것이다. 이 세상 어느 누구라도 굴복하지 않을 재간이 없으리라.

"그런데 말이야, 진형. 그 죽일 놈의 볼프강이 정은이의 소식을 알려온 거야."

형석은 볼프강이 좋은 소식을 주지는 않았다는 사실을 이미 파악했다.

"그때 정은이를 그 치욕적인 악행에서 구한 것은 기막히게도 나를 가장 가혹하게 괴롭혔던 정보원이었어."

형석은 그만 까무러칠 뻔했다.

"정은이의 미모를 탐낸 거지. 보통의 경우처럼 한순간만 가지고 놀고 싶은 것이 아니라, 정은이의 미모를 영원히 소유하고 싶은 거였어."

김보현은 허덕였다. 형석도 가슴이 무척이나 아려왔다.

"그래, 정은이는 그 놈의 첩이 된 거야. 고문을 면제해

주는 대가로 말이지."

형석은 자신도 모르게 김보현이 놓아둔 담뱃갑에 손을 가져갔다. 어디선가 낙엽 냄새가 마구 쏟아져 들어오는 듯했다. 여태까지 끊었던 담배가 이토록 유혹적으로 다가오기는 처음이었다.

"볼프강이 그러더군. 일만 잘되면 정은이를 풀어주겠대."

"개새끼!"

형석이 자신도 모르게 큰소리를 질렀다.

"진형, 내가 그 악독한 고문을 당했을 때 말이야. 나는 민족도 애국도, 자존심도 몽땅 다 버렸어. 그 악랄한 인간들이 포진하고 있는 나라에서 무슨 민족이나 애국이 있겠어. 그리고 그 악랄한 고문은 오직 살아야 한다는 애착만을 내게 남겼어. 나라? 아무런 감흥도 없어. 그런데 말이야. 내가 정은이를 그렇게 버렸는데 말이야. 흑…. 그런데, 내가 다시, 그녀를 또 버릴 수는 없잖아."

그것은 잔인한 고문보다도 더 심한 고통이리라. 형석이 도저히 참을 수 없어 울먹이는 김보현에게 말없이 고개만을 끄덕여 줄 뿐이었다.

독일의 가을은 무척이나 빨리 지나갔다. 금세 하늘과 나뭇잎에 가을은 머무는 듯싶었는데, 어느새 땅덩어리는 거대한 얼음산을 만들어 내고 있다. 형석은 물품창고에서 손을 호호 불어가며 서류를 작성하다 앞으로 다가오는 두 명의 MP를 보고는 가슴이 덜컥 내려앉았다. 한 명이 날카로운 눈동자를 굴리며 형석을 확인한다.

"써전 진?"

"예스?"

형석의 목소리가 표나게 떨렸다.

"함께 갑시다."

그의 머릿속에 무엇이라도 들어있는 것처럼 앵앵 소리가 나는 느낌이었다. 콜트마샬(군법회의)은 독일 프랭크프르트에서 간단한 절차를 걸쳐 바로 미국으로 이송되었다. 형석은 '자국에 위해를 끼치는 스파이 행위' 혐의로 정식으로 콜트마샬에 회부 되었다. 그는 세 명의 법무관을 간절하게 쳐다보며 항변을 해보려고 했지만 법무관은 정확하게 볼프강에게 전달된 서류와 시간, 날짜까지 짚어냈다. 절망적인 일이었다. 형석은 김보현의 부탁을 들어주지 말아야 했다고 후회했지만 이왕 지나간 일이다.

증인 심문 때에 형석은 너무나 놀라 입을 다물 수가 없었다.

"코퍼럴 김, 증인은 써전 진이 확실히 그 서류를 볼프강이란 사람에게 전달했다고 시인하는가?"

김보현이 천천히 고개를 들었다. 형석은 그가 '노'라고 말해주길 빌었다. 자신은 엄연히 그의 간절한 부탁을 들어준 사람이 아니겠는가. 어쩌면 모든 것은 그의 이 대답에서 결정될 것이었다. 그가 아니라고 한다면 아무도 그 일을 아는 사람은 없었다. 하지만 그것은 형석의 안타까운 바람일 뿐이었다.

"예스."

"써전 진이 그 서류를 전달했을 때, 그는 그것이 극비문서라는 사실을 알고 있었는가?"

형석은 김보현을 간절한 눈초리로 쳐다본다. 그것만이라도 '노'라고 해준다면 형석은 구제될 가능성이 있었다. 형석은 김보현의 눈에 눈물이 고인다는 느낌이 든다. 김보현이 천천히 형석에게로 눈길을 주었다. 어디선가 매콤한 가랑잎 타는 냄새가 나는 것 같다. 김보현은 허깨비처럼 대답했다.

"예스."

"노우."

형석이 길게 절규한다. 그러나 그것이 끝이었다. 헌병들이 김보현을 부축해서 일으켰고, 형석이 배신감에 몸부림치며 헌병들을 뿌리치며 김보현에게 달려가 그의 멱살을 움켜쥐었다. 그 순간 김보현이 차분한 목소리로 형석에게 말한다.

"미안해, 진형. 어쩔 수 없었어. 플리 바겐이야. 고문보다도 더 지독한 것이지."

형석이 멍해졌고 헌병들이 그를 끌어냈다. 그것은 형량 감축을 위한 김보현과 법무관들의 더러운 흥정이었다. 미국에서만 통용되는 plea bargain(자신의 형량을 낮추기 위해 친구, 또는 함께 범죄를 저지른 동료들을 고발하거나 또는 그들에게 불리한 증언을 하도록 협상하는 것)은 다른 나라에서 통용되는 고문보다 더 효과적이었지만, 자신의 동료나 친구, 심지어는 형제들도 배신할 수 있는 잔인한 것이었다.

사람들은 항상 검은 힘에 굴복한다. 그리고 그 검은 힘은 최소한 지금 이 세상에 넓게 퍼져있는 권력을 만들어 낸 원천이며, 아직까지도 세상에서 그 위세를 떨치며 진리와 진실을 왜곡시키는 것이다. 그리고 그 희생물이 바로 정은이나 형석 같은 소시민들이다. 아니 김보현이 대표적인 희생물일 것이다. 그는 고문이란 검은 힘에 굴복하여 사랑하는 연인을 희생시켰으며, 플리 바겐에 굴복하여 친구를 희생시켰다.

형석은 이를 악물었다. 이제 파란 수의를 입고 회색의 시멘트 바닥을 걷으며, 과연 이 세상의 진리란 어떻게 이루어졌나를 생각해 보았다. 민족이나 사상, 이념, 사랑, 의리, 이 모든 것들은 권력자들의 검은 힘을 이기기에는 너무 나약한 것이었다. 특히 생명의 위협을 받는 무력한 민중들에게는 말이다. 그리고 그 검은 힘은 이 세상의 진리를 그들의 것으로 만들어 가는 것이었다.

어디선가 봄이 오는 냄새가 난다. 그토록 추웠던 겨울이 지나면 그래도 잊지 않고 찾아오는 봄이 있으리라.

# 자줏빛 하늘에 남긴 편지

## 1. 효정의 꿈

가을걷이가 끝난 황량한 벌판에 이따금 바람이 불면, 흩어지는 검불 사이로 쭉정이를 쪼아 먹던 참새들이 우르르 날아오르고, 하늘을 뒤덮은 먹구름은 금방이라도 가을비를 한바탕 퍼부을 것 같았다. 이미 추수가 끝났기에 논밭을 돌보는 사람은 하나 없이 벌판은 황량하기 이를 데 없다.

버스 정류장 표지판이 거친 황톳길 가에 붉게 녹슨 모습으로 볼품없이 서 있었다. 효정은 벌판 멀리 누렇게 가로지른 황톳길을 하염없이 바라보며 앉아 있었다. 이따금 들쥐들이 불쑥불쑥 논둑에 나타났다 사라지곤 했다. 먼 곳을 하염없이 바라보고 있는 그녀의 눈엔 오래도록 기다려온 그리움이 흠씬 젖어있다.

진우는 가을바람이 차갑게 불어오는 황톳길을 따라 터벅터벅 걸어간다. 오랫동안 비가 오지 않은 황톳길은 발을 내디딜 때마다 누런 흙먼지가 일었다. 이따금 한두 채씩 보이는 농가들은 지붕과 외벽들이 허물어져 내장을 빼내고 나자빠진 수술 환자 같은 모습을 하고 있었다. 농촌은 이제 삶의 터전이 아니라 떠나지 못한 사람만이 남아 사는 곳이 되었다. 황토 흙먼지가 생활에 밴 인정은 일찍이 시멘트에 내쫓겨 인심 좋은 농촌이란 옛말이 되었다. 진우는 그저 힘없이 허리의 수통을 뽑아 미지근한 물로 입을 축여본다. 가을 황톳길이 숨을 막듯 답답하다. 그는 휘파람을 한번 불어 보았다. 속이 좀 트이는 것 같기도 하지만 마음은 여전히 잿빛 하늘보다 어둡다.

멀리 언덕 끝에서 털털거리며 페인트가 다 벗겨진 고물 시외버스가 나타났다. 달려오는 버스 뒤로 흙먼지가 뽀얗게 피어나면서 깊이 파인 길을 지날 때는 버스가 통째로 부서지는 것 같은 소리를 내고 했다. 진우는 손을 들어 버스를 세울까 생각하다 그만두었다. 어차피 찾아갈 목적지도 없는 터에 굳이 버스를 탈 필요가 없다. 버스가 비좁은 길을 덜컹거리고 달리며 눈앞이 어지러울 정도로 흙먼지를 들씌웠다. 그는 두 눈을 꼭 감으며 코와 입을 두 손으로 틀어막아 보았지만 미세한 흙먼지가 콧속으로 훅 밀려들어 온다. 그는 기침을 캑캑거리다 보니 뭔가 응어리진 것이 이내 넘어올 것만 같았다.

효정은 언덕 위로 먼지가 피어오르는 것을 보고 얼른 일어선다. 하루에 딱 두 번 들어오는 버스인데 오전에는 안 오셨으니 지금 버스를 타고 오는지도 모를 일이었다. 마침내 버스가 보였다. 효정은 가슴이 콩닥콩닥 뛰었다. 몇 달이 지났으니 오늘은 꼭 올 것 같은 생각이 들었다. 정류장에 꼭 멈출 줄 알았던 버스는 이내 지나쳐 버리고 말았다. 그는 마음이 휑한 구멍이 뚫린 기분이었다. 그는 코를 훌쩍거리며 움직일 줄을 모르고 서 있었다.

늦가을 들녘의 어둠은 일찍 내린다. 효정은 길을 재촉했다. 산길을 넘어야 하는 그의 발걸음이 빨라졌다. 근처 덤불 숲을 스치는 바람 소리가 스산하게 들린다. 발걸음을 재촉해 산등성이를 넘으면서 마을이 보이기 시작하자 그는 두려운 마음이 놓이었다. 마을 안으로 들어서자 집 앞에 서성거리던 안산댁이 쪼르르 달려왔다.

"아니 어디 있다 인자 온다요. 큰일났고만. 할아버지가 역정이 대단하시던데…."

효정은 안산댁은 쳐다보지도 않고 대문 안으로 들어서는데, 벼락같은 소리가 떨어졌다.

"어데를 그렇게 쏘다니는 거냐?"

효정은 뜨끔했지만 그래도 속내를 보이기 싫어 할아버지를 외면해 버린다.

"또 버스 정거장에 나갔다 온 게냐?"

효정은 할아버지의 말에 눈물이 날 것만 같았다. 할아버지가 혀를 끌끌 찬다.

"아, 글쎄 안 온다고 해도 그러는구나. 이제 이 마을에는 아무도 안 와!"

할아버지의 말은 차라리 그들에 대한 오기일 지도 모른

다는 생각이 들었다. 농촌 마을은 옛날처럼 풍요와 넉넉한 인심이 넘치는 곳이 아니었다. 모두가 도시로 떠나 버리고 이제 농촌 생활에 안락함을 느끼는 몇몇 노인과 떠날 수 없는 어린애들만이 덩그렇게 남겨졌다. 남아있는 사람들에게도 농협에서 융자다 뭐다 해서 빌려온 부채가 주렁주렁 엮어져 있는 것이었다. 효정은 몇 안 되는 농촌에 남아있는 아이들과 학교 안을 기웃거려 봤지만 가르친다는 선생님은 오지 않았다, 그 뒤 효정은 선생님을 기다리는 것이 하루의 일과가 되어 버린 것이다.

'구레마을!' 진우는 그 발음하기 이상스러운 마을 이름을 되뇌며 작은 산길을 오른다. 큰길로 다닐 이유가 없기 때문이다. 이렇게 작은 길도 한번은 가고 싶을 때가 있는 것이다. 지금 진우의 마음이 그러했다. 산등성이에 오르니 침침한 어둠에 갇혀 있는 농가 몇 채가 보였다. 진우는 천천히 마을로 내려간다. 그저 밤이슬이나 피하면 좋았고 그렇지 않아도 전혀 상관없었다.

박 노인은 담배 연기를 길게 내뿜었다. 예로부터 농촌을 무시하면 나라 살림이 불안했는데, 요즘처럼 이렇게 농촌이 천대받는 시절은 아마 역사상 처음일 것이란 생각이 들었다. 나라의 근본은 백성이요, 백성의 근본은 농토라고 하는 성인들의 가르침도 있는데, 이다지 농촌을 홀대하다니. 박 노인은 한숨으로 긴 연기를 내뿜었다. 나라가 잘못되는 것은 비단 농촌 경시 때문만은 아니었다. 교육에도 큰 문제가 있는 것이었다. 가르침을 주려는 자들은 모두 대처로 나가고, 삶의 근본인 농촌으로 돌아올 생각은 조금도 하지 않는 것이었다. 박 노인은 매일 십여 리 길을 걸어 버스 정류장에 나와 오지도 않는 선생님을 기다리는 손녀가 가여웠다. 그렇다고 이제는 말릴 수도 없는 일이었다.

"어르신네, 주무시는 감요?"

안산댁이 침통해 있는 박 노인을 부른다.

"아닐세. 무슨 일이 있는감?"

"저기, 객이 오셨는데…."

박 노인은 정말로 오랜만에 듣는 소리였다. 박 노인이 방문을 벌컥 열었다. 안산댁 옆에 키가 껑충하게 벙거지 모자를 손에 든 청년이 약간 파리한 얼굴로 어색한 미소를 짓고 있다.

"어디서 오는감?"

진우는 할 말이 없어 그저 멀뚱히 서 있기만 했다. 박 노인이 무엇을 생각했는지 안산댁에게 말한다.

"사랑으로 모시게. 시장하실 테니 식사도 준비하구."

진우가 그 말을 듣고 고개를 꾸벅했다.

"감사합니다, 어르신."

안산댁은 습관적으로 앞치마에 손을 닦으며 진우를 사랑으로 인도했다. 진우는 그저 밤이슬이라도 피하면 좋다고 생각했는데 식사대접까지 받으니 기분은 좋았다. 작은 밥상 위에 놓인 나물이며 야채 등속이 깔끔했다. 하지만 진우는 밥을 먹고 싶은 마음이 별로 없었다. 몇 술을 뜨다 말고 옆에 놓인 술잔을 집어 들었다. 몇 잔 마셨는데 며칠간 쌓인 피로 때문인지 눈이 감겼다. 진우는 무슨 생각을 할 사이 없이도 깜박 잠에 곯아떨어졌다.

효정은 찬란한 아침 햇살을 받으며 눈을 뜬다. 어제 하늘의 먹구름이 밤새 활짝 개었고, 창문을 통해 들어오는 가을의 햇살이 싱그러워 손으로 받아쥐면 과자처럼 아삭아삭 부서질 것만 같다. 동시에 가슴속이 아릿아릿한 것이 오늘은 무언가 좋은 일이 생길 것 같은 느낌이 든다.

그는 창문을 덜컹, 열었다. 뒷마당 감나무에 앉아 있던 까치 두 마리가 깍깍 울었다. 쪽마루를 걸어가 마당으로 내려서던 효정은 깜짝 놀란다. 사랑방 댓돌 위에 흙먼지투성이 신발이 가지런히 놓여 있다. 누군가 찾아온 것이었다. 효정은 갑자기 가슴이 풍선처럼 부풀었다. 효정은 살그머니 발걸음을 옮기며 댓돌로 다가간다. 신발만 보았는데도 벌써 온몸에 짜릿했다. 효정은 자신이 본 것이 믿기지 않아 흙투성이 신발을 가만히 만져보고 나서 발꿈치를 들고 살금살금 걸어 나가 대문을 활짝 열고 야호, 소리를 지르며 빠르게 달려나갔다. 구레 마을에 선생님이 오지 않는다고 생각한 아이들에게 선생님이 찾아왔다는 것을 알려야 했다.

그때까지 늦잠에 빠져 있던 진우는 목마른 갈증을 느끼

며 잠에서 깨어났다. 아침이 벌써 한참 되었는지, 눈부신 햇빛이 가득하다. 그는 물 주전자를 집어 들고 쿨럭쿨럭 들이켰다. 그는 어젯밤 일을 기억하면서 자신이 어느 집에 사랑방에 누워있다는 것을 알아차렸다. 그는 방문을 열고 밖으로 나오다 두 눈이 휘둥그레졌다.

"선생님, 안녕하세요."

고만고만한 예닐곱 명의 아이들이 일제히 고개를 숙이며 인사를 했다.

"너희들은?"

진우는 닦은 방울처럼 초롱초롱 빛나는 눈동자를 놀랍게 바라보았다.

"저는 효정이고요, 이 애는 창식이고요,"

효정이 아이들을 차례로 인사시켰다.

"우리는 오래 선생님을 기다렸어요."

효정이 다시 말했다. 진우는 목이 꽉 막히며 눈물이 날 것 같았다. 아직도 이런 곳에 이런 아이들이 있다는 사실에 그는 새삼 놀란 것이었다.

"선생님, 저는 백종길이라고 해요."

까까머리 아이가 조금은 어색한 표정으로 인사를 꾸벅하자 진우는 그만 눈물방울을 떨구고 말았다.

"얘들아, 나는 말이야."

진우는 아이들의 시선을 피하면서 손을 저었다. 그는 '나는 너희들 선생이 아니야'라고, 말을 해야만 했지만 아이들의 눈에 가득한 기대감을 차마 무너뜨릴 수가 없다.

"나는 말이야, 너희들 선생이…."

진우는 눈물을 머금고 사실을 말해야만 했다. 아이들의 뒷전에 서 있던 한 노인이 밝게 웃고 있었다.

"선생님, 인제 학교로 가셔야지. 얘들아, 선생님께 학교 좀 보여주렴."

아이들이 진우에게 우르르 몰려들었다. 그 정경을 바라보는 효정의 귀엽고 순박한 얼굴에 밝은 희망의 빛이 떠올라 있다.

비록 오래되어 허름한 건물이지만 학교는 정성껏 쓸고 닦아 밝고 깨끗했다. 학교 옆에는 조그만 기숙사도 있었다. 학생은 모두 일곱 명 가운데 효정이가 제일 큰 고등학교 1학년이었고, 나머지는 중3, 초등학생들이었다. 진우는 조금 긴장한 표정으로 일곱 명의 아이들을 길게 바라보았다. 그가 첫 수업을 할 적에도 지금 같이 설레는 심정이었을 것이다.

## 2. 진우의 꿈

벌써 여드름이 얼굴에 덕지덕지 앉아 있는 고등학교 2학년생 교실. 진우의 첫 수업은 설렘과 긴장 속에서 시작되었다. 수업이라고는 교생실습 때 해 본 것 이외에 이번이 처음이었으니 진우가 떠는 것도 어찌 보면 당연한 일이라 하겠다. 그러나 항상 교사가 되는 것이 꿈이었으니, 이렇게 교단에 서 있다는 자체가 꿈처럼 행복하게 느껴진다. 그는 항상 학생들의 정신적 지주가 되는 훌륭한 선생이 되었으면 하고 꿈꿔 왔던 것이다.

그러나 그 꿈은 첫 시간에 깨어져 버렸다. 진우는 학생들의 눈동자를 의식하며 열정적으로 수업을 했다. 첫 시간이었기에 온 정성을 다했던 것이다. 그런데 어떤 소리가 그의 열정을 딱 멈추게 했다. 끝쪽에 앉아 있는 약간은 불량기가 있어 보이는 학생이었다. 그 학생의 비웃음이 들리는 순간 여태까지 몰랐던 진우의 시야가 확 넓어지는 느낌이다. 반 학생들의 눈동자가 여태 긴장 때문에 잘 볼 수 없었는데 이제 정확하게 보였다. 진우는 분노로 어금니를 지그시 물었다.

"뭐라고 했지, 학생?"

그러나 분노에 찬 진우의 말소리에도 불구하고 그 학생은 시큰둥하게 대답했다.

"그런 거 시험에 안 나온다고요."

진우가 반 학생들을 둘러본 것은 그때다. 반 학생들의 반수 이상이 졸거나 다른 공부를 하고 있었다. 자신이 정성을 다한 것과는 정반대로 학생들은 다른 짓을 하고 있다는 것이 확실히 눈에 들어온 것이다. 진우는 분노했다. 모든 것은 전부 시험과 통하고 있었다. 인간성마저도 시험에 결부시키려는 것이 오늘의 교육행정이었다. 그리고 그것을 당연히 여기는 학생과 학부모들의 극성이 오늘의 살풍경한 교육환경을 만들어 냈다는 사실이 또한 그를 분노시킨 것이다. 진우의 가슴에서 무언가가 치밀어 올라 그는 어금니를 앙다물 수밖에 없었다.

"나와!"

진우의 분노어린 고함에 그 학생이 잠시 흠칫했다. 그러나 그 학생은 나오지도 않고 자리에서 일어나지도 않았다.

"나오라고!"

목소리가 높아졌지만 그 학생은 그냥 자리에 앉아 있었다. 진우는 머리끝으로 분노가 솟구쳐 올라왔다. 진우는 지금 자기 자신이 가장 경멸적인 모습이 되어 어슬렁 어슬렁 그 학생에게 다가가는 모습을 생각하며 진저리를 치고 있었지만 발걸음을 멈추기에는 이미 때가 늦었다. 그 학생 앞에 우뚝 선 진우는 자신의 모습이 학생들 앞에서 권위를 보이기 위한 몸부림처럼 느껴져 너무도 당황스러웠다. 그런 진우의 행동을 다른 학생들은 무척 흥미로운 표정으로 지켜보고 있었다. 어찌 보면 학생들은 이 상황을 즐기고 있는 것 같았다. 학교라는 틀과 수업이라는 강제된 억압 속에 가두어진 학생들은 어떤 사건을 통해 그 상태를 한 번 벗어나 보고자 하는 욕망을 가지고 있다. 그리고 그 사건이 폭력적이거나 아니면 자극적인 것이라면 더욱 기대감이 컸다. 진우는 눈을 지그시 감았다. 자신이 원했던 선생의 모습은 이런 것이 절대로 아니었다는 자괴감이 그의 머릿속에 비집고 들어섰다. 그런데 그의 눈감은 모습이 그 학생에게는 우습게 보인 모양이었다.

"히히히…."

화가 나서 자신에게 달려온 선생의 앞에서 낄낄대며 웃는 것처럼 선생의 분통을 터뜨리는 일은 없을 것이다. 진우는 순간 이성을 잃고 그 학생의 뺨따귀를 냅다 갈겼다. 졸지에 진우에게 뺨을 맞은 학생은 퍽하고 쓰러져 버렸다. 진우는 자기 행동에 경악했다. 어떻게 자신이 이렇게 잔인하게 남의 뺨을 때릴 수 있단 말인가. 그런데 그 학생의 행동이 그를 이상한 방향으로 몰아갔다. 넘어진 상태로 그 학생이 주머니에서 핸드폰을 꺼내는 것이 보였다. 선생은 안중에도 없다는 행동. 욱하고 소리친다.

"전화기 내려놔."

진우는 소리쳤다.

"왜요, 겁나나 보지?"

학생의 반응은 더욱 가관이었다.

"이놈이!"

그 순간 진우는 불끈 화가 치솟았고, 마구잡이로 학생을 난타하기 시작한 것이다. 진우가 기억하는 것은 경찰이 교실로 들이닥쳤다는 사실이다. 인접한 교실에서도 무슨 일인가 내다보았을 정도니 진우가 얼마나 흥분했었는지 잘 알 수 있으리라.

폭력교사. 이것이 진우가 그 사건으로 얻은 불명예스러운 딱지였다. 아마 첫 수업을 마치지 못하고 쫓겨난 선생은 진우가 처음일 것이다. 거의 반강제로 사직서를 쓰고 학교를 나서면서, 자신이 끝까지 참았어야 했다는 후회보다 이런 사회를 만들어놓은 사회구조를 저주했다. 아무것도 아쉬운 것은 없었다. 다만 정 박사님에게 어떻게 말해야 하나 싶은 걱정이 될 뿐이었다. 하지만 어쩌겠는가. 그는 공해에 찌든 하늘을 올려다보면서 한숨을 길게 내쉬었다.

정 박사의 호통은 이미 예상했던 일이었다. 하지만 수진의 눈빛이 진우를 못살게 했다. 최고로 믿었던 진우가 단 하루 만에 교직에서 쫓겨났다는 사실은 정 박사에게는 충격적인 일이었다. 더욱이 교사 임용 때 정 박사가 백방으로 노력했다는 사실을 생각하면 진우의 사직은 믿지 못할 일임에 틀림이 없었다.

"그래, 이젠 어떡할 셈이냐?"

진우는 대답 없이 되레 수진을 노려보고 있다. 한껏 경멸의 표정을 담은 채로.

"뭘 부탁하려고 온 것은 아닙니다. 다만 알려드려야 할 것 같아서."

왜 이런 말이 나왔는지 모른다. 다만 수진에 대한 경멸이 반영되었을 것이다.

"뭐야!"

정 박사의 말소리가 높아졌다. 정 박사는 당장이라도 진우의 뺨을 후려갈길 듯이 노려본다. 그러나 진우는 그런 정 박사의 눈길을 피하지 않고 그대로 쳐다보았다. 기어이 정 박사가 참지 못하고 눈길을 돌린다.

"휴우. 네 아버지만 아니었다면…."

진우의 입가에 노골적으로 불쾌감이 나타났다. 정 박사의 한숨이 길게 이어졌고 진우는 자리에서 일어섰다.

"어디 다른 일자리라도 찾아봐야겠습니다."

진우는 그저 고개를 꾸벅하며 수진을 쳐다보지도 않고 밖으로 휑하니 나가버린다. 그의 뒤통수에 쏘아지는 네 개의 뜨거운 눈동자를 의식하면서.

폭력교사였지만 구속이 되거나 아니면 법의 심판을 받은 것이 아니었고, 또한 사직서를 쓰고 자진 사퇴한 것으로 되어있기에, 그 후 진우는 변두리에 있는 작은 학교에 다시 채용되었다. 진우의 채용은 정 박사의 힘이 크게 작용한 때문이라는 사실을 잘 알고 있다. 만일 그가 아니라면 진우의 재채용은 절대로 이루어질 수 없는 일이다. 하지만 진우는 끝내 정 박사를 모른 척하고 하숙집을 학교 근처로 옮기고 말았다.

수업 시간이건 점심시간이건 간에 진우는 극도로 조심해서 행동했다. 잘못하면 이번에는 아예 교사자격증마저도 취소될 수도 있으니 말이다. 그러나 소문은 빨리 나는 법이다. 진우가 폭력교사란 사실이 학생들의 입에 오르내리면서 은근히 그를 경계하는 학생들뿐 아니라 동료 교사들이 늘어나고 있었다. 힘드는 건 수업 중이 더했다. 은근히 수군거리는 아이들과 일부러 진우의 약을 올리는 학생들도 있었다. 또한 학생들의 반 이상이 진우의 수업과 전혀 관계없는 공부를 하는 통에 진우는 그것을 외면하느라고 고통스러울 지경이었다. 물론 다른 교실에서도 상황은 비슷했다. 그러나 유독 그것을 힘들어하는 사람은 진우 혼자뿐인 것 같았다.

하루는 국사 선생인 권순창 교사가 진우에게 충고한다.

"송 선생, 그만 포기하지, 그래. 우리 학교가 문제가 아니라 이 나라 교육 자체가 문제야. 나를 보라고. 이제 국사는 학생들이 공부하는 과목이 아니야. 시험에 안 나오거든. 국사 과목이 필수가 아니란 발표가 있고 난 후에는 수업 중에 대놓고 수학책이나 영어책을 펴놓고 공부하는 녀석들이 있었지. 분노가 치밀어 소리치며 두둘겨 패곤했지만 교육행정이 그렇게 만들었는데 어쩌겠나. 차츰 분노가 안으로 사그라지고 이제는 포기한 상태로 하루하루를 죽이며 월급만 타고 살아가는 거라네."

권 선생의 말에 비애보다는 포기가 담겨있다.

"물론 자네가 젊기 때문에 견디기 힘들겠지만, 지금은 사람이 시험을 보는 세상이 아니라 시험이 사람을 만드는 세상이란 사실을 깨달아야만 할 걸세."

진우가 권 선생을 지그시 노려보며 말했다.

"그렇다고 전부 다 포기하면 어쩌란 말입니까?"

그러나 권 선생은 힘없이 고개를 저었다.

"이제 교육은 한 줌의 가치도 없는 걸세. 오직 시험을 잘 보고 상급학교에 진학해서 출세의 기회를 얻을 수 있다면 그뿐이란 말일세. 대가리에 똥만 가득 찬 교육부의 어르신네들이 교육정책이라고 내세우는 것을 보면, 마치 아이들도 그것보다는 더 나은 생각을 하겠다 할 정도로 유치한 것들이란 말이야."

그 말을 하다가 권 선생은 후다닥 입을 닫는다. 주위의 눈치를 보는 것이다. 진우는 그런 그의 모습에서 분노와 비애를 동시에 느꼈다. 모두 알고 있는 것이다. 하지만 말을 할 수 없다는 현실은 마치 군부시대보다도 더한 강압적인 힘이 행사되고 있다는 것을 말해준다. 군부 시대에는 힘이 무서웠지만 지금은 생계가 더욱 무서운 것이다. 힘으로 누구를 누르면 반드시 반발력이 생겨 다시 제자리로 돌아올 수 있는 힘이 있지만, 생계의 위협은 아무런 반발력도 생기지 못하고 그 뿌리부터 철저히 말려버리는 강압보다도 더 악랄한 탄압인 것이다. 진우는 그저 크흐흐 하고 신음을 떨쳐낼 수밖에 없었다.

사회가 불안하면 아이들이 영악해지는 것일까? 진우는 수업 중에 노골적으로 자신의 분노를 유도하는 학생들을 보고는 이를 물고 참아야만 했다. 폭력교사인 진우의 분노가 폭발하는 것을 보고 싶어 하는 것일까, 아니면 자신들에게 함부로 폭력을 쓰지 못한다는 것을 알고 있기 때문일까. 아무튼 그 몇몇 학생들의 행동은 다분히 의식적이었다. 그런 것들을 애써 잊어버리려는 진우의 심적 고통은 날이 갈수록 점점 더 커져만 갔다.

세월이 마냥 진우의 어깨를 지겹게 짓누르고 그 고통을 참지 못해 허덕이며 하숙집으로 돌아온 진우는 갑자기 벼락에나 맞은 듯 그대로 우뚝 굳어져 버렸다. 너무나 의외였기에 진우는 자신의 눈을 의심하면서 자신의 방에 서 있는 여자를 노려본다.

"수진이?"

믿기 어려운 일이었다. 언제나 진우를 하찮게 보던 수진이 그의 하숙집에 찾아올 이유가 없었다.

"아빠가 걱정하시기에 한번 와 봤어."

예의 그 딱딱대는 말투였고 차가운 눈빛에서는 진우가 항상 느꼈던 그 서릿발 같은 멸시감이 느껴졌다. 항상 그래왔지 않은가. 수진은 진우를 적대감과 시기 어린 눈초리로 봐 오지 않았던가.

"잘 있다."

딱 잘라서 말했다. 정이 하나도 담겨 있지 않는 목소리로.

"그럼 됐네."

수진도 역시 마찬가지로 정 없는 목소리로 답한다. 그것이 수진과 진우 둘의 생이었다. 수진은 항상 진우를 멸시했고, 진우는 그런 그녀의 태도를 경멸했다. 하지만 진우는 자신의 속마음을 너무도 잘 알고 있다. 처음 정 박사의 집에 가던 날, 수진의 그 예쁜 모습을 본 순간 진우는 온 세상이 모두 사라지는 착각을 느꼈었던 것이다. 그러나 그 마음은 수진의 멸시 어린 눈길에 의해 그의 가슴속 깊이 혼자만의 비밀로 밀어 넣어야만 했었다. 그리고 수진의 멸시가 심해질수록 그 반대로 그는 그녀를 경멸해 온 것이다. 따져보면 진우가 대학을 수석으로 입학할 수 있었던 것도 수진에 대한 복수심 때문이었는지도 모른다.

수진은 곧 돌아갈 것 같았지만 정작 가지는 않고 방 앞에서 서성였다. 그러니 진우도 방으로 들어갈 수 없는 입장이었다.

"덥지 않니?"

그녀의 멸시감을 부추기지 않고 또 자신의 속내가 드러나지 않도록 주의하며 간신히 던진 말이다.

"덥긴 덥네."

수진이 손부채를 해서 부치는 시늉을 한다.

"아빠한테 전화라도 한 통 하지 그래."

진우가 고개를 저었다.

"뭐 하러? 실망하실 대로 실망하셨을 텐데."

그의 목소리가 단호 하자 수진이 그를 노려보았다. 진우는 이를 문다. 그 눈빛이었다. 멸시의 표정. 그 표정을 보는 순간 진우의 가슴에 분노와 경멸이 동시에 불타오른다.

"그만 가봐라. 나도 할 일이 있으니."

진우는 그 분노의 불길을 잠재우기 위해 그녀를 외면했다. 그런데 수진의 말이 이상하다.

"더운데 시원한 거 한잔하지 않을래?"

진우가 그 말을 듣고 흠칫 방으로 들어가려던 걸음을 멈추었다. 그 말이 무엇을 의미하는지 알려고 고개를 돌리는데 수진은 이미 하숙집 밖으로 걸음을 옮기었고, 진우는 마지못한 듯 그녀를 따랐다.

마땅한 곳이 없는 변두리인지라 할 수 없이 생맥주집에 들어선다. 구석진 곳에 앉으며 진우가 혼자 말 비슷하게 중얼댔다.

"근 20년을 함께 지냈는데 이런 데 같이 와보는 건 처음이군."

그랬다. 진우는 단 한 번만이라도 수진과 단둘의 시간을 만들어 보려고 했다. 그러나 그 생각은 오래전에 수진의 멸시 어린 표정을 보며 천천히 접어 버린 것이다.

"뭐 마실래?"

맥주밖에 없는 집인데도 수진이 이렇게 물었다. 다분히 깔보는 말투로. 그러나 진우는 그런 수진의 태도를 애써 무시했다. 하긴 이런 자리가 마련되었다는 자체만으로도 마음이 부풀어 있는데 구태여 기분 나쁜 표정을 지을 필요가 없었다. 수진의 표정은 맥주가 조금 들어가서야 풀리기 시작했다. 그녀의 눈빛이 점점 애처롭게 느껴지는 것은 아마 술기운 때문이라고 생각한다. 둘은 아직 말 한마디도

하지 않고 마치 술 시합이라도 하듯이 술잔만을 기울여댔다. 어떤 중요한 말을 가슴속 깊숙이 간직하기라도 한 것처럼.

"헤이, 진우."

마침내 수진이 참지 못하고 말문을 열었다. 진우는 수진이 자신을 부르는 호칭이 마음에 들지 않아 인상을 썼다. 그것은 항상 수진이 진우를 부를 때 했던 멸시적인 냄새가 풍기는 호칭이었기 때문이다.

"학교생활은 좀 어때?"

별로 대답할 기분은 아니었다. 동료 교사들의 이상한 눈초리, 학생들의 반감 어린 태도, 그리고 어쩔 수 없이 하루하루의 수업을 꾸려나가는 몇몇 교사들의 포기한 눈동자들.

"술이나 마시자."

진우는 그저 모든 것을 잊어버리고 싶었다.

둘은 허름한 술집 몇 군데를 더 돌고서 얼근히 취한 끝에 하숙방으로 돌아왔다. 진우는 왜 수진이 그렇게 멸시하는 자신과 함께 술을 마시는지 그 이유를 알 수는 없었지만 그래도 마음은 즐거웠다.

"야, 진우. 우린 전부터 이렇게 했어야만 했어."

그녀의 말소리가 마냥 꼬부라졌고 진우도 그 통에 여태 가면처럼 쓰고 있던 경멸이란 단어를 술기운과 함께 날려 버렸다.

하숙집 앞에 이르자 아쉽지만 이제 진우는 한여름 밤의 꿈에서 깨어나야 할 때라는 것을 느낀다. 수진이 그 멸시의 표정을 접은 것은 오직 술 때문이다. 오늘 밤 그녀가 돌아간 후에는 이렇게 마주 앉아 유쾌하게 보낼 시간은 다시 오지 않을 것이다. 하지만 하룻저녁이었을지언정 여태까지 지내 온 동안 이렇게 행복한 적은 없었다는 생각이 든다. 진우는 결연한 표정으로 하숙집 문 앞에서 서서 작별을 고했다.

"잘 가, 수진아."

그런데 작별인사를 듣는 수진의 표정은 생전 처음 보는 이상한 것이다. 저 표정이 뭘까 하고 생각하는데 진우의 가슴에 수진의 말이 충격이 되어 헤집고 들어 온다.

"헤이, 진우. 난 오늘 집에 안 가. 네 하숙집에서 자고 갈 거야."

진우는 수진이 술에 취해 헛소리를 한다고 생각하지만 그 소리를 듣는 순간 진우의 심장이 정말로 큰소리가 들릴 정도로 심하게 뛰었다.

"취했구나, 너."

그 말에 수진이 고개를 세차게 흔들며 부정한다. 밤이 늦었지만 집에 돌아가지 못할 정도로 늦은 시간은 아니었다.

"야, 송진우. 비켜!"

수진이 비틀대며 진우를 밀치며 집 안으로 들어갔고 진우가 당황해서 황급히 그녀를 따라 들어간다. 수진은 비틀댔지만 정확하게 진우의 방을 찾아 그대로 안으로 들어가 버렸다.

진우가 주저하다 방 안으로 들어와 보니 이미 수진은 책상에 기댄 채 중얼댔다.

"야, 송진우. 물 한 잔만 가져와."

진우가 그런 수진의 모습을 어이없다는 듯 쳐다보다가 혀를 차며 밖으로 나갔다. 하늘의 별이 참으로 고왔다. 물 한 그릇을 떠서 안으로 들어오니 수진은 이미 잠이 들었는지 축 늘어져 있다. 수진의 자는 모습을 보고 진우의 심장이 심하게 고동쳐댔다. 얼마나 가슴 깊이 묻어 두었던 비밀이었던가. 얼마나 간절히 원했었는가. 수진의 파리한 옆얼굴이 진우의 가슴에 불치의 열병처럼 뜨겁게 다가와 그는 속절없이 그 자리에 굳어 있을 수밖에 없었다.

한참을 미동도 없이 서 있고 난 후에야 간신히 마음을 식힐 수 있었다. 물 한 그릇을 손에 든 채 아주 오랫동안 그는 사시나무 떨듯 떨며 서 있었던 것이다. 진우는 긴 한숨을 토해냈다. 이젠 정리할 때다. 수진과 진우의 길은 영원히 만나지 않는 평행선일 수밖에 없는 것이다. 마음을 다잡아 먹은 진우는 물그릇을 수진의 머리맡에 놓고 슬며시 방을 나섰다.

툇마루에서 올려본 하늘은 그렇게 아름다울 수 없었다. 변두리라서 그런지 하늘에 별이 몹시도 많이 보였다. 한참 하늘을 올려보니 술기운이 치밀어 올라 진우는 그만 깜박

졸았던 것 같다. 방안에서 이상한 소리에 후다닥 일어났다. 무슨 일인가 걱정이 되어 가만히 일어나 방으로 들어간다. 아무 일도 없었고 수진은 그저 구부린 채로 자고 있었다. 그것을 보던 진우가 작은 담요를 그녀에게 덮어주고는 물이 쏟아질까 봐 물그릇을 조금 위로 밀어 올리는 순간 갑자기 그는 번갯불을 맞은 듯 헉하고 굳어 버린다. 잠결에 그랬는지 수진의 두 손이 진우의 목을 감싼 것이다. 진우가 덜덜 떨면서도 조심스럽게 그 손을 빼내려는데 작은 소리가 진우의 귀에 마치 벽력처럼 들려온다.

"진우, 이 바보."

순간 진우는 온몸이 솜사탕처럼 부풀어 오른 느낌을 참지 못하고 그대로 허덕이며 수진을 으스러지게 껴안는다.

"그래, 이 바보야. 감정대로 행동하는 거야."

진우의 두 눈에는 뜨거운 눈물이 길게 이어졌고, 이상하게 수진의 얼굴도 눈물이 젖어있었다. 밤은 온통 수진과 진우의 가슴 속에 아름다운 색깔로 수를 놓고 있었다.

### 3. 자줏빛 꿈

아침 하늘이 자주색으로 빛나면 그것은 아주 아름다우면서도 불안한 느낌을 준다. 구름이 약간 낀 곳에 햇살이 이상한 각도로 투영되어 그렇게 보이는 것이리라. 진우는 텃

마루에 앉아 어젯밤 일을 걱정한다. 분명히 수진은 술김에 그랬을 것이다. 비록 진우가 여태까지 감춰 왔던 감정을 한순간에 폭발시켰을지라도 그것은 어디까지나 진우 혼자만의 짝사랑일 수밖에 없는 것이리라.

수진이 깨어나면 어젯밤에 일어난 일을 알고서 불같이 화를 낼 것이다. 그리고 다시는 진우를 보지 않으려고 할 것이다. 진우는 자기가 다시는 수진을 볼 수 없을지도 모른다는 사실 때문에 불안했다. 더 걱정스러운 것은 술 취한 여자를 건드린 파렴치한으로 볼 것만 같았다. 마침내 드르륵 방문이 열리는 소리에 진우는 가슴이 철렁 내려앉는다.

"야, 진우. 여기서 뭐해?"

전혀 아무렇지도 않은 말투가 진우를 오히려 당황스럽게 만들었다. 혹시 어젯밤 일이 진우 혼자만의 꿈이 아닌가 하는 생각마저 들 지경이다. 수진이 방 밖으로 나와 진우의 옆에 걸터앉아 몸을 기댄다. 그 순간 진우의 가슴이 심하게 뛰기 시작했다.

"야, 자줏빛 하늘이네. 저런 하늘을 보는 사람은 슬픔이 많다고 하는데…."

수진의 말투가 측은하게 느껴지는 것은 무엇 때문일까. 진우가 용기를 내어 수진의 얼굴을 바라보다 헉 하는 소리로 숨을 멈춘다. 웬일인지 그녀의 두 눈에서 눈물이 주르륵 흘러내리고 있다.

"진우, 나 결혼해."

수진의 말에 진우는 머릿속에 갑자기 날벌레가 들어온 것처럼 윙윙거린다. 그녀의 말이 의미인지 딱 잡혀 오지 않았다. 온몸이 산산이 부서지는 듯한 충격에 그는 몸을 떨었다.

"나 자존심 강한 거 알잖아?"

진우는 바로 목구멍 끝까지 '안돼'라는 절규가 터져 나오려는 것을 부들부들 떨면서 참아 버린다. 울대가 터져서 금방이라도 핏덩이를 토해낼 것만 같았다. 그러나 실제로 그 소리를 내지는 못하고 그저 목구멍에 피라도 흐르는지 비릿한 느낌이 끈적끈적 목을 타고 내려갈 뿐이었다.

"내달 25일이야."

수진의 말이 전혀 실감이 나지 않았다.

"너, 너는…."

가슴이 너무도 아파 도저히 어떤 말도 할 수가 없었다. 수진이 자리에서 발딱 일어섰다.

"가야겠어. 아빠가 걱정하실 거야."

진우가 허덕이다 간신히 입을 연다.

"왜? 왜 그랬는데?"

결혼을 앞둔 시점에 왜 자기에게 찾아왔으며 왜 밤을 함께 보냈나 이유를 알 수 없기 때문이다. 솔직히 진우는 자신이 수진에게 어떤 존재인가를 묻고 싶은 것이었다. 아니 어쩌면 자신이 그녀의 놀림감이 된 기분 때문에 이렇게 물은 것이리라.

"바보."

수진은 뒤도 안 돌아보고 나가는데 진우는 충격이 너무나 큰 나머지 꼼짝달싹도 할 수가 없었다. 자줏빛 하늘을 본 것은 아마 진우와 수진, 둘뿐인지도 모른다. 그 아름다운 하늘은 슬픔을 가득 담고 있었으니까. 그날 아침 진우는 마치 허깨비에 씌운 것처럼 수업에 임했다. 학생들이 떠들거나 다른 짓을 해도 그의 머릿속에는 수진이 결혼한다는 생각밖에 없다.

"야, 송 대가리 왜 저러지? 실연당했나?"

한 학생의 말에 진우는 정신이 번쩍 든다. 낄낄거리는 소리와 함께 노골적으로 들려오는 말에 진우의 비위가 완전히 거슬렸다. 평소에는 참고서 넘어갈 수 있었지만 지금은 수진이 생각 때문에 잠시 감정조절을 할 수가 없었다. 천천히 그 학생 쪽으로 다가갔지만 딱 무엇을 하려고 한 것이 아니라 다만 정신이 없었을 뿐이었다. 그런데 그 학생이 자리에서 발딱 일어섰다.

"왜요? 패시려고요?"

그 순간 진우는 여태까지 참아왔던 감정이 일시에 폭발하면서 이성을 잃은 주먹을 날렸다. 학생이 푹 꼬꾸라지는 것이 보이는데, 이상하게 머리가 텅 빈 것 같은 느낌으로 정신이 아득해 진다. 온 세상이 마치 끈 떨어진 방패연 마냥 느슨해지면서 진우는 그 자리에 풀썩 쓰러지고 말았다.

진우가 다시 눈을 떴을 때 하얀 천장이 바라보였다. 그는 왜 자신이 이곳에 와 있는지 알 수 없었다. 앞에 서 있던 교장 선생이 반갑게 묻는다.

"송 선생, 괜찮소?"

진우는 멋쩍게 자리에서 일어서는데, 권순창 선생도 보인다.

"아니 원래가 불량한 놈이었는데 그렇다고 선생을 폭행까지 하다니…."

"무슨 말씀을?"

진우는 벌떡 윗몸을 일으켰다. 뭔가 잘못된 것이다.

"송 선생을 이렇게 만든 놈 말이요."

"아닙니다. 그 애가 나를 친 것이 아니에요."

진우는 황급히 부정한다. 교장 선생과 권 선생의 얼굴에 알 수 없이 실망의 빛이 보인다. 그 두 선생이 나간 뒤 곧이어 허우룩한 중년 남자가 뛰어 들어오면서 다짜고짜 소리쳤다.

"선생이 폭력 교사요?"

진우는 당황스럽게 중년을 바라보았다.

"아니 우리 애를 그렇게 만들어 놓고 오히려 모든 죄를 우리 애에게 덮어씌우는 거요?"

사건이 이상하게 돌아가고 있다. 한쪽에서는 학생을, 다른 한쪽에선 선생을 비난하고 있었다. 진우는 불현듯 수진의 일이 생각났다. 가슴이 무척 시렸다.

"아, 말씀 좀 해보시구려. 우리 애가 선생에게 맞기만 했지, 선생님을 때리지는 않았다잖아요?"

중년 남자는 사정없이 다그치고 나온다. 그러나 진우는 그 소리를 들을 수 없다. 진우는 어금니를 물었다. 수진이를 끝까지 붙잡아야 한다. 수진이도 그것을 원하고 있을 것이다. 그랬다. 이제야 뭔가를 조금 알 것만 같다. 진우가 보냈던 경멸의 표정과 수진이 보냈던 멸시의 표정은 동일한 의미였다. 진우는 사랑하면 할수록 수진은 점점 더 멸시의 표정을 보였던 것이다. 마치 진우가 그녀에게 했던 것과도 똑같이. 그녀는 말했다. 자신은 자존심이 강한 여자라고.

"잡아야 해."

진우는 벌떡 자리를 일어서는데 현기증이 일었다. 몹시 어지러운 것이 둔기에 얻어맞은 것 같았다. 그는 몸을 가누지 못하고 비척거리다 고꾸라지고 말았다.

"어? 여봐요! 선생?"

중년 남자가 소리쳤다. 놀라는 소리에 병실 문이 벌컥 열리면서 교장 선생과 권 선생이 뛰어 들어온다. 다투고 변명하고 아우성치는 소리가 진우의 귓전을 스치며 사라진다. 다시 눈을 뜬 진우는 병실이 이상하게 느껴진다. 복잡하게 생긴 기계들이 죽 늘어 서 있었다. 하얀 머리로 늙어 보이는 의사가 빤히 바라보고 있었다.

"좀 괜찮습니까?"

진우가 씩 웃어 보였다.

“괜찮아요, 이까짓 것.”

진우가 윗몸을 일으키려는데 의사가 말린다.

“그냥 계십시오. 잠깐 진찰을 좀 해야겠습니다.”

의사의 표정과 목소리가 어딘지 모르게 진지하게 들렸다. 진우는 고개를 갸웃했다.

“제가 무슨 병이라도 있나요?”

“송 선생님은 가끔 어지러운 때가 있었습니까?”

진우는 왜 이런 것을 묻는지 불안했다.

“잘 모르겠습니다. 근데 그건 왜 묻죠?”

“송 선생님이 며칠간 누워 계신지 아십니까?”

“며칠이라니요?”

“선생은 벌써 3일간 혼수상태로 있었습니다.”

“뭐라고요?”

뭔지 모르지만 아주 심각한 느낌이 들었다.

“가족들은 없는 것으로 되어있던데요” 하고 의사는 말했다. 진우는 눈앞이 캄캄하니 아무런 생각을 할 수 없이 병실을 뛰쳐나왔다.

진우가 병원을 무작정 나온 것은 자신이 뇌암 말기라는 사실을 알고 난 순간 취한 행동이었다. 그는 정신이 나간 사람처럼 하숙집에 들러 대충 배낭을 꾸렸다. 그때 그의 눈에 방바닥에 떨어져 있던 한 장의 편지가 들어온다. 그 편지를 보는 순간 그는 혼이 모두 빨려 들어갈 것만 같은 느낌이었다. 부들거리는 손으로 집어 든 자줏빛 편지에는 단 한 줄의 글귀가 그의 감정을 옭아매었다.

'진우, 나를 놓치지 마.'

진우는 울컥 눈물이 솟구쳐 올라온다. 하지만 이제 어쩌겠는가. 얼마 안 남은 생에 어떤 미련을 가지란 말인가. 진우는 눈물이 앞을 가려 잘 보이지 않는 편지지를 물끄러미 보다 소중히 접어 안주머니에 넣었다. 수진의 살 냄새가 느껴지는 것 같았다. 진우는 배낭을 어깨에 메면서 흐흑, 오열했다.

아이들의 초롱초롱한 눈빛이 너무도 좋았다. 그들은 영악한 사회가 만들어 낸 규격품들이 아니라 그 사회가 버린, 아직도 선생을 천사처럼 여기는 아이들이었다. 진우는 마지막 힘을 다해 아이들을 가르친다. 사회교육이 아닌 인간교육을 말이다. 가끔 정신이 혼미해 올지라도 이를 악물고 참아냈다. 아이들은 눈을 크게 뜨고 진우의 말 하나라도 놓칠세라 귀를 쫑긋 기울인다. 그러나 시간은 진우의 바람보다는 훨씬 빨리 지나가고 있다.

방과 후에는 교사 사택으로 마을 사람들이 고구마며 야채 등속을 슬그머니 밀어놓고는 바삐 도망쳤고, 진우가 보이면 멀찌감치에서도 절을 꾸뻑꾸뻑해댔다. 진우는 그런 그들의 인정과 마음 씀씀이가 고마웠다. 하지만 이제는 점점 먹는 것도 어려워지고 있었다. 뭔가를 하다가 보면 혼절해 있는 때도 있었고, 책을 보다가 꾸벅꾸벅 졸기도 했다. 진우는 이제 많이 낡아버린 자줏빛 편지지를 품 안에서 꺼내 든다. 벌써 5개월 정도가 지났다. 수진은 이제 결혼해서 진우와의 추억을 가슴 한구석으로 밀어 넣었을 것이다. 하늘을 우러러본다. 첫눈이라도 오려는지 잔뜩 찌푸렸다.

"선생님."

진우를 부르는 소리에 고개를 돌려보니 효정이가 손에 뭔가를 들고서 함박 웃으며 다가온다.

"뭐지?"

진우는 가슴 속에 설움을 감추고 어조를 바꿔 반가운 척한다.

"할아버지가 옥수수 좀 갖다 드리랬어요."

흰 쟁반에 담긴 노란 옥수수가 햇병아리를 연상시킨다.

"좀 앉으려무나."

효정이 진우 옆에 나부시 내려앉았다.

"어때, 효정아, 공부가 어렵지 않니?"

"아니에요. 아주 재미있어요. 특히 선생님이 가르쳐 주시니 더욱 좋고요."

효정의 양 볼에 오목한 보조개가 귀여웠다.

"너무나 오랫동안 선생님을 기다렸어요. 저희들은 말이에요, 정말로 다시는 선생님이 안 오실 줄 알았어요."

진우의 눈에 맑은 이슬이 맺혔다. 선생이 필요한 곳에는 선생이 없고, 정작 선생이 필요 없는 곳에만 선생들이 모여 있었다. 진우가 원하는 곳이 바로 이런 곳이었지만 이제 진우의 시간은 그리 많이 남아있지 않았다. 진우는 무의식적으로 손을 뻗어 옥수수의 낱알을 하나하나 떼어 입에 가져다 넣었다.

"선생님, 저 하늘을 좀 봐요. 전 저런 하늘이 참 싫어요."

구름이 마구 헝클어지는 것이 곧 눈덩이들이 펑펑 굴러 떨어질 것 같다.

"저는 하얀 구름이 좋아요. 우리 할아버지 모시옷같이 날아갈 듯 서러운 색깔 말이에요."

"효정이는 앞으로 시인이 되면 좋겠구나." 하고 진우는 옥수수에 가져가던 손으로 효정이 손을 잡았다. 효정이의 얼굴이 빨갛게 물든다. 움찔, 놀라는 효정이의 손을 느끼면서 진우도 조금 놀라긴 했지만 서로 손을 놓지 않았다.

"선생님 참 이상해요. 왜 사람들은 자꾸만 아름다운 것을 버리려고 하는지 모르겠어요. 구수한 황토, 따스한 정감, 그리고 아스라한 모시옷 같은 것 말이에요."

효정의 목소리가 조금은 떨리고 있다.

"저는 아직도 할아버지의 모시옷만 보면 왜 그런지 그런 빛깔이 슬프다는 생각이 들어 눈물이 나곤 해."

진우는 효정 손을 다시 꼭 잡아준다.

"영원히 기다릴 생각이었어요. 농촌이 싫다고 모두 다

떠났어도 저는 남아 살고 싶어요." 하고 말하는 효정이 모습이 애잔했다. 진우는 자신이 떠난 다음에 이 소녀가 얼마나 슬프고 외로워할까 생각하니 가슴이 미어진다. 게다가 더 가슴 아픈 것은 자기가 떠난 뒤 효정이가 아무리 기다려도 다른 선생은 오지 않는다는 사실이었다. 진우는 무너지는 가슴을 안고 하늘을 바라보았다. 하늘 한쪽에 자줏빛이 나타나고 있다.

"효정아, 저 하늘에 무엇을 쓰고 싶니?"

너무 갑작스러운 질문이었는지, 효정은 대답하지 않는다.

"선생님은 말이야, 이렇게 쓰고 싶어. '내가 떠나는 것은 널 버리는 것이 아니야'라고."

그런 말을 하는 순간 진우는 눈이 힘없이 감긴다. 그는 마침내 혼절할 것도 것 같았다.

"효정아, 나… 마 말이야. 말이…."

갑자기 얼굴이 이상해지며 말소리가 어눌해지자 효정은 커다란 눈으로 놀란다.

"서 선생님?"

"효 효정아, 나아… 조옴…."

진우는 더 이상 말을 할 수가 없다. 누가 머릿속을 쪼아대는 것 같았다. 그는 비틀거리면서 방으로 기어들어갔다. 효정은 어쩔 줄을 모르고 뒤따라 방으로 들어갔다.

"아무… 헉, 말하지… 마라."

진우는 숨을 헉헉거리고 몰아쉬었다. 머릿속에 뿌연 연기로 가득 차오르는 것 같았다. 효정이 다급함을 알았는지 후다닥 뛰어나가는데, 진우는 입가에 희미한 미소를 지었다. 언제 길바닥에 쓰러져 죽을지 모르는 운명이었건만 그래도 좋은 인연을 만난 사람들 속에서 죽는 것 같았다.

"선생님, 정신을 차리세요."

허겁지겁 물 대야를 들고 들어온 효정이는 수건을 적셔 혼절한 선생님의 이마며 얼굴을 정신없이 닦아주었다. 머리가 불덩이같이 뜨거웠다.

"선생님, 가지 마세요. 가시면 안 돼요."

효정은 똑같은 거듭 되풀이했다. 밤이 되자, 첫눈이 내리기 시작했다. 효정이는 방에다 군불을 지피고, 대야의 물을 갈아가며 선생님의 이마를 닦아주었다. 차가운 겨울 바람에 문풍지가 울었다.

새벽이 되어서야 진우는 신열이 조금 내리고 있었다. 이제 한고비는 넘긴 것 같다. 효정은 선생님의 가슴에 귀를 가져다 대보고, 숨소리를 들어보곤 했다. 할아버지 걱정에 방을 나가는 그때 누군가가 이상한 눈초리로 슬그머니 쳐다보다 사라졌다. 효정은 집으로 빠르게 달려갔다.

진우는 깊은 수렁에나 빠졌다 나온 것 같이 온몸에 땀이 흥건한 채로 깨어난다. 아무런 기억도 나지 않는다. 오늘 수업만이 걱정될 따름이었다. 간신히 자리에서 일어나 밖으로 나가다가 눈이 수북이 쌓인 것을 보았다. 아무런 감흥이 일지 않는 것이 이상했다. 누군가가 그에게 눈 덩어리를 집어 던진다. 아마 아이들이 장난을 치는 모양이었다. 교실로 들어서다 이상한 분위기에 그는 멈칫한다. 교실 안에는 거짓말처럼 아무도 없었다.

"이 녀석들이 어디로 숨었나?"

진우는 이렇게 중얼대며 이곳저곳을 두리번댔지만 아무도 없었다. 진우의 마음에 차가운 바람이 들이쳤다. 그때 창밖에서 한 아이와 진우의 눈이 마주쳤다.

"야, 창식아?"

진우가 반가워서 소리치는데 창식이는 후다닥 도망쳐 버린다. 진우는 괜히 마음이 썰렁해진다. 친절했던 마을 사람들이 자신을 훔쳐보며 손가락질을 하고, 수군거리는 것 같았다. 진우는 신경을 쓰지 않았다. 그저 떠나면 그뿐인 것을.

배낭을 꾸리는데 누군가 흐느껴 우는 소리가 뒷전에서 들려왔다. 얼른 뒤돌아보니 효정이 울고 있었다.

"선생님, 가지 마세요. 어른들은 나빠요."

효정이 울며 말했지만 더 남아있을 순 없었다. 배낭을 계속 꾸리는데 옷가지가 손에 잡히지 않는다. 그는 고개를 저으며 다시 배낭을 꾸리는데 머릿속이 하얗게 바래는 순간 그는 혼절해 버렸다.

"선생님!"

효정이 정신없이 달려들어 선생님을 부둥켜안았다. 진우는 온몸을 축 늘어뜨리고 있다. 효정은 누군가에게 도움을 청할 수밖에 없다는 것을 직감했다. 그러나 할아버지는 선생님의 근처에도 가지 말라고 했다. 다른 동네 사람들도 모두 효정과 진우를 손가락질을 했다. 어떤 사람이 효정이 밤에 진우와 이상한 짓을 했다고 소문을 낸 것이다. 소문은 질병과도 같아서 일단 시작되면 나쁜 방향으로 깊어가는 속성이 있었다. 효정은 부지런히 진우의 배낭을 뒤졌다. 자그마한 수첩이 하나 나왔다. 수첩엔 깨알 같은 글씨들이 적혀있다.

'수진아, 사랑해. 사랑해. 사랑해. 수진, 수진. 수진이. 수진…'

그것을 보고 난 효정은 수첩 안에 적혀진 수진이라는 사람의 전화번호를 찾아냈다. 더 이상 머뭇거릴 시간이 없었다.

남쪽에는 눈이 멈추었지만 서울은 아직 눈발이 휘날리고 있었다. 뉴스에서는 곧 더 큰 눈이 쏟아질 것이라고 했다. 수진은 하염없이 창밖만을 바라보며 눈물을 흘렸다. 결혼식 날 전에 진우가 오리라던 예상은 보기 좋게 깨어졌다. 수진은 그날의 악몽을 영원히 잊지 못할 것이다. 신랑 부모의 기를 쓰는 욕지거리를 뒤로 하고, 수진은 결혼식장을 도망쳐 나왔다. 왜 수진이 파혼하면서 그렇게 뛰어나갔는지를 아는 사람은 아마도 정 박사뿐이었으리라.

후회가 일었다. 이럴 줄 알았다면 그저 마음속을 털어내 보이는 것이었는데. 그까짓 자존심이 뭐라고. 의사의 말이 흉악하게 아직도 수진의 마음을 칼로 도려낸다.

“말기입니다. 살 가망이 없어요.”

수진은 무의식적으로 커피잔을 입으로 가져간다. 그 순간 자지러지게 울리는 전화벨 소리. 수진은 흑하고 놀라며 커피잔을 놓쳐버린다. 바닥에 떨어져 산산조각이 나는 커피잔은 너무나도 불길한 모습이었다. 마치 수진의 마음이 온통 산산이 깨지는 듯한 느낌. 그녀는 벌벌 떨리는 손으로 수화기를 잡는다.

“여… 보세요.”

흐느끼는 앳된 소녀의 목소리. 수진은 가슴이 무너져 내리고 있었다.

진우는 하얗게 쌓인 눈밭을 힘없이 걷는다. 잠시 개는 것 같던 눈이 다시 쏟아진다. 이젠 멀리 가야 할 시간이다. 가끔 욕지거리가 들려오고, 아이들의 던지는 눈덩이가 얼굴을 때려도 진우는 웃음을 짓는다. 마을을 벗어나자 고함치며 욕을 하던 사람들이 더는 따라오지 않았다, 진우는 그저 정처를 모르는 채 걸어간다. 가끔 하늘은 신음도 울음도 아닌 이상한 소리를 낸다. 온몸의 감각이 하나씩 마비되어 가고 있다.

얼마를 걸었는지, 진우는 숨찬 소리로 헉헉거린다. 그의 입에서 입김이 기관차의 증기처럼 뿜어져 나온다. 그때 누군가 옆에서 부축했다. 효정이다. 효정이는 아무 말도 못하고 그저 흐느끼기만 한다. 그 아이의 울음소리가 왜 그렇게 서러운 것일까. 진우는 가만히 효정이 어깨에 몸을 의지한다.

"자아식, 넌 시인이 될 거야."

"선생님 가지 마세요. 난 또다시 선생님을 기다릴 수 없어요."

"바보, 허억… 내가 떠나면 더 좋은 선생님이 오실 거야."

"안 돼요, 저도 선생님을 따라갈래요."

더 이상 말을 할 수가 없었다. 진우의 몸이 이제는 질질 끌리고 있다. 효정은 죽을힘을 다해 진우를 부축한다. 앞에 작은 시내가 얼어붙어 있다. 중간에만 물이 졸졸졸 흐르고 다른 곳은 하얀 눈밭이었다. 진우는 몸을 가누지 못하고 그 자리에 푹석 주저앉는다. 효정은 선생님이 눈밭에 쓰러지지 않도록 받쳐주었다. 점점 선생님의 몸이 무거워지고, 굵은 눈송이는 펑펑 쏟아진다.

"선생님, 저는 더 이상 기다리지 못해요. 이제 다시는 선생님을 보내지 않을 거예요. 차라리 이렇게 함께 있을래요."

진우는 아무런 소리도 듣지 못했다. 눈송이가 떨어지는 하늘이 왜 그렇게 자줏빛으로 빛나는지 효정이는 알 수가 없었다.

수진은 시냇가에 마치 눈사람처럼 굳어져 있는 두 사람의 뒤에서 오열했다.

"바보, 바보, 진우 바보!"

박 노인도 슬픔을 견디지 못하고 눈물을 흘린다. 모여 있던 한 아이가 울음을 터뜨렸다.

"선생님, 잘못했어요."

그 바람에 아이들과 마을 사람들이 모두 훌쩍거린다. 수진은 진우의 손에 꼭 쥐어진 편지를 보고 헉, 하는 소리로 울음을 터뜨렸다. 그녀는 멍하니 하늘을 우러러보았다. 하늘엔 그날 진우와 함께 보았던 하늘이 처연히 걸려 있었다.

# 지난겨울의 빈자리

윤영은 이젤을 조금 옆으로 돌려놓는다. 코스모스를 배경으로 하염없이 하늘을 바라보고 있는 남자의 모습이, 막 가슴 속에서 뛰쳐나와 하늘을 비상하려는 듯 아릿한 환상으로 느껴져 가슴이 시려온다. 남자는 마치 석상처럼 움직일 줄을 모르고 앉아 있었다.

윤영이 이곳을 발견한 것은 그리 오래되지 않았다. 작품을 위해 이곳저곳을 기웃거리다 낙조에 걸린 해가 호수에 안타까운 물비늘을 남기며 서서히 사라지는 모습을 보며 자리를 잡았던 것이다. 그리고 다시 그 풍경을 잡아볼까 이젤을 펼치다 굳은 모습으로 앉아 있는 남자를 발견하면서 저녁노을이 곱게 물든 하늘을 그려보고자 했던 화상을 잃어버린 것이다.

남자는 해가 지자 이내 자리에서 일어났다. 윤영은 가슴 속에 일어나는 안타까움 때문에 붓을 잡은 채 멍하니 앉아 있었다. 그림을 그릴 만한 한 줄기 빛이 없이 어스름이 깃든 호반에서 남자가 사라진 쪽을 바라보고 있었다.

윤영의 그런 낌새를 알아챈 사람은 혜정이었다. 원래 안목이 깊은 혜정인지라 윤영의 캔버스에 담겨질 화상을 단

번에 알아챌 수 있었던 것이다.

"누구니, 윤영아?"

윤영은 일부러 시큰둥한 표정을 지어 보였다.

"응, 그냥 모델이야."

"계집애, 누가 모를 줄 알구."

하긴 모델로 보자니 남자의 표정이 너무도 전문성이 없어 보였다.

"윤영이 너 이 남자 상당히 좋아하는구나."

그랬으면 좋겠다는 생각이 든다. 하지만 아직 윤영은 남자에게 말 한마디 건네 보지 못했다. 그는 혜정의 눈총을 받으며 말없이 이젤과 화판 그리고 붓 등속을 챙겨 도망치듯이 작업실을 빠져나왔다.

그 남자를 기다리는 윤영의 마음은 은빛으로 출렁이는 호수 물결을 닮았는지 흔들거리기만 한다. 시계를 보니 4시다. 그가 올 시간이다. 가을 햇살은 벌써 호반에 길게 늘어지고 그 바람에 코스모스 그림자들이 더욱 길어져만 간다. 4시 반. 이렇게 늦은 적이 없었는데 남자는 나타나지 않는다. 윤영은 입술을 꼭 깨물어 보았다. 지는 해가 너무 야속한 나머지 눈물이 날 것만 같다. 이제 남자는 오지 않는 것이 확실했다. 그러나 윤영은 혹시나 하는 마음에 해가 지도록 기다려 보았다.

가을이 다 가버렸는데도 그는 끝내 나타나지 않았다. 윤영은 뜻 모를 이상한 감정에 떨었다. 그렇지만 이제는 그를 기다리는 것을 포기해야 했다. 남자는 나타나지 않았지만 윤영의 캔버스에는 미완성이나마 남자의 염원이 고스란히 담겨있다. 계절은 가을에서 겨울로 여행을 준비하느라 부산했다. 길바닥에 나뒹구는 처량한 낙엽, 회색 구름이 낮게 낀 하늘, 누구라도 껴안아야 할 정도로 외로움을 강요하는 슬프고도 쌀쌀한 바람, 이미 겨울잠을 준비하는 산하가 윤영의 가슴에 고통으로 차오른다. 윤영의 마음속은 미완성의 그림이 남겨져 있을 뿐이다.

국전 또는 졸업 작품을 준비하느라고 아주 바쁜 초겨울, 윤영은 아직도 마음의 갈피를 잡지 못한 채 아무것도 할 수 없었다. 그녀의 모든 것은 지난 가을이 모두 앗아간 것 같은 느낌이다. 견딜 수 없는 무력감에 허덕거리며 울어 보기도 했지만 별다른 대책이 없었다. 그런 윤영을 보고 있던 혜정은 그녀의 아픔을 무척 안타까워했다. 윤영은 아무것도 하지 못한 채 너무나 일찍 찾아온 강추위를 원망하면서 캠퍼스를 나서는데 혜정과 수빈, 그리고 정은이 난감한 얼굴을 하고 있다 윤영을 보고 얼굴을 활짝 폈다.

"어, 너희들 웬일이니?"

윤영이 이렇게 묻자 혜정이 팔딱 윤영의 앞으로 다가선다.

"윤영아, 우리 미팅하는데 영선이가 안 왔어."

윤영은 그들이 대리로 나와 달라는 부탁을 한다는 사실을 알았다. 윤영은 피식 웃어 버린다. 1, 2학년에도 하지 않았던 미팅을 4학년 때 한다는 것이 우습게 느껴졌기 때문이었다.

"난 싫어."

딱 잘라 말하는데 왜 그때 그 남자의 모습이 머릿속에 떠오르는지 알 수가 없었다.

"그냥 잠깐이면 돼. 커피 한잔하고 애프터는 거절하면 되잖아."

"그래, 부탁해, 윤영아."

수빈과 정은이도 거들자 윤영이 난감해 한다.

"딱 30분이면 된다니까."

혜정이 손가락 세 개를 윤영의 눈앞에 세워 보이고, 수빈과 정은이 윤영의 양팔을 붙잡자 이젠 어쩔 도리가 없었다.

바람이 몹시 불고 추웠지만 퓨전 카페는 딴 세상인 양 훈훈했다. 남자들은 벌써 와서 한 자리를 차지한 채 이야기를 나누고 있었다. 윤영은 그런 남자들의 뒷모습에 벌써 질려 버린다. 자신이 마치 짝짓기를 위해 몸을 파는 여인네 같은 느낌이 들었다.

"애들아, 난 안 해."

윤영이 몸을 돌리는데 혜정이 난감한 얼굴로 윤영을 잡았다.

"여기까지 와서 이러면 어떡해."

혜정은 그녀의 마음을 돌리려고 동동거리는데 갑자기 윤영의 얼굴이 새하얗게 질려 버린다. 윤영은 순간적으로 정신이 아득해져서 혼절할 것 같은 느낌이었다. 혜정이 넋이 나간 것 같은 윤영의 행동을 쳐다보는데, 윤영이 마치 귀신에게 홀린 듯한 얼굴로 남자들 좌석으로 다가간다.

분명히 그 남자였다. 가을에 잃어버린 남자. 윤영의 가슴에 치유할 수 없는 열병을 남겨놓은 채 파란 가을 하늘로 날아가 버린 그 남자였다. 윤영은 주위의 시선에도 아랑곳없이 그 앞에 우뚝 섰다. 윤영은 이미 다른 사람에게 신경을 쓸 여유가 없었다. 남자의 얼굴이 마치 가슴으로 미친 듯이 달려드는 환상에 윤영은 몸이 휘청거렸다. 그의 미소가 숨이 막힐 정도로 감미로움을 느끼게 하고 있다.

"앉으시죠."

그가 말을 하지 않았더라면 윤영은 그 자리에서 혼절했을 지도 몰랐다. 윤영은 스르르 허물어지듯 그 앞에 앉았고, 다른 친구들도 자리를 잡아 앉았다. 강민준은 짝을 고를 것도 없이 윤영이 앞에 앉아 있어 그대로 짝이 되었다. 혜정은 간간이 윤영에게 눈길을 주고 하다 혀를 끌끌 찼다. 두 사람이 마치도 몇 년쯤 사귄 것 이상으로 사이가 가까워 보였다.

민준은 앙상한 나무들이 추위에 얼어붙은 길을 따라 안으로 들어갔다. 빨간 벽돌을 깔아놓은 보도는 자욱한 고색의 정취를 풍긴다. 간헐적으로 한 번씩 힐끔거리는 미대 학생들의 눈길도 이제는 익숙해져 무심하게 지나칠 수 있다. 커다란 도자기 가마가 마치 옛날의 움집처럼 보였고, 그 옆에는 사금파리들이 가마 옆에 아무렇게나 널려 있었다. 그 맞은편에 앙상한 나무들이 마른 몸으로 들어서 있고, 그 바로 다음에 윤영의 작업실이 있었다.

민준이 작업실로 다가가 출입문을 막 노크하려는데 문이 벌컥 열렸다.

"어? 혜정씨?"

민준이 놀라자 혜정이 깔깔거리고 웃는다.

"정각 4시입니다."

민준은 어색한 표정으로 머리를 긁적거렸다.

"들어와요. 윤영이가 아까부터 기다리고 있어요."

작업실에 들어가니 몇몇이 민준에게 아는 체를 했다. 민준은 햇볕이 잘 드는 창가 쪽 윤영의 자리로 다가갔다. 윤영은 졸업 작품의 마지막 손질을 하고 있는 중이었다. 그녀가 열중하고 있는 풍경화는 강렬하지도 수수하지도 않은 색채였지만, 그 그림 안에는 생생한 혼이 깃든 것처럼 감동을 자아낸다. 마치 아스라한 염원을 보는 것 같은 느낌이랄까, 민준은 왠지 모르게 가슴에 다가오는 그 신비한 느낌에 숨을 멈칫거렸다.

"응? 민준씨 왔네."

자신의 혼을 그림 속에 불어넣을 듯이 열중하던 윤영이 뒤늦게 미소를 지었다.

"나갈까?"

윤영이 배시시 웃었다.

날은 아주 청명했지만 기온은 급강하해서 무척이나 추운 날씨였다. 윤영은 학교 근처에서 눈치를 보다 학교 조금 벗어나자 곧장 민준의 코트 주머니에 스스럼없이 손을 집어넣는다. 민준은 여느 때처럼 그녀의 차가워진 손을 꼭 잡아주었다.

"어머, 민준씨 손이 왜 이렇게 뜨거워."

윤영은 그 손에서 전달되는 민준의 뜨거운 가슴을 그대로 느낄 수 있었다.

"춥지? 어디 들어갈까?"

작은 카페가 하나 추위에 옹송그리고 있는 듯 보였고, 둘은 약속이라도 한 듯이 그 카페로 미끄러져 들어갔다. 커피를 마시다 말고 윤영은 민준의 눈을 빤히 들여다본다. 민준이 그런 윤영을 보고는 피식 웃었다.

"왜?"

"민준씨 눈이 너무 고와서 그래."

"그래? 난 윤영이 눈이 더 이쁜데."

윤영이 키득댄다.

"그럼 민준씨 눈과 내 눈이랑 바꿀까?"

민준이 한심하다는 듯이 말한다.

"이런 바보. 어떻게 눈을 바꿔?"

윤영이 그 말을 듣고 눈을 빛낸다.

"왜 못 바꿔? 민준씨도 나도 모두 B형인데."

"응? 그래? 그런데 내가 B형이라는 걸 어떻게 알았어?"

윤영이 깔깔거렸다.

"호호호, 바보 같애. 저번에 내가 민준씨에게 퀴즈 낼 때 민준씨가 말했잖아."

민준이 이제야 그 생각이 났는지 고개를 끄덕인다.

"그래도 눈을 어떻게 바꿔?"

"난 바꿀 수 있다 뭐. 난 민준씨가 원한다면 모든 것을 바꿔줄 수 있어. 민준씨는 어때?"

민준은 웃기만 할 뿐 대답은 하지 않았다. 그 대신 화제를 바꾼다.

"어때? 작품은 잘 되어가?"

민준이 묻자 윤영이 무엇을 생각하는지 눈을 감는다. 민준의 그림이 머리에 갑자기 떠올랐기 때문이다. '민준의 그림'이라고 가칭한 그 그림은 아직도 완성되지는 않았지만, 윤영이 온 정성을 다 바치는 작품이었다. 웬일인지 그 그림만 생각하면 눈물이 나려고 했다. 호반에서 뭔가를 지극히 염원하는 민준, 아무리 가까이 가려고 해도 도저히 다가갈 수 없을 정도의 아득한 거리감이 안타까운 느낌이다. 그림 속의 민준은 마치 한 쌍의 하얀 날개를 등에 달고 어디론가 훨훨 날아가 다시 돌아오지 못할 그런 모습이었다.

"뭘 그리 깊이 생각해?"

민준이 이렇게 묻는데 윤영이 화들짝 놀라서 눈을 떴다. 이상하게도 윤영의 눈에는 이슬 같은 것이 맺혀 반짝거린다.

"울어?"

민준이 가슴이 무너져 내리는 것 같아 황급히 물어본다.

"호호호, 울긴…"

윤영이 깔깔대지만 마음 속엔 이미 훨훨 날아가는 민준의 모습이 깊게 각인되어 버렸다.

"말이야, 민준씨. 나 민준씨에게 보여줄 그림이 있어."

"무슨 그림?"

"근데 지금은 아니야. 아직 완성하지 않았거든."

"야, 어떤 그림일까 궁금해지는데."

윤영은 아직 민준에게 한 번도 보여주지 않고 몰래 숨어서 그리던 그림이 완성이 된 다음에, 그것을 보고 놀랄 민준의 얼굴을 상상하며 달콤한 환상에 빠진다.

밤이 이슥해지자 겉살을 에일 듯한 바람이 휘몰아친다. 기상대에서는 백 년 만에 찾아오는 맹추위라고 하니, 길에 있는 모든 것은 모두 얼어붙어 버릴 판이었다. 민준은 윤영이 추울까 봐 가끔 윤영을 껴안고 했다. 윤영은 두툼한 옷을 입었음에도 불구하고 무척 추위를 탔다. 민준의 코트 자락 안에서 윤영은 포근한 꿈을 꾼다. 그때 민준의 감미로운 목소리가 윤영을 전율케 한다.

"난 죽어서도 너를 사랑할 거야, 윤영이."

윤영은 너무나 행복해서 차마 그 말에 대한 대답을 할 수가 없었다. 그 말을 입 밖으로 내보내면 마치 여태까지 간직했던 모든 것들이, 마력을 상실한 주문과도 같이 헛되어질 것만 같은 불길한 예감이 들었기 때문이다. 민준의 뜨거운 입술이 윤영의 뺨에 닿았고, 윤영은 허덕허덕 떨어대기만 했다. 이 세상 모든 것이 그 순간에는 그저 둘만을 남긴 채 몽땅 암흑 속으로 감추어 지는듯한 느낌이었다. 민준과 윤영은 마치 일부러 빚어놓은 조각상인 양 한동안 그렇게 숨도 쉬지 못하고 굳어져 있었다. 윤영이 집 문 안으로 들어서자 민준이 작은 소리로 말한다.

"잘 자. 내일 봐."

"민준씨도. 이따 꿈속에서 보자구."

"하하하, 알았어."

민준이 웃으며 돌아서는데, 그 모습이 마치 그림 속의 분위기와 닮아 윤영은 흐느낀다. 영원히 환상의 나라로 떠나갈 것 같은 분위기에 민준을 불러보지만 민준은 이미 그곳에 없었다.

날이 좀 풀렸다. 그래도 약간은 손이 시려 윤영은 손에 입김을 불었다. 화폭에 민준의 모습을 조금 수정해 보고 싶었다. 금세라도 날아갈 듯한 민준의 모습이 마음에 들지 않았다. 아니 마음에 들지 않는 것이 아니라 불길한 예감 때문이었다. 윤영은 얼굴 분위기를 조금 바꾸면 불길한 모습이 지워질 것 같아 수정을 시도한다.

손에 따뜻한 입김을 불어넣던 그는 다시 붓을 잡았다. 화폭을 쳐다보다 그 암담함을 느끼며 그만 붓을 놓아 버린다. 이미 그려진 그림은 윤영이 고칠 수가 없을 뿐만 아니라, 그것은 마치 누구도 어찌할 수 없는 것처럼 보였다. 작품이란 그런 것이다. 작가의 것이기에 마음대로 고칠 수 있는 듯이 생각되지만 일단 작품이 완성에 이르면 그것은 독자적인 생명체로 살아 움직이고 있는 것이기에 어느 누구도 함부로 손을 댈 수 없는 것이다.

윤영은 안타까움에 떨며 두 손으로 얼굴을 가려본다. 왜 그런지 모르지만 민준은 분명히 윤영을 버리고 영원히 먼 곳으로 떠날 것만 같았다. 가슴이 답답해서 미칠 것만 같았다. 산책을 좀 하면 좀 나아질 것 같아 밖으로 나서려다 그는 캔버스를 들어낸다. 그대로 놔두면 마치 그것마저도 다른 곳으로 날아갈 것 같은 마음에 그대로 옆에 끼고 작업실 밖으로 나선다. 차가운 겨울바람 속에 커다란 캔버스를 들고 걷기가 어렵기도 하지만 민준과 함께 있다는 생각만으로도 힘든 줄을 몰랐다. 그는 아까부터 찾아드는 불길한 예감에 떨면서 길을 걷는다. 그러나 도무지 견디기가 힘들어 고개를 들고 발걸음을 지칫거린다.

그때다. 길을 가로질러 가던 한 남자가 차갑게 불어오는 맞바람을 안고 서 있다. 그는 시계를 들여다본다. 3시. 민준이 오려면 아직 한 시간이 남았는데 왜 그는 저기에 서 있는 것일까? 윤영이 이상한 눈으로 길 맞은편에 서 있는 그를 바라보는데, 민준이 앞으로 다가오는 여자를 보고 가슴이 덜컥 무너져 내린다. 그는 하마터면 큰 소리로 비명을 지를 뻔했다. 여자는 혜정이 같이 보인다. 아니 혜정이었다. 민준과 혜정은 다정히 팔짱을 끼면서 길을 걸었다.

윤영은 그들이 정말로 민준과 혜정인가 확인해 보고 싶었다. 너무나 충격적인 장면이었기에 모든 이성이 한꺼번에 말라 사라져버릴 것만 같았다. 그녀는 발걸음을 옮기는데 느낌이 이상해지면서 땅 밑으로 한없이 꺼지는 느낌이었다. 그 순간 또 빠앙 하는 경적소리와 함께 타이어의 파열음이 마치 지옥 끝에서 들려오는 것처럼 귀청을 찢는다. 그녀는 악, 하는 외마디 비명을 지르며 하늘 높이 솟아올랐고, 화폭의 민준은 거대한 풍차처럼 공중에 빙글빙글 돌다가 와장창하고 길바닥에 처박힌다. 윤영은 치명적인 아픔을 느낄 수 없이 부서진 그 모습으로 허덕거리며 그림을 붙잡으려고 안간힘을 쓰다 그대로 혼절했다.

민준은 싱글벙글 웃으면서 캠퍼스로 들어섰다. 그의 코트 주머니 속엔 자그마한 상자가 하나 들어있다. 민준은 그것을 손으로 잡았다 놓았다 하며 이것을 받고 윤영이 얼마나 놀랄까 상상하면서 미소를 짓는다. 아마 그녀는 친구들 앞이라도 아랑곳하지 않고 민준의 품에 뛰어 들어와 그에게 안길지도 모르는 생각을 하며 흐뭇해하는데, 이상스럽게 미대 학생들의 눈초리가 기분 나쁘다. 뭔지 모르지만 상당히 불쾌한 느낌이었다.

작업실 문을 두드렸는데도 아무런 기척이 없다. 다시 몇번을 두드리다가 손잡이를 잡는다. 뭔가 불길한 기분이다.

문을 열고 보니 작업실은 텅 비어 있다. 이런 적이 없었는데, 하고 민준은 안으로 들어가 창가 윤영의 자리로 들어간다. 빈자리에 머무는 겨울 햇살이 쓸쓸한 느낌을 주었다. 캔버스에 눈길을 돌린다. 이젤에는 아무것도 걸려 있지 않았다. 오래된 물감들이 그대로 덕지덕지 묻어 있었다. 그는 윤영의 의자에 앉는다. 그녀의 체온이 전해오는 것만 같다. 그는 무심코 상자 속의 주머니를 꺼내 보았다. 뚜껑을 여니 여태 가두어 두었던 찬란한 빛이 눈을 찌를 듯 빛난다. 그런데 민준은 갑자기 무엇을 보았는지 헉, 하고 놀라면서 상자를 떨어뜨리고 만다.

민준은 처참하게 부서진 그림 한 장을 덜덜덜 떨리는 손으로 집어 든다. 몰골이 처참하게 부서지고 깨졌으나 그것은 분명히 자신의 얼굴이다. 그림의 출렁이는 물결, 하늘 닮은 코스모스꽃들의 슬픈 항거, 불길한 분위기. 민준은 가슴이 와르르 무너져 내린다. 그의 뒷전에서 서 울먹이는 소리가 들려온다.

"민준씨, 흑 흑흑… 윤영이가…."

그는 갑자기 머리가 팽하고 돌면서 세상이 까맣게 일변하면서 머리로 맹렬히 쏟아져 내리는 것 같다. 그는 이를 앙다물었다. 현실 같지 않은 감각이 정신을 쑥 빼놓는다. 그는 소리를 지르지 않으려고 했는데 결국 아악, 소리를 지른다.

민준은 S대 종합병원 응급실로 뛰어들다 간호사의 제지를 받았다. 입술이 마른 옥수수 잎처럼 타들어 간다. 자신은 우는 것 같지 않은데 얼굴에 눈물이 얼룩지고 있다. 민준은 간호사를 부여잡고 '제발, 제발…' 하고 중얼거린다.

윤영의 부모와 민준, 그리고 혜정은 밤을 꼬박 새우며 수술 경과를 기다리고 있다. 민준은 넋이 나간 사람처럼 멍하니 천장을 바라보고 있다. 윤영의 어머니는 탈진한 몸으로 축 늘어져 있다.

새벽이 되어서야 수술실 문이 열렸다. 푸른 수술복을 입은 담당 의사의 얼굴이 별로 좋아 보이지 않는다. 민준은 감히 결과를 물을 수 없이 떨고 있었다. 윤영이 아버지가 담당 의사에게 다가갔다.

"선생님…"

의사는 침통한 얼굴로 사무실로 걸어갔다. 모두 가슴을 졸이며 의사를 따라 들어갔다.

수술 경과는 좋지 않았다. 아스팔트에 떨어지면서 머리를 다친 것과 그 후에 다시 한번 부딪힌 머리 상처가 이상을 보인다는 것이다. 윤영이 어머니가 졸도했고, 민준은 턱을 덜덜 떨면서도 정신을 잃지 않으려고 애쓰고 있었다. 특히 안면에 충격을 받은 것은 시신경에 치명상을 입고 있어서 깨어난다고 해도 다시 빛을 보기는 어려울 거라는 청천벽력 같은 소리였다. 민준은 의사에게 그녀는 화가라고 말하고 싶었다. 화가에게 눈은 생명과도 같은 것이었다.

윤영은 눈뿐만이 아니라 생명까지도 위태로운 상태가 아니던가.

윤영은 일반병실에 누워서도 깨어나지 못하고 있었다. 맥박이 뛰며 숨을 쉬고 있어서 민준이는 그녀가 잔다는 생각을 하고 있었다. 어느 날 부스스 눈을 뜨면서 방긋 웃을 것 같았다. 그날이 오면 민준은 그녀에게 그 상자를 내밀 것이었다. 민준은 혹시라도 자신이 자리를 비운 날 윤영이 눈을 뜰까 봐 아무 데도 갈 수가 없었다. 오로지 병상의 윤영이 손을 잡고 자리를 지킬 따름이었다. 간간이 혜정이 들러 눈물을 뿌리며 돌아가고 했다. 윤영의 부모도 민준이의 건강이 걱정된다는 눈치였다. 하지만 민준은 윤영이 곁에서 한순간도 떠날 수가 없었다.

그 해의 봄여름은 어떻게 지났는지 알 수가 없을 정도로 정신없이 지나갔다. 민준은 병실 앞 화단에 철 따라 바뀌는 꽃들을 바라보다 한숨을 쉬었다. 윤영은 숨만 쉴 뿐 아무것도 할 수 없는 식물인간이었다. 민준은 상자를 다시 열어본다. 그는 자신이 이런 물질적인 것이 아닌 다른 것을 윤영에게 주고 싶은 생각을 한다. 죽은 듯이 누워있는 윤영에게 여태까지 해줄 것이 아무것도 없었다. 이대로 그녀를 보낼지라도 민준은 꼭 윤영에게 해주고 싶은 것이 있었다. 민준은 윤영의 이마에 입을 맞추며 속삭였다.

"윤영아, 이게 네게 주는 마지막 선물일 거야."

그의 눈에서 흐르는 눈물이 방울져 윤영의 얼굴에 떨어졌다. 민준은 병실을 나왔다.

딸의 병상을 찾은 아버지는 윤영이 침대 곁에 민준이 보이지 않자 허전하고 섭섭한 마음이 들었다. 딸의 머리맡에 놓여 있는 편지 한 통, 아버지는 한숨을 쉬며 편지를 꺼낸다. 민준의 심적 고통이 고스란히 담겨 있는 편지다. 아버지는 편지를 보면서 눈물을 흘렸다.

아무리 슬프고 하늘이 무너지는 충격에도 세월이 멈추지 않는 법이었다. 심장이 찢기는 고통 속에서도 계절은 때를 알아 어김없이 찾아오고, 그 계절에 생긴 상처는 깊어만 갔다. 혜정은 첫눈이라도 올 것 같은 하늘을 올려다보았다. 민준이 떠난 지 이미 두 달이 넘어가고 있었다. 혜정은 그렇게 윤영이 곁을 지켰던 민준이 아무런 말 없이 떠난 것은 깊은 마음의 상처를 견딜 수 없기 때문이라고 생각한다. 혜정이 병실 안을 들어서자 윤영이 어머니가 밝은 얼굴로 맞이한다. 그 바람에 어둡던 혜정의 얼굴 역시 더욱 밝아졌다.

"무슨 좋은 일이 있어요, 어머니?"

어머니는 기쁨에 들떠 있었다.

"아, 글쎄. 우리 윤영이에게 안구를 기증하겠다는 사람이 나타났다지 뭔가."

"안구를요?"

혜정은 펄쩍 놀랐다.

"그게 누구래요?"

혜정은 조심스럽게 물었다.

"글쎄? 신원은 아직 알 수가 없구만."

"그래요?" 하고 혜정은 담당 의사에게 달려간다.

"안구를 기증한 사람을 알 수 없을까요?"

"안구 기증자의 신분을 노출시키는 것은 법으로 금하고 있습니다."

담당 의사는 고개를 저으며 말했다. 혜정은 '그 사람이 민준이 아닌가요?' 하고 묻고 싶었지만 그 말은 끝내 꺼낼 수가 없었다.

마침내 윤영의 안구 수술이 시작되었고, 바로 그날 윤영의 의식도 조금씩 깨어나기 시작했다. 안구 수술 도중에 그녀의 몸이 움직이자 수술을 황급히 바꾸었고, 의료진들은 식물인간이었던 윤영이 다시 소생하는 감격의 도가니에 빠졌다.

수술실에서 다시 중환자실로, 중환자실에서 다시 일반 병동으로 옮기면서 윤영은 간간이 의식을 되찾았고, 그 암담하던 붕대를 푸는 날이 다가왔다. 윤영은 의식을 찾을 때면 발음이 잘되지 않는 말로 민준을 찾았지만, 혜정이나 윤영이의 부모는 그가 떠났다는 말을 차마 할 수 없었다.

꼭 만 1년 만에 다시 보는 햇빛, 그리고 다시 살아난 새 생명. 그러나 윤영은 그것이 기쁘지 않았다. 항상 그녀의 옆에 있어 줄 것 같았던 민준이 보이지 않았기 때문이었다. 윤영은 민준이 떠났다는 걸 믿고 싶지 않았다. 그가 1년을 기다리지 못하고 자신을 떠났다는 사실을.

미칠 것만 같은 기분이었다. 세상이 끝나더라도 윤영만을 사랑하겠다던 민준이의 참마음이 그런 것이었다는 사실은 윤영을 미치게 만들었다. 아직도 윤영의 가슴에는 그 뜨거운 가슴이 남아있고, 온몸에 민준의 체취가 식지 않았는데, 그는 싸늘한 바람 속으로 영원히 자신을 버린 것이었다.

윤영은 눈물을 흘리다가 자신 옆에 구겨진 채로 처박혀 있는 '민준의 그림'을 집어 든다. 그 불길한 분위기. 그는 그 분위기를 안고 멀리 떠나 다시는 돌아오지 않을 곳으로 가버렸다. 윤영은 참지 못하고 그림을 바닥에 팽개쳐 버린다. 땅바닥에 동댕이쳐진 그림은 마치 너덜거리는 윤영의 마음을 고스란히 닮은 것만 같아 다시 눈물이 솟구친다. 그녀의 몸속 어딘가에 숨어 있던 지극한 증오심이 그대로 자신을 태울 듯이 덤벼든다. 그녀는 그 증오심을 견디지 못하고 얼굴을 두 손에 묻어 버렸다. 그녀는 민준의 그림을 거칠게 구겨 쓰레기통에 처넣고 작업실을 나섰다.

윤영은 민준을 한 번만이라도 보고 싶었다. 그래서 왜 자신을 버렸나 따져보고 싶었다. 그렇게 목숨을 다 바쳐서 사랑한다고 수없이 말했으면서 병석에 식물인간이 된 것을 보고 그토록 서둘러 도망쳤냐고 소리쳐 따지고 싶었다. 윤영은 그의 가식적인 사랑이 견딜 수가 없다. 이처럼 한순간에 돌아설 사람인데 무엇 때문에 목숨을 다 바칠 듯이 사랑했는지, 그녀는 자신을 이해할 수가 없이 미웠다.

혜정은 윤영이 나가자 조심스럽게 '민준의 그림'을 쓰레기통에서 꺼냈다. 민준의 그림은 이미 다 찢어져 복원할 수가 없었다. 혜정은 윤영이 아버지의 당부를 무시하고 윤영이에게 곧이곧대로 말해 버릴까 생각했다. 더 이상 상처를 줄 수 없기 때문이었다. 민준이 떠난 것은 윤영이를 버린 것이 아니라 그 사랑의 아픔을 참을 수가 없어서 떠났다는 것을. 혜정은 의식이 돌아온 뒤부터 이상한 눈초리로 적대감을 보이는 윤영이의 마음을 도무지 이해할 수가 없었다. 아무래도 식물인간으로 병상에 누워있던 그 일 년이 윤영이의 성격 자체를 바꾸어 놓은 것 같았다.

남은 미련 때문에 다시 찾아올지도 모른다는 기대는 이미 사라져 버렸다. 혹시 하는 마음에 전화하거나 작업실로 불쑥 찾아올 것이라는 희망도 사라져 버린 지 오래였다. 이제 자신은 민준에게서 영원히 잊혀진 여자였다.

윤영이 입술을 앙다문다. 이렇게 된 이상 찾아봐야 한다는 마음이 들었다. 민준을 찾아내어 유치한 이야기를 하기 싫었지만 그래도 한번은 만나 그의 마음을 알고 싶은 생각이 들었다. 하지만 이미 돌아선 사람의 마음을 어떻게 다시 돌이킬 수 있단 말인가.

"크윽, 흐흐흑…."

윤영은 흐느껴 울었다. 마음을 다잡아야 한다는 생각에

윤영은 이를 앙다물었다. 그에게 복수를 하기 위해선 약하게 살아서는 안 되었다. 윤영은 필사적으로 마음을 다져 먹는다. 그녀는 그림 도구를 챙기면서 문득 그 호반을 기억했다. 민준이를 처음 보았던 곳이 그 아름다운 호수였다. 그곳에는 그의 숨결이 배어 있을 것이다. 파란 하늘을 배경으로 코스모스가 하늘거리고, 은색 물비늘이 곱게 춤을 추는 그곳에 그의 영상이 그대로 남아있을 것이다. 그리고 혹시….

윤영은 걸음이 빨라졌다. 가슴이 콩콩 뛰었다. 막연한 기대감이지만 그녀의 마음은 풍선처럼 들떠 있다. 호수가 보이고 아직 꽃봉오리 지지 않은 코스모스들이 하늘대는 품이 마치 손을 흔들며 빨리 오라는 것 같았다. 윤영은 마침내 민준이 앉아있던 자리에 멈춰 섰다. 아무도 없었다. 빈 자리에 바람이 쓸쓸히 불고 있다. 윤영은 공허한 마음으로 한동안 서 있었다.

이젤을 펴는 손이 허전하다. 캔버스를 거는데 눈물이 났다. 화구를 챙기던 손이 떨린다. 그녀는 한참을 넋이 나간 것처럼 멍하니 서 있었다. 그녀는 마음의 안정을 찾으며 연필을 집어 드는데 심장이 뛰었다. 시계를 봤다. 정각 4시. 여태껏 아무도 없었던 그 빈자리에 민준이 앉아 있었다. 그때 그 모습으로 하늘을 한없이 우러러보고 있었다. 윤영은 눈을 꼭 감았다. 이건 꿈일 것이라고 생각했다. 어떻게 민준이 저 자리에 저렇게 앉아있을 수 있단 말인가.

눈을 뜨면 민준은 하나의 환상으로 사라질 것이란 생각에 눈을 뜨지 않다가 그녀는 아주 천천히 눈을 떠본다. 아직도 민준은 그곳에 있었다.

얼마가 지났을까. 윤영은 자신도 모르게 신음을 내며 자리에서 힘겹게 일어났다. 마치 꿈을 꾸듯 그녀는 민준에게 다가갔다. 민준을 처음 만나던 그때보다도 더 그녀는 긴장하고 있었다. 민준은 윤영이 다가와도 그 모습 그대로 앉아 있다. 윤영은 마침내 그가 손에 잡힐 듯이 가까이 다가가선 도저히 가슴이 아파 더 다가가지 못하고 발길을 멈춰섰다. 그리고 그녀는 자신도 모르게 흐느껴 울었다. 그 울음소리에 민준이 정신이 드는 듯 고개를 돌려 윤영을 쳐다봤다. 윤영은 더 서 있지 못하고 푹석 주저앉았다. 민준이 이상한 눈초리로 바라봤지만, 그녀는 슬픔이 북받치는 눈물을 참을 수가 없었다.

"무슨 일이지요?" 하는 소리에 윤영은 후다닥 정신을 차렸다. 낯선 남자를 본 윤영은 그때까지 얼굴에 흐르고 있던 눈물을 허겁지겁 닦았다. 민준과 조금 닮기는 했지만 남자는 민준이 아니었다. 몸에서 힘이 쭉 빠져나간 그녀는 넋이 나간 모습으로 남자를 쳐다보았다. 남자가 말을 붙인다.

"무슨 슬픈 일이 있으신 모양이군요."

남자의 목소린 퍽 다감했다. 윤영은 그렇게 말하는 그 남자의 눈동자를 가만히 응시한다. 그 눈동자는 정말로 민준과 많이 닮아 있었다. 윤영은 그 '민준의 그림'의 주인공이 민준이 아니라 바로 진혁이었다는 사실에 너무도 놀랐다. 세상은 참으로 이상한 것이다. 윤영이 민준이를 착각했기에 윤영의 인생이 완전히 변한 것이었다. 윤영이 철석같이 믿었던 민준은 윤영을 헌신짝처럼 버리고 떠났고, 민준을 찾아 이곳에 온 윤영이 '민준의 그림'의 주인공인 진혁을 이처럼 만날 줄은 꿈에도 몰랐던 것이다.

윤영은 그가 그 그림의 주인공이라는 사실 하나만으로 그에게 푹 빠졌다. 아니 민준에 대한 보상심리가 작용했을 터였다. 진혁은 윤영에게 참으로 잘해주었다. 오랫동안 사귄 것처럼 그들은 급속도로 가까워졌다. 진혁의 곁에 있다는 것만으로도 윤영의 마음은 부드럽고 편안했다. 민준의 빈자리는 진혁이 완전하게 채워 주고 있었다.

또 한 계절이 꺾여 지나간다. 혜정은 바람이 부는 캠퍼스 벤치에 앉아 저만치에서 깔깔거리며 지나치는 남녀 한 쌍을 바라보며 한숨을 길게 내쉬었다. 윤영이 진혁을 데려왔을 때, 혜정은 윤영의 뺨따귀를 갈기고 싶을 정도로 그녀가 미웠다. 아무리 외로움을 견디기 어려워도 몇 달이 지나지 않은 터에 사랑하던 민준을 까맣게 잊어버리고 진혁이라는 남자를 만나 시시덕이를 떠는 윤영의 주접이 소름 끼치도록 싫었다.

혜정은 핸드백을 뒤져 편지 봉투를 꺼낸다. 민준이 윤영의 앞에 나타나지 않는 이유는 바로 이것이다. 아니 더 큰 이유가 있을지도 몰랐다. 하지만 지금은 이런 생각을 할 수밖에 없었다. 혜정은 여성 특유의 직감으로 생각할 때 윤영에게 안구를 기증한 사람이 바로 민준이라고 확신했다. 그렇다면 민준은 윤영에게 자신의 다 주고 홀연히 떠난 것이다. 안구 수술로 말미암아 윤영이 다시 생명을 얻어 소생했으니 말이다. 말하자면 민준이 윤영에게 준 것은 단순히 안구뿐만 아니라 그녀의 생명을 준 것이었다.

민준에게 지금 남아있는 것이 과연 무엇일까. 주위의 사람들이 비밀로 해두었기에 윤영은 아직도 자신이 실명했었다는 사실을 모르고 있었다. 그리고 윤영의 가슴은 자신을 버린 민준에 대한 증오심으로 가득 차 있는 것이다. 윤영은 민준을 까맣게 잊은 듯이 다른 남자와 사랑하고 있는 것이다.

혜정은 고개를 젓는다. 민준의 헌신과 깔깔대는 윤영의 행복감이 엄청난 대조를 이루며 혜정에게 고통을 안겨주고 있었다. 진혁은 민준이의 분위기와 많이 닮은 것은 분명했다. 혜정은 그때의 일을 생각하며 '민준의 그림'을 머리에 떠올린다. 그것은 혜정의 계획이었다. 혜정이 그 당시 너무나 괴로워하는 윤영을 위해 미팅을 주선하면서, '민준의 그림'과 분위기가 비슷한 민준을 그 미팅에 끼워 넣었던 것이다.

혜정은 마구 쏟아져 내리는 노란 은행잎에 눈이라도 멀 것만 같아 벤치에서 일어나 작업실로 들어갔다. 그녀는 구석진 자리에 앉아 소중히 간직하고 있던 그림을 펼친다. 민준. 그림 속의 남자는 혜정에게는 분명히 민준이었다. 비록 윤영에게는 진혁일지 모르겠지만 말이다. 혜정은 그림 속의 민준을 물끄러미 바라보다 이번 학기 조교를 그만두고 어디로 훌쩍 여행이라도 다녀왔으면 좋겠다는 생각을 하다 갑자기 어떤 생각이 들었는지 자리에서 벌떡 일어섰다.

"그래. 그를 한번 만나 보는 거야."

혜정의 얼굴에 생기가 돌기 시작했다.

겨울인데도 불구하고 텍사스의 바람은 약간 훈훈한 기운마저도 느끼게 했다. 윌리엄 하비 공항에 내린 혜정은 말도 잘 안 되는 영어로 택시 기사에게 주소만 내밀었다. 택시는 약 30분 달려서 브룩사이드라는 곳에 도착했다.

왠지 모르게 혜정은 마음이 무척 떨렸다. 마치 자신이 사랑하는 연인을 찾아 먼 이국땅에 온 기분이었다. 초인종을 누르자 얼굴에 한과 원망이 서린 초로의 여인이 문을 연다.

"여기 혹시 강민준씨라고 계세요?"

혜정이 조금 당황스럽게 물었다

"아가씨는 누구지? 민준이는 우리 앤데."

초로의 여인은 얼굴에 야릇한 표정이 어렸다.

"아, 그러세요. 저는 윤혜정이라고 해요, 어머님. 저는 한국에서 왔어요."

혜정의 말을 듣는 민준 어머니의 표정이 환해졌다. 민준은 뒤뜰에 있다고 했다. 혜정은 뒤뜰로 나가다 그의 뒷모습을 보는 순간 가슴이 시려 떨어져 나갈 것 같은 아픔에 잠시 멈칫거렸다. 역시 그랬다. 민준은 커다란 검은 선글라스를 끼고 손에는 작은 맹인용 막대를 들고 있다. 혜정은 숨을 크게 쉬었다.

"민준씨."

그러지 않으려고 했는데 목소리가 떨렸다.

"아니, 혜정씨. 여긴 어떻게?"

목소리를 들은 민준은 듣고 펄쩍 놀랐다, 혜정은 민준의 가슴에 쌓인 슬픔을 이해할 수가 있었다. 아무 말도 없던 혜정의 눈에서 뜨거운 눈물이 주르륵 흘러내린다. 그녀는 얼른 눈물을 감추고 표정을 바로 했다.

눈앞엔 끝없는 평원이 펼쳐져 있다. 산은 보이지 않았다. 신비스럽기도 했다. 지평선 아득한 평원이 경이로웠다. 그러니까 지평선과 바다의 수평선을 동시에 볼 수 있는 코퍼스 크리스티는 휴스톤에서 약 3시간 남서 쪽에 위치한 멕시코만의 도시이다. 혜정은 방갈로 아래 넘실거리는 그 죽음과도 같은 에메랄드빛 바다가 무섭기도 하다. 그것은 마치 보지 않고도 느낄 수 있는 민준의 마음을 닮았기 때문이었다. 너무 깨끗해서 다른 것은 아무것도 품을 수 없는 것 같은 바다의 푸르름이 너무 두려웠다. 게다가 텍사스의 밤은 별이 참으로 많았다.

"별이 참 곱군요."

혜정은 이렇게 말하다 입을 다문다. 민준이 앞을 볼 수 없다는 사실을 알고 있기 때문이다.

"나도 느낄 수 있어요, 혜정씨."

민준의 말소리는 절대로 처량하게 느껴지지 않았다. 꼬박 일주일을 아무 일도 안 하고 코퍼스 크리스티의 물결만 보고 지냈다. 이제 내일이면 돌아가야만 한다. 혜정이 여행을 제안하자 고독과 우울증에 시달리던 민준은 두말없이 승낙했고 둘은 일주일간을 코퍼스 크리스티에서 지낸 것이다. 혜정은 자신의 마음을 이해할 수가 없었다. 이것이 민준과 윤영의 아름다운 사랑에 대한 염원인지, 아니면 민준에 대한 연민인지 알 수가 없었다. 확실한 것은 다만 일주일이었지만 혜정의 생애에서 이토록 행복했던 적은 없었다는 생각이 들었다.

"민준씨, 나 내일 떠나요."

"알고 있어요."

민준은 바다를 향해 나 있는 베란다에 앉아서 볼 수도 없는 눈으로 하염없이 바다를 바라본다. 그 모습이 '민준의 그림'에서 보이는 것과 똑같아 혜정은 흠칫 놀랐다. 혜정이 조금 용기를 내서 그의 어깨에 손을 얹어 본다.

"나 이곳에 다시 돌아올지 몰라요, 민준씨. 와도 되지요?"

민준이 고개를 끄덕이며 혜정의 손을 잡았다.

'코퍼스 크리스티의 밤!' 혜정은 그 그림을 이렇게 명명했다. 이름이 생기는 순간 그림은 새 생명을 지니고 가슴에 밀려든다. 조금씩 스케치를 해두었던 민준의 모습과 코퍼스 크리스티의 풍경이 이제는 하나로 조화되어 화폭에 들어선다. 굵은 선의 방갈로와 가는 선의 잔물결, 다시 굵은 선이 돌아나간 해안선. 그것을 하염없이 바라보고 있는 남자의 옆얼굴은 비애에 가득 차 있다. 혜정은 가끔씩 '민준의 그림'을 펼쳐 민준의 얼굴을 수정하는 중에 이상한 기척에 놀라 고개를 돌렸다. 윤정이었다.

"왔어?" 하고 혜정은 반겼다. 그런데 뒷전에 그림을 보고 있던 윤영의 두 눈에 증오의 불길이 활활 타오른다.

"내놔."

"안돼, 윤영아."

혜정은 '민준의 그림'을 등 뒤로 감췄다. 윤영은 와락 달려들어 그림을 잡아채는 순간 그림은 쫙 찢어진다. 혜정은 얼없이 바라보며 몸을 떨었다.

"더러워!"

윤영은 혜정을 불타는 눈으로 노려보며 화폭에 담긴 민준의 얼굴을 발기발기 찢어 버렸다.

"더럽다니, 윤영아?"

"그래, 더러워. 혜정이 네가 민준씨를 빼앗아 간 거잖아."

윤영은 사실 '민준의 그림'보다 혜정이 그리고 있던 '코퍼스 크리스티의 밤'이라는 그림이 못 견디도록 기분 나쁜 것이다.

"사고가 나는 날 내 눈으로 똑똑히 봤어. 너와 민준씨가 함께 있는 것을."

"무슨 소리야?"

"너는 내 친구라고 하면서 민준씨를 가로챈 거야."

"너 미쳤니?"

혜정은 윤영이 제정신이 아니라는 생각이 들었다. 어떻게 그런 생각을 할 수가 있는지 도무지 이해할 수가 없다.

"내가 미쳤다구? 웃기지 마, 혜정이 네가 민준씨에게 꼬리를 친 걸 다 알아."

"윤영아. 그날 나는 이 작업실에 있었어. 네가 사고가 났을 때 수빈이와 정은이 우리가 황급히 달려나갈 때 내가 제일 먼저 달려나갔어, 그거 알아?"

"거짓말 하지 마. 넌 그때 분명히 민준씨와 함께 있었어."

윤영은 갈기갈기 찢은 그림은 허공으로 날려 버렸다.

"그래. 민준씨는 나를 버린 거야. 목숨을 다 바쳐 사랑한다고 하면서 너를 만났고, 내가 식물인간이 되어 병원에 누워있자 나를 아주 버린 거야."

윤영의 눈물을 흘리며 소리쳤다.

"네가 민준씨를 생각한다는 자체가 불결해. 더러운 것들…."

윤영은 눈물을 뿌리며 작업실 밖으로 뛰쳐나갔고, 혜정은 그 자리에서 스르르 허물어져 버렸다. 가슴이 너무도 아파서 도저히 서 있을 힘이 없었던 것이다.

혜정이 그리고 있던 그림의 주인공은 분명히 민준이었다. 그렇다면 혜정과 민준은 아직도 만나고 있는 것이 확실했다. 그 그림을 보는 순간 윤영은 여태껏 참고 있었던 속마음을 도저히 견딜 수 없었다. 민준과 다정하게 걷던 혜정의 모습은 꿈속에서도 잊을 수가 없었다. 윤영은 민준을 만나야 한다고 다짐했다. 질투심과 분노가 온몸을 불태웠다. 그를 만나서 욕이라도 해주어야만 한다. 민준과 혜정의 관계를 생각하면 할수록 불쾌했고, 윤영은 그 마음에 대한 보상으로 진혁과 더욱 가까워진 것이었다. 진혁은 다감하지는 않았지만 윤영을 편안하게 해주었고 윤영도 그것을 좋아했다. 진혁이 커피를 마시는데 윤영이 불쑥 제안한다.

"진혁씨, 우리 여행 한번 가지 않을래?"

"여행? 어디로?"

"미국."

윤영은 혜정의 수첩에서 빼낸 주소를 머리에 떠올린다.

"우리 결혼하기 전에 한번 미국에 가보고 싶어. 어때요?"

진혁이 미소를 지으며 윤영을 살며시 껴안는다. 윤영은 행복한 표정을 지어 보였다.

아무런 감흥이 없다는 것이 신기했다. 다만 오로지 한

생각만이 윤영의 머리에 강력하게 맴돌고 있을 뿐이다. 민준. 그에 대한 증오심이 이빨을 드러내며 윤영의 가슴에서 깔깔댄다.

휴스톤. 시내의 호텔에 짐을 푼 윤영은 아무런 구경거리가 없는 휴스톤을 여행지로 택한 데 대한 진혁의 의구심을 잠재우기 위해 갖은 노력을 한다. 하긴 진혁은 윤영과 함께라면 어디든지 좋다고 했으니 문제는 없었다.

"술 한잔할래요, 진혁씨."

진혁이 미소를 짓고 윤영은 냉장고에서 양주 한 병을 꺼냈다. 진혁의 잔에 부으니 그는 그것을 단숨에 벌컥벌컥 들이켰다. 몇 잔이 들어가자 시차 적응도 안 되는 진혁이 만취가 되었는지 잠에 곯아떨어졌고, 윤영은 재빨리 택시를 불렀다. 앞으로 몇 시간은 족히 잘 것이란 계산이었다.

여태까지 그러지 않았는데 민준의 집이란 생각이 들자 온몸이 떨려오기 시작했다. 초인종을 누르려는데 손이 너무나 떨려 몇 번이고 숨을 멈추어야만 했다. 마침내 문이 열리고 초로의 여인이 고개를 내밀었다. 윤영은 그렇게 마음을 다잡아 먹었건만 견디지 못하고 그저 바보처럼 눈물을 줄줄 흘렸다.

"아가씨도 우리 민준이 찾아왔나?"

민준 어머니의 말에 윤영은 제정신을 번쩍 차렸다. 윤영은 그저 꾸벅 인사만 했다.

민준은 윤영의 목소리를 듣고도 뒤돌아보지도 않았다. 그저 굳어진 것 같이 앞만 쳐다볼 뿐이었다. 민준이 쓰고 있는 커다란 검은 안경은 마치 윤영에게 자신의 표정을 보이지 않으려고 일부러 쓰고 있는 듯이 보였다. 윤영은 구태여 앞으로 돌아가 그의 표정을 보려 하지 않았다. 이제 어느 정도 마음의 정리가 되었는지 윤영의 목소리가 하나도 떨리지 않았다.

"꼭 한 마디만 물어보고 싶어서 왔어요."

아직도 민준은 말 한마디 하지 않았다.

"그렇게 사랑한다고 해 놓고 1년도 못 기다린 것이 민준씨의 영원한 사랑이었나요?"

윤영은 민준의 침묵에 숨이 막힐 것만 같았다. 소리치고 악을 써보고 싶었다.

"나 결혼해요. 그걸 알려 주려고 왔어요."

윤영은 그 말을 하는 동안 눈물이 날 것만 같았다.

"잘됐구나. 축하해."

의외로 덤덤한 민준의 말에 윤영은 죽고 싶은 느낌이었다.

"혜정이가 여기를 다녀갔더군요."

민준이 고개를 돌리지도 않고 말했다.

"그만 가도록 해. 나는 윤영일 처음부터 사랑하지 않았어."

참으려고 했는데 윤영의 눈에서 눈물이 울컥 솟아난다.

"그랬군요. 그 모든 것이 다 가식에 찬 행동이었군요."

민준이 수긍하듯이 고개를 끄덕였다.

"잘 가. 그리고 나에 대한 모든 것은 잊어버려."

그래도 윤영은 민준의 마음이 이토록 냉정하게 변했으리라고는 생각하지 않았었다. 하지만 이제야 윤영은 그의 마음속에 자신에 대한 감정이 하나도 남아있지 않고 몽땅 말라 버렸다는 것을 확연히 느꼈다.

혜정은 그림 속에 있는 민준을 가만히 응시했다. 그에게 다녀온 지 벌써 1년이 지났다. 그러나 그 오랜 동안에 이 그림 하나를 끝마치지 못한 것이다. 윤영과 진혁이 결혼한 지 벌써 반년이 넘어 버렸고, 윤영은 이제 민준의 기억을 모두 머릿속에서 베어낸 채 잘살고 있을 것이다.

혜정은 왜 자신이 그 그림을 완성시킬 수 없나를 잘 알고 있었다. 그것은 민준의 두 눈 때문이었다. 민준의 두 눈을 맹인의 것으로도 성한 것으로도 그릴 수 없다는 것이 큰 고통이었다. 아니, 더 고통스러운 것은 갈피를 잡을 수 없는 자신의 마음이었다. 민준만 생각하면 가슴이 찢어지는 고통이 오는 그런 마음. 혜정은 자신이 민준을 위해 무엇을 해줄 수 있나를 가만 생각하다가 고개를 젓는다. 민준이나 윤영을 위해 그것을 영원히 비밀로 하는 것이 낫겠다는 생각도 들지만, 그것은 또한 혜정 자신을 위한 이기적인 것인지도 모른다. 혜정은 고개를 젓는다.

수화기를 들고 한동안 머뭇대다가 이윽고 결심한 듯이 번호를 눌렀다. 수화기 저쪽 편에서 들려오는 나른한 여자의 목소리.

"여보세요."

순간 혜정은 전화를 끊어버릴까 생각한다. 그러나 그럴 수는 없었다.

"윤영아, 나 혜정이야."

"혜정이?"

전혀 뜻밖이라는 목소리였다.

"우리 차 한잔하지 않을래?"

말소리가 조금은 떨리는 것 같았는데 윤영이 순순히 응낙했다. 전화를 끊고 혜정은 한동안 후회하고 있었다.

빨간색 정장에 약간 미색이 감도는 캐시미어 반코트를 입은 윤영은 혜정이 보기에도 눈부시게 아름다웠다. 한껏 멋을 낸 윤영에게 약간은 부러운 마음이 인다.

"오랜만이야."

윤영은 배시시 웃으며 혜정 앞에 앉았고, 혜정도 윤영에게 미소를 보냈다.

"계집애, 이뻐졌네."

윤영은 혜정의 찬사가 싫지 않은 듯이 미소를 함빡 지었다. 차를 주문하고 둘은 이런저런 잡담을 나누었다. 그리 중요하지도 않은 것들을. 혜정은 무의식적으로 메모지에 끄적끄적 윤영의 눈동자를 그려 본다.

"행복하니?"

혜정의 질문에 윤영은 고개를 끄덕인다.

"그럼. 그 이가 참 잘해 줘."

스스럼없이 '그 이'라고 말한다. 혜정은 그것이 가식적인 말이란 사실을 잘 알고 있다. 여자는 언제나 자신의 붉은 마음을 감쪽같이 숨긴 채 평생을 가식으로 살 수 있는 존재이니까 말이다. 그렇게 아픈 마음을 어떻게 깨끗이 잊을 수 있단 말인가.

"혜정이 넌 언제 석사과정 끝내니?"

"응, 곧."

말소리가 약간 씁쓸하다.

"너도 결혼해야 되잖아?"

윤영이 슬며시 넘겨짚어 본다.

"호호호, 계집애. 나는 혼자 살 거야."

혜정이 깔깔댔다.

"어때? 작품은 잘 돼가?"

혜정이 고개를 저었다.

"한번 보고 싶어. 작업실 말이야. 그렇게 정들었던 곳인데."

혜정이 차를 조금 입 안에 넣고는 천천히 음미했다.

원래 겨울이란 마음 하나 남겨지는 법이 없다. 길가에 뒹구는 낙엽조차도 나눌 감정 하나 갖지 않고 그저 깡말라 버리는 것이 겨울이었다. 오랜만에 교정을 걷는 윤영은 가슴이 너무도 시려 와서 어쩔 줄을 모른다. 이 교정에서 사랑하고 이 교정에서 사랑을 나누었다. 그리고 겨울의 헐벗은 나무 그림자처럼 가슴 깊이, 길게 슬픔의 그림자를 남기어 놓은 것이다.

작업실은 그리 포근하게 느껴지지 않았다. 이미 다른 학생의 자리가 되어 버린 윤영의 자리는 겨울에 떠나간 민준의 빈자리만큼이나 슬프게 느껴진다. 윤영은 햇살이 그리 들지 않는 혜정의 자리로 갔다가 혜정의 그림을 보고는 그만 가슴이 콱 막혀버렸다. 민준의 체취가 뭉텅 한꺼번에 윤영의 가슴으로 밀려든다. 그것은 그림이 아니라 바로 생명이었다. 윤영의 두 눈에서 뭔가가 굴러떨어진다. 그것은 눈물이 아닐 것이다. 여태까지 남아있었던 슬픔의 앙금 덩어리일 것이다.

혜정은 비틀대는 윤영에게 의자를 하나 밀어준다.

"거기 앉아봐, 윤영아."

윤영은 간신히 의자에 앉았다. 혜정이 윤영을 옆에 앉히고 붓을 든다. 윤영은 민준의 그림에 왜 자신이 모델이 되는지 그 이유를 알 수가 없었다. 혜정이 붓에 물감을 조금 묻히면서 아주 조용하게 이야기한다.

"이 세상에서 너를 가장 사랑한 사람은 민준씨였어."

그 말을 하는 혜정의 눈에 이상하게도 작은 이슬이 맺혔다. 윤영이 피식 웃는다. 혜정의 말은 계속되었다.

"민준씨를 위해, 아니 평생을 가식으로 살아가야 할 너를 위해 이 말을 꼭 하고 싶어 너를 만나자고 했어."

윤영이 별 소릴 다 한다는 식으로 다시 미소 짓는다.

"네가 모르는 게 있어, 윤영아."

혜정은 이렇게 말하면서 약간 짙은 갈색의 물감을 조금 묻혀 그림 속 민준의 눈에 살짝 찍어 본다.

"내가 너의 눈을 민준씨의 눈에 그리는 것은 지금의 네 눈이 민준씨의 것이기 때문이야."

"뭐, 뭐야?"

"윤영이 네가 사고를 당했을 때, 너는 모르겠지만 네 눈은 심한 상처로 실명하고 말았지."

"거짓말!"

덜덜 떨면서 윤영이 소리친다. 그러나 갑자기 휴스톤에서 만났던 민준의 모습이 흉측한 모습으로 윤영에게 쏜살같이 달려든다. 그 두껍고도 새까만 안경을 쓴 그의 모습이.

"그래. 민준씨는 자신의 생명보다도 귀한 너에게 모든 것을 주고 떠났던 거야. 네가 슬퍼할까 봐 말이지."

"아니야! 아니야. 그럴 리 없어."

혜정은 민준의 눈동자를 정성 들여 그려 넣는다.

"그래. 민준씨가 너를 버린 것이 아니라 네가 민준씨를 버린 거야."

"아아악! 거짓말이야!"

윤영이 악을 쓴다. 무언가가 가슴을 터뜨릴 것 같았다.

윤영은 머리가 그대로 산산이 부서지는 것 같은 충격에 정신을 차릴 수가 없다.

"그, 그렇다면 사고가 나던 날 내가 봤던 건 뭐지? 민, 민준씨와 혜정이 네, 네가 함께 있었잖아?"

"말했잖아. 난 작업실에 있었다구. 그건 네 마음이 만들어낸 환상이야. 알잖아. 우리 여자들의 상상력은 어떤 형상이라도 만들어 낸다는 거 말이야."

"아니야. 그럴 리 없어. 그럴 리 없다고."

윤영은 넋이 나간 양 고개를 젓는다. 하지만 검은 안경을 쓴 민준의 모습은 어떻게 설명해야 한단 말인가. 윤영은 더 들을 수가 없어서 그대로 밖으로 뛰쳐나가 버렸다.

모든 것은 사실이었다. 윤영은 병원에서 자신이 실명했었다는 사실과 안구 기증을 받아 수술을 했다는 기록을 읽으면서 혼절해 버렸다. 혜정의 말은 하나도 틀리지 않았다. 그것을 안 순간 윤영은 자신이 미워서 죽고 싶었다. 민준은 자신을 버렸다고 생각했는데 정말로 민준을 버린 것은 윤영 자신이었다. 윤영은 도저히 참지 못하고 악을 쓰며 머리카락을 쥐어뜯는다. 하지만 어떡할 것인가. 윤영은 미친 듯이 소리를 바락바락 질러본다. 터뜨릴 심장이라도 있으면 그대로 피를 토하고 죽고 싶은 심정이었다.

혜정은 마치 미친 귀신처럼 처절하게 변해 나타난 윤영을 보고서 그 참혹한 모습에 부르르 떨어버렸다. '코퍼스 크리스티의 밤'은 완성되었고, 혜정은 그 그림을 보며 민준을 생각하고 있던 중이었다.

"혜정아, 도와줘."

견딜 수가 없는 것이다. 자신을 죽이고 싶도록 미웠기 때문에 미친 듯이 날뛰는 것이다. 혜정은 그런 윤영이 측은해서 그녀를 꼭 껴안는다. 윤영이 쉴 새 없이 중얼거렸다.

"도와줘. 나 좀 도와줘. 차라리 나를 죽여줘."

윤영의 오열은 그녀의 창자를 도려낼 듯이 계속되었다. 그러다가 윤영은 도저히 견디지 못하고 탈진해 쓰러져 버렸다.

완전히 넋이 나가 쓰러진 윤영의 머리를 무릎 위에 올려놓은 채 그녀의 뺨을 쓰다듬으며 혜정은 속삭인다.

"윤영아, 민준씨가 원하는 건 네가 잘되는 거야. 만약에 네가 잘못되면 민준씨는 너무나 슬퍼할 거야."

윤영이 고개를 끄덕이는 것 같은 느낌이 들었다.

"언제나 우리 여자들은 분위기에 속아 고통을 자초하곤 해. 그러나 그건 우리 여자들의 잘못이 아니야. 그건 여자들을 속인 분위기가 잘못한 거지."

윤영이 잠이 들었는지 색색거리는 숨소리가 들린다. 혜정은 윤영이 듣든 안 듣든 신경 쓰지 않고 혼자 말을 계속했다.

"겨울의 빈자리는 너무나도 외롭고도 쓸쓸해 보이지. 하지만 말이야, 빈자리는 언젠가는 채워지게 마련이야. 그러나 빈자리도 없는 사람은 어떡하지?"

혜정의 머리에 코퍼스 크리스티에서 밤하늘을 응시하는 민준이 떠오른다. 하늘에는 별이 셀 수 없이 많았고, 발밑에서는 밤 물결 소리가 마치 자장가와도 같이 들려온다. 아무것도 볼 수 없는 민준의 두 눈에는 뚜렷이 사랑하는 사람의 영상이 떠오를 것이다. 자신의 모든 것을 바쳐서 사랑했던 사람의 모습이….

# 에밀리 에쉬본(Emily Ashborne)의 키싱구라미(Kissing Gourami)

보석처럼 빛나는 아침 햇살이 창문을 통해 들어와 수조에 투영되는 것을 바라보며 영규는 감탄했다. 빛은 마치 살아있는 생명처럼, 창문을 통해 창문턱을 성큼 넘어 들어와서는 수조에 가득 담긴 맑디맑은 물에 자신의 색채를 찬란히 남겨놓았고, 그 찬란한 빛이 수조 안에서 유영하는 작은 열대어의 몸에 닿으면, 열대어의 영롱한 색상은 아침 햇살의 은근한 애무에 화합하여 보석같이 황홀하게 빛났다.

너무 구워서 겉이 까맣게 타버린 토스트를 포크로 긁어내며 영규는 커피를 한 모금 홀짝였다. 식탁에는 어제 마시다 만 술이 반병 정도 남아있고, 그 옆에는 상감으로 모양을 낸 자기 술잔이 식탁 위로 갈색의 액체를 길게 흘리며 넘어져 뒹굴고 있다. 대충 검은 부분을 긁어낸 후에 약간의 버터를 바르다가 신문에 나온 기사를 보며 눈살을 찌푸린다.

"미친 것들."

그리 중요한 일도 아닌 것에 열을 올리는 할 일 없는 사람들의 기사가 한심스러워 이렇게 거친 말을 내뱉는다. 월

셔가(Wilshire Street) 한국 영사관 앞에서 한국 개고기 식용에 항의하는 시위자들의 모습이 마치 격전장에 들어선 군인들처럼 결연한 것이 비위에 거슬렸다. 그 시위자들 중 몇몇은 한인들처럼 보였지만 그것이 그리 신경 쓸 문제는 아니기에, 그저 신문을 다음 장으로 넘겨 버린다.

가게 문을 열어 놓으니 따사로운 햇살이 물밀 듯이 안으로 들어찼다. 영규는 밤새 죽은 고기를 뜰채로 건져내며 혀를 끌끌 찬다. 순하고 예쁘게만 보이는 수조 안의 열대어들도, 예외 없이 약육강식이란 자연의 법칙에 따라 저희들 끼리 싸우다 죽거나 죽이곤 한다. 그러고 보면 사람들의 눈에 피상적으로 보이는 것이 진실과는 전적으로 다른 수가 종종 있다. 겉보기에 열대어는 그저 순하게만 보이지만 실제로는 서로 공격하며 죽고 죽이는 잔인한 행위를 하는 것이다. 영규의 머리에 아침에 읽었던 신문 기사가 떠올랐다. 개고기 문제도 이와 비슷하다는 생각이 든다. 한편에서는 야만이라고 규정하고 그렇게 보이지만 다른 편에서는 그렇지 않을 수도 있는 것이다.

블랙 테트라(물고기)에 먹이를 주면서 자그맣게 노래를 불러본다. 의식적으로 즐거워지려고 노력하는 것이다. 작은 열대어 종류인 블랙 테트라는 영규가 뿌려주는 후레이크(고기밥의 일종)를 덥석덥석 삼켜댔고, 영규는 열대어 중에 혹시 병든 고기가 있나 살펴보고 있는데, 그의 등 뒤에서 아침 햇살처럼 부드럽고 감미로운 목소리가 들려왔다.

"안녕하세요."

여자의 목소리는 마치 밀려 들어오는 햇살처럼 투명하게 느껴진다. 영규는 고개를 돌려 여자를 보았는데, 햇살이 여자의 옆얼굴에 비스듬히 반사되어 뚜렷한 얼굴 명암의 굴곡을 이루어 냈다. 영규는 약간은 어색하게 인사를 했다.

"예. 안녕하세요."

"혹시 여기 강아지 밥도 파나요?"

약간은 어눌한 발음이 오히려 매혹적으로 들릴 지경이었다.

"물론입니다."

영규는 약간은 과장된 몸짓을 하면서 여자를 개밥이 있는 쪽으로 인도했다. 여자의 이름은 '혜련'이란다. 영규는 그녀가 '혜'자 발음할 때 오므려졌다 벌어지는 입술 모양을 보고는 미소를 짓는다. 그것은 마치 어린아이가 잘되지도 않는 발음을 하려고 애쓰는 모습 같았기 때문이다. 혜련은 그날 이후로 영규에게 호감을 가졌는지, 거의 매일 영규의 수족관에 들렀고 영규는 그런 혜련과 스스럼없이 가까워졌다.

혜련이 특히 좋아하는 열대어는 키싱구라미였다. 흔히 뽀뽀하는 행동 때문에 이렇게 불리는 열대어였다. 가끔 혜련은 수조를 바라보며 무엇을 그리 깊이 생각하는지 굳어진 채 있기도 했다. 아마 마음 깊은 곳에 어떤 상처라도 있는 것일까?

약간은 쌀쌀한 2월의 날씨가 문을 덜컥이고, 금방 수족관 문을 열었는데도 불구하고 손님들이 제법 붐빌 때, 영규는 한쪽 구석에서 수조만을 응시한 채 굳어 있는 혜련을 흘끗흘끗 바라보았다. 영규는 손님들 때문에 그녀에게 가까이 다가가지 못하고 눈길만 주었다.

거의 한 시간 동안 혜련은 그렇게 굳은 몸으로 서 있었다. 영규는 손님이 뜸한 틈을 타 곧바로 그녀에게 다가갔다.

“참 평화스러워요. 어쩜 이토록 아름다울 수 있을까요?”

혜련은 영규가 다가온 것을 알아차리고도 돌아보지 않고 말했다.

“실제로는 그렇지 않아요. 보기에는 평화롭고 아름다워 보이지만, 저들 구라미 종류들이나 다른 열대어들 대부분 친구가 하나도 없이 적으로 살고 있어요. 조금 약해 보이기만 해도 서로가 공격해서 죽이거나 심하면 잡아먹기도 하지요. 우스운 것 같은 종류들끼리 그런 행위가 더 심하게 일어난다는 거예요.”

그런 소릴 듣고 난 혜련은 몸을 잠시 떨었다. 영규는 아차, 하고 입을 다물어 버렸다. 혜련은 잔인한 약육강식에 충격을 받은 것 같았다.

“아닐 거예요. 저들은 아마 서로 저렇게 사랑하면서 살아가나 봐요.”

혜련의 목소리에 슬픔이 묻어나고 있었다. 영규는 그때 수족관으로 막 들어온 손님에게 다가갔다. 혜련은 줄곧 그 자리에 서 있었다. 손님과 계속 이야기를 하고 있는 영규에게 다가온 혜련은 작은 상자 하나를 건네주고 바쁜 걸음으로 수족관을 나갔다. 영규는 야릇한 감동으로 그녀의 뒷모습을 바라보았다.

손님들이 수족관을 나간 뒤 영규는 숨을 죽이며 혜련에게 받은 작은 상자를 꺼냈다. 포장지를 뜯으니 빨간 상자가 영규의 마음까지도 붉게 물들게 했다. 뚜껑을 조심스럽게 열어본다. 상자 안에는 조그맣고 앙증스러운 초콜릿들이 서로 의지한 채 빼곡히 담겨있었다.

아! 그제야 영규는 오늘이 바로 밸런타인데이란 사실을 깨닫는다. 그렇기에 보통 때보다도 손님들이 들끓었던 것이다. 영규는 상자 속에 살포시 놓인 아주 작은 카드를 손으로 열어보았다.

'일 끝나고 저녁 식사 어때요?'

영규의 얼굴이 빨간 상자보다도 더 빨갛게 달아오른다.

한인 타운 북쪽 외곽에 위치한 이탈리안 레스토랑에 주차장에 세우며 영규는 시계를 보았다. 8시 10분. 약간 늦었기에 얼른 들어가려고 했지만 사람들이 붐비는 바람에 잠시 기다리다 걸어 나갔다. 이탈리아 스타일 계단을 오르니 웨이터가 다가왔다. 창가에 앉아 미국식 모카커피를 마시던 혜련은 고개를 들고 바라보며 미소를 지었다.

"늦었지요. 미안해요."

하고 영규는 자리에 앉으며 늦은 사과를 했다.

"바쁘셨나 봐요?"

혜련은 손에 든 커피잔을 내려놓으며 말했다.

"예, 조금. 밸런타인데이라서 그런지…."

영규는 미처 선물을 준비하지 못한 생각에 말을 머뭇거린다.

"뭐 드실래요?"

혜련은 메뉴를 영규에게 건넸다.

"파스타 어때요?"

그저 간단하게 요기나 때우는 정도가 나을 것 같았다. 혜련이 고개를 끄덕인다.

파스타를 포크로 집던 혜련이 불쑥 물었다.

"영규씨는 어디 사세요?"

영규는 대답하기 전에 냅킨으로 입을 닦으며 맥주잔을 집어 든다.

"스튜디오시티."

"좋은 데 사시네요."

"하하, 좋기는요. 그런데 혜련씨는 어디 사시죠?"

"라크레센타에요."

혜련은 아예 포크를 놓아버렸고 영규도 반 너머 남은 파스타를 보고만 있었다.

"나가요, 영규씨."

영규 역시 차분하지 않은 이탈리안 분위기가 내키지 않아 함께 자리를 일어나 레스토랑을 나왔다.

밤이 깊어가자 싸늘한 LA의 밤공기가 길을 걷는 연인들을 저절로 가깝게 만들었고, 혜련도 추운지 몸을 한껏 움츠린다. 밸런타인데이라서 그런지 아직도 시티워크(유니버설 스튜디오 산책로)에는 쌍쌍의 남녀들로 붐볐고 곳곳에 보이는 빨간 하트 모양의 풍선을 파는 광대의 우스꽝스러운 몸짓이 어딘지 모르게 슬프게 느껴진다. 영규는 슬그머니 주머니에서 돈을 꺼내 커다란 풍선을 하나 샀고, 조금 앞서가던 혜련이 그것을 보고 야릇한 표정을 떠올린다. 영규가 풍선을 혜련에게 건네니 그녀는 마치 어린아이처럼 좋아했다.

혜련이 풍선을 들고 마냥 즐거워하는데 그 모습이 풍선을 타고 하늘을 날아 사라지는 우스꽝스러운 광대의 슬픈 몸짓처럼 느껴져서 영규의 기분이 씁쓸해진다. 혜련이 우쭐우쭐 앞서 걷다가 갑자기 뒤로 돌더니 와락 영규에게 뛰어와서는 영규의 팔짱을 끼었다.

"가요, 영규씨."

혜련의 갑작스러운 행동에 영규는 깜짝 놀랐지만 그래도 기분은 좋았다. 혜련의 체온이 팔을 타고 찌르르 느껴진다.

"사실 말이에요. 밸런타인데이에 시티워크를 팔짱도 끼지 않고 멀리 떨어져서 걷는 것이 얼마나 고통스러운 것인지 이제야 알았어요."

혜련은 근처에 지나치는 남녀들이 모두 살갑게 붙어서 걷고 있는데 자신들만이 멀리 떨어져서 걷고 있었다는 사실에 무척 당황하고 있었나 보다. 영규는 고개를 갸웃해 본다. 자신은 전혀 그런 생각을 가지지 않고 있었는데 혜련의 말을 들으니 그럴 수도 있다는 생각이 든다.

영규는 그녀를 만난 후 쭉 보아왔던 혜련의 두 가지 다른 행동을 도저히 이해할 수 없었다. 어떤 때는 사색에 잠겨 있거나, 낮은 저음으로 말하는 혜련에게 깊은 슬픔을 느끼는데, 다른 때는 금세 표정이 바뀌어서 명랑하고 발랄하게 행동하니, 어떤 모습이 그녀의 참모습일까 궁금하기도 했다.

영규의 집에 들어설 때도 그랬다. 문의 손잡이를 잡고는 잠시 동안 하염없이 무슨 생각에 빠져있는 것이다. 자욱한 슬픔이 묻어난다는 생각이 드는 순간 혜련은 손잡이를 와락 비틀며 마치 어린애처럼 말하는 것이었다.

“집이 참 이뻐요. 나 여기서 살래.”

영규는 그 말을 듣고 그저 미소만 지어 보였을 뿐이었다.

식탁 위에 잔 두 개를 놓다가 쪼르르 달려가는 혜련의 뒷모습을 어처구니없다는 듯이 쳐다보았다.

“아, 이뻐라.”

혜련이 바라보는 것은 네온 테트라와 키싱구라미 한 쌍이었다. 영규는 식탁에 놓았던 잔을 다시 들고 혜련에게 다가가 잔을 건넨다. 톡 쏘는 향기 때문에 벌써 취하는 것 같다.

“혜련씨에겐 좀 독한 것 아니에요?”

"아뇨. 좋은 걸요."

의자를 끌고 와서 둘은 수조 앞에 앉았다. 영규가 잔을 홀짝이며 말한다.

"사람들이 보는 것과 실제의 것과는 많은 차이가 있어요. 사람들은 이 키싱구라미들이 실제로 사랑에 취해 키스를 한다고 생각해요. 왜냐하면 키스는 사람들에게는 사랑 행위거든요. 그러나 키싱구라미에게 있어 키스는 사랑의 행위가 아니라 오히려 그 반대일 수도 있어요. 실제로 키싱구라미가 사랑을 나눌 때는 절대로 키스 행위가 일어나지 않지요."

그 말을 듣고는 혜련이 슬픈 표정을 짓는다.

"아니에요. 그들은 열렬한 사랑의 행위를 하는 걸 거예요."

"사람들은 모든 행위나 현상을 자신들의 주관적이고도 독자적인 생각으로 판단하지요. 그리고 대부분이 자신들의 왜곡된 생각을 진리라 믿는 어리석음을 갖고 있는 거예요. 혜련 씨가 보는 키싱구라미의 키스도 오히려 서로의 적대 행위인데도 사랑 행위라고 철석같이 믿지요."

"그래도 나는 그들의 행위가 사랑 행위라고 믿을 거예요."

혜련이 손에 들고 있던 갈색의 액체를 한입에 털어 넣어 버렸다. 영규가 다시 한 잔을 따르려고 하는데 갑자기 혜련이 영규를 와락 껴안고는 입을 맞춰 버렸다. 업! 영규가 놀라 숨을 멈추는데 혜련의 입맞춤을 길게 계속되었고, 영규의 몸도 천천히 풀리며 두 팔로 그녀를 감싸 안는다. 영규가 든 술병이 콸콸 소리를 내자 혜련이 입을 떼며 영규를 살짝 민다.

"뭐해요? 호호호."

혜련이 웃자 영규는 당황해서 두 팔을 풀었다.

"난 말이에요. 저 키싱구라미를 보는 순간 나도 저렇게 정열적으로 키스를 하고 싶었어요. 우습죠?"

영규의 어색한 표정에도 불구하고 혜련은 깔깔댔다. 영규는 도대체 혜련의 속마음이 무엇인지 알지 못해 정신을 차릴 수가 없었다. 혜련이 술잔을 넘겨 들고는 영규의 잔에 술을 따른다.

"나 오늘 여기서 자고 갈래요. 괜찮죠?"

영규는 마치 무엇에 홀린 듯한 느낌이 들어 고개를 흔들어 보았다.

혜련의 격렬한 몸짓은 그녀가 그 행위에 익숙하다는 것을 의미하는 것 같아 마음이 그리 좋지는 않았지만, 가끔가다 그녀가 오열하는 듯한 모습을 보며 영규는 가슴이 아프곤 했다. 혜련은 마치 영규가 아주 소중하다는 듯이 어루만지고 애무하다가는 흑흑 흐느껴 울기도 했다. 그러는 와중에도 영규의 몸은 한없이 날아오르는 듯했고, 마침내 절정에 이르렀는데 어디선가 물방울 튀는 소리가 들린 것도 같았다.

아침에 눈을 뜨니 혜련의 모습은 이미 보이지 않았다. 어젯밤의 일이 마치 꿈속의 일같이 희미했다. 갈증을 참지 못하고 밖으로 나서는데 거실 바닥에 희끄무레한 물체가 불길하게 눈에 들어왔다. 영규는 주춤 그쪽으로 다가가다가 마치 불에 맞은 듯이 굳어진다. 그것은 키싱구라미 한 쌍이었다. 이미 죽은 지 오래되었는지 물기가 하나도 없는 키싱구라미 한 쌍이 그대로 입을 맞춘 채 바닥에 떨어져 죽어있는 것이다. 영규는 누가 일부러 그렇게 한 것이라는 생각이 들어 혜련을 머리에 떠올리다 고개를 세차게 흔들었다. 그녀가 이런 잔인한 행동을 할 리 없다는 생각이 들었기 때문이었다.

키스를 한 채 죽어버린 키싱구라미의 모습이 하루종일 머릿속을 떠나지 않았다. 구라미가 수조 밖으로 튀어나올 수는 있지만 어떻게 두 마리가 동시에 뛰어나왔으며 또한 바닥에 떨어진 채 키스하는 모습으로 죽을 수 있을까 하는 의문이 든다.

혜련은 가게가 거의 문 닫을 무렵인 7시 반 경에 가게로 들어왔다. 그녀의 표정이 그리 밝지 않았기에 무슨 일이 있나 걱정이 되었다.

"영규씨, 저녁 같이 안 하시겠어요?"

혜련이 이렇게 묻자 영규가 쾌히 답한다.

"근처에 좋은 차돌박이 집이 있는데, 혜련씨 차돌박이 먹을 줄 알아?"

영규가 이렇게 말하자 혜련이 갑자기 방긋 웃었다.

"차돌박이가 뭐죠?"

영규는 갑자기 변하는 그녀의 표정을 보고는 그냥 웃어 버렸다.

혜련은 차돌박이를 처음 보는지 무척 신기하게 쳐다본다. 지글지글 고기가 익는 소리가 나자, 영규는 고기 한 점을 상추 위에다 얹고 파슬리에 마늘을 얹어놓았고, 혜련도 영규를 따라 하며 마늘을 집었다가 그냥 놓는다. 입 안 가득 상추쌈을 넣고 우적우적 씹으니 고기의 고소한 맛과 채소의 향기가 식욕을 한껏 자극한다. 몇 번을 그렇게 싸 먹으며 혜련이 방글방글 웃는다.

그때 식당이 갑자기 소란스러워진다. 종종 보고 하는 풍경이지만 공공장소를 가리지 않고 큰소리로 찬송가를 부르고 통성기도를 하는 일부 몰지각한 교인들의 추태였다.

"왜 그러는 거지요?"

혜련은 그런 것을 처음 보았는지 영규에게 묻는다.

"그냥 기도하는 거야."

혜련이 이해가 안 간다는 투로 영규에게 다시 묻는다.

"왜 기도를 이런 데서 하지요?"

은근히 짜증이 난 영규는 저도 모르게 목소리를 높인다.

"그냥 고기나 먹자고."

영규의 목소리가 높아지자 혜련이 약간 놀란 듯이 눈을 크게 뜨고는 입을 다문다. 옆에서 항의하는 사람들이 많았지만 그들의 찬송가는 도저히 그치지를 않았고, 영규는 기어이 숟가락을 탁하고 소리 내어 식탁에 놓아버렸다. 더 먹을 마음이 나지 않았기에 식사도 다 마치지 않고 식당을 나오니 혜련이 꾸물꾸물 뒤따라오는데, 그녀의 눈초리가 아무것도 이해할 수 없다는 느낌을 던져주면서 이방인이라는 생각이 강하게 들었다. 어쩌면 혜련은 키싱구라미의 두 이면일지도 모른다는 생각이 든다. 사람이 생각할 때는 사랑의 행위일 수 있지만 그들의 실제 행위는 적대행위라는 진실.

"다음에 봐."

영규가 퉁명스럽게 말하면서 차를 타려고 하자 혜련이 슬픈 표정을 보였고, 영규는 자신이 혜련에게 신경질을 부릴 아무런 이유도 없다는 생각을 하고 마음을 바꾸었다.

"집에 가서 차라도 한잔 할까?"

혜련의 얼굴이 활짝 피었다.

"좋아요."

영규는 왜 자신이 갑자기 죽어 나자빠진 키싱구라미 한 쌍을 머리에 떠올리는지 그 이유를 알 수 없었다. 차를 마시는 것보다 술이 나을 듯해서 술을 들고 나왔더니 혜련은 어느새 잔을 두 개 준비하고 영규를 기다리고 있었다. 영규는 거실로 나가지 않고 일부러 식탁에 자리를 잡는다. 거실에 나가면 키싱구라미 때문에 신경이 날카로워질 것 같았기 때문이다. 혜련도 그런 영규의 마음을 아는지 지난번처럼 수족관으로 달려가지 않는다. 영규가 술을 따르자 혜련이 단숨에 비운 잔을 내민다. 영규가 한 잔을 다시 따라준다. 혜련은 마치 냉수를 마시듯이 그것도 비워 버린다.

"이해할 수가 없어요, 한국의 관습은."

혜련의 말소리가 조금 꼬부라졌다. 영규도 한 잔을 마신다.

"에밀리 에쉬본이에요."

"뭐라구?"

"제 이름요. 에밀리 에쉬본이라구요. 두 살 때 미국으로 입양되었지요."

혜련의 얼굴에 슬픔이 가득 찼고, 영규는 앞에 놓인 술잔을 집어 들고 단숨에 털어 넣었다.

에밀리 에쉬본이 자라난 곳은 미 중서부 아이오와 주의 디모인이었다. 전형적인 보수 농경사회로 백인들이 주종을 이루는 곳에 새까만 머리, 새까만 눈동자의 에밀리는 주위 백인들의 호기심의 대상이 되어버렸다. 그러나 그 호기심을 에밀리는 자신에 대한 호감이라고 생각했다. 그런 착각은 에밀리가 주니어 하이, 즉 중학교에 들어갈 때까지 이어졌고, 에밀리의 주위에는 항상 많은 남녀 학생들이 맴돌았다.

주니어 하이가 거의 끝나갈 무렵 에밀리는 디모인의 다운 타운을 배회하다 그만 흑인 촌에 들어가게 되었다. 다른 도시와는 달리 이 디모인이라는 곳에는 흑인들이 모여 사는 흑인들만의 거주지가 있었고, 일반 백인들은 그곳이 범죄가 만연하는 할렘가라 지나는 것조차 꺼리는 곳이었다. 무심코 그곳을 들어섰던 에밀리는 처음에는 아주 강한 공포심을 느꼈다. 검은 얼굴에 두터운 입술, 곱슬머리에 지저분한 모습들로 이곳저곳에 모여 있는 것이 아주 낯설고 거북스럽기만 했다. 부유한 미국이라는 말은 최소한 그들에게는 머나먼 이야기였다.

에밀리는 곧 돌아서 나온다는 것이 이상하게 무엇에 홀리듯이 그곳으로 들어갔고, 흑인들은 생전 처음 보는 동양인에게 빈정거리며 거친 말투를 던지긴 했지만 해코지를 하진 않았다. 에밀리는 이쪽저쪽을 기웃거리면서 흑인들의 눈빛에 서린 증오심과 함께 삶에 대한 애정을 느꼈다.

에밀리가 들어간 곳은 나무계단 난간이 거의 다 부서져 너덜너덜하고 문짝이 엉성한 교회였다. 교회 안에서 몇 명의 흑인들이 몸을 흔들며 심한 사투리로 영가를 부르고 있었고, 등받이가 부서져 나간 벤치에는 한 흑인 소녀가 두 손 모아 기도하고 있다. 혼신으로 부르짖는 그들의 율동과 찬송과 기도는 이미 이 세상의 것들이 아닌 것처럼 에밀리의 가슴에 애잔하게 파고들었다. 그녀는 생전 처음 느껴보는 이상한 감정에 몸서리치며 흐느껴 울었다.

그렇게 에밀리가 흐느끼고 있을 때 몸집이 아주 큰 흑인 여자가 다가왔다.

"너는 누구지?"

"에밀리에요."

에밀리가 눈물을 닦으며 말하자 흑인 여자가 큰 입을 활짝 벌리며 웃는다.

"아니, 아니. 영어 이름 말고 네 나라 이름 말이야."

에밀리는 그때 처음으로 자신이 백인이 아니란 사실을 깨닫고는 가슴이 콱 막혀오는 충격을 견디지 못해 그곳을 총알처럼 뛰어서 나왔다. 에밀리는 그날 이후 너무도 큰 충격에 빠져 헤어날 수가 없었다. 여태까지 자신은 백인이라고 생각했었는데 흑인 촌에 갔다 온 이후엔 모든 것이 바뀌어 버린 것이다. 에밀리는 부모에게 간신히 자신이 한국인이라는 사실 하나만을 알아낼 수 있었다. 그리고 마침내 전화번호부 귀퉁이에서 한국교회의 주소를 알아내고는 너무나 가슴이 뛰어 심장이 폭발할 것만 같았다.

그 넓은 중서부 광활한 땅 아이오와의 수도 디모인에 단 하나밖에 없는 그 감리교회를 찾았을 때, 에밀리는 그저 눈물로 온몸이 다 삭아 없어질 것 같았다. 작은 교회 안을 뛰어다니며 찬송하는 자신과 똑같은 종류의 사람들에게 야릇한 이질감과 함께 피가 뛰는 동질감을 느끼며 혜련은 한없이 울고 있었던 것이다. 그리고 에밀리는 자신이 받은 그 동일성에 대한 커다란 충격을 견딜 수가 없어 어디론가 무작정 떠나 버렸다. 그리고 도착한 곳이 바로 LA의 한인 타운이었다.

영규는 혜련의 흐느낌을 보다 못해 그녀의 머리를 자신의 가슴에 품었다. 혜련의 울음은 도저히 끝이 날 것 같지 않았다. 순수한 한국인이면서도 미국인이라는 두 개의 상반된 아이덴티티(집합적 민족 동질성에 대한 정체성)가 혜련의 사춘기 감정을 완전히 두 개로 반분시켜 놓은 것이다. 미국인이면서도 본질적으로 끌리는 한국에 대한 그리움, 그리고 한국인에게 거부되는 입양아의 슬픈 운명이 그녀의 가슴에 얼마나 심한 상처를 남겨 놓았을까를 생각하니 영규는 견딜 수 없는 아픔이 가슴을 저민다.

영규는 침대에 쓰러져 색색 숨소리를 내며 잠든 혜련이 마치 상처를 입은 작은 사슴 같다는 생각을 한다. 잠든 그녀에게 이불을 덮어주고 나서 영규는 술을 한 잔 더하고 싶은 생각에 다시 거실로 나오다 수조를 바라보는 순간 키싱구라미 생각이 난다. 혜련이 그런 잔인한 짓을 하지는 않았으리라. 그러나 그런 일을 어떻게 설명을 해야 할까. 영규는 가만히 수조를 바라보았다. 네온 테트라 몇 마리가 밥을 주나 싶어 빤히 쳐다본다.

수조에서 돌아서 거실 소파에 내려앉은 영규는 술 한 잔을 따라 마시다가 아까 식당에서 혜련에게 화냈던 일을 떠올렸다. '어글리 코리언'이란 말이 전혀 틀린 말이 아니었다. 때와 장소를 가리지 않고 자신의 편의나 사소한 이익을 앞세우는 일부 한인들 때문에 한국인이면 모두 어글리 코리언으로 보이게 되는 것이다. 생각해 보면 그리 불쾌한 일이 아닐 수도 있지만 그들이 영규와 같은 한국인이기에 창피함을 느끼는 것이었다.

어떤 것은 문화적 차이에서 오는 오해도 있지만, 어떤 점은 심각한 불쾌감을 조성시키는 행위도 있었다. 온천에서 때를 민다든지, 잠옷을 입고 호텔 로비를 어슬렁거리는 꼴불견이 거의 한국인이라는 사실은, 어떨 때는 참으로 난감한 생각이 들 때가 많았다. 그러나 문화적 차이를 민족적 우월감에 편승시켜 사대성(事大性)을 조성하면 문제가 큰 것이다.

영규는 영사관 앞에서 일어나는 한국을 겨냥한 보신탕 반대 시위를 머리에 떠올린다. 그들은 과연 보신탕을 반대할 만큼 야만적이지 않은가를 생각해 본다. 그것은 키싱구라미의 두 이면과 비슷한 것이다. 한쪽이 생각할 때는 야만이지만 다른 쪽에서는 진리이기 때문이다.

영규가 침대에 눕자 그 바람에 혜련이 깨어난 것 같았다. 혜련은 무작정 영규의 품으로 파고들어 자그마한 소리로 속삭인다.

"사랑해요, 영규씨."

영규는 그 말을 스스럼없이 하는 혜련이 약간은 신기하게 느껴졌다. 아마 한국인이라면 그 말을 이렇게 스스럼없이 하지는 못하리라. 술에 취했는지 영규는 모든 것이 키싱구라미처럼 느껴졌다. 혜련의 그 두 개의 아이덴티티나 보신탕 시위나 모든 것이 키싱구라미의 두 이면이었다. 그의 머릿속에 키스하는 두 마리의 열대어가 마냥 돌아다녔고 그것을 참지 못하고 그는 깜박 잠에 떨어져 버렸다.

창문에 비치는 그림자가 언뜻언뜻 눈에 거슬려 영규는 눈을 떴다. 찬란히 쏟아지는 아침 햇살을 그대로 받으며 혜련이 창문 앞에 서 있는데, 마치 그녀의 몸은 발광체처럼 눈부신 빛을 발산하고 있는 것처럼 보였다. 그 발광체에 둘러싸인 혜련은 빛의 중간에 숨어 있는 핵이었다. 도저히 그 진실을 알 수 없을 그런 핵.

"거기서 뭐해?"

영규가 조심스레 말을 건네자 혜련이 천천히 뒤돌아섰다.

"아침 햇살을 보고 있었어요. 따사한 엄마 품과도 같다는 생각이 들었거든요."

혜련이 말하는 '엄마'는 구체적 형상이 아닐 것이다. 낳아준 친엄마나 키워준 양엄마가 아닌 그저 추상적으로 자신을 품어 줄 수 있는 그런 '어머니'라는 의미.

"오늘 뭐 할 거야?"

"일단 직장에 갔다가 나중에 가게에 들를게요."

영규가 부스스 침대에서 일어서자 침대에서는 아직 못 익은 감정의 잔재 부서지는 소리가 아삭아삭 들려왔다.

혜련이 가고 난 후에 영규는 커피를 마시며 신문을 펴들었다. 또 그 기사가 기분을 상당히 나쁘게 만든다. 보신탕에 대한 문제였다. 브리짓드 바르도라는 퇴물 여배우의 강력한 항의를 선두로 이제 전 세계는, 아니 많은 서구 국가들과 미국이 한국의 야만성에 집중포화를 가하고 있었다. 더욱이 가관인 것은 그 시위에 동조하거나 가담하고 있는 한국인이나 한인 단체들이 꽤 된다는 사실이었다. 물론 그들의 개인 기호로서 보신탕 자체가 혐오스럽다고 할 수도 있다. 그러나 궁극적으로는 저들의 문화적 사대주의에 동조하는 것과 조금도 다름이 없었다. 저들만이 문화적 우수국가라는 유치한 발상이 너무나 기분 나빴다.

가게 문을 열려고 키 뭉치를 꺼내던 영규는 문 앞에 서 있는 혜련을 보고 주춤했다. 일하고 있을 시간에 가게 앞에 서 있는 혜련이 이상하기도 했지만 더욱 이상한 것은 그녀의 표정이었다. 약간의 충격과 혐오감이 포함된 경멸의 표정.

"무슨 일이야?"

이렇게 말하다가 영규는 혜련이 들고 있는 LA타임스를 보고는 훅하고 숨을 멈추었다. 뭐랄까? 영규의 몸에서 분노의 기운이 자욱이 솟아나고 있는 느낌이 든다.

"더러워! 잔인해! 악마들!"

혜련은 신문으로 영규를 가리키며 마구 소리치는데, 그녀의 눈에서 눈물이 주루룩 흘러내린다. 아마 자신의 핏줄에 어느 정도 자긍심을 가졌는데 그것이 이 사건으로 인해 몽땅 혐오감으로 바뀐 것만 같았다. 개를 사랑하는 사람들 가운데 대부분이 개를 잡아먹는다는 사실에 대해 극도의 혐오감을 느끼는 것은 분명하다. 특히 혜련이 같이 두 개의 아이덴티티에서 방황하고 있는 사람에게는 그것이 치명적인 수치일 수도 있었다. 그러나 영규는 그런 그녀에게 조그만 연민도 느낄 수 없었다. 아니 오히려 그런 반응을 보이는 그녀에게 분노를 느낀 것이다. 영규는 아무런 대꾸도 없이 그저 가게 문을 열고 안으로 들어갔고, 혜련이 영규의 뒤를 곧바로 따라오며 소리친다.

"잔인한 인간들! 야만인들!"

그 순간 영규가 더 이상 참지 못하고 혜련에게 홱 돌아서더니 그녀의 팔을 거칠게 낚아챘다. 그 바람에 혜련이 화들짝 놀라 눈을 크게 뜬다.

"왜? 개고기를 먹어서 안 된다는 법이 있니?"

영규의 목소리는 여태까지 처음 듣는 위협적이고도 위압적이었다. 혜련이 너무나 놀라 온몸이 굳어졌다.

"그래, 만약 법이 허용한다면 이런 기사를 쓰는 놈들의 엉덩이 살이라도 도려내 먹어야겠어. 알았어? 그러니 썩 꺼져!"

"영, 영규씨….”

혜련은 충격을 받은 것처럼 말을 더듬거린다.

"꺼지라구, 꼴 보기 싫어."

영규가 잡고 있던 그녀의 팔을 홱 뿌리쳤다. 혜련은 기어이 눈물을 흘리며 도망치듯이 가게 밖으로 뛰어나갔다.

영규는 문화적 차이를 야만이라고 몰아가고 있는 우월주의자들과 그것에 동조하거나 수치심을 느끼는 열등감을 가진 일부 한국인들에 대한 복합적인 분노 때문에 미칠 것만 같았다. 그들도 멀지 않은 과거에 개고기를 먹었으면서도 안 그랬던 척 위선을 떨어대는 것이다. 그리고 국가의 힘이 조금 컸다고 다른 나라의 문화에 건방지게 입방아를 찧어댄다. 만약 한국이 지금 세계를 지배한다면 이런 더러운 시위를 벌일 나라가 전혀 없을 것이다. 미국이 다람쥐고기를 먹는다고 시위를 벌일 나라가 하나도 없는 것처럼. 또 만약 그 퇴물 여배우의 나라인 프랑스가 문화선진국이라는 자부심이 없다면, 옛날의 영화를 되찾고자 발버둥을 치는 늙은 퇴물의 문화 사대적 발악은 없었을 것이라는 생각을 한다.

자신들은 미식이라는 이름 하에 땅에 기는 달팽이에서부터 날아다니는 모기까지 요리해 먹으면서, 살아있는 거위의 위에 강제로 콩을 처박아 푸아그라를 만들어 먹는 잔인성은 눈감으며, 남의 나라 식문화에 시비를 거는 몰상식하고도 치졸한 발상은, 제 나라가 우월하다는 우월의식에서 나온 것이 분명한 터일진대, 그런 것들도 하나도 따져보지도 않은 일부 사람들이 자신의 기호 때문에 문화를 핍박한다는 사실은 견디기 어려운 일이었다.

한참을 그런 식으로 성을 참지 못하고 이를 악물던 영규가 문득 출입문 쪽을 바라본다. 가게 문이 어쩐지 무척이나 커 보인다. 그 문을 통해 도망치듯 사라진 혜련의 모습이 눈에 어른거리는 것 같기도 하다. 이제 혜련은 다시는 오지 않을 것이다. 그리고 이제 한국인이라는 아이덴티티를 과감히 버릴 것이다. 그래서 한국인이라는 것을 거부하는 에밀리 에쉬본으로 살아갈 것이었다.

혜련은 가슴이 아파 견딜 수가 없어 그저 거리를 배회한다. 자신의 뿌리가 한국이라는 사실과 그 온순한 사람들의 표정에서 어느 정도 자긍심을 가졌었는데, 그들은 개들을 잡아먹는 야만인들이었다. 혜련은 몸을 부르르 떨었다. 어떻게 인간이 개를 잡아먹을 수 있단 말인가. 혜련은 영규를 생각해 보았다. 그 표정은 뭐였을까? 도저히 알 수 없던 표정. 혜련은 자신이 그렇게 소리칠 때 영규가 수치심을 보이거나 아니면 변명할 거라고 생각했다. 하지만 영규는 오히려 그 반대로 극렬한 분노를 폭발시킨 것이다. 왜 그랬을까? 혜련은 고개를 세차게 저었다. 이제 끝난 일이었다. 자신은 개를 잡아먹는 한국인이 될 수가 없었다.

"에밀리. 여기서 뭐해?"

혜련은 누군가 부르는 소리에 고개를 돌렸다. 같은 직장에 다니는 마이클 앤더슨이었다.

"그냥 거닐고 있었어요."

마이클이 미소를 지으며 묻는다.

"저녁식사 했어? 나와 함께 할까? 아주 좋은 곳을 알고 있거든."

혜련은 기운 없이 그저 고개만 끄덕여준다. 갈 데도 없으니 아무려면 어떠냐 하는 기분이었다.

고급스러운 분위기는 아니지만 깔끔하고 깨끗한 레스토랑이었다. 하얀 테이블과 중간에 그랜드 피아노가 인상적이다. 메뉴판을 건네는 웨이터의 손에 낀 작은 반지를 힐끗 보며 혜련이 그저 메뉴판을 받아 테이블 위에 놓는다.

"이 집은 썰로인(sirloin) 스테이크가 일품이야."

혜련이 고개를 저었다. 개고기 기사를 읽은 이후로 육식이 꺼려졌기 때문이다.

"그냥 샐러드나 먹을래요."

마이클이 자신의 제의가 거부되자 약간은 당황한 표정이었다.

샐러드가 나오고도 혜련은 그저 식욕이 당기지 않아 포크로 샐러드를 무심히 뒤적이고 있는데, 혜련의 귀에 뚜렷이 들려오는 소리가 그녀의 신경을 확 자극한다. 고개를 들어 살펴보니 혜련의 자리 건너 두 테이블 위에 앉아 있는 백인 청년 두 명이었다. 아마 옆자리에 있는 사람과 약간의 다툼이 생긴 것 같았는데, 혜련이 보니 옆자리에는 한국인 가족인 듯한 사람들이 앉아 있었다. 혜련의 귀에 거슬린 것은 백인 청년들의 말투가 아니라 그 말의 내용이었다.

"집에 가서 개나 잡아먹으라고!"

다시 백인 청년 한 명이 그렇게 소리를 질렀고 다른 청년은 낄낄대며 비웃었다. 그 소리를 듣고 가족 가운데 아들처럼 보이는 소년이 소리를 높였다.

"입 닥쳐!"

그러자 아버지가 꾸짖는다.

"제이콥, 우리가 참고 나가면 되잖니."

분명히 한국말이었다. 그때 백인 청년들이 일부러 큰소리로 소리쳤다.

"야만인들! 이 음식점엔 개고기는 안 팔아."

그 소리에 음식 점안에 있던 손님들이 모두 시선을 집중했고 아이가 또 참지 못하고 소리친다.

"이 잡종 같은 놈아!"

"제이콥! 그만 두지 못해!"

아버지가 또 꾸짖는데 웨이터와 매니저가 달려와서는 한인 부부에게 소리쳤다.

"소란 피우지 말고 나가시오."

그러자 한인 남자가 정중히 항의했다.

"소란을 피운 것은 저 사람들이 먼저요."

"나가지 않으면 경찰을 부르겠소."

매니저는 한인에게 나무랐다.

"나가지 않으면 경찰을 부르겠소."

그때 아이가 소리쳤다.

"경찰을 불러요. 기다릴 거야."

그 순간 옆에서 보고 있던 경비원이 매니저의 눈짓을 받고 한인 남자의 팔을 뒤로 비틀고, 한인은 아픈 비명을 질렀다.

"아버지이…."

아이가 자지러진다.

"순순히 나가라고 했잖아."

매니저가 업신여기는 인상으로 다그쳤다. 매니저의 태도를 보다 못한 혜련은 분노가 치밀었다.

"에밀리, 끼어들지 마. 에밀리는 더러운 한국인이 아니잖아." 하고 마이클은 혜련을 말렸다. 순간 혜련은 마이클 얼굴에 샐러드 접시를 집어 던졌다. 접시가 레스토랑 바닥에 떨어져 박살이 나고, 샐러드를 얼굴에 뒤집어쓴 마이클은 몹시 당황했다. 식당 손님들의 눈길이 혜련에게 쏠렸다.

"헤이, 이봐. 그 사람 놓아줘. 난 처음부터 본 목격자야. 경찰을 부르겠어."

그 말에 매니저가 하얗게 질린 얼굴로 어쩔 줄을 몰랐다.

"이 식당을 인종차별과 과잉 폭력으로 고소할 거야. 마이클!"

혜련이 날카롭게 노려보며 부르자 움찔한다.

"당신도 다 보았어요. 당신도 목격자야. 맞지요?"

마이클이 할 수 없이 고개를 끄덕였고, 경비원이 슬그머니 한인 남자를 놓아주었다.

"나도 더러운 코리안이라구, 이 잘난 인간들아. 더러운 식당이나 잘해 처먹어라!"

혜련은 이렇게 소리치면서 냅킨을 바닥에 내팽개치며 한인 가족을 따라 밖으로 나가는데 한인 남자가 매니저에게 명함을 한 장 내밀었다.

'캘리포니아 주립대 교수 한성수.'

매니저가 그것을 보고서 불안감에 떨었다.

혜련은 남자가 대학에서 미술을 강의하는 교수란 사실을 알고는 놀라 자빠질 뻔했다. 그런데도 강력하게 항의하지 않았다는 것이 이해가 가지 않았다.

"사실 싸워서 남의 이목을 집중시키느니 차라리 피하는 게 낫지요."

혜련은 교수 부인이 내온 커피를 마시면서 한국인들에게는 이해하지 못할 것이 꽤 많다는 생각을 한다. 왜 싸워서 이길 수 있는데도 맞서 싸우지 않고 속으로 삭이는지 의문이 일었다.

"꼭 힘이 있다고 이기는 것이 아니라고 생각해요. 진정으로 이기는 것은 안으로 이기는 것이지요. 그 현실에 아등바등해서 이긴다는 것은 겉으로만 이기는 것이 되는 거요. 그 자리에서 핏대를 올리며 고래고래 소리 질러 이긴다는 것은 야만인만이 그렇게 하지요."

혜련은 한 교수의 말을 전혀 이해할 수 없다. 그녀의 사고방식으로는 그 자리에서 싸워 이겨야 하는 것이 정의였다. 그런데 혜련이 이해할 수 없는 그런 것이 한 교수의 사고방식으로는 '야만인'이라는 것이다.

"힘으로 눌러 이기면 반드시 반대되는 힘이 생기고 그것은 다음에 패배하는 것이 된다오. 하지만 안으로 이기면 영원히 이기는 것이 되지요."

혜련은 그의 말을 들으며 무심코 거실 벽을 보다가 무엇을 보았는지 흑하고 숨을 멈춘다. 갑자기 그녀의 가슴에 뜨거운 기운이 치밀어 오른다. 석양에 황소를 몰고 가는 노인을 그린 그림이었다. 그 그림을 보는 순간 여태 막혀 있던 무언가가 툭하고 터져 버린 것이다. 그림을 보는 혜련의 눈가에 왜 그런지 눈물이 얼굴을 적시고 흘러내린다.

"조선에 처음 왔던 선교사들이 저 그림을 이해하지 못했지요. 하루 일을 마치고 집으로 돌아가는 황소의 등에는 아무것도 싣지 않고, 힘겨운 노인네의 등에 짊어진 지게에만 농기구들이 담겨있었으니, 그네들 생각에는 참으로 그 노인이 어리석다고 느꼈겠지요."

혜련은 그 촌로의 마음을 알 것 같았다. 그것이 진정 한국인의 마음이었다.

"하루종일 일한 황소가 가엾어서 노인이 마지막 짐을 짊어진 거지요."

혜련은 눈가에 얼룩진 눈물을 닦으면서 갑자기 영규가 보고 싶다는 생각이 들었다.

영규는 혜련이와 헤어진 이후 일이 손에 잡히지 않았다. 괜히 짜증스럽기만 하다. 특히나 키싱구라미만 보면 화가 난다. 영규는 일찍 수족관 문을 닫고 술이나 한잔해야겠다는 고기들 밥을 주는데 누군가가 뒤에서 어깨를 툭 친다.

"영규씨."

부르는 소리에 깜짝 놀라 돌아보니, 혜련이 배시시 웃고 서 있다. 그녀를 처음 만나던 때처럼.

"왜 왔어?"

혜련이 함박웃음을 띤다.

"나 오늘 영규씨 집에 가도 돼?"

"언젠 허락받고 왔나."

영규는 열대어 먹이를 한껏 뿌려준다.

"문 닫을 테니 기다려."

혜련이 또 배시시 웃었다.

"그 키싱구라미 말이에요, 영규씨."

아마 여자의 눈치는 귀신도 당해내지 못할 것이라는 생각이 들었다.

"그날 새벽에 일어나서 보니 두 마리가 다 뛰어나와 죽어있더라고요."

그러고 보니 먹이를 줄 때 덮개를 열고 닫지 않은 기억이 난다. 평상시에도 수조를 뛰어나가는 열대어가 많은데, 특히 먹이를 줄 때에는 더욱 심했다.

"서로 떨어져 죽어있는 것이 슬퍼 보여 두 마리를 붙여 놓았어요. 살아있을 때처럼. 잘했지?"

웬일인지 혜련이 무척이나 좋아졌다. 영규는 아마 이 여자를 사랑할 것 같다는 생각이 든다.

"앉아. 할 이야기가 있어."

혜련이 영규와 나란히 앉았다.

"나 어릴 때 우리 집에서 강아지 한 마리를 키웠어. 쪼그말 때서부터 키웠기에 우리에게는 그 강아지가 마치 친가족과 같았어. 그런데 내가 초등학교에 다니던 어느 날 그 개가 죽은 거야. 나와 내 동생은 너무나 슬퍼서 목을 놓아 엉엉 울었어."

혜련의 얼굴이 어느새 붉어진다.

"그런데 그렇게 슬퍼하는 우리를 두고 우리 아버지는 우리가 도저히 이해할 수 없는 일을 하신 거야."

혜련이 무슨 이야기가 나올지 눈망울을 굴린다.

"우리는 개고기를 안 먹어. 물론 아버지도 안 잡수시지. 그런데 개고기를 드시지도 않으시는 분이 우리의 슬픔을 무시하고 우리의 가족 같은 개를 동네 사람들에게 먹으라고 내놓으신 거야."

"뭐라고요? 어떻게 그런 일을…."

혜련이 경악했다.

"그때 나는 아버지가 미워서 견딜 수가 없었어. 동네 마당에서 시뻘건 불길에 그을리는 우리 개의 몸뚱이를 보며 내 가슴에는 피눈물이 흘렀지.”

혜련은 도저히 그것을 이해하지 못하겠다는 표정으로 눈을 크게 뜬 채 아무런 말도 하지 못했다.

“그런데 그런 아버지의 마음을 이제야 이해할 수 있는 거야.”

“어떻게….”

“그 당시에는 모두가 너무도 어려운 때였어. 더욱이 고기라고는 구경도 할 수 없었지. 그런 와중에 개 한 마리면 동네 사람들이 포식을 할 수 있거든. 헛된 감상보다는 사람들의 현실적인 굶주림을 달래주는 것이 더 현명한 길이지.”

으흑! 그 말을 듣는 순간 혜련의 두 눈에 울컥 눈물이 솟아오른다.

“세상의 인간보다도, 아니 살아있는 인간의 생명보다도 더 귀한 것은 없는 거야. 우리 선조들은 자신들의 몸을 죽은 후에 들판에 던져놓기도 했다는 거지. 짐승들의 굶주림을 생각하면서 말이야.”

혜련이 불쑥 영규의 품에 뛰어들었다. 혜련을 품은 영규는 내일 다시 키싱구라미 한 쌍을 수조에 집어넣을 생각을 하며 지그시 눈을 감았다.

# 극무(極無)의 초인

## 1

따사로운 가을의 햇살이 바람을 간질이면, 바람은 까르르 웃어대며 이리저리 가을 햇살을 피해 달아나다가 가을 들판으로 숨어버리고, 가을 들판은 머리를 들이민 바람을 자신의 품에 숨겨주느라고 움찔한다. 그 많은 가을꽃 중에서 가장 웃음이 많은 해바라기가 그 꼴을 보고서 으하하 웃어대고, 그 모습을 곳곳에서 숨어 보던 들국화들이 살며시 미소 지으며 고개를 숙인다. 이름 모를 들꽃들이며 들풀들이 들판에 숨어버린 바람 때문에 와르르 와르르 온몸을 흔들어대고, 가을 들판은 이내 아늑한 환상에 잠겨 버린다.

가을 들판에 유난히 눈에 띄면서도, 들판을 모조리 점령하지 않은 그런 안타까움. 하늘을 닮았는가? 하늘거리는 가냘픈 코스모스들. 들판에 셀 수도 없는 그리움을 깔아가면서 피어난 수많은 코스모스가, 그 숫자에도 불구하고 가을 들판을 점령할 수 없는 까닭은, 아마도 그 그리움 같은 하늘하늘한 몸매 때문일 지도 모른다. 진하는 펜을 들고 코스모스 몽우리에 살포시 내려앉는 고추잠자리를 그대로 뜨려고 한다.

거친 망사 같은 투박함에 정교함의 선들이 마법의 주문처럼 흘러가고, 겹겹이 주름 잡힌 꽁지에는 빨간 풍요함이 머문다. 흐느적거리는 가을의 느슨함이 그 야릇한 머리에 머무르면, 고추잠자리는 허우적 두 날개를 늘어뜨리며, 흔들리는 오후의 한껏 부푼 만족감을 만끽한다....

이 정도로 쓰다가 진하는 그냥 펜을 놓아버렸다. 어쩌면 이 하늘거리는 코스모스 숲속에 휘청거리는 가을을 안고 있는 저 고추잠자리를 펜으로 종이에 옮기는 것은 도저히 불가능한 일일 거라는 생각이 들었기 때문이다. 진하는 풀밭에 사지를 펼치고 벌렁 드러누웠다. 구름 한 점 없는 가을 하늘이 가없는 높이로 그의 영혼을 끌어올린다. 들판에서 흐르는 온갖 향기가 그의 정신을 아득하게 만들며 영혼은 하나의 날개가 되어서 가을 하늘로 솟아오른다. 가을의 바람은 은은히 그의 영혼을 하늘 높이로 떠받치고, 눈앞에 확 들어오는 선명한 색상의 완벽한 조화들. 그리고 그 조화들은 점점 하나하나씩 뭉쳐지면서 거대한 가을의 빛깔을 꾸며낸다. 작은 언덕이 보이고, 키 큰 미루나무들이 이제는 눈 아래에 펼쳐지면서, 그 미루나무가 행렬을 이루며 늘어선 옆으로 나 있는 황톳길이 길게 누워있다.

가을바람은 은빛 줄기로 다가와서 진하를 더욱더 푸른

하늘로 떠올린다. 이제 가을 들판은 아득한 거리로 멀어지면서 진하는 창공을 한없이 유영한다. 눈앞에 스치는 수정보다도 맑은 공기, 가슴이 탁 트이는 거칠 것 없는 공간, 그리고 황금빛 벌판이 마냥 풍요로워 보이고, 곳곳에 울창한 녹림(綠林)이 성숙함을 일깨워준다.

얼마나 오랜만에 날아 보는 것인가?

날개! 오랜 세월 동안 방황과 타협과 그리고 망각 속에서 스르르 녹아 형체도 없이 사라졌던 그 날개. 까르륵 까르륵대며 온 감각을 일깨워서 자신을 한없이 하늘로, 하늘로만 날게 했던 그 날개. 그러나 어느 땐가 그 아름답던 날개는 흔적도 없이 자신의 가슴에서 사라져버렸고, 진하는 그 사라진 때도 기억할 수 없었기에 아쉬움도 느끼지 못했었다.

어느 날. 그가 자신의 날개를 잃어버렸다는 것을 깨닫던 날, 일상의 단조로움이 그에게 먼 옛날의 환상을 추억으로 이끌어낸 바로 그날, 생활과 타협에 겹겹이 쌓인 미망(迷妄)이 후드득 몸을 떨며 부서지던 날, 진하는 숨이 턱턱 막혀오는 간절함에 견딜 수가 없어서 일상(日常)에서 달아나 버렸다.

얼마나 오랜만에 날아 보는 것인가?

등줄기 속에 망각이라는 이름으로 접혀졌던 그 감각이, 날개라는 형상으로 뚜두둑 뚜두둑 깨쳐서 나타나며, 그의 영혼은 온통 새파란 창공으로 날아오른 것이다. 은빛 날개. 잠자리의 망사 같은 투명한 날개보다도 더 투명한 그런 날개. 항상 파르락 파르락 대면서 하늘을 날아오르고자 하는 욕망을 지녔던 날개였다.

무공(無空)을 날아다니면서 진하는 꿈을 꾼다. 무언지 잡히지 않는 불분명한 꿈을. 그것은 염원이고, 기도이고, 그리고 안타까움이다. 그것이 무엇이지도 모르지만….

와르르 쏴아아. 갑자기 가을이 무너지는 소리가 들리면서 진하는 흠칫 가을 들판으로 다시 돌아왔다. 시공을 초월한 움직임이런가? 진하는 주위가 소란스러워짐을 느끼면서 누워있던 윗몸을 일으킨다. 누군가가 가을 들판으로 침략자처럼 들어서는가 보다. 윗몸을 일으키자 그리 멀지 않은 곳에서 들판으로 들어서는 하얀 교복들을 바라보고서 숨이 훅하고 멈춘다. 아! 가을 들판의 한적함이 소녀들의 발랄함에 까르르 까르르 무너지고 있다.

예닐곱 명의 제복을 입은 소녀들이 가을의 들판을 마음껏 누비면서 자연의 성숙함에 몸을 맡긴다. 진하는 소녀들의 발랄함과 명랑함이 자신의 감각 사이로 흘러들어 자신의 마음도 소녀들과 같이 상큼하게 변이되어 가는 걸 느낀다. 소녀들은 깔깔거리기도 하고 꽃을 코에 갖다 대어 보기도 하면서 가을에 취해 가고 있다.

진하는 그 모습을 보면서 참을 수가 없어 빙그레 미소 짓는다. 바로 문학소녀들이다. 자연의 정취를 가슴에 담고 그것을 공책에 그대로 옮겨 보려는 듯 소녀들의 손에는 공책들이 들려 있다. 자신도 저들과 같이 꿈을 백지에 담아

보려고 했던 때가 기억난다. 처음 자신이 글을 시작할 때를.

진하는 소녀들이 시상에 몰두해서 한쪽에 자리를 잡고 앉자, 자신도 다시 펜을 잡는다. 가을 들판을 다시 그려내려는 것이다.

날개 달린 모든 것들의 합창이 들꽃의 몸짓과 어우러지면, 가을은 온통 삶의 환희로 물들여진다. 키 작은 들국화의 시샘도, 하늘을 비상하는 억새 씨앗들의 아우성도 모두가 한 폭의 가을 풍경에 더해진다…

진하가 펜을 멈춘 까닭은 가을을 좇아 진하가 있는 쪽으로 올라오던 소녀가 진하를 보고 놀랐기 때문이다. 아무도 없다고 생각했던 소녀가, 진하가 풀숲에 앉아 부지런히 글을 쓰고 있는 모습을 보고 화들짝 놀라다가, 이어서 소녀의 얼굴이 붉게 물들어진다. 아마도 자신이 진하가 글을 쓰고 있는 것을 방해했다는 생각이 들어서일 게다. 그런 소녀의 얼굴을 보고 진하는 빙그레 미소 짓는다.

"안녕."

진하가 손을 들고 이렇게 말을 건네자, 입도 벙긋하지 못하고 부끄러움에 고개를 숙이려던 소녀가, 왠지 그대로 눈을 들어 진하의 얼굴에 눈길을 고정한다. 그리고는 소녀의 얼굴에 놀라운 기색이 역력해졌다.

"아니? 혹시, 저…."

진하가 시선을 돌리다가 그런 소녀의 말을 듣고는 다시 소녀를 바라다본다.

"으응?"

"천진하 선생님 아니세요?"

진하가 씩 미소를 지어 보였다. 이런 시골에도 자신을 알아보는 사람이 있다는 것이 신기해서가 아니라, 이런 자그마한 소녀가 자신을 알아본다는 사실이 신기해서였다. 진하가 아무 대꾸도 안 하고 그저 미소만을 보이자 소녀가 깡충 뛴다.

"맞군요!"

진하가 무어라고 말하려고 하는데 소녀가 후닥닥 뛰어간다. 그녀의 발밑에서 가을이 바삭바삭 부서진다. 무엇이 저리 기쁠까? 잠시 후에 진하 앞으로 소녀는 다시 돌아왔고, 이번에는 혼자가 아닌 다른 학생들과 함께였다. 그 가운데 인솔자인 것 같은 여성이 진하에게 다가선다.

"천진하 선생님."

여성의 입가에 감격스러운 표정이 서려 있다. 아, 그러고 보니 그녀의 손에 진하의 책이 들려 있다.

〈하늘을 밟은 초인〉

진하의 가슴이 떨려온다. 얼마 만에 보는 자신의 저서인가. 진하가 초창기에 쓴 작품이다. 그리고 발행 부수도 거의 없었기에 시중에는 볼 수 없는 잃어버린 책. 그런데 어떻게 그 책이 저 여성의 손에 흘러 들어갔을까.

"선생님, 사인 좀 부탁해요."

여성의 얼굴에 기쁨과 간절함이 동시에 깃들어져 있다. 진하는 천천히 손을 내밀어 책을 건네받는다. 장편이 되기에는 너무 작고, 중편이 되기에는 조금 많은 분량의 책이다. 그렇기에 더욱 가치가 없는 책인지도 모른다.

"성함이…."

진하가 묻자 여자가 얼굴을 붉힌다. 자신의 이름을 밝히는 것이 부끄러운 것 같은 표정으로….

"안희정이에요."

진하는 그 이름을 듣고 책에다가 글귀 한 줄을 써 나간다.

'안희정씨의 마음이 하늘을 밟을 수 있기를. 〈天眞河〉'

"아니, 선생님의 성은 일 천 '천(千)'씨가 아닌가요?"

보기 드물게 예리한 안목이었다.

"이렇게도 씁니다."

진하는 어색한 표정을 지었다.

[하늘에 흐르는 참된 강]이라는 뜻이다. 진하가 보통 책에서는 안 쓰는 필명이었다. '초인'이 나타났기에 무의식적으로 이렇게 쓴 것이다.

하늘에 흐르는 강은 시작이 없다. 시작이 없으니 끝도 있을 수 없다. 땅을 흐르는 강은 시원지(始原地)가 있고, 그 마지막은 바다다. 그러나 하늘에 흐르는 강은 영원에서 시작해서 영원까지 흐른다. 수많은 영혼의 소망이 눈물로 화해 모여지고, 그 사연들이 영원토록 이어지는 그런 흐름. 그것이 하늘에 흐르는 강이다.

"저는 이 마을에서 애들을 가르치고 있어요."

희정은 묻지도 않은 말을 했다.

"아, 선생님이시군요."

진하는 희정의 말에 고개를 끄덕이며 대꾸를 해 준다.

"항상 선생님 책을 읽어 왔어요. 독특한 분위기의 명쾌한 글들을 말이죠."

진하는 소녀들이 다시 뛰어다니거나 다른 곳에 가서 앉아 자신의 일에 열중하는 것을 곁눈으로 보면서 희정에게 말했다.

"앉으세요. 괜찮으시다면."

희정은 스르르 진하의 옆에 앉았고, 그 바람에 그녀의 아래에서 들풀들이 까르르 웃어대는 것 같은 소리를 냈다.

"우리 학생들도 모두 선생님의 글을 읽었어요. 말하자면 우리 모두가 선생님의 독자들인 셈이지요."

"고맙습니다, 안 선생님."

진하가 이렇게 답례하자, 희정의 얼굴에 약간 섭섭한 표정이 어리었다. 진하는 그것을 보고 자신이 너무도 사무적인 어투로 말했다고 후회했다.

"그런데 그 책은 어떻게 구입하셨나요?"

진하는 아직도 그것이 궁금해서 이렇게 물었다. 이런 시골에서는 구할 수 있는 책이 아니었고, 또한 대도시라도 구하기가 거의 불가능할 것이다. 왜냐하면 인쇄소를 하던 진하의 친구가 그 시절에 장난삼아 만들었던 것이고, 그 인쇄 부수도 그렇게 많지 않았기에 시중에는 전혀 나돌아 다니지 않는 책이기 때문이다. 하다못해 저자인 진하에게도 한 권도 남아있지 않았다.

"친구 것이에요. 친구가 귀한 책이라고 제게 넘겨주었죠."

진하는 그 친구가 누구냐고 물으려 하다가 입을 다물었다. 아마도 알 수 있는 사람일지 모르지만, 그것이 그렇게 중요한 것은 아니라는 판단이 들었기 때문이다. 또한 알아보았자 무슨 소용이 있는가?

가을은 오후의 황금빛 태양 아래에서 천천히 익어갔고, 그 익어 가는 가을 사이로 소녀들의 상큼한 웃음소리가 맴돈다.

"초인은 누구지요?"

진하는 희정이 불쑥 이렇게 묻자 잠시 놀라는 표정을 짓는다. 초인을 물을 정도면 희정은 그 책을 이해한다는 말이다. 잠시 멍한 눈빛으로 희정을 쳐다보다가 진하는 고개를 젓는다. 누가 감히 초인을 누구라고 단정 지어 말할 수 있는가? 초인이 누구인지 진하도 확신할 수 없다. 초인은 초인일 따름이다. 초인이 공자, 예수, 석가, 조로아스터처럼 종교적 성인이거나, 소크라테스, 플라톤처럼 철학적 사상가거나, 갈릴레오, 뉴턴, 아인슈타인처럼 과학적 지식인이 아니기 때문이다. 초인이 또한 신을 부인하는 신이 될 수 없음도 또한 당연한 일이기 때문이다. 초인은 그저 초인일 뿐이다.

진하는 갑자기 이 여성과 대화하고 싶은 충동을 느꼈다. 이미 까마득한 날에 사라져 버린 날개와도 같이, 아름다운 가을날에 그의 사상에서 까마득하게 사라져 간 초인의 발자취가, 서서히 그의 가슴에 다시 싹트기 시작한다.

## 2

진하는 허술하게 지어진 교실 건물 끝에 붙어 있는 작은 방으로 들어섰다. 어차피 민박을 하려고 했던 것인데, 희정의 권유에 이곳에서 하룻밤을 묵으려는 것이다. 어스름 밤이 찾아오고 있었고, 시골의 어설픈 교실들은 밤의 기운에 가려져 그 낯선 빛을 잃어간다. 항상 밤은 친숙하게 찾아왔기에 그 친숙한 밤에 쌓인 것은 어떤 것이라도 낯설지 않았다.

"불편하시더라도 이해해 주세요."

희정은 상당히 미안해하는 눈치였지만, 진하는 전혀 개의치 않는다. 어떨 때는 그저 나무 밑에서 침낭만으로 밤을 난 적도 있으니, 이렇게 지붕이 있는 방에 머무는 것이 그저 고마울 따름이다.

"고맙소."

진하는 이렇게 말하다가 희정의 얼굴을 보고는 황급히 입을 다물어 버린다. 그녀의 표정에 기분 나빠하는 기색이 역력했기 때문이다.

"선생님은 책과는 많이 다르시군요."

실망했던가? 항상 그랬다. 책 속에는 환상과 꿈과 아름다움과 기쁨이 들어있다. 그러나 그것을 쓴 작가에게 책과 그대로를 바란다는 것은 무리다. 책과 현실의 작가는 완전히 별개의 인물이기 때문이다.

"제가 선생님에게 실망한 것은 현실과 허구를 구별하지 못해서가 아니에요."

어떻게 진하의 마음속을 알았는지, 희정이 이렇게 말했고, 진하는 그 말을 듣고서 흠칫 놀란다.

"선생님의 내면을 막아 세워 놓은 벽 때문에 실망한 거지요."

벽? 무슨 벽? 진하는 자신이 무슨 벽을 쌓아 놓았는가를 생각해 보지만 알 수가 없다. 희정이 스르르 밖으로 나가고 진하는 아직도 희정의 말을 곰곰히 생각해 본다.

미친 사람이었다. 머리카락은 흙과 먼지투성이로, 비듬이 희끗희끗한 것도 주의 깊게 보지 않으면 그저 먼지처럼 보일 정도로 더러운, 그런 미친 사람이었다. 얼굴에는 온통 털 복숭이고, 더러운 것들이 마구 그 털들에 섞여서, 보기만 해도 역겨워지는 그런 광인이었다. 옷은 그저 거적때기로 중요한 부분만을 간신히 가렸으며, 신발은 한쪽에는 다 떨어진 운동화였고, 다른 한쪽은 낡아서 더 이상 가죽의 검은 부분이 보이지도 않는 앞창이 헤벌어진 구두였다. 아이들이 우르르 몰려가서는 그를 놀려대다가 미친 사람이 휙 하고 고개를 돌리면, 아이들은 공포심에 우악하고 비명을 지르며 도망을 쳐댔다.

진하는 그때 그 미친 사람의 눈동자를 보고 심한 충격을 받았다. 그 눈동자가 마치 불덩이와도 같다는 생각이 퍼뜩 든 것이다. 이글이글 타는 태양과도 같은 빛. 미친 자는 그런 눈으로 진하를 보더니 손을 들었다. 마치 어떤 성스러운 행위와도 같은 몸짓으로. 그리고 그는 세 손가락을 펴고 두 손가락을 접은 채로 무슨 주문을 웅얼웅얼 외워댔다. 그것은 아무런 의미가 없는 말이었고, 그 주문에는 또한 아무런 효과나 영험도 없는, 쓸데없는 것이었다. 만일 그 주문에 효과가 있다면 그 미친 사람은 자기 자신에게나 복을 비는 것이 나을 터였다.

그것이 왜 진하에게 초인을 생각게 했던가? 아니, 그게 아닐 것이다. 그가 초인을 생각하는 중에 그런 사건이 일어난 우연일 뿐이리라.

노크 소리가 들리고 희정이 들어오는 통에 진하는 상념

을 거둔다.

"시장하시지요?"

그녀의 손에 작은 상이 들려 있고, 금방 지어온 밥에는 김이 주술적인 힘을 가진 듯이 피어오른다. 그러고 보니 날씨가 많이 추워진 듯도 하다. 진하는 밥상을 받아 들고 고맙다고 하려다가 그만 입을 다문다. 희정의 눈이 두려웠기 때문이다. 그녀의 실망 어린 눈동자가….

시장한 터였기에 밥맛은 마치 꿀맛과도 같이 달았다. 진하는 밥을 먹으면서 희정의 말을 듣는다. 그녀의 꿈꾸는 것 같은 표정을 가끔 바라보면서.

"꿈을 꿨어요. 초인이 하늘을 밟는 꿈이죠. 엄청나게 큰 초인은 그 구름 같은 발로 하늘을 밟고서는 껄껄대고 웃었지요."

진하는 입안에 든 밥을 씹으면서, 그녀의 초인은 자신이 그린 것과는 다른 모습이라는 생각을 한다. '하늘을 밟은'의 의미는 정말로 하늘을 밟는다는 뜻이 아니다. 그러나 희정의 초인은 정말로 형상화되어서 하늘을 밟고 있다. 진하가 밥상 위에 놓여 있는 술잔을 물끄러미 바라보자, 희정이 주전자를 들어서 한 잔을 따른다. 비록 그냥 소주이지만, 그것이 담긴 용기가 틀리니 사뭇 분위기가 있다. 진하가 휘영청 한 잔을 입안에 쓸어 넣는다.

"밤이 깊어가는군."

아무런 의미가 없는 말이다. 그저 중얼거림일 따름이었

다. 그런데 희정이 대꾸한다.

"밤이 깊어도 초인의 역사는 시작되지 않는군요."

희정의 말이 어떤 의미를 지닌 듯이 들렸지만, 진하는 그 말을 애써 묵살한다. 그녀의 가슴속에 어떤 것이 숨어 있기에 저렇듯 간절한 염원을 담고 있을까? 자신이 어릴 때 꿈꾸었던 초인에 대한 그리움일까?

"'광인(狂人)과의 대화'는 정말로 멋있었어요."

진하는 이제는 자신의 머릿속에서 하얗게 지워져 버린 '초인'의 이야기를 기억하려고 애쓴다.

"세계의 축대는 천주(天柱)입니까, 지주(地柱)입니까?"

아! 진하는 희정의 이 같은 질문을 듣고는 그것을 기억해 낸다. '초인과 광인과의 대화'를.

초인은 광인에게 묻는다.

"세계는 우주에 속해 있고, 우주는 세계를 품고 있습니다. 그러면 세계의 축은 지축입니까, 천축입니까?"

광인이 웃는다.

"네 몸에는 입이 있고, 네 입 속에는 혀가 있다. 그러면 네가 말하는 것은 네 혀냐, 아니면 너냐?"

초인은 다시 광인에게 묻는다.

"하늘은 높고 땅은 넓습니다. 그러면 진실로 깊은 것은 무엇입니까?"

광인이 웃다가 침을 퇘 하고 뱉는다.

"땅이 넓어도 더러워지고, 하늘이 높아도 가려진다. 그러면 깊은 것은 어디로 갈꼬?"

초인이 그 말을 듣고 고개를 깊이 숙여 경의를 표하고 광인은 더러운 손을 내저으며 휘적휘적 사라진다. 진하가 그때 왜 그런 말을 썼는지 기억할 수가 없다. 단순한 글 장난일 수도 있다. 그러나 그 당시에는 분명히 무언가 간절했기에 그런 말을 썼을 것이다.

"내게 뭐를 원하지?"

진하의 말투가 비로소 바뀌고 희정의 눈동자가 그 말을 듣고는 반짝하고 빛난다.

"모든 것이요. 초인에 대한 모든 것."

진하가 희정의 말에 웃는다. 그리고는 초인의 입술을 흉내 내서 말했다.

"땅은 말할 입이 없고, 하늘은 들을 귀가 없는데, 품을 수 있는 것은 무엇이냐?"

희정이 그 말을 듣고 진하에게 술 한 잔을 더 따랐고, 진하는 천천히 손을 들어서 술잔을 잡는다.

"당신, 욕심이 많군."

희정이 아련한 미소를 보였다. 하늘을 밟은 초인은 이렇게 시작된다.

혼돈 전에 세상이 있었으니, 그것은 혼돈이 가려지기 전 아득한 옛날의 일이다. 모든 것은 세 개로 이루어져 있었고, 그것을 나

눈 것이 삼(三)이고, 시작한 것이 일(一)이다. 셋은 나누어져서 아홉으로 끝나고 다시 하나로 시작된다. 이 셋에 포함되지 않은 자가 있다. 그 자를 초인(超人)이라고 한다. 처음 셋은 이름이 없고, 초인도 처음 셋과 같이 이름을 붙일 수가 없다. 그러나 구태여 숫자를 붙인다면 그것은 나타나지 않은 숫자이다.

진하의 머릿속에서 까만 점으로조차도 남아있지 않은 그 혼란스러운 문자들. 그것들의 나열이 진하의 머릿속으로 비집고 들어온다.

"천부경인가요? 아니면 노자인가요?"

진하가 이렇게 묻는 희정의 눈동자를 뚫어지게 노려보나, 희정은 고개를 숙이거나 눈길을 회피하지 않고, 오히려 진하의 눈동자를 마주 노려본다. 진하가 한숨을 쉬면서 고개를 좌우로 젓는다. 그것은 천부경도 노자 도덕경도 아니기 때문이다.

"당신은 어떻게 생각하지?"

이번에는 희정이 고개를 젓는다. 그것이 천부경인지 노자인지 확실하지 않다고 하기보다는 그것의 의미가 정확하게 집히지 않기 때문이다.

"술 한잔하겠소?"

진하가 이렇게 권하자 희정은 손을 저으며 거절한다.

"친구가 있었어요. 선생님의 '하늘을 밟은 초인'을 우연히 입수했어요. 그리고 그 친구는 선생님의 책에 심취해서 몇 달 동안 오로지 초인만을 생각한 거예요. 그러다가 떠났어요."

떠나? 진하에게는 그 '떠났다'는 의미가 꽉 잡혀 오지 않는다.

"초인을 만나겠다는 거였지요."

아! 진하가 그 말을 듣고 깜짝 놀랐다. 어쩌면 자신이 오래전에 써놓고 까맣게 잊어버린 책이 어떤 사람에게는 정말로 진정한 의미가 되어 그의 운명을 바꾸어 놓았을지도 모른다. 진하는 초인을 찾아 떠난 그가 정말로 용기 있는 자라고 생각했다. 자신은 그 글을 썼으면서도 초인을 찾으러 떠나기는커녕, 세월이 지나면서 초인을 까맣게 잊어버렸지 않은가?

"그래서 그 친구는 초인을 찾았나?"

진하의 물음은 당연한 것이지만, 희정이 그런 질문을 이해하지 못한 듯, 아무런 대답이 없다가 불쑥 진하에게 묻는다.

"술 더 하시겠어요."

그러고 보니 주전자가 어느새 가벼워져 있다. 이왕 시작된 대화기에 진하는 대화를 끝내고 싶었고, 그래서 말없이 고개를 끄덕여 주었다. 이왕에 오늘 밤에 잠들기는 틀린 것 같다. 희정이 주전자를 들고 밖으로 나간다.

초인의 일 년에는 계절이 없었다. 그는 이미 계절을 뛰어넘었기 때문이다. 아니 계절을 뛰어넘은 것이 아니라, 계절 이전에 초인이 존재하기 때문이다. 창밖에 지는 낙엽을 보면서 진하는 오랜만에 초인에 대해 꿈꾼다. 초인에게는 23.5(지구 자전축)도가 없다. 그러니 계절이 없음은 당연한 일이다. 그러나 계절이 없다는 의미는 계절의 멈춤을 의미하는 것은 아니다. 그것은 계절을 뛰어넘음의 의미이다. 가을은 계속 가을이고, 봄은 계속 봄이지만, 초인에게는 그 모든 것을 뛰어넘어 관망할 수 있는 거대함이 있다. 그것이 초인의 일 년이다. 그러나 그것을 누가 알랴? 초인은 계속 여행을 하지만 그의 발에 밟히는 것은 언제나 하늘이다. 왜?

희정이 주전자를 들고 방으로 들어서자, 진하가 그녀에게 불쑥 물었다.

"초인은 몇 개의 손을 가지고 있지?"

희정이 질문을 받고 주전자에서 술이 쏟아질까 봐 주의하면서 대답한다.

"다섯 개지요."

"어째서?"

"하나는 하늘을 가리키고, 하나는 땅을 가리키고, 하나는 인간을 끌어안고, 하나는 의미 없이 매달려 있고, 나머지 하나는 빙 둘러 있지요."

진하는 그녀의 대답에 놀랄 수밖에 없었다. 왜냐하면 자신의 초인은 그렇게까지 구체적이지는 않았기 때문이다.

“왜 의미 없이 매달려 있지?”

희정이 웃는다. 그리고 진하가 따라 웃는다. 무서운 초인이다. 진하의 초인보다 한결 인간에게 다가선 초인이다.

희정이 술 한 잔을 그의 잔에 따르고 이제는 자신도 한 잔을 따라 마신다.

“왜 이곳에 있지?”

다분히 현실적인 질문이다. 그들의 한동안의 선문답(禪問答)식의 대화가 끝나고 진하는 술이 취해 몽롱한 눈동자로 희정을 쳐다본다.

“아이들을 가르치고 싶었어요. 아무도 모르는 곳에서 갈증처럼 지식을 갈구하는 아이들을.”

어디선가 들어보았던 익숙한 감정의 토로인 것 같다. ‘아무도 모르는 곳에서 갈구하는’이라는 의미가 구체적이지는 않지만, 퍽 깊은 뜻이 되어 진하의 가슴에 다가선다. 진하가 고개를 끄덕이자, 희정은 가녀린 손으로 다시 술 한 잔을 따른다.

“이곳에는 학생 수가 전부 합해도 30명이 넘지 않아요. 제가 오기 전에는 학교에 다니지 않는 아이들도 상당 수 있었죠.”

제자를 키운다는 것. 그것은 정말로 노력과 정성이 필요한 일이다. 진하도 후에 언젠가는 제자를 키워 보겠다고 간절히 소망한 일도 있었다. 그러나 지금은 그 같은 생각도 다 사라진 채로 오로지 혼자만의 길을 가고 있는 중이다.

"희정씨는 외로워 보이는군."

이렇게 말하는 진하의 눈이 거의 감길 듯하다. 희정이 웃는다. 그 웃음이 마치 '정말로 외로운 것은 선생님이에요'하는 것 같다.

"선생님, 부탁이 있어요."

"무슨?"

"우리 학생들에게 선생님의 가르침을 받을 수 있는 기회를 주셨으면 해요."

음. 진하의 눈이 가늘게 떠지면서 신음이 뱉어진다. 왠지 모르지만 희정의 말은 대단히 유혹적이라는 생각이 든다. 절대로 그런 의미가 아닌 데도.

"단 한 시간만이라도 좋아요, 선생님."

진하의 머릿속에 술기운이 잠의 마귀처럼 들어서고, 진하는 그것을 이기지 못해서 그 자리에 쓰러져 버린다.

이상하게 고등학교 나이 정도 되는 남학생은 없었다. 6명의 여학생이 고등학교 정도 나이 또래 되는 학생의 다였다. 그러나 그들에게는 발랄함이 있다. 파닥파닥 율동하는 날개처럼. 진하는 그들에게서 열정을 느낀다. 하늘로 치솟고자 하는 열정을. 그 뜨거운 감정을 앞에 두고 진하는 입을 연다.

"너희들은 누구인가?"

소녀들이 진하의 말에 어리둥절한다.

"너희들은 나무들이다. 하늘을 향해 치솟는 나무들. 그리고 너희들은 날개들이다. 하늘을 유영할 수 있는 날개들. 앞으로 이 세상에서 한껏 사상을 키워나갈 그런 날개들인 것이다."

소녀들의 가슴속에 나무들이 하나씩 살아나고, 그들의 등 뒤에서는 하늘로 날아가고 싶은 욕망을 지닌 날개들이 꿈틀댄다.

"머릿속에는 세상을 가득 채우고, 가슴속에는 세상을 가득 품을 꿈을 가진 나무들이여. 전 우주를 날아다니며 한껏 꿈을 펼칠 수 있는 날개들이여."

진하는 태양이 된다. 나무들을 키워낼 태양이. 그리고 날개들이 날 수 있도록 빛을 줄 수 있는 태양이. 이글거리는 태양은 자신을 태우면서 만물을 살려낸다. 나무들이 태양을 향해 뻗어 나가며 그 열기의 입자들을 흡수한다. 곧 날아갈 수 있는 약동의 힘을 비축하기 위해.

한 시간은 후딱 지나갔지만 그 한 시간 동안 진하는 태양이 되어서 마음껏 열기를 발산했다. 시간이 끝나고 진하는 자신의 강의에 아직도 감명을 받은 채 멍해 있는 희정에게 다가간다. 그리고 그녀가 준비해오고도 정신이 없어서 아직도 손에 그대로 들려 있는 커피를 받아서 한 잔 따라 마신다. 커피 향을 타고 진하의 기분도 마냥 날아오를 것 같은 기분이었다.

"당신은 멋진 아이들을 키워 놓았군."

희정이 제 정신이 돌아오는지 살포시 웃는다. 어젯밤처럼 도전적인 모습이 아닌 정말로 아름다운 여인 같은 미소가 그녀의 입가에 잔잔히 머문다. 진하는 그 미소를 보면서 여자들은 수없이 많은 얼굴을 가질 수 있다는 점을 깨달았다. 남자가 오직 하나의 얼굴로 평생을 지나는데 비해, 여자는 수없이 많은 변신을 하는 것이다.

"선생님 작품과 같은 아이들이지요."

내 작품과 같은 아이들? 진하는 그 뜻을 알 수가 없다. 깨끗하고 소박하고 순수한 작품을 쓰려고 노력했던 자신의 마음을 그녀가 읽은 것일까? 진하는 그녀의 말에서 희정이 단순히 자신의 '하늘을 밟은 초인'만을 읽은 것은 아닐 거라는 생각을 한다. 아마도 그녀는 그 작품을 읽은 이후로 꾸준히 진하의 전 작품을 탐닉했으리라. 전혀 '초인'과 닮지도 않은 그런 작품들을.

"선생님은 왜 방랑 중이지요?"

희정이 이렇게 물었고, 진하는 자신이 왜 방랑 중인지 그 이유를 알 수가 없다. 무언가 자신의 기억에서 어긋난 단편이 감쪽같이 사라진 느낌이다. 그는 자신이 방랑하는 것인지, 아니면 방황하는 것인지, 아니면 알지도 못하는 세상을 부유하는 것인지 알 수가 없다.

"최소한 초인을 찾기 위해서는 아니야."

진하는 이런 말을 간신히 내뱉었을 뿐이다. 하긴 초인은 오래전에 그의 기억에서 까맣게 사라져버렸는데, 자신이 초인을 찾기 위해서 방랑한다는 것은 말도 안 되는 소리다. 희정이 자신을 쳐다보는 눈길에서 진하는 아득한 꿈을 꾼다. 초인이 하늘을 비상하는 꿈을.

3

희정이 가을이 숨 쉬는 들판 한 곳에 다리를 가지런히 해서 앉았고, 진하는 그녀에게 등을 보이고서는 가을 들판만을 바라다본다. 가을바람의 애무에 진하는 그대로 까르르 까르르 넘어갈 것 같다는 느낌이 들었다.

"삼(三)의 원리(原理)에 대해 감히 묻고 싶군요."

희정의 요구는 한이 없다는 것을 진하는 잘 알고 있다. 그녀는 모든 것을 알 때까지 자신의 질문을 그치지 않으리라.

"간단하지. 일(一)은 이(二)를 만나 삼(三)을 이루었다. 끝."

진하는 농담처럼 이렇게 말했으나, 희정의 눈동자는 염원에 찬 채로 그의 진실된 대답을 기다리고 있다. 등을 돌리고 있어도, 진하는 그녀의 눈동자를 고스란히 느낄 수가 있다. 무엇이 그녀를 저렇게 염원의 불덩어리로 만들었을까 자문하면서, 진하는 그녀가 물었던 '삼의 원리'가 마치 '삶의 원리'처럼 들린다는 생각을 한다.

"일은 이에게 이의 일부분을 얻어서 삶을 만들었다. 그래서 이는 일에게 자신의 몫을 정당하게 주장한다는 무슨 의미지요?"

진하는 그녀의 질문에 아무런 대답도 없이 묵묵히 하늘만 바라본다. 말할 필요를 느끼지 못해서인가?

광인과 헤어진 초인은 산길을 가다가 곰보를 만난다. 곰보는 초인을 보고 깔깔 웃고, 초인은 영문을 몰라서 어리둥절했다.

"나는 네 얼굴이 얽은 것을 보고 웃었느니라. 아하하하."

초인도 그 말을 듣고 따라 웃는다.

"당신은 손을 다섯 개나 가졌군요. 하하하."

둘은 서로를 흉보고 있으나, 실은 자신의 단점을 흉보고 있는 것이다.

"이리로 오라. 내가 세상을 보여 주리라."

곰보는 초인을 이끌고, 초인은 흥미를 느끼며 그를 따라간다.

"자, 보아라. 이것이 세상이니라."

곰보는 자신의 얼굴을 손으로 가리키고, 초인은 그것을 보면서 세 번째의 손을 하늘로 높이 치켜든다. 곰보가 그것을 보고 만족한 미소를 띠었고, 초인이 말한다.

"나는 그때의 상황을 눈으로 보듯이 그려낼 수 있습니

다."

곰보가 초인의 말을 듣지 않으려는 듯 귀를 틀어막는다. 그러나 초인은 말을 멈추지 않는다.

"일은 이에게 이의 일부분을 취해서 삼을 만들었습니다. 그러니 삼은 일입니다."

"네 말은 듣고 싶지 않다."

곰보가 귀를 막아도 들려오는 소리 때문에 화를 벌컥 내며 소리친다. 그러나 초인은 멈추지 않는다.

"삼이 일인 것은 일이 삼을 만들었기 때문입니다."

"내가 너를 깨우쳐 주리라."

마침내 곰보가 입을 열어서 반론을 편다.

"일이 삼을 만들었지만 삼은 이의 일부분이기에 이(二)는 정당한 것이다."

"천만의 말씀입니다. 삼은 이에게 있음을 얻었지만, 정작 삼에게 있음을 생각하게 한 것은 일입니다. 그러니 일만이 삼인 것입니다."

둘은 큰 소리로 싸우며 서로의 주장이 옳다고 내세우지만, 결론에 도달하지 못한다. 그래서 둘은 '삼의 원리'를 포기한다.

이것이 진하가 기억해 낸 '삼의 원리'에 대한 자신의 글이다. 지금 생각하면 바뀌어야만 할 내용이었다.

"희정이는 왜 그토록 그런 것들을 알고 싶어 하지. 쓸데

없는 것인데도 말이야."

희정은 말없이 그의 대답만을 구한다. 진하는 그녀의 굳은 입술을 보면서 할 수 없다는 듯이 고개를 젓는다.

"고집이 너무 세. 당신이란 여자는 말이야."

그러나 그녀의 입은 꼭 다문 채로 진하의 대답을 강요한다.

"일은 이에게 부탁했지. 이의 일부분을 떼어 달라고 말이야. 그러니까 이는 이렇게 물었어. '무엇을 담으려고?' 일이 대답했지. '없는 것을 담으려고 한다네.' 그러니 이가 낄낄대며 웃었어. 그리고는 약속을 요구했어. '만일 담는 일이 끝나면 돌려줘야 해.' 일이 그것을 수락하는 듯이 고개를 끄덕였고, 그래서 일은 이의 일부분을 얻은 거야. 일이 이의 일부분으로 삼을 만들고 난 후에야, 이는 일에게 자신의 일부분을 빌려준 것을 후회했어. 왜냐하면 삼은 자신의 일부분인데, 전혀 이(二)에 대한 생각은 안 했거든. 화가 난 이는 일에게 자신의 일부분을 돌려 달라고 요구하게 되었어. 그래서 일과 이가 다투게 되었는데, 한참 동안 다투다가 그들은 결국에 가서 합의점에 도달하고 말았어. 즉 없는 것은 일에게 속하고, 있는 것은 이에 속한다는 합의점이지. 이것이야. 삼의 원리."

희정은 진하가 말을 마치자 그를 노려보면서 물었다.

"그때 초인은 무엇을 했지요?"

진하가 그녀의 질문에 너무도 깜짝 놀란다. 그것은 '하늘을 밟은 초인'에는 쓰여 있지 않은 사건이고, 그것은 또한 진하 자신의 가슴속에만 존재하는 사건인 것이다.

"무엇을 했을 것 같아?"

진하가 되묻는다.

"껄껄껄 웃었겠지요. 그들의 유치한 짓거리를 보고서."

아아아. 이 여자는 무엇을 알고 있는가? 진하가 그녀의 대답을 듣고서야 비로소 그녀가 인류의 숨겨진 어떤 비밀을 알아챘다는 사실을 어렴풋이 깨달았다.

"나는 오늘 선생님을 유혹하고 싶어요."

"왜? 당신도 이가 되고 싶나?"

희정이 빙그레 웃으며 고개를 젓는다. 놀랄만한 침착함. 진하는 그녀가 무엇을 원하는지 안다. 그녀는 초인을 만나고 싶은 것이다. 진하의 이마에 땀방울이 맺힌다. 아늑한 가을의 선선한 오후임에도 불구하고.

초인은 삼의 원리를 포기하고 휘적휘적 걷다가 밭에서 일하는 어부를 만난다.

"당신은 어부인데 왜 밭에서 농사를 지으시오?"

초인이 이해가 안 된다는 표정으로 묻자 어부가 깔깔대며 웃는다.

"당신은 초인인데 왜 땅을 밟고 걸어 다니시오?"

아! 그제야 초인은 자신이 누구라는 것을 깨닫는다.

"높은 것은 공허함이요, 넓은 것은 허무함인데, 당신의 자리는 어디에 있소?”

어부는 이같이 초인에게 묻고 초인은 다리를 꼬면서 앉는다.

“수미산에는 열두 봉우리가 있고, 봉우리마다 주인이 있소. 그러면 봉우리의 주인들이 수미산의 주인이요, 아니면 수미산의 주인이 봉우리들의 주인이요? 그것도 아니면 주인이 없는 것이요?”

초인의 대답에 어부가 깔깔댄다.

“어부가 밭에서 일하는 것과 초인이 땅을 밟고 걸어 다니는 것과 동일한 이치요.”

누가 감히 초인을 알랴? 어떤 자가 감히 초인을 만나려 하는가?

진하는 희정의 옆으로 다가가서 털썩 주저앉는다.

“참으로 강한 것 중에 흑암보다 강한 것이 없고, 참으로 넓은 것 중에 혼돈만 한 것이 없으니, 이 둘에게서 세상이 나왔음이라.”

진하는 이렇게 말하면서도 자신이 이 여자의 함정에 빠져든다는 느낌을 강하게 받는다. 여태껏 한 번도 열지 않았던 그 마음을 이 여자의 유혹에 빠져서 스르르 풀어내는 것이다.

“세상은 넓을 대로 넓고, 길대로 길어서 자신이 태어난 흑암과 혼돈을 가릴 수 있지요.”

희정의 초인은 정말로 놀랄만한 능력을 가지고 있다. 진하가 고개를 끄덕인다.

"옛날에 흑암과 혼돈을 얻은 자가 있었소. 그러나 사람들은 이 자를 오히려 작다고 하오."

"큰 것은 작아질 수 있으나, 작은 것이 커질 수는 없지요."

진하가 부정하듯 고개를 젓는다.

"작아진다고 작아질 수 있는 것은 이미 작은 것이 아니요."

희정이 그 말을 듣고 비로소 눈을 크게 뜬다.

"사(四)라는 것은 일(一)의 무리들이요."

희정이 눈을 번뜩이며 재빨리 노트에 진하의 말을 적어내려간다.

"육(六)이라는 것은 삼(三)의 부류들이니, 외로운 것은 오(五)뿐이 없구나. 삼은 구(九)에서 끝나니, 이로써 만물의 시작이고, 다시 만물은 일로 돌아간다. 허공(虛空)은 아무것도 의지하지 않는 듯하나, 허공도 의지해야 할 곳이 있고, 만물(萬物)은 아무것도 생각하지 않으려 하나, 무수히 많이 생각한다."

진하의 말은 강했고, 그것을 받아 적는 희정의 얼굴에는 희열에 찬 기쁨이 넘쳐난다. 마침내 그를 유혹하는 데 성공했다는 기쁨이런가?

"사와 칠은 육과 구를 취하고 그로써 인류의 시작이 완성된다. 그리고는 모든 것은 사라진다. 그것이 십이다. 만물은 십 다음에 완성된다. 그것이 또 다른 시작이다."

진하가 말을 멈추고 희정이 그의 말을 다 받아 적은 후에 한숨을 길게 내쉰다.

얼마나 시간이 지났을까? 가을빛이 황혼에 밀려가면서 가을 들판을 한결 성숙하게 비추어 준다.

"가지요, 선생님."

진하는 희정의 권유에 흐득 하고 본정신으로 돌아왔다. 우주와 흑암과 공허에서 부유하다가 다시 현실로 돌아온 것이다. 그의 눈에 들어오는 가을의 황혼이 어쩐지 낯설게만 느껴진다. 방으로 들어서자마자 진하는 짐을 꾸리고, 희정이 그런 진하를 보고서 화들짝 놀란다.

"어머, 선생님. 뭐 하시는 거예요?"

진하는 말없이 짐만 꾸린다. 희정이 자신이 무엇을 해야 할지 판단이 서지 않아서 안절부절못했다. 마침내 짐을 다 싼 진하가 묵묵히 방을 나서려 한다.

"선생님, 제가 잘못한 게 있나요?"

그녀의 말소리가 애처롭게 들린다.

"초인이 죽일 수 있는 신은 신이 아니고, 신을 죽일 수 있는 초인도 초인이 아니지."

아! 희정이 놀라서 입을 딱 벌린 채로 굳어졌다.

"밝은 것은 점점 쌓여서 일(一)을 만들고, 어두운 것은 점점 쌓여서 이(二)를 만들었어요."

희정이 한참 후에야 가까스로 뱉어 놓은 말이다.

"세상에서 가장 어두운 것을 흑(黑)이라고 하고, 세상에서 가장 굳은 것을 암(暗)이라고 하지. 우주에서 가장 어지러운 것을 혼(混)이라고 하고, 우주에서 가장 형체가 없는 것을 돈(沌)이라고 해. 이것들이 쌓여서 이(二)가 되었고, 이에게서 삼(三)이 나왔지만, 삼은 일(一)에서 나온 것이야. 그러나 삼은 종국에는 이로 돌아가는 연유로, 삼은 이에서 나왔다는 사실이 확실한 것이지. 그러기에 삼에서 나온 것이 초인을 알 수도 없고, 초인을 알 수가 없으니까 신도 알 수가 없는 거야. 신이 죽었다고 외친 초인은, 초인이 아닌 초인이야. 그리고 그 말에 죽은 신도 또한 신이 아닌 신이지."

그 말을 듣는 희정의 얼굴에 고뇌의 흔적이 어린다.

"신을 죽인 초인은 하늘을 밟은 초인이 아니야. 오히려 그 반대로 그가 하늘에 둘러싸인 초인이지."

"일이 동하면 벌어져서 이가 된다고 했습니다, 선생님."

"일이 굳어지면 삼이 되지. 그러나 이것은 유극(有極)이야. 유극보다는 무극(無極)이 우선하지."

"일이 시작은 일이요, 일의 끝도 일이라는 말인가요?"

진하가 고개를 젓는다. 그것은 가능성이 있는 부정이 아니라, 확실한 부정이다. 그것은 무극도 아니었다. 그러면 그것은 무엇인가? 희정이 난감해 하는데 진하가 방을 나서고, 희정이 그 모습을 보고는 깜짝 놀라서 그에게 다급히 달려간다.

"선생님, 초인은 누구인가요?"

진하가 씩 웃는다.

"나는 아가씨와 그런 말장난의 유희에 빠지지 말았어야만 해."

"선생님, 제발, 제발 가르쳐 주세요."

진하의 눈이 스르르 감기며 말한다.

"아가씨가 알고 싶은 것은 단순한 언어야. 그게 그렇게 큰 의미는 없다고."

"있어요, 제게는."

희정이 단호하게 소리친다.

"왜지?"

진하는 그녀가 한층 낯설어 보인다. 마치 생전 처음 대면한 것처럼. 아니 그녀가 낯선 것이 아니라, 진하의 눈에 비치는 모든 것이 낯설었다. 그렇기에 그는 희정을 '아가씨'라는 칭호로 불렀던 것이다.

"자, 잘 봐. 이렇게 허공에다 동그라미를 그려 보잔 말이야."

진하가 허공에 손가락으로 동그라미를 그렸고, 희정의 마음에 허공중에 한 부분에 동그라미가 그려진다.

"내가 동그라미를 그렸으면 그 동그라미가 허공에 그려진 것인가, 아니면 아가씨의 가슴에 그려진 것인가? 아니 그것도 아니면 단순히 아가씨의 망막에 그려진 것인가?"

희정이 진하가 의미하는 참뜻이 무언지 몰라서 멍하니 서 있기만 했다.

"자, 지워 볼까."

진하는 이렇게 말하면서 아까 자신이 그렸던 동그라미를 지우는 시늉을 한다. 박박 소리가 날 정도로 허공을 문지르면서.

"자, 잘 생각해 보라고. 동그라미가 허공에서 지워졌는지, 아니면 아가씨 마음속에서 지워졌는지. 그렇지만 애초서부터 허공에는 동그라미가 그려지지 않았거든."

희정이 말문이 막혀서 굳어져 있는데, 진하는 어적어적 어둠 속으로 빨려든다. 찬 밤바람이 쏴 몰려왔다.

오랜만이다. 실로 오랜만에 초인에 대해 깊이 생각해보는 것이다. 젊은 날의 치기로 그려보았던 초인은 진하의 가슴에서 까맣게 사라지고, 그 흔적조차도 남지 않았었는데, 이런 시골 마을에서 우연히 마주친 희정에 의해, 자신의 초인이 가슴속에서 불쑥 튀어 나왔던 것이다. 자신도 모르는 사이에. 그리고 오랜만에 진하의 가슴속에서 찾아낸 그 초인은 젊은 날의 초인보다 더욱 강대해지고 완성되어 있었다. 마치 임산부의 자궁에서 갓 끄집어낸, 온몸에서 양수가 뚝뚝 떨어지는 건장한 모습으로, 사상을 온몸에서 뚝뚝 떨치면서, 그 초인은 그렇게 다시 나타난 것이다.

진하가 그 '하늘을 밟은 초인'이라는 책을 사람들에게 주었을 때, 그 책을 읽은 후에 사람들은 진하에게 수없이 많은 질문을 해 왔었다. 그러나 그 질문하는 사람 중에, 어느 한 사람도 초인에게 근접한 사람은 없었다. 어떤 사람은 장자를 이야기했고, 어떤 사람은 노자를, 어떤 사람은 주역을, 어떤 사람은 추연의 음양가를 이야기하기도 했다. 그러나 그것은 모조리 초인의 일부분에 대해 말한 것일 뿐이다. 초인의 전부가 되기 위해서는 그것들 모두 외에도 다른 모든 것이 필요했다. 아니 그 모든 것이 하나도 필요하지 않을지도 모른다. 그것이 삶의 원리다. 사상이 들씌워지지 않은 그런 원리. 그것이 진리이고, 인간의 언어로 치장되지 않은 순수한 본 모습이다.

주역에서는 태극(太極)이고, 장자에서는 무(無)의 도(道)이고, 열자에서는 태역(太易)이며, 노자에서는 태허(太虛), 천부경에서는 일(一), 그리고 성경에서는 말씀인 것이다. 어떤 사람은 신이 죽었다고 말하지만, 그렇게 말하는 사람은 신의 정확한 의미조차도 파악하지 못한 사람이라고 진하는 생각한다. 그것이 서양 사상의 한계이다. 잘라질 수 있다는 생각. 그 극단을 말할 수 있다는 사실. 그리고 여백을 생각하지 못하는 완벽한 채움 같은 것들.

과연 동양 상에서 여백을 메울 수 있는 것은 무엇일까? 진하는 고개를 젓는다. 없다. 아무것도 여백을 채울 수 있는 것은 없다. 그것은 극무(極無)이기 때문이다. 허공이 허공인 것은 채울 것이 있기 때문이고, 하늘이 하늘인 것은 땅이 있기 때문이다. 무가 무인 것은 유가 있기 때문이지만, 극무라는 것은 오로지 홀로 존재하는 것이다. 그것은 무의 저편, 역의 저편, 그리고 도의 까마득한 저편에 존재하는 초인이기 때문이다.

진하는 어둠 속을 걸어가면서 초인의 생각에 빠져있다가 갑자기 걸음을 우뚝하고 멈추었다. 자신이 왜 젊은 날 이후에 초인을 까맣게 잊고 있었는지 그 이유가 퍼뜩 머릿속에 떠올랐기 때문이었다. '그래. 그것은 포기였어.' 진하는 나지막이 이렇게 중얼거린다. 자신이 도저히 초인이 될 수 없다는 사실을 깨닫게 된 순간, 진하의 초인은 그의 머릿속에서 자취도 없이 사라져 버렸던 것이다. 불현듯 그의 머리에 무언가 다른 것이 떠오른다. 초인이 될 수 없으면 그 대체로 생각했던 것이 비로소 그의 머릿속을 강타한 것이다. 그것이 생각나자 그는 후드득 몸을 떨어대다가 곧바로 몸을 돌려서 왔던 길로 황급히 뛰어간다.

희정은 아직도 그 자리에 굳어진 듯이 서 있었는데, 그 모습이 마치 진하가 다시 돌아올 것을 확신하고 있는 듯했다. 진하는 그녀를 껴안을 듯 가까이 달려든다. 그녀의 입가에 은은히 번지는 미소를 보고서 진하가 불을 맞은 듯 놀라서 묻는다.

"당신은 어떻게 내가 돌아올 줄 알았지?"

희정이 아무 말 없이 그에게 '하늘을 밟은 초인'의 마지막 구절을 가리켰다.

초인의 공간에는 날개가 있다. 초인의 공간에 무수히 날아다니는 그 삼(三)의 날개들. 그들은 초인의 입술을 간절히 기다리고 있다.

아! 진하의 입에서 탄성이 튀어나온다. 언젠가 자신이 후학을 양성하고 싶다는 욕망을 이렇게 표현한 것인가? 그래. 초인 대신으로 진하가 원한 것은 날개였다. 극무를 마음껏 날아다니는 그 날개를.

희정이 진하에게 책을 내밀고, 진하는 그 책 뒤를 계속 이어 보고픈 욕망에 불탄다. 초인을 완성하고 싶은 욕망을….

# 우리는 신의 얼굴을 밟았다
## -신과 종교에 대한 실험적 보고서

### 1

아이는 우물가에서 울고 있는 사랑을 보았다. 울고 있는 사랑을 보자 아이는 자신이 목이 마르다는 사실을 잊은 채 사랑에게 다가갔다.

"너는 왜 여기서 울고 있니? 이 세상에서 가장 행복한 게 너 아니니? 너는 이 세상 곳곳을 돌아다니며 모든 이들에게 사랑을 나누어 줘야 하잖아? 그런데 이런 곳에서 울고만 있으면 어떡해?"

아이의 물음에도 불구하고 사랑은 마냥 울고만 있었다. 답답해진 아이가 그대로 사랑의 앞에 걸터앉아 계속 묻자 사랑은 귀찮은 듯이 울먹이며 말했다.

"나는 미움의 반대로 이 세상에 태어난 것이 아니야. 그 여자[1]가 그 상자[2]를 열었을 때 나는 그 안에 있지 않았거든. 모든 것들이 흩어지고 또 날아가 버린 그 텅 빈 상자 안에 나는 들어있지 않았어. 그런데도 사람들은 내가 거기에 있었다는 거야."

"그게 무슨 상관이야?"

아이가 이해하지 못하겠다는 표정으로 물었다.

"커다란 차이가 있지. 그 여자의 상자에는 짝 맞춘 것들만 들어있었어. 예를 들자면, 탐욕과 금욕, 삶과 죽음, 빛과 어둠, 건강과 병약, 행운과 불운, 악과 선, 순종과 반항, 등등. 아, 얼마나 많은 쌍이 그 상자에서 벗어나 세상에 떠돌아다니는지 몰라."

아이는 사랑의 한숨에 섞여 흐르는 기괴한 썩은 악취를 생생하게 느낄 수 있었다. 사랑의 악취 풍기는 입에서 그 기이한 말은 계속 줄을 이어 나오고 있었다.

"이 쌍들이 세상을 돌아다니며 자신들의 영역을 구축했던 거야. 그래서 세상의 모든 것들은 쌍으로 되어있지. 마치 쌍이 아닌 것은 마귀의 종족이라고 했던 어떤 사제의 말처럼."

"쌍?"

"그래. 눈이 두 개, 팔이 두 개, 다리가 두 개."

아이가 흥미롭다는 표정으로 그러나 진지하게 물었다.

"그럼 왜 코나 입은 두 개가 아니지?"

"두 개가 아닌 것은 나머지 하나를 찾으려고 맹렬히 노력하고 있지. 악마의 종족이 되지 않기 위해서 말이야. 그리고 생각해 봐. 코는 콧구멍이 두 개, 입술은 아랫입술 윗입술 두 개, 왼쪽과 오른쪽이 두 개, 아래위가 두 개. 모두가 쌍으로 되어있는 거야. 그래서 이 세상은 모조리 쌍이지.”

“그래서? 그게 어떻다는 건데?”

“내가 말했잖아. 나는 그 안에 있었던 것이 아니라고.”

“….”

“아름답지만 멍청이였던 그녀는 말은 잘했지만, 분별력이 없어서 그들[3]의 계략에 빠져 그 상자를 열었던 거야. 백색의 폭풍이 혼을 빼앗을 듯 거칠게 일고, 세상 가득히 광란의 폭풍이 몰아칠 때, 그 쌍들은 몸을 배배 꼬며 악귀의 춤을 추는 여신의 명령에 따라 세상을 해할 권세[4]를 얻어 그들의 천년왕국을 이어 나갔지. 세상에 쌍을 만족하지 못하는 것들은 모조리 그들의 권세 하에 멸망했어야만 했어. 쌩 쎄케르 미사[5]와 같은 악마적 주술 속에 혹독한 불 바람이 일어 좌우 아니면 상하가 일치하지 않는 세상의 삼 분의 일이 말라 죽어 멸망했지.”

아이는 이제 사랑의 눈에서 마냥 흘러내리는 눈물을 잠자코 지켜보기만 할 뿐이었다.

“여신의 춤[6]은 새로운 세상을 창조하기 위해 미친 듯이 계속되었지만, 아직 아스테르트[7]는 권세를 갖지 못한 채 만삭의 몸[8]으로 벌벌 떨고만 있었던 거야. 그때 그 멍청하고도 분별력 없는 여자는 상자의 맨 밑에서 게으르게 자고 있는 그놈을 발견하고야 말았지.”

“그 놈이라면?”

“머리가 셋 달리고 몸통은 하나인데 느리기가 억겁의 세월을 한발로 밟은 거북이 같지만, 도망칠 때는 허매[9]의 나는 신발처럼 재빠르고, 오라고 원하는 곳에는 절대로 가지 않았지만, 필요가 없는 곳으로는 끝까지 찾아가는 놈이지. 사람들은 이놈을 너무나 좋아해서 행운의 세 여신이라고 부르지만, 이놈은 언제나 구차한 곳을 좋아해서 이놈이 가는 곳에는 항상 종말이 기다리고 있는데, 그 종말을 보고 나면, 이놈은 좋아라고 손뼉을 치면서 다른 곳으로 내빼곤 해. 하지만 사람들은 그 음모를 모르기에 이놈을 좋아해서 이놈의 이름을 희망이라고 부르거든. 그래. 그때 우리는 그들의 속임수를 보았던 거야. 다 깨어지고 또 부서져서 너덜너덜한 영혼이라도 남거들랑 그래도 남아있는 뭔가가 있다는 기대를 갖게 하는 그 잔혹한 속임수."

아이가 머리를 세차게 흔든다.

"아니야. 그것은 속임수가 아니야. 만일 우리에게 희망이라도 남아있지 않다면 이 세상은 온통 고통에 찬 지옥일 거라고."

사랑이 그 말에 실실 비웃음을 흘린다.

"그럼 그대로 내버려 두면 행복할 것을 온갖 불행을 다 비벼놓아 떡으로 만든 다음 마지막에 알량한 희망만 달랑 남겨놓은 것이 속임수가 아니란 말이야?"

"아니야. 그런 의미는 아닐 거야."

"그렇다면 아킬로스[10]의 잔학한 행위에 견딜 수 없었던 인간들에게 불을 나누어 주었던 자[11]를 산꼭대기에 매달아

독수리가 그 내장을 파먹게 하는 형벌을 주고, 또 그 불을 쓰는 인간들이 꼴 보기 싫어 그들을 욕보이려고 상자를 내민 행위가 속임수가 아니란 말이지?"

아이는 아무런 대답도 할 수가 없었다.

"그렇다면 이건 어때. 가만히 놔두면 행복하게 잘 살 수 있는 이들[12]에게 알량한 과일 하나를 금지시키고, 그것을 따먹게 유도해 가는 심보는 또한 더욱 심한 속임수가 아니겠어?"

"그런 식으로 매도하지 마. 최소한, 아니 궁극적으로 우리는 그들에게로 돌아가게 되어있지 않아?"

부정해 보지만 아이의 목소리는 자신감을 상실한 채 공허하게 울려 퍼질 뿐이었다.

"대붕[13]을 타고 북해로 날아간들 어떠랴, 목동[14]의 흰 소를 타고 르비딤[15]을 지나 시내 산에 오른들 어떠랴, 봄마다 부활하는 에아스터[16]를 살해하고 동정녀의 아들[17]을 믿은들 무엇이 어떠랴?"

"그러지마. 아무리 진실이 그럴 지라도 너는 우리에게 남아있어야 하지 않겠니?"

아이의 말은 거의 애원에 가까웠다.

"내가 어디 있었는지 알고 싶지 않아? 그때, 레쉐프[18]의 불꽃이 온 세상을 덮었을 때, 브라히만[19]과 엘리[20]도 그 참혹함에 숨을 죽이고 있을 때, 내가 어디에 있었는지 알고 싶지 않느냐고?"

"듣고 싶지 않아. 나는 오히려 너의 달콤한 이야기가 듣고 싶다고."

"달콤한 이야기? 큐피드의 숨결 같은 거? 아니면 아프로디테의 미소? 그것도 아니면 길상 천녀의 속삭임 같은 거를 말하는 거야?"

"아니, 아니. 그런 것 말고. 그런 어려운 것 말고 그저 가슴에 닿아 오는 그런 이야기 말이야."

"후후후. 그런 것은 없어. 이 세상은 온통 가식과 증오의 실험장이야. 네가 느끼는 달콤한 이야기는 감정을 속이려고 만들어진 미약 같은 거야. 취하고 있을 땐 모르지만 취기가 가시면 악취가 풍기는 것들이지. 그것은 그들이 만들어 낸 것이 아니야. 오히려 너희들이 만들었지. 너희들의 나약함이 그들을 창조해 낸 거야. 그리고 너희들이 만든 그들은 점차 너희들을 속박하게 되었지. 아, 망령들의 선택이여!"

"아니야. 우리는 그들을 만들지 않았어. 그들은 본래 있었고, 스스로 존재하는 자들이야."

"하하하. 불붙는 떨기나무의 환상[21]을 너무도 믿는군. 엘릭서[22]를 먹고 수천 년의 탄생을 거듭하는 불사조의 거대한 몸짓을 정말로 존재한다고 믿는단 말이야? 하지만 눈을 떠. 그것은 아후라 마즈라[23]의 금빛 현현에 불과하다고."

사랑의 눈에는 이제 눈물이 걷히고 자조적 미소만이 흐르고 있다,

"그래, 그들은 존재했었지. 난타[24]에서, 수미산[25]에서, 에덴에서 도광(都廣)[26]에서, 올림퍼스에서, 메루[27]에서, 그리고 아스가르드[28]에서 말이야. 하지만 그들은 너희와는 아무런 상관도 없는 거야. 괜히 너희들이 그들과 어떤 상관관계를 가지려 하고 또 그렇게 믿으려 하지만 실제는 그렇지 않거든."

"무슨 말이야? 그들이 존재한다면 우리의 이야기들이 그렇게 허황한 것이 아니잖아."

아이는 그렇게 믿고 싶었고 그렇다고 고집하고 싶었다. 그러나 그런 아이에게 사랑은 코웃음만을 칠뿐이었다.

"그들과 너희들은 아무런 상관관계가 없어. 세상의 어떤 동물들도 그들과는 아무런 상관관계가 없거든. 소나 돼지나 개나 말이 신을 믿는다고 상상해봐. 너도 터무니없는 일이라고 생각할 거야. 하지만 그들과 너희와의 관계는 그들과 동물들과의 관계와 전혀 다를 바가 없어."

"천만에! 아니야. 그들은 우리를 그들의 형상대로 창조한 거라고."

아이는 이렇게 부르짖었다. 그러나 소리치는 아이의 가슴 속에는 긴장감을 뛰어넘어 당혹감이 짙게 드리워졌다.

"그들의 형상대로 창조된 거라고 믿고 싶겠지. 하지만 그들은 어떤 형상도 갖고 있지 않아. 왠지 알아? 그들은 너희들 세상에선 어떠한 형상이로든지 나타나지 않거든. 아주 비슷하게 말한다면, 그들은 너희들 세상에서는 빛으로 나타날 수밖에 없어. 그런데 너희들이 그들의 형상 따라 지음 받았다면 너희들이 빛이란 말이야?"

"그, 그건…."

아이는 할 말을 잃었다. 여태까지 신의 형상을 따라 만들어졌다고 극구 믿어왔지만, 실제로 신의 모습을 본 사람은 아무도 없지 않은가.

"본 사람이 있었을 거야. 그래서 그들의 모습과 똑같은 우리의 형상에 자부심을 가지는 거라고."

"그러면 개, 돼지는 그들의 형상에 따라 지어지지 않았다는 거야?"

"그래. 오로지 인간만이 그들의 형상에 따라 지음 받았어."

아이는 자신은 없지만 아주 강력한 어조로 고집했다.

"하하하. 한번 이 세상을 다녀봐. 어느 누가 과연 신을 보았는지. 그래서 그 신의 모습이 바로 인간의 모습인지를 알아보란 말이야. 나도 그 장면을 보겠어. 하하하."

아이가 풀죽은 모습으로 어깨를 주욱 늘이고는 허적허적 걷기 시작했다. 이미 아이의 갈증은 어디로 갔는지 씻은 듯이 사라진 것이 오래였다.

## 2

아이는 바람 소리처럼 들려오는 울부짖음에 모골이 송연하게 발걸음을 우뚝 멈추었다. 어찌 들으면 대나무가 바람에 쓸려 버석대는 것과도 같고, 어찌 들으면 솔개의 날카로운 발톱에 찍혀 잡힌 어린 병아리의 비명 같기도 했다. 아이는 그것이 정말로 무슨 소리인가를 알기 위해 귀를 기울이다가 그것이 바람 소리에 흩어지는 노래라는 사실을 깨닫고는 흐득 온몸을 떨어버렸다. 마침내 노래는 천천히 망령과도 같이 다가왔고, 아이는 그 노래에서 고뇌에 찬 절규를 고스란히 듣고만 있었다.

"오, 디바[29]여! 음악의 신이시여! 당신의 달콤한 음악은 더 이상 세상을 감동시키지 못하는군요. 세상은 마치 술이 빠진 디오니소스[30]축제처럼 무미건조하거나 퉁소를 지니지 못한 유발[31]의 허망함처럼 헛되어졌습니다. 오오, 디바여! 음악의 신이여! 세상에서는 탐무즈[32]의 풍요가 사라져버린 지 오래되었고, 번제[33]의 향기에 탐닉한 신들의 포만감에 의해 더 이상 인간의 고통을 돌보지 않는 삭막함만이 떠돌고, 끓어오르는 슬픔은 마르둑[34]의 팔뚝에 의해 머리가 파쇄된 티야마트[35]의 진저리치는 비명보다도 오히려 진했습니다. 오오, 디바여! 음악의 신이여! 세상은 파에톤[3]이 놓친 이륜차[37]에 의해 불태워져 온통 고통과 사악과 증오로 넘쳐나지만, 아직도 당신의 음악은 대지의 여신 키(Ki)[38]의 머리에 내리지 못해, 가이아[39]의 울부짖음이 끊이지 않습니다. 오, 디바여! 음악을 내려주오. 타는 갈증에 단비를 내리듯이 당신의 영혼의 노래를 불러주오. 카르마[40]에서 벗어나 모크샤[41]를 얻게 해주오. 오, 디바여! 오, 디바여!"

노랫소리가 가까워질수록 그것은 마치 끓어오르는 진흙탕의 거품 터지는 소리와 닮아갔다. 마침내 노래하는 사람이 발을 질질 끌며 머리는 산발한 채로 나타났다. 혼이 나간 듯이 부르짖는 그 사내는 우습게도 그렇게 산발인 머리털 중앙이 마치 누가 일부러 잡아 뽑은 듯이 뭉텅 머리털이 없었고, 사내의 얼굴에는 마치 지렁이가 기어가듯이 수없이 많은 주름이 이리저리로 꽉 차 있었다. 사내는 허덕대기도 하고 절규하기도 하면서 계속해서 침을 뱉어가며 노래를 하다가 갑자기 자기 앞에 서 있는 아이를 보고는 크윽하고 숨을 멈추었다. 사내의 얼굴에 경계의 빛과 함께 약간은 긴장된 표정이 나타났다. 사내는 아이를 요모조모 살피다가 입을 연다. 그 입을 통해 악취가 진동하며 따라 나왔다.

"누구신가? 이 실패한 대머리 가수의 목소리를 구해줄 디바의 전령이신가? 아니면 이 몸을 하데스[42]에게 데려갈 사신(死神)이신가?"

대머리 가수의 목소리는 절망의 선을 넘어선 포기에 가까웠다. 아이는 빤히 쳐다보는 대머리 가수에게 대답을 할 수밖에 없었다.

"저는 그저 아이입니다."

"아이온?"

대머리 가수의 목소리가 거의 경악에 가까웠다. 아이는 자신이 아이온이 아니라 아이라고 말하려고 하는데 그 옆에서 사랑이 낄낄댄다.

"그것 보라고. 신은 형체가 없는 거야. 그러니까 아무나 보고 신이라 하는 거 아니겠어."

"그가 그렇게 이야기하진 않았어."

"하하하. 아이온[43]이 뭔지 잘 알잖아. 형상이 없는 신이잖아."

아이는 사랑의 칼날 같은 단호함에 그만 눈물이 날 지경이었다.

"잘 봐. 나는 실체가 있잖아. 그리고 저 사람도 나를 신이라고 불렀으니 같은 형상 아니겠어?"

아이의 말에는 약간의 비굴함이 섞여 있었다. 그러니 그것을 간파하지 못할 사랑이 아니었다.

"푸하하. 너희들은 항상 그런 식이었어. 반대로 가정을 만들어 놓고서 그 가정이 맞으면 그 주장을 믿는다는 합리화의 방식. 낄낄낄낄. 추악하지 않아? 신을 만들어서 자신의 얼굴과 형상에 뒤집어씌우고, 그런 후에 자신들이 신의 형상이라고 극구 우기는 자체가 말이야."

"그렇다 할지라도 그것이 신의 형상이 없다는 것을 증명해 주지는 않잖아."

아이가 이렇게 부정할 때 대머리 가수는 혼자서 중얼대는 아이의 행동을 의심쩍은 듯이 노려본다. 사랑의 말은 계속되었다.

"신의 형상이 없다는 것은 아니야. 다만 너희들 세상에서는 신들의 모습이 형상화되지 않는다는 말이야. 자, 네가 나를 볼 수 있지만 저 대머리 가수는 나를 절대로 볼 수가 없잖아. 이것이 그 좋은 예라고 할 수 있어."

대머리 가수가 아이에게 말한다.

"오오, 주여! 전 우주를 주재하시는 절대자의 전령[44]이여. 당신의 위대한 힘은 하닷[45]의 우레보다도 거대하고 레[46]의 광명보다도 더 빛나고 쉬르[47]의 온유함보다도 더 부드럽고 리워야단[48]의 포악함보다도 더욱 힘차나이다. 오, 아이온이여! 데미우르고스[49]의 야훼[50]나 엘리힘[51]보다도 전에 오신 분이여. 위대한 주시여! 이 미천한 종의 목을 트여주셔서, 경수가 끊어진 사라[52]가 아들을 얻는 것과 같은 기적으로 이 종으로 하여금 놀라운 주의 은혜를 찬미케 하옵소서."

대머리 가수는 몸을 부들부들 떨면서 머리를 땅바닥에 부딪칠 정도로 수없이 조아렸다. 그것을 보고 사랑이 비웃는다.

"자, 저 꼴을 보라고. 추악한 늙음이 그의 신체를 하나하나 파먹고 있고, 태상노군[53]의 손길이 점점 그의 운명에 다가오고 있어. 그의 정기는 마치 발[54]이 지나간 판천의 들[55]

처럼 황량한 황사만을 남긴 채 뿜히고 있군. 저것이 신의 모습인가? 앰브로샤와 넥타[56]를 마시면서 불사를 추구하는 신의 모습이 저런 구차한 모습이냔 말이야."

사랑의 질문은 그대로 날카로운 흉기가 되어 아이의 폐부에 예리한 상처를 남기고는 사라졌다. 그 때문에 아이는 허덕대며 비틀거린다. 아직도 대머리 가수의 주억거림은 끊임없이 계속되지만 아이는 아무런 대답도 할 수가 없었다.

아이는 가도 가도 끝이 없는 사막 길을 걷고 있다. 세상은 온통 뭉그러진 혼돈의 끝같이 느껴졌고, 이런 혼돈의 세상에서는 살아있는 것이 아무것도 없을 것 같았다. 사랑이 아이의 옆에서 낄낄댔다.

"봐. 이것이 신의 의지로 만들어진 인간 본연의 세상이야."

아이는 대답하기가 귀찮아 그저 앞만 보고 걸었다. 사랑은 아이의 목덜미를 부여잡을 듯이 가까이 와서 계속 속삭인다.

"처음 흑암이 빛에 의해 깨어졌을 때, 빛은 전혀 새로운 것이 아니었어."

그때 아이는 사막의 아득한 끝에 무언가가 이글대는 것을 지그시 응시한다. 무엇인지 확실치는 않으나 무언가 엄청난 것이 회오리쳐 돌아가고 있다. 아이가 그것을 응시하자 사랑도 그쪽으로 눈길을 돌렸다.

"응? 저건 뭐지?"

아이는 대답 없이 발을 부지런히 그쪽으로 옮겼다. 무언가가 있을 것만 같은 느낌이 엄청난 기운으로 다가오고 있었다. 가까이 갈수록 그 이글대는 기운은 장엄하게 사막 전체를 누르고 있었고, 온몸을 압도당하는 기세에 아이는 후들후들 떨었다. 사랑도 놀라기는 마찬가지였다. 아마 사랑도 이런 것은 처음 보는지도 몰랐다. 이윽고 그 물체가 아이의 눈에 정확한 형상으로 나타나기 시작했다.

"아, 아니? 이건?"

아이는 너무나 놀라서 말을 잇지 못했다. 사랑도 마찬가지였다.

엄청나게 큰 사다리였다. 아래쪽 끝은 사막에 박혀 있었는데, 그 주위로 사막의 모래들이 윙윙거리며 돌아가며 거대한 소용돌이를 만들고 있었고, 위쪽 끝은 끝없는 하늘 위로 곧장 치솟아 있었다.

"도대체 뭐야?"

사랑이 떨리는 목소리로 중얼댔다. 하얀 사다리는 이상하게도 어떤 것에도 의지하지 않고 그대로 하늘로 뻗어 있다. 아이가 주춤 더 가까이 다가간다. 거대한 기둥 두 개가 하늘로 치솟아 있고, 그 중간, 중간에 디딤 나무를 댔으니 분명히 사다리는 사다리였다. 하지만 그 크기가 엄청났고 주위에 감도는 경외의 기운 때문에 아이는 감히 가까이 갈 수가 없었다. 하늘 높이 솟은 사다리의 꼭대기 부근에서는 이글이글 불덩어리가 금방이라도 폭발할 듯 빙빙 돌았고 아래쪽 땅끝에는 뭐든지 빨아들이려는 소용돌이가 기세 좋게 돌아가고, 그 소용돌이 속으로 사막의 모래와 흙들이 송두리째 빨려 들어가고 있었다. 무엇이든지 가까이 있는 것은 모조리 빨려 들어가는 엄청난 소용돌이였다. 하지만 사다리 자체는 때 묻지 않은 순수한 하얀색이었고 사다리 주위로 영묘한 기운이 감돌아 아주 기묘한 느낌을 주었다.

"이그드라실[57]일 거야."

사랑이 자신 없는 말투로 중얼댄다. 아이가 부정한다.

"아니야. 저것은 부상[58]이야."

"천만에 이그드라실이 맞아. 잘 보라구. 이미루[59]의 피가 그 아래로 흥건히 적셔 들고 있잖아. 귀를 기울여 봐. 아직도 자신의 외손자[60]들에게 당한 그 피 끓는 고통의 절규가 들리잖아. 아, 저 불타오르는 목마름. 저 애끊는 절규. 인간의 잔악함에 흐르고 있는 신의 음모를 보라구. 친족살해의 의식[61]을 핏속 깊숙이 심어 놓은 그들의 음모를 말이야."

아이가 강하게 부정했다.

"그건 아니야. 잘 봐. 저 사다리의 중간을 잘 보란 말이야. 영묘한 기운이 넘치고 있잖아. 저것은 9개의 해[62]가 쉬고 있는 빛이야. 그 동그란 공동안에서 평화스럽게 잠자고 있잖아."

그러나 아이의 고집에도 불구하고 사랑의 탄식은 계속되

었다.

“인간의 핏속에 심어 놓은 그들의 음모는 사나운 들불처럼 근처의 모든 것을 태우리니, 아, 아브라함의 이삭이요, 다윗의 압살롬이여, 불쌍한 입다의 어린 딸이여!”

“그만, 그만 해. 저 하늘 위를 봐. 전욱과 공공이 싸울 때 갈기갈기 찢긴 하늘을 저렇게 오묘하게 꿰매 놓지 않았어?[63] 부상의 기둥으로 그 기울어진 하늘을 지탱하고 있는 거야.”

사랑의 잔인한 미소가 이렇게 말하는 아이의 가슴을 섬뜩하게 만들었다.

“착각하지 말라고. 저것은 이 미드가르드[64]의 인간을 없애려는 신들의 위대한 음모일 뿐이야. 아, 불쌍한 아트라하시스[65]여. 신들의 희롱에 철저히 농락당하는구나.”

그때 무슨 말소린가가 사다리 위에서 들려왔는데 사랑이나 아이 모두 그것이 무슨 말인지 이해할 수 없는 괴상한 말이었다.

“뭐야? 뭐라고 하는 거야?”

사랑이 아이에게 물었지만, 아이도 그 말을 이해할 수 없었기에 그대로 잠자코 있었다. 말소리는 계속 이어졌는데, 처음에는 한 음성이었다가 점점 여러 음성으로 변해갔고, 말이 뒤엉키고 음성이 뒤죽박죽 혼란스럽기 짝이 없었다. 사랑이 그것을 듣다가 비로소 무언가를 알았다는 듯이 탄성을 지른다.

"아하, 이게 바벨[66]이구나."

사다리 위에서는 끊임없이 의미 없는 말들이 마구 뒤엉키어 말소리로 가득 찰 뿐이었다.

## 3

말이라 함은 노래나 대화 또는 중얼거림 등이 다 포함되는 것이다. 그러나 사다리 위에서 들려오는 말소리는 분명히 말인데도 의미가 통하지 않는 말들이 엉켜서 난무하고 있었다.

"오, 바벨이여! 신들에 대한 도전이여. 완성되지 못한 아쉬움이여! 너의 상부는 높디높은 라키아[67]에 닿았고 신들의 소리를 혼란시켰도다. 신들은 너의 소리에 당황하여 인류의 심장에 칼을 꽂았도다.[68] 그러나 바벨이여. 극심한 혼란이여. 신들은 마침내 우트나피시팀[69]을 볼모로 잡아 인간의 제물을 흠향하였도다. 아, 불행한 인간들이여. 차라리 방주를 타지 말 것을. 반항의 몸짓으로 타협과 음모에 강력히 거부할 것을. 아, 차라리 에아[70]의 숨결에 기꺼이 목숨을 내놓을 것을. 니씨르[71]에 도달한 것이 인류의 죄였더라. 참을 수 없는 생명에의 몸부림이여. 바벨이여, 바벨이여!"

사랑의 찬미는 마치 옛 바벨의 환영을 그대로 보는 듯한 어조로 계속되었지만, 아이는 사랑의 그 같은 말에 귀를 기울이지 않았다. 사랑의 찬미는 언어의 혼란 중에서도 계속되었는데, 그 시끄러움을 뚫고서 의미 있는 말이 아이의 귀에 정확하게 들려왔다.

"태초에 말이 있었느니라."

아이가 그 말을 듣고는 너무나 놀라서 눈을 휘둥그레 떴다.

"들었어?"

아이가 사랑에게 물었지만 사랑은 아직도 자신의 찬미에 취해 정신없이 노래를 부른다.

"들었냐고?"

아이가 좀 더 강하게 말하자 사랑이 흠칫한다.

"뭐? 뭐라고?"

"말소리가 들렸어."

"말소리는 지금도 들리고 있잖아."

"그런 말이 아니고, 의미가 통하는 말이야."

"의미? 무슨 의미? 말은 그 자체가 의미야."

"분명히 들었단 말이야. '태초에 말이 있었느니라'라고 누군가가 그랬다고."

사랑이 그 말을 듣고 인상을 찌푸린다.

"아직도 그 '태초에' 타령이로군. 태초에 말씀이 있었고, 그 말씀이 이 세상을 창조했다는 헛소리."

아이가 아주 강하게 부인했다.

"말씀이 아니라 '말'이라고 했다고."

"아하! 좋았어. 이제야 조금 나아졌군. 신의 '말씀'이 아니라 '말'이라고?"

그때 다시 그 말이 사다리의 아득한 위쪽에서 들려왔다.

"태초에 말이 있었느니라."

"저것 봐. 들었지?"

아이가 소리쳤지만 사랑이 어물댄다.

"무슨 말? 나는 못 들었는데."

아이가 답답하다는 듯이 소리친다.

"그렇게 또렷하게 들렸는데 못 들었다니 말이 돼?"

하지만 말이란 같은 인식을 가져야만 똑같은 의미로 되는 것이다. 신이나 종교와도 같이. 사랑이 고개를 갸웃되며 계속 그 말을 들으려고 노력한다.

"네가 들었을 지라도 내가 못들은 것은 너에게는 의미가 되지만 내게는 의미가 되지 않기 때문이야. 어떨 때 그것은 환청에 가까운 것이라고."

"환청? 웃기지 마. 저것을 보라고."

아이는 사다리 위를 손가락으로 가리키는데 그의 손이나 몸이 무척이나 떨고 있었다. 그것은 대단한 공포심 때문에 그러는 것이다. 아니면 경외심이든지.

사다리에서 무언가가 강력한 기운을 드리우며 내려오고 있다. 그리고 그것 안에서 밖으로 일련의 말 무더기가 끊임없이 튀어 나왔다. 그것은 이제 사랑에게도 정확한 의미가 되어 전달되고 있었다.

"태초에 말이 있었으니, 그 말은 이 세상 모든 것을 창조했느니라."

아이가 그를 보고 부들부들 떨며 물었다.

"당신은 누구요? 이 세상을 주관하시는 조물준가요?"

그가 아주 은은하게 말했다.

"나는 '말'이야. 어떤 사람들은 나를 '의미'라고도 하고 어떤 사람들은 나를 '시'라고도 하지."

"오, 시(詩)여! 크바시르의 피[72]여! 위대한 평화의 약속[73]이여! 그대는 오르페우스[74]의 음악보다도 아름답고 라멕[75]의 노래보다도 오래되었도다."

"잠깐, 잠깐…."

사랑의 찬미가 시작되자 말이 듣기 싫다는 듯이 찬미를 잘라 버린다.

"이해할지 모르겠지만, 나는 네가 생각하는 '있는 말'이 아니라, '있던 말'일세."

아이와 사랑은 둘 다 그 의미를 알 수 없어 어리둥절해 한다.

"있는 말은 다 의미가 있지만, 있던 말은 아무런 의미가 없는 거야. 나는 의미가 생기기 이전의 말이지. 세 걸음[76]밖에 안 되는 세상에서 나를 찾아낸 것은 거룩한 비슈누[77]의 농간이었지. 브라히만[78]의 창조, 비슈누의 유지, 시바의 파괴로 세상을 세 등분하자 바로 세상이 시작되었거든.

으하하하. 세상은 내가 창조한 것이 아니라, '있는 말'이 창조한 거야. 즉 의미 있는 말이 창조한 거지. 태초에 그놈은 의미를 가지고 '무엇이 있으라'고 하면서 설치고 돌아다닌 거야. 없어도 될 것을 말이야. 그러니 '있으라'라는 말에 따라 의미가 생기고 그 의미에 따라 사물이 생겨났던 거야."

"그러면 우리들은 뭐지요?"

아이가 간절하게 물었다.

"너희들? 인류? 이 세상이 뭐라고 생각해?"

아이는 오히려 되묻는 말의 질문에 당황한다.

"인류의 삶, 삶터라고 생각되는데요."

자신이 없는 대답에 바로 말의 비웃음이 뒤따른다.

"크하하하, 우습군. 인류의 삶터라?"

아이가 그의 비웃음에 그만 쥐구멍이라도 들어가고 싶은 심정이 되었다.

"인류는 말도 아니고 행동에 의해 나타난 부가물일 뿐이야."

그 말이 마치 무지막지한 흉기인 것처럼 아이의 가슴을 쑤셔댔다. 사랑이 그 말을 듣고 의기양양하다는 듯이 끼득끼득 웃어댔다.

"인류란 대일여래[79]란 놈의 품 안에서 노니는 미치광이들이야. 아무것도 본 것도 없고, 아무것도 알지 못하면서 모든 것을 본 양, 또 모든 것을 아는 양, 마구 태초의 신들을 자신들의 의향에 맞게끔 지어냈지. 메소포타미아 놈들은 메소포타미아의 신들을, 이집트 놈들은 이집트의 신들을, 가나안 놈들은 가나안의 신들을, 유태인 놈들은 유태인의 신들을, 인도 놈들은 인도의 신들을, 중국 놈들은 중국의 신들을, 한국 놈들은 한국의 신들을 만들어냈던 거야. 그래서 태초의 신은 인간의 자만에 의해 갈기갈기 찢겨져 각자의 이름을 갖게 되었어. 아몬, 레, 벨, 이시스, 레쉬프, 오딘, 비슈누, 데미우르고스, 야웨, 바알, 아이온, 알라, 마르둑, 여와, 공공, 태상노군, 칠성님 등등, 끌끌… 이 모든 신들이 하나의 신을 여러 인간들이 찢어발긴 결과라면 어떻게 생각해? 그래. 인류란 미치광이들이지. 있지도 않은 혼돈[80]을 만들어 그 안에서 빛을 끌어냈던 미치광이들이라니까."

말의 이 같은 비웃음을 기회로 사랑이 재빨리 아이를 궁지에 몰아넣으려고 질문을 한다.

"그렇다면 티아마트와 마르둑의 싸움[81]은 뭐지요? 오딘과 이미루의 전쟁[82]은요? 반고의 죽음[83]은요?"

"클클클. 인간들은 신을 만든 다음에 자신들을 기꺼이 그들의 노예로 만들었지. 실제로 있는 신들과 인간이 만들어낸 신들과는 현격한 차이가 있어. 말하자면 신들은 '스스로 존재하는 자들'이나 인간의 신들은 '스스로 행동하는 자들'이지."

"무슨 차이가 있지요? 그 둘 사이에는?"

아이가 이번에는 지푸라기라도 잡는 심정으로 간절히 묻

는다.

"분명한 차이가 있지. 스스로 존재하는 자는 '존재 외에는 가치가 없는 자들'이야. 하지만 스스로 행동하는 자들은 일단 행동이 시작되었기에 그 행동에 따라 책임과 유희를 동시에 느끼지. 하지만 그 행동은 진리적이 아니라 작위적이야."

사랑이 다시 물었다.

"말하자면 인류의 탄생은 진리가 아니라 우연이란 말씀이지요?"

말이 계속되었다.

"아니, 아니. 그보다 좀 더 심하지. 인류의 탄생은 우연이 아니라 유희였어. 진흙으로 인간을 빗어내 코에 생기를 불어 넣었다[84]든지, 진흙을 7일 동안 다듬어 인간을 만들었다[85]든지, 또는 두 개의 나무토막으로 인간을 만들었다[86]든지 하는 행동들은 모두가 유희의 일종이지. 잘 생각해봐. 인간도 유희로서 인간들을 만들고 있잖아.[87]"

그 말에 사랑도 같이 낄낄댔다.

"맞아요. 인간들은 자신들의 유희 행위를 정당화하기 위해 나를 이용한 것과 다를 바가 없지요."

낄낄대는 사랑을 보고 말이 비아냥댄다.

"그런 식으로 말하지 마. 너도 그 유희의 일종이니까."

말의 그 말에 사랑이 갑자기 웃음을 그친다. 사랑의 가슴이 말의 말 때문에 서늘해져 버렸다. 사랑이 짐짓 엄숙하게 말했다.

"아니오. 나는 그들과 한 패거리가 아니란 말이오."

하지만 말의 말은 단호했다.

"쯧쯧쯧, 잘 생각해 봐. 인류가 아니면 네가 존재했을 것 같아? 물론 동물들도 행위를 하지. 그러나 그들의 행위는 의무이고 인류의 행위는 유희란 말이야."

사랑의 가슴에 불이 붙는다. 말에 대한 격렬한 분노가 사랑의 가슴에 이글댔다.

"천만에 말씀. 나는 유희 따위와 같은 존재가 아니야."

사랑은 너무나 분노해서 온몸을 비틀거리기까지 한다. 그러나 말은 잔인했다.

"인간이 없으면 사랑이 없는데, 그 인간들이 유희에 의해 태어났으니, 어찌 사랑이 유희의 일종이 아니리요."

말은 사뭇 사랑을 비웃으며 조롱한다. 사랑이 정신을 차리지 못하고 격렬한 분노로 온 몸을 부들부들 떨고 있을 때 아이가 조심스럽게 물었다.

"그렇다면, 인간이 유희에 의해 태어났다면, 아니, 인간이 만들어낸 신들에 의해 만들어졌다면, 도대체 스스로 존재하는 신이란 무엇이란 말입니까?"

"흐흐흐. 네가 알고 싶은 건 그것이 아니라, 신과 인간과의 관계를 알고 싶은 게지?"

"..."

"존재의 신과 행위의 신은 똑같은 의미의 다른 말이야.

하지만 인간의 입장에서는 전혀 다른 신을 말하는 거지. 존재의 신은 그대로 존재하는 거야. 인간이 있다 없다 주장하건, 또는 인간의 형상이다 아니다 라고 극구 떠들건 말이야. 하지만 행위의 신은 인간의 의지에 의해 존재의 신으로부터 인간이 조작한 신이지."

그때 갑자기 사랑이 더 이상 견디지 못하고 공격을 퍼부었다.

"당신. 말이라고 했지? 그건 이미 그노시스[88]에서 주장한 말이 아닌가? 흐흐흐."

사랑의 말에는 자조적인 색채가 줄줄 흐르고 있었다. 말이 공박한다.

"끌끌끌, 자네도 제법 조금은 아는군. 하지만 말이야. 신은 인간의 의지로 움직여 가는 거야. 인간이 신의 의지로 움직이는 것이 절대로 아니라고."

말은 천연덕스럽게 자신의 말을 이어나간다.

"존재의 신은 인간의 의지에 의해 만들어진 행위의 신들이 이제는 인간들을 지배하고 있다는 사실을 잘 알고 있거든. 하지만 그것은 인간들이 원했던 그들의 희망이었어. 정말로 인간이 신과 닮았다는 것을 알아보려면 행위의 신을 죽여야만 해."

"당신도 또한 그 행위의 신에서 나온 자가 아니던가?"

사랑이 비굴한 웃음을 흘리며 빈정댔다.

"그래. 나도 그 행위의 신에 의해 천지창조의 주역이 되었지. 하지만 나는 바벨의 시간에 인간에 의해 잡혀 먹혔어. 이제 나는 이 세상에 존재하지 않아. 그 수없이 많은 언어들의 난무 속에 나는 그대로 이 세상에서 사라져 버렸지. 잘 보라고. 저 하얀 사다리를. 인류가 만든 최악의 눈속임을."

그때 그 위에서 혼란스러운 말소리가 마구마구 짓뭉개져 나오고 있었다. 바벨탑, 십자가, 천국의 다리, 구원의 문, 도통, 성불, 해탈, 목사. 피안. 옥황상제….

# 신 천지창조(The New Genesis)

## 1. 복상사(腹上死)

상당히 기묘한 분위기의 여자였다. 뭐랄까, 좀 심하게 말하면 백치에 가까워 보이는 것 같기도 하면서 순수하게 보이는 여자였다. 그녀에게 느껴지는 감정은 외모에서부터 오는 것이었다. 그녀는 거의 완벽에 가까운 아름다움이라는 말로밖에 표현할 수 없는 미모를 갖고 있었다. 검은 생머리가 허리까지 닿아 출렁였고, 깔끔한 이마 아래 오똑한 코가 우아했다. 하얀 피부와 대비되는 그녀의 검은 눈동자는 그야말로 그녀의 얼굴 가운데 백미였다. 긴 속눈썹 아래 반짝이는 두 눈동자에는 금방이라도 수정 같은 눈물이 굴러떨어질 것처럼 애잔한 우수에 매끈한 턱선이 퍽 아름답다.

그녀에게 추잡스럽게 보이지 않을까 주의하면서도 그는 여자의 몸매를 넌지시 살폈다. 봉긋한 가슴과 그 아래로 완만하게 내려간 허리선, 그 허리선에서 균형 잡힌 돌출곡선이 그녀의 풍만한 하체를 이루고 있었다. 슈퍼 모델처럼 잘빠진 몸매였다.

"한 잔 더 드릴까요?"

바텐더의 말에 무영은 번쩍 정신을 차리면서 얼굴을 붉힌다. 어느새 자신의 술잔이 바닥을 보이고 있었다.

"아, 아니. 그만하겠어."

무영은 손을 내저었다. 벌써 머리에 연기가 차오르듯 얼근한 취기가 오르고 있기 때문이다. 무영이 계산하려고 하는데 그때 신기한 일이 벌어졌다. 여자가 무영에게 미소를 지으며 다가오고 있었다. 무영은 손을 안주머니에 찔러넣은 채 그녀의 미소를 바라본다. 마치 혼이라도 나갈 것 같은 느낌이었다. 무영은 그녀의 미소가 심상치 않다는 걸 감지했다. 단순히 보내는 미소가 아닌 어떤 의미를 띠고 있는 미소였다.

"에바에요."

여자는 무영을 쳐다보면서 이렇게 말했고, 그녀의 섬세하고도 정교해 보이는 손에는 지폐가 몇 장 들려 있었다. 에바는 무영 대신으로 무영의 술값을 지불했고, 무영은 그녀가 말한 '에바'라는 것이 무엇을 의미하는지 몰라 어리둥절했다.

"에바라니까요, 내 이름 말이에요."

그제야 무영은 그녀의 이름이 에바라는 사실을 깨닫는다.

"나가요, 우리."

여자의 말은 너무나 정겨워서 오히려 생경하게 들렸다.

그녀는 처음 보는 사람을 마치 오래 사귀어온 애인처럼 달콤한 밀어를 속삭이었다. 무영은 그녀의 행동에 어쩔 줄 몰라 하는데 에바가 가만히 팔을 끼었다. 우영은 한순간 정신이 아찔했다.

같은 곳에서 술을 마셨다는 이유로 친숙하게 다가오는 여자는 없을 것 같았다. 여자는 마치 가을 나뭇잎을 닮은 것 같다. 그저 보기만 해도 눈물이 날 것 같은, 그렇다고 외면할 수도 없는 가을 낙엽. 무영은 어깨를, 그녀를 가만히 감싸본다. 생전 처음 보는 남자에게 이렇게 스스럼없이 안기는 여자는 분명히 직업적인 이유 이외에는 없을 것이었다. 그러나 무영은 여자의 어떤 분위기에서도 직업적인 분위기를 전혀 느낄 수 없었다. 더욱이 여자는 술집에서 무영의 술값까지 지불하지 않았는가.

이상한 것은 한둘이 아니었다. 여자는 결코 말을 아끼지 않는 듯했지만, 실제로는 거의 한두 마디의 말뿐이었다. 물론 그녀는 벙어리이거나 백치는 아니었다. 그녀는 분명히 자기 이름이 에바라고 했지 않은가. 바람에 흩날리며 어지럽게 허공을 날아다니는 낙엽처럼 머릿속은 어지러웠다. 멀리 산기슭에 속절없는 가을에 무너져가는 낡은 산장이 비틀거리며 서 있었다. 무영은 마치 계획적인 바람둥이처럼 여자를 그쪽으로 이끌었다. 아니 어쩌면 여자가 바라는 것을 무영이 충실히 이행하는 것 같기도 했다.

여자의 육체는 농염하게 무르익었고, 무영은 이제 아무

런 생각 없이 쾌락에 몸을 맡겨 버렸다. 여자는 오로지 그 행위를 위해 모든 것을 다 바칠 듯이 남자를 흡수했고, 무영은 자신의 몸이 모두 빠져나가는 착각을 일으키면서 깊은 나락으로 하염없이 떨어지는 느낌에 그만 눈을 감아 버린다.

암흑이다. 모든 것은 치렁치렁한 검은 색에 자유를 잃고 몽땅 자취를 감추었고, 손을 들어봐도 아무것도 잡히지 않았으며, 눈을 떴어도 눈을 감은 것과 다를 바 없는 그저 캄캄한 암흑이었다. 암흑은 본능적으로 인간에게 두 가지 느낌을 가져다준다. 하나는 두려움이고 다른 하나는 안돈이라는 것이다. 두려움과 안돈. 이 두 감정은 전혀 별개의 것일 뿐 아니라 유사 개념이 아니라 오히려 반대되는 개념이다. 그런데 왜 암흑 속에서 인간은 이 두 가지 사실을 동시적으로 느끼는 것일까?

뭔가 반짝였다. 억겁의 세월에서 잘못된 윤회의 시작처럼. 잘못된 윤회의 시작은 맹렬한 속도로 온갖 암흑을 잡아먹고 있었다. 무영은 그 빛의 정 한가운데에서 무언가 움직이는 것을 본다. 그리고는 무영을 가둔 암흑이 점점 빛 속으로 빨려듦에 따라 무영도 또한 그 움직이는 것에 무작정 끌려가고 있다. 으흑! 무영은 그 움찔대는 것이 무엇인가 알 수 있을 정도로 가깝게 온 다음에 숨을 멈추었다. 태아였다. 아직도 인간이 되지 않은 빨간 핏덩이, 특히 그 몸안에 장기와 실핏줄이 환히 들여다보이는 그런 핑크빛 살덩이였다. 무영은 도대체 왜 자신이 속절없이 그 빛으로 끌려 들어가야만 하는 이유를 알 수가 없었다. 그러나 그 빛은 엄청난 속도로 주의의 암흑을 끌어들였고, 무영은 그 거센 기운을 견디지 못하고 목청이 터지라고 비명을 질렀다.

으아악!

무영이 비명을 지르며 눈을 뜨자 찬란한 아침 햇빛이 창문으로 무지막지하게 쏟아져 들어온다. 그 햇살은 마치 무영이 꿈속에서 보았던 모든 것을 빨아들이는 빛과 같다는 생각이 들어, 꼼짝도 못 하고 그대로 잠시 누워있어야 했다. 햇살은 모든 것을 잡아먹으려는 듯 방안에 가득 찼고 무영은 빛에 갇힌 야행성 박쥐처럼 퍼덕거릴 수밖에 없었다.

으헉!

무영이 온몸을 칼로 저미는 듯한 고통을 참지 못해 윗몸을 허럭 일으키니 그렇게도 조여오던 빛의 울타리가 퍽하고 깨져 버린다. 그의 온몸에서 식은땀이 비 오듯 쏟아져 내렸다.

무영이 먼저 찾은 것은 그 여자였다. 자신을 '에바'라고 소개했던 미모의 여자. 그리고 그 쾌락의 밤을 함께 지냈던 여자. 그러나 여자는 무영의 옆에 없었다. 무영은 지독한 쾌락에 빠져 정신을 잃고 속옷조차도 입지 않고 잠에 빠져들었다는 사실을 어렴풋이 기억하고는 헉헉댄다. 이게 무슨 일이던가. 여태껏 그가 쾌락으로 정신을 잃은 적은 없었다. 무영은 무슨 생각이 들었는지 후다닥 자리에서 일어났다. 온갖 어지럼증이 무차별적으로 무영에게 달려들었고 무영은 비틀대면서도 벽에 걸려있는 옷가지로 허겁지겁 다가가 주머니를 뒤진다. 그대로 있었다. 지갑도 신분증도 또한 신용 카드까지도 모두 고스란히 주머니에 들어있었다. 무영은 자신이 정말로 어처구니없는 추측을 했다고 생각하고는, 행여 그녀가 화장실에라도 갔다가 돌아와서 자신이 이렇게 주머니를 뒤지는 꼴을 보면 어쩔 것인가 하는 생각에, 얼굴이 뜨거워져 그저 애꿎은 담배만 꺼냈다.

담뱃불이 까무룩 필터 위에서 사라지는 동안에도 여자는 나타나지 않았고, 무영은 무언가 잘못되었다는 막연한 느낌에 고개를 저어본다. 그러나 아무것도 잘못되지 않았다는 사실이 이상했다. 잠시 후에 무영은 그럴 수도 있다는 생각을 해본다. 남자 못지않게 여자도 성욕을 주체하지 못할 때가 있으리라. 그런 여자가 무영과 함께 하룻밤의 쾌락을 불살랐을 것이다. 무영은 무언가 잃어버린 것 같은 허전함을 느끼며 천천히 자리에서 일어섰다. 웃옷을 걸치는데 어깻죽지 아래가 조금 쓰라렸고 무영은 씁쓸한 미소를 지어 본다. 아마 여자가 흥분에 못 견디어 자신의 등을 손톱으로 심하게 긁었을 터인데도 무영도 흥분에 취해 아픔을 느끼지도 못했던 것이리라. 무영은 천천히 에바라는 여자의 얼굴을 머릿속에 떠올리며 산장을 나섰다. 바람이 그의 얼굴로 쏟아져 들어왔다.

자꾸만 긁힌 등이 아릿아릿 쓰라렸지만 그래도 하룻밤의

추억이 남은 상처이기에 무영은 그것을 오히려 아프게 여기지 않았다. 하룻밤의 추억은 이제 잊어야 할 것이다. 이제는 생활로 돌아가야 하니 말이다.

어떻게든 강사 자리라도 하나 얻어야만 했다. 이미 아무것도 안 한 지 1년이 넘었기에 생활비가 거의 바닥이 날 지경이었다. 그러나 강사 자리는 아무에게나 주어지는 것은 아니었다. 인맥과 금전, 그리고 어느 정도의 아부 근성이 있어야지만 했다. 특히 무영이 학위를 받은 문학 쪽은 강사 자리가 귀했기에 강사 자리 하나를 얻는 것은 거의 하늘의 별 따기와도 같았다. 지금은 컴퓨터나 전문적인 학문이 아니면 거의 강의가 소강상태와 같았으니 무영의 학위는 있으나 마나 한 것일 뿐이다.

'빌어먹을. 이래서야 인간들이 모두 기계처럼 되어버리지 않겠어?'

무영은 이렇게 입안으로 웅얼대며 침을 아무 데나 퇴 하고 뱉어 버렸다. 아무래도 지금 사회에서는 심성보다는 기계성을 가진 인간을 더 필요로 하고 있는 것 같기에 마음이 불편했다.

아무것도 안 하고 빈둥대다가 너무도 무료해서 주간지를 잡았는데 흥미로운 기사가 눈에 들어왔다. 주간지의 특성인 선정적 기사 중의 하나일 것이란 생각을 하고 그 제목을 눈여겨본다.

'복상사(腹上死).'

무영은 그 제목을 보고서 큭큭 웃어버렸다. 바로 며칠 전 자신이 그 에바라는 여인과의 정사에서 당할 뻔했던 것이 이것 아닌가 하는 생각이 들었기 때문이다. 극도의 쾌감 때문에 그대로 숨이 멈추는 그 아찔함. 무영은 멍하니 에바와의 정사 장면을 연상했다. 그리고는 정신을 차리려는 듯이 헛기침을 몇 번 캑캑하며 주간지를 덮으려다가 무언가 그의 눈동자를 강하게 엄습하는 통에 그는 다시 주간지를 뚫어지라고 노려본다. 응? 무영의 눈이 마치 믿기지 않는 것을 본 양 크게 떠진다. '복상사'라는 제하의 기사 아래 실린 사진을 그는 눈을 가늘게 뜨고 살펴본다.

복상사를 당한 사람의 사진이 그리 자세하게는 나와 있지 않았지만 비교적 또렷하게 등 뒤를 보여주고 있다. 아마도 복상사이기에 등 쪽을 찍었을 것이다. 그런데 그 사람의 등에 찍혀진 세 줄기의 상처 자국. 그것이 무영의 눈을 자극했던 것이다. 무영은 자신도 모르게 자기 등으로 손을 뻗었다. 아직도 약간은 딱지가 앉아 있는 세 줄기의 상처. 그것은 에바와의 정사 때 생긴 것이다. 그런데 어째서 사진의 상처와 자신의 상처가 그리도 닮았는가. 무영의 기분이 상당히 야릇해지고 있었다. 이상하게도 그 복상사를 당해 죽어 넘어진 사람의 사진과 자신이 느꼈던 그 아찔할 만큼의 쾌락과 죽음의 문턱이 어떤 상당한 연관 관계가 있는 것처럼 느껴졌기 때문이었다. 무영은 잠시 곰곰 생각하다가 주간지에 나와 있는 전화번호로 전화를 걸었다. 짧은 신호음과 함께 여자의 목소리가 간들거리며 들려왔다.

"예, 주간 '예진'입니다."

무영은 간단히 용건만 이야기한 다음에 담당 기자를 만나고 싶다고 했다. 만남은 아주 쉽고 간단히 이루어졌다.

담당 기자는 무영의 생각 밖으로 아주 앳되어 보이는 여기자였다. 약간은 도발적인 몸매가 얼굴을 붉히게 만들 정도의 여기자. 두세 군데 갈색으로 물들인 머리가 그리 보기 싫지 않았다. 기자는 자신을 당돌할 정도로 당당하게 소개했다.

"유하림입니다."

말소리에 힘이 들어가 있다. 무영은 어쩐지 주눅이 들 것 같은 느낌이었다.

"김무영입니다. 요번에 유 기자님이 쓰신 칼럼에 의문사항이 조금 있어서 이렇게 찾아왔습니다."

무영은 일부러 '칼럼'이라는 소리를 강조해서 강하게 발음했다. 하지만 하림이 반박했다.

"칼럼이라니요? 그것은 기사입니다."

칼럼이라고 강조해 말했던 무영은 '기고'를 '기사'라고 말하는 하림에게 살짝 웃어 보였지만 그것이 하림의 기분을 상당히 불쾌하게 만든 것 같았다. 하림의 인상이 순간적으로 찌푸려졌기 때문이었다. 하긴 칼럼은 자신의 의견이고, 기사는 사실을 그대로 쓴 것이기에 양자 간의 차이점이 있기도 했다.

"알고 싶으신 게 뭐지요?"

하림의 톤 높은 소리가 무영을 당황하게 만들었고, 무영이 그것을 감추려는 듯이 헛기침을 하며 묻는다.

"험, 음 아 저…."

무영의 쩔쩔매는 꼴이 우스웠던 모양인지 하림이 킬킬거렸다.

"그 사진 말입니다. 그 기사에 나와 있던…."

"그런데요?"

"그걸 누가 찍은 건가 알고 싶어서요."

하림이 갑자기 푸 하하 웃어버렸다. 무영이 그녀가 웃는 이유를 몰라서 그저 어리둥절하게 그녀를 바라만 보고 있었고 한참을 죽어라고 웃던 하림이 숨을 간신히 꺽꺽 추슬렀다.

"선생님은 참 우스운 사람이군요. 겨우 그런 것을 물으려고… 크크크…"

하림의 웃음은 조금 더 계속되었다. 하긴 기자들에게 하는 독자들이나 또는 어떤 기관에서 질문은 냉소적이거나 비판적 또는 취조적이기에, 기자들은 이런 만남이 있을 때는 은근히 긴장하게 마련이었는데 얼토당토않은 질문을 하니 긴장이 풀리기도 했으리라.

하림은 의외로 순순히 사진을 보여주었다. 무영은 희미하게 찍힌 흑백사진을 뚫어지게 응시한다. 정확하게 왼쪽 등에 세 줄기의 할퀸 상처가 나 있었다. 만일 우연히 이런 사건이 일어났다면 상처는 아무 곳에나 존재해야만 했다. 그리고 그 상처도 두 줄기일 수도 있고 네 줄기일 수도 있는데 하필이면 똑같은 장소에 똑같이 세 줄기인 것이 상당히 이상했다. 그렇다면 이 남자는 에바라는 여자와의 정사에서 당했단 말인가?

"뭘 그리 깊이 생각하세요?"

"응?"

하림의 질문에 무영은 얼른 현실 세계로 돌아왔다. 그는 조심스럽게 하림에게 사진을 가리키며 묻는다.

"혹시 이 남자의 등에 난 상처가 무엇 때문에 생긴 것인지…."

이렇게 말하면서도 무영은 혹시 이런 말이 하림에게 어떻게 들릴지 몰라서 말꼬리를 흐린다. 자칫 잘못하면 자신이 변태성욕자인 것처럼 오해를 받을까 두려워서였다. 그런데 그 말을 듣는 하림의 눈이 유난히 반짝인다.

"그게 어떤 의미가 있나요?"

하림의 말소리에는 약간의 긴장감도 배어 있었다. 무영은 순간적으로 하림이 그것에 대해 알고 있다는 사실을 감지했다.

"선생님, 잠깐만요. 가져올 게 있어요."

하림이 자리를 떴고 잠시 후에 나타난 하림의 손에는 두툼한 봉투가 들려 있었다. 봉투 안에서 나온 사진을 보고서 무영은 깜짝 놀랄 수밖에 없었다. 봉투 안에서 나온 사진들은 모두가 복상사를 당한 사람들의 등을 찍어 놓은 것이다. 그 사진 중에 전부는 아니지만, 상당히 많은 사람이 등에 똑같은 상처가 나 있었다. 그는 너무나 놀라서 숨이 막힐 지경이었다.

"어, 어떻게, 이, 이런 일이…."

무영은 차마 말을 끝맺지 못하는데 하림이 무엇을 알려는지 무영을 뚫어지게 노려보았다.

"저도 이 사실에 대해 의문이 들었었어요. 하지만 복상사 자체가 사인(死因)이니 어떤 범죄의 냄새도 맡을 수 없는 것이 당연한 일이죠."

하림은 그렇게 말은 했지만 그녀의 말속에는 그것이 일종의 연관된 범죄가 아닐까 하는 진한 의구심을 나타내고 있었다. 하지만 수사기관이나 경찰과는 하등의 관계도 없는 것이 이 복상사였다. 또한 하림이 조사한 바로는 똑같은 시간에 아주 멀리 떨어진 장소에서도 동시에 피해자가 발생한 적도 있다고 하니, 복상사와 세 줄기의 상처만 가지고는 어떤 범죄의 연관 관계를 도출해 내기란 불가능할 것이다. 무영은 담배를 한 개비 꺼내 입에 물었다. 분명히 뭔가가 연관이 있는 것 같지만 도무지 종잡을 수 없는 일이다.

"선생님은 어째서 이런 상처에 대해 관심이 있었죠?"

하림의 질문이 기어코 무영에게 던져졌다. 무영은 담배 연기를 길게 내뿜으며 대답 대신 짤막한 말 한마디만을 던졌다.

"유 기자, 특종 한번 안하시려오?"

특종. 그것은 어떤 기자라도 꿈에서 그리던 것이 아니겠는가. 하림이 관심을 보였고 무영은 그녀에게 어떤 문제를 제기하고 있었다. 무영은 한참 후에 신문사를 나오면서 이 일을 한번 풀어보고픈 생각이 불쑥 들었다. 어차피 재미없는 생활이었기에 이런 일에 뛰어드는 것도 나쁘지는 않겠다는 생각이었다.

## 2. 우연적 필연

송창섭 박사는 껄껄대면서 자신의 앞에 놓인 잔을 스스럼없이 입안으로 털어 넣는다. 무영은 고개를 젖히는 그의 목젖이 유난히 크게 보인다는 생각을 하면서 자신도 한 잔을 마셨다.

"그러니까 복상사에도 어떤 유형이 있다는 겐가?"

무영은 술잔을 내려놓으며 송 박사가 던지는 질문에 귀를 기울였다. 송 박사는 잔에다 술을 채우면서 다시 껄껄댔다.

"아니, 내 질문은 말일세, 복상사에도 유전적 요소가 있냐는 것일세."

무영은 술병을 송 박사의 손에서 받아 그의 잔에 술을 따르면서 다시 물었다.

"김 박사, 내 재미있는 이야기 하나 해줄까?"

송 박사는 일부러라도 무영을 김 박사라고 불렀다. 하긴 문학박사도 박사긴 박사기에 이렇게 부르는 거지만, 송 박사는 은근히 그 말에 이공계를 저버린 무영에 대한 비판도 담고 있는 터였다. 그것을 아는 무영이지만 그래도 그가 자신을 부르는 호칭을 바꾸라고 호통을 칠 수는 없는 사이이기에 그저 묵과하고 있는 것이다.

"성욕 말일세. 인간들은 그것을 감정이라고 생각하지? 자네도 그것을 감정이라고 생각하지 않는가?"

무영은 그의 말을 들으며 다시 자신의 잔을 든다. 갈색의 액체가 뭉실 감정을 유혹하는 듯했다.

"정확히 말해서 성욕은 감정이 아니라 어떤 효소, 즉 호르몬의 작용이란 말이야."

무영은 잔을 들어 갈색의 유혹을 입안으로 털어 넣어 버린다.

"말하자면 성욕은 감정이 아닌 물질의 작용이란 말일세. 성욕을 일으키는 호르몬이 분비되지 않으면 이 세상의 어떤 인간도 성욕을 가질 수가 없는 거지. 기억력이나 우리가 생각한다는 자체도 모두 마찬가지야. 기억력에 작용하는 호르몬이나 생각 세포에 작용하는 호르몬 때문에 이런 것들이 가능한 걸세. 그러니 이렇게 따진다면 위대한 철학자들이 따지는 자아란 놈도 호르몬의 작용에 불과한 거라고. 내가 생각하기는 복상사도 마찬가지일세. 복상사를 당할 때, 호르몬의 작용이 우리 몸이 지탱할 수 없을 정도로 엄청나게 격렬해지는 거지. 그러면서 다른 호르몬의 흐름을 막아 쾌감의 절정에서 그대로 절명하는 거야."

무영이 갈색의 액체에 취했는지 약간은 흐릿한 어조로 묻는다.

"그럼 일부러 복상사를 당하게 만들 수는 있는가?"

"후후후, 아주 드문 일이지. 아니 어쩌면 아예 불가능한 일인지도 몰라. 인간은 복상사가 올 정도의 쾌감이 오면 그것을 막는 호르몬이 작동한단 말씀이야."

"그럼 실제로 일어나는 복상사는 왜 일어나는 거지?"

무영은 송 박사의 말이 이치에 맞지 않는다는 듯이 물었다.

"과학자로서 당당히 말하겠네. 그 이유는 모르네. 하지만 실제로 복상사는 일어나고 있다네."

송 박사는 아주 재미있다는 듯이 결론지어버렸다. 아마 무영이 내놓았던 주제가 자못 흥미로웠나 보다. 그런데 무영이 덧붙였다.

"만일 말이지. 절정의 쾌감이 올 때 그것을 제어하는 효소가 나오는 것을 막는다면 어떨까?"

"하하하, 자네는 인간이 인간 호르몬을 제어할 수 있다고 보는가? 아니지. 있을 수도 있는 일이야. 한 천년 정도의 세월이 더 흐른다면 말이야."

송 박사는 우스워 죽겠다는 투였다.

"그런데 왜 이런 것을 자꾸만 묻는 건가?"

이제야 송 박사는 이상했는지 무영에게 되묻는다. 무영은 다시 술을 한잔 더 입에 털어 넣고서 자초지종을 설명했다.

송 박사는 이제까지 농담처럼 말했던 것을 접어놓고서 무영의 말을 진지하게 들었다. 이제 그의 입가에는 아까 같은 웃음기가 싹 사라지고 있었다.

"음."

송 박사의 짧은 신음이 그가 뭔가를 곰곰 생각하고 있다는 것을 말해주었다. 그는 의식적으로 술잔을 입으로 가져갔다가 떼곤 했는데 그것은 그의 마른 혀를 축이려는 그의 오래된 습관이다.

"우선 현대 과학의 한계 내에서 성욕을 일으키는 호르몬과 쾌감을 억제하는 호르몬을 인간 마음대로 조절할 수는 없네. 하지만 이렇게 추정하면 어떨까?"

확실히 송 박사는 그때그때 우발적이나 감정적으로 말하는 일반인들과는 조금 달랐다.

"쾌락을 일으키는 호르몬을 주입시키는 걸세. 쾌감을 억제하는 호르몬이 제어할 수 없을 만큼의 호르몬을 말이지."

"그렇다면 그 손톱자국이 그 호르몬을…."

그러나 무영의 말은 송 박사에 의해 잘렸다.

"손톱자국으로는 호르몬을 넣을 수 없네. 만약 그렇게 했을지라도 몸에서 작용하려면 상당한 시간이 걸리지."

무영은 술을 홀짝이며 중얼댄다.

"그렇다면 모든 것이 우연히 일어난 일이란 건가."

"그럴 수도 있네. 모든 것이 지극히 우연히 일어난 것이라고 볼 수도 있지. 만약 이 모든 사건이 연관성이 있다면 그렇게 한 이유가 있어야 할 것인데, 그렇게 할 하등의 이유도 없잖는가."

그것은 맞는 말이다. 이런 것이 범죄의 일종이라면 그것에 대한 반대급부가 있어야 하는데 그런 것을 찾을 수 없는 것이다. 그때 무영의 핸드폰에서 벨이 요란스럽게 울어댔다. 무영은 손을 안주머니에 넣어 핸드폰을 집어 든다.

"예."

여자의 목소리가 경쾌하게 튀어나왔다.

"선생님, 저 유하림이에요."

약간은 긴장한 목소리였다.

"아, 유 기자가 웬일로?"

"여기 H호텔인데요. 빨리 이쪽으로 오실 수 있겠어요?"

무영은 직감적으로 그것이 복상사와 관계된 일이란 사실을 알았다.

"몇 호실이요?"

무영이 재빨리 메모지에다 그것을 받아 적었다.

"무슨 일인데?"

송 박사가 끼어들자 무영은 짧게 설명하면서 자리에서 일어났다.

"아니, 이 사람. 나도 한번 같이 가보자구."

송 박사가 함께 가자고 무영의 뒤를 따랐다.

남자의 시체는 등이 보이게 엎어져 있었고, 역시 남자의 등 쪽에는 정확히 세 줄기의 할퀸 자국이 선명하게 보였다. 그것은 분명히 아래에 있던 여자가 남자의 몸을 끌어안으며 만들어 낸 것이리라. 그런데 왜 꼭 한쪽에만 할퀸 상처가 있는 것일까? 무영은 하림을 쳐다보며 묻는다.

"여자는?"

반드시 여자가 그곳에 남아있다는 것을 전제로 물은 것은 아니었다. 무영은 자신이 에바와의 정사를 마친 뒤에 죽음과 같은 잠에 빠져들었고, 잠에서 깨어난 후에는 에바를 보지 못했기 때문에 여자가 그곳에 남아있으리라고는 생각하지 않았다. 이런 사건은 복상사라는 사인으로 그냥 처리되는 것이 일반적인 일이었으니 말이다. 그런데 의외로 하림이 호텔 창문 쪽을 눈짓으로 가리킨다. 밖이 완전히 내려다보이는 대형 창문가에 한 여자가 등을 보인 채로 앉아 있었다. 그 모습이 너무나 아련하게 보여서 무영은 그만 가슴에 무언가가 예리하게 닿았다 떨어진 것 같은 느낌을 받았다. 무영은 여자에게로 다가갔고 송 박사가 재빨리 시체에서 샘플을 채취했다. 특히 상처 부위를 중심으로. 무영은 이상할 만큼 떨고 있었다. 등을 보이고 앉아 있는 여자는 분명히 에바였다. 긴 생머리와 테이블에 놓인 가늘고 섬세한 손가락들.

"에바!"

무영은 그녀의 뒤로 다가가 여자가 알아들을 수 있도록 작지만 강한 발음으로 그녀를 불렀다. 그러나 여자는 무영이 부르는 소리를 못 들었는지 뒤돌아보지 않았다. 무영은 이 여자가 자신을 기억하지 못할 것이라는 생각을 한다. 단순히 바에서 만나 쾌락을 위해 하룻밤을 지낸 남자를 기억할 리가 없을 것이다. 그러나 그날에 대해 자세히 이야기하면 여자가 무영을 기억할 수도 있을 것이다. 무영은 그녀에게 바싹 다가갔다.

"에바!"

여자가 비로소 무영이 부르는 소리에 고개를 뒤로 돌렸다. 그 여자는 에바와 상당히 닮았지만 분명히 에바는 아니었다.

"저 말인가요?"

여자의 고혹적인 미소가 무영의 혼을 빼앗아 갈 것만 같아 무영은 숨을 훅하고 들이마신다. 그렇게 죽을 뻔했는데도 불구하고 그런 느낌이 확하고 달아나 버렸다. 오히려 여자에게 마음이 끌리고 있는 것이 신기했다.

"아니군요, 내가 찾는 사람이… ."

무영은 괜히 무안해서 이렇게 웅얼거려 본다. 그때 하림이 둘 사이를 끼어들었다.

"반장님, 모든 것은 다 기록되었습니다. 그리 이상한 점은 보이지 않습니다."

반장? 무영이 갑자기 자신을 반장으로 부르는 하림을 어리둥절하게 쳐다보다가 순간적으로 표정을 바꾸며 고개를 끄덕인다.

"그럼 보내 드리도록 하지."

여자는 무영의 말을 듣자 바로 의자에서 일어나서 목례를 한 후에 천천히 호텔 방을 걸어 나간다. 그 모습이 어디서 많이 눈에 익다는 생각이 들었다. 하긴 여자의 얼굴도 상당히 익숙한 느낌이었다. 그러다가 무영은 문득 여자의 뒷모습을 보고는 헉하고 숨을 멈춘다.

"아니, 이럴 수가…."

하림이 무영의 표정을 보고서 급히 묻는다.

"왜요?"

하지만 무영은 아무런 말도 할 수가 없었다. 무영이 본 것은 그녀의 몸매였다. 쭉 빠진 슈퍼 모델 같은 완벽한 몸매. 그것은 바로 에바의 몸매였지 않은가? 그러고 보니 여자의 익숙한 얼굴에는 그 분위기가 있기 때문이었다. 약간의 백치미와 완벽한 몸매. 무슨 상관관계가 있는 것일까? 무영의 머릿속에는 극도의 의구심이 가득 찼지만, 하림에게 그 몸매에 대해 말할 수는 없었다. 송 박사가 다가오다 방을 나가는 그녀 몸매를 보고 감탄한다.

"야, 기차게 빠졌네."

이렇게 말하다가 옆에 하림을 보고는 당황했는지 그저 얼버무려 버린다.

"모델 감이야."

하림은 힐끗 송 박사의 눈에 비치는 동물적 본능을 감지하지만, 그저 눈을 돌려 버렸다.

송 박사의 연구실은 의대 건물 중에서도 아주 깊숙한 곳에 자리 잡고 있었다. 무영은 은근히 연구실까지 가지고 있는 송 박사가 부러워 나지막이 물어본다.

"조교수 정도나 돼야 이런 연구실 하나 가질 수 있지?"

송 박사는 채취해 온 샘플을 검사하면서 건성으로 대꾸했다.

"그러게 의대로 가라고 하지 않았던가?"

무영이 문과를 선택했던 것에 대한 일종의 과시 비슷한 것이다. 송 박사는 샘플을 살펴보며 말한다.

"상처에서는 아무런 호르몬이 발견되지 않고 있네."

그것은 여러 복상사 사이에는 아무런 연관이 없다는 과학적 증거이기도 했다. 하림이 온갖 실험기구들을 골치 아프다는 듯이 쳐다보면서 묻는다.

"혹시 여자 때문이 아닐까요?"

"응?"

"뭐요?"

무영과 송 박사는 하림이 한 말이 어떤 의미인지 몰라서 동시에 반문했다.

"가령 말이에요. 어떤 여자들이 그 복상사를 일으키게 만드는 호르몬이나 유전자를 가지고 있다면, 혹은 어떤 여자들에게 그런 호르몬을 주입시켰다고 가정하면 그 일이 가능한 것이 아닐까요?"

"호오. 그럴듯하군."

송 박사가 하림의 의견에 상당한 관심을 표명했고 무영도 하림의 상상력에 감탄해 마지않으며 자신의 의견을 말한다.

"옛날에 항간에 떠돌던 색녀라든지 아니면 남편 잡아먹는 여자라는 말이 있잖아. 여자가 남자의 정기를 몽땅 빨아버려 남자가 급사할 수도 있다는 그런 말이네."

"흠, 그렇다면…."

송 박사가 무언가에 골몰한다.

"여자를 조사해 보면 혹시 해답이 나올 수도 있는데…."

하림이 그 말을 듣고서 자신의 방에서 복상사에 관련되었던 여자들의 주소를 적은 수첩을 꺼냈다. 그러고 보니 하림은 벌써부터 여자들을 먼저 조사하려고 했던 것 같았다.

무영과 하림이 그 여자들, 즉 복상사에 관련된 여자들을 조사하는 과정에서 상당히 이상한 일을 발견했다.

"선생님도 뭔가 이상하다고 느끼시지요?"

하림은 고개를 갸웃거리며 무영도 그것을 알고 있냐고 묻는다. 무영이 고개를 끄덕여 동의해 주었다. 그들이 이상하게 여기는 것은 그들이 찾는 여자들 모두가 이사를 갔거나 행방이 묘연하다는 사실이다. 어떤 때는 그런 사람이 있었나 하는 것조차 파악이 안 되었다. 여자들은 마치 서로 짜기라도 한 듯이 몽땅 사라져 버린 것이다.

"어떻게 이럴 수가 있는 거지?"

남아있는 여자들은 한결같이 등 쪽의 상처와는 하등의 관계가 없는 여자들이었다. 무영은 그것을 일찍부터 알고 있었다. 그들이 찾는 여자는 몸매가 아주 쭉 빠진 수퍼 모델 같은 여자들이다. 매혹적인 미모와 약간은 백치 같은 표정. 에바나 H호텔에서 만난 여자 같은 종류의 여자들 말이다. 그러나 다른 여자들은 한결같이 그런 여자들과는 전혀 다른 종류의 여자들이었다. 무영과 하림은 수첩에 깨알같이 적혀있던 주소를 거의 다 돌아다닐 무렵에는 거의 포기상태에 이르렀다. 자신들이 하고 있는 일이 무의미하게 느껴지기 시작했다.

아무런 연관도 없는 죽음들. 그리고 아무런 범죄적 계획이나 냄새도 느껴지지 않는 일상적인 사망들. 그런데 그것이 무엇이 연관이 있다고 이렇게 죽자사자 돌아다니는가. 무영은 자신이 왜 이렇게 집요하게 그들을 찾아다니는지 그 이유를 알 수가 없었다. 하림은 특종을 위해서라지만 무영은 단지 자신이 복상사의 생존자라는 의미 때문에 이런 노력을 하는 게 너무 이상하지 않은가. 그러나 그는 그런 일이 어떤 중대한 일보다 의미가 있는 것처럼 느껴지고 있었다.

"선생님, 술 한잔하시겠어요?"

하림이 많이 힘 들어 하는 무영에게 이렇게 권해본다.

"술? 좋지."

무영은 갑자기 새로운 할 일이라도 찾은 듯이 입맛을 다셨다. 이렇게 피곤할 때는 한잔 생각이 간절했기 때문이다. 술 몇 잔을 마시던 무영은 한쪽 구석 테이블에 앉아있는 여자에 눈길을 주었다. 분명히 에바는 아니었다. H호텔의 여자도 아니었다. 무영은 그녀의 관능적인 미모에 가슴이 설렌다. 하림은 그녀를 바라보는 무영의 강렬한 눈빛이 의아했다. 무영이 갑자기 자리에서 벌떡 일어섰다. 하림은 그 여자에게 넋이 빠진 듯한 무영을 만류하고 나섰다.

"아니, 선생님?"

하지만 무영은 귀신에 홀리듯 여자에게 다가갔다. 그때 한 남자가 그 여자의 앞자리에 덥석 들어앉았다. 그제야 비로소 무영은 제정신이 돌아왔다. 한순간 얼굴 표정이 활짝 뒤바뀐 여자는 앞자리 남자를 반갑게 맞이했다.

"어머, 성민씨 늦었네."

"어어, 미안. 길이 막혀서 말이야."

백치 같은 분위기가 싹 가신 여자는 무영의 눈에 더 이상 에바 종류의 여자처럼 보이지 않았다. 하지만 무영은 분명히 그 순간 무엇인가를 느꼈다. 하림이 조심스럽게 다가왔다.

"괜찮으세요, 선생님?"

무영이 그 자리에서 눈을 꼭 감은 채로 고개만 끄덕인다.

"응? 으응."

그런 그의 눈가에 언뜻 눈물이 비치는 것 같았고, 고뇌에 찬 그의 표정에 하림은 어쩐지 연민을 느꼈다.

다시 술자리로 돌아오기에는 약간의 시간이 필요했다. 정신을 쉽사리 현실로 돌리기에는 충격이 컸던 모양이었다. 하림이 그런 무영에게 술 한 잔을 권한다.

"한잔 드시겠어요?"

그녀의 목소리가 아주 조심스럽게 바뀌어있었다.

"하림, 아니 유 기자. 그들을 찾아낼 수 있는 방법은 단 한 가지뿐이오."

무영은 그들이 계획적으로 사라진 것처럼 말했다.

"무슨?"

하림이 아직도 무영이 정신을 못 차리고 있다고 생각했는지 작은 목소리로 묻는다.

"술집을 뒤지는 것이요. 복상사를 당했던 사람들 모두가 술집에서 여자를 만났다고 하지 않았소?"

"하지만 술집이 어디 한두 갠가요? 그리고 그런 여자인지 아닌지 어떻게 확신하고 만날 수 있지요?"

무영이 술잔을 입안에 털어 넣었고 하림은 무영의 말이 너무도 황당무계하게 들렸지만 그래도 남은 방법은 그것 하나뿐이 없다는 것을 인정해야만 했다.

운이 좋은 것인지 몰라도 그렇게 하림과 함께 술집을 찾아 헤맨 끝에 마침내 무영은 약 한 달여 만에 그런 부류인 듯한 여자를 한 명 만날 수 있었다. 하림은 화장실에 갔는지 자리에 없었고 무영이 혼자 잔을 기울이고 있는데 언제 왔는지 모르게 옆에 여자가 앉아 있었다. 그것은 정말로 거짓말이나 아니면 마술 같은 느낌이었다. 그러나 그런 이질감도 잠깐일 뿐, 무영은 여자의 얼굴을 보는 순간 자신의 심장이 표시가 날 정도로 심하게 뛰어대는 것을 느낄 수 있었다. 분명히 그들 중에 하나인 여자였다. 고혹적인 미모와 백치 같은 미소, 그리고 긴 생머리, 또한 흠잡을 데 없이 완벽한 몸매. 무영은 그녀에게 감히 말을 걸 수가 없었다. 말을 하려면 목소리가 떨릴 것 같았기 때문이다. 그러니 오히려 침묵하는 것이 이로울 것이다. 그리고 또 이 여자가 자신의 옆에 앉은 것은 자신을 선택한 것이기에 서둘 필요가 하나도 없어서이기도 했다. 이윽고 여자가 무영에게 말을 걸어왔다.

"한잔하시겠어요?"

무영이 아주 천천히 여자의 눈동자에 초점을 맞춘다. 여자가 살짝 미소를 보였다. 그 미소에 무영은 그대로 숨이 넘어갈 것 같은 느낌을 받았다.

"에바에요."

헉! 여자의 말소리에 무영이 와락 정신을 차렸다. 똑같은 얼굴 표정의 똑같은 음성. 무영은 자신도 모르게 자기의 술잔을 강하게 움켜쥔 채로 부르르 떨어버렸다.

## 3. 에바란 여자

하림은 초조하게 조바심을 떨고 있었다. 호텔에 들어간지 벌써 두 시간이 지나고 있었다. 만약 그 여자가 그런 무리라면 무영은 오늘 밤 시체가 되어 호텔을 나올 것이었다. 그것도 명예롭지 못한 '복상사'를 당한 시체로. 하림은 왜 이렇게 자신이 감정을 주체할 수 없이 조바심을 떨고 있는지 이해할 수가 없었다. 만약에 무영이 그렇게 당한다면 오히려 하림은 특종을 터뜨릴 수 있는 좋은 기회였다. 그리고 무영과 자신과는 아무런 관계도 없지 않은가 말이다. 그가 무슨 이유로 그런 여자들을 좇고 있는지는 중요하지 않았었다. 다만 하림은 자신의 특종을 위해 이렇게 뛰고 있던 것이다. 그러나 막상 무영이 그런 여자와 호텔에 들어가자 가슴이 심하게 무너져 내렸다. 그것은 그가 죽을 것이라는 불안감과 함께 강하게 다가오는 질투심이라는 것을 하림은 잘 알고 있었다. 하림은 왜 질투심이 일까를 생각해보지만 답을 찾을 수는 없었다. 하긴 어떤 여자라도 자신이 알고 있는 남자가 다른 여자와 호텔에 들어가 정사를 실컷 즐기고 있다는 생각을 하면, 그 남자가 자신과 관계가 있건 없건 질투심이 발동하는 것은 당연한 일일 것이다.

하림의 머릿속에서 그 여자와 무영이 발가벗은 채로 그 행위에 열중하는 모습이 떠오르자 하림은 도저히 견딜 수 없어서 발을 동동 굴러 보지만 아무런 소용이 없었다. 급하게 전화를 걸어 불렀던 송 박사는 아직도 나타나지 않고 있었고, 하림은 자기의 입술이 까맣게 타들어 가는지 자꾸만 입술만 깨물고 있었다.

정신을 잃지 않으려고 상당히 노력했는데도 무영은 자꾸만 눈이 까무룩 까무룩 감겨왔다. 이를 악물어 보지만 암흑은 서서히 그의 눈을 덮으며 다가온다. 흐흐흑. 신음소리가 마치 어떤 악귀가 내는 것 같은 느낌이었다. 마침내 암흑은 무영의 영혼을 침범하여 그를 먹이로 삼고 말았다.

암흑은 깨어지기 위한 아픔이다. 모든 것은 그 안에 들어있지만, 그 안에 들어있는 존재들은 오히려 암흑 밖에 있었던 존재들이다. 끊임없는 순환과 윤회 속에 암흑은 더 이상 견디지 못하고 가없는 아픔을 호소했다. 아, 암흑은 하나가 아니었다. 인간이 윤회를 거듭하듯이 암흑도 빛도 모두가 일정 궤도를 영겁이란 세월 동안 떠도는 윤회를 거듭하는 것이다. 그래서 수없이 많은 억겁의 세월 속에, 깨어지고 또 깨어진 후, 그 깨어진 암흑은 발버둥을 치면서 자기 안에 잉태된 빛을 꺼내려 몸부림을 치는 것이다. 그러나 그것은 빛도 마찬가지 상황이었다. 빛도 나름대로 수억의 윤회를 거듭하면서 암흑으로 잉태되어 탄생하는 것을 무한히 아파했었다. 빛은 항상 어머니의 자궁을 빠져나오는 양수 머금은 건강한 아이와도 같이 비어져 나오고 마는 것이다.

헉! 무영이 그 아픔을 견디지 못하고 거센 숨을 몰아쉰다. 기어코 빛으로 화하지 못한 무영은 다시 이승으로 돌아오고야 말았다. 무영은 거친 숨을 헉헉 몰아쉰다. 그렇게 하지 않으면 금방이라도 누군가가 자신의 목줄을 거머쥐고 죽음으로 몰아갈 것 같았기 때문이다. 온몸은 땀투성이였고 실오라기 하나 걸치지 않은 맨몸이었다. 물론 여자는 어디로 갔는지 보이지 않았다. 무영은 설마 하는 마음으로 긴장하면서 손을 자신의 등 뒤로 가져간다. 손이 닿자 쓰라린 느낌이 드는 것은 분명히 세 줄기의 상처였다. 무영은 혹시 다른 어떤 흔적이라도 남았나 몸을 일으켜 찾아보려고 했지만, 몸이 말을 듣지 않았다. 신기하게도 여자와의 정사는 전혀 기억에 남지 않았다. 그저 온몸이 그녀에게 빨려 들어간다는 느낌만 남아있을 뿐이다. 그리고 이상한 건, 정말로 이상했던 건, 그것이 꿈이었는지 알 수는 없었지만, 여자의 배에 배꼽이 없었다는 가물가물한 기억뿐이었다. 무영은 그것이 말도 안 되는 꿈이었다고 생각한다.

그때 문이 꽈당 열렸고 무영은 기운이 없는 중에도 펄쩍 놀랐다. 급작스럽게 누군가가 방안으로 뛰어들었고 무영은 허겁지겁 뛰어드는 하림을 하얗게 쳐다보았다. 하림의 얼굴이 거의 핏기를 잃어서 창백하게 보였다. 하림의 두 눈에서 왈칵 두 줄기 굵은 눈물이 주르르 흘러내렸다. 무영이 아직도 살아있다는 안도감 때문인지 아니면 다른 이유에서인지는 모르지만, 하림은 눈물을 참을 수 없어서 그저 주룩주룩 눈물만 흘리는 채로 그냥 서 있기만 했다. 그런 그녀를 송 박사가 옆으로 밀친다.

"아니, 유 기자. 남자의 벗은 몸을 그렇게 봐도 되는 거요?"

송 박사는 짓궂게 농담을 하면서 무영의 벗은 몸을 침대보로 가렸다. 그러나 아직도 하림은 멍청하게 서 있을 뿐이었다. 침대보에 가린 채로 송 박사는 무영의 몸에서 몇 가지의 샘플을 채취했고, 무영은 힘없는 눈동자를 굴리며 멍한 목소리로 하림에게 물었다.

"그 여자는?"

하림이 입술을 꼭 다문 채로 고개를 저었다. 그녀로서는 그 순간 무영의 안위가 더 걱정되었기에 특종 따위는 안전에도 없었다. 그래서 여자의 미행을 포기한 것이다. 무영의 책망 어린 목소리가 하림의 가슴에 찌릿 와 닿는다.

"바보. 그게 유일한 단서일 수도 있는데…."

그 말을 남기고는 무영은 다시 깊디깊은 암흑의 나락으로 곪아떨어졌다.

나지막이 들리는 두런두런 말소리에도 무영이 잠에서 깨어날 수 있었던 것은 너무나 오랫동안 푹 잠을 잤기 때문이었다. 말소리는 송 박사의 것이다.

"그러니까 여자의 체액에서도 아무런 이상스러운 점이 발견되지 않았다니까."

송 박사는 알 수 없다는 듯이 중얼댄다. 무영은 그대로 눈을 감은 채로 이야기를 듣고 있다.

"그러니까 이런 일들은 모두 아무런 연관이 있지 않다는 말씀이네요."

하림이 답답하다며 이렇게 말해보지만 송 박사는 유리관만을 들여다보며 대꾸했다.

"그렇다는 말은 하지 않았어. 유 기자도 알다시피 과학자는 추측 따위는 하지 않아. 모든 것은 정확한 자료에 의해 판단되는 것이야. 내가 했던 말은 여자의 체액에서건 저기 김 박사의 상처나 또는 그 외에 샘플이 건 간에 어떤 이상한 점도 발견할 수 없다는 말이었어. 다만…."

하림은 그 마지막 말에 약간 긴장을 한다.

"다만, 그 여자의 흡인력이 김 박사뿐 아니라 다른 어떤 남자일지라도 그 정기를 몽땅 빨아들일 만큼 강력했다는 점이 이상할 뿐이야."

하림이 얼굴을 약간 붉혔다.

"그것이 이상한 건가요?"

"보통 사람이라면 분명히 죽었을 거야. 김 박사의 정액에서 정자가 거의 검출되지 않았거든."

송 박사는 이런 이야기를 별로 꺼리지 않고 말했다.

"이상하게도 그의 정자는 일부러 뽑아간 것처럼 소갈 되어버렸어."

하림이 약간 주저하면서 송 박사에게 다시 묻는다.

"혹시 수술을 했을 수도 있잖아요?"

하림의 붉어진 얼굴을 쳐다보지도 않고 송 박사는 그저 샘플만을 흔들고 있다.

"으음, 그렇지는 않아. 수술을 받은 사람은 정자가 하나도 검출되지 않아야만 하거든. 그런데 김 박사의 정액에서는 그래도 얼마간의 정자는 검출되고 있어."

송 박사가 이렇게 말하면서 무영을 보는데 그만 무영과 시선이 마주치고 말았다.

"어, 자네, 깨어났구만."

하림도 그 말에 무영의 얼굴을 쳐다보다가 시선이 마주치니 곧바로 시선을 다른 곳으로 돌렸다.

"내, 내가 어떻게 이곳에…."

무영이 더듬대자 송 박사가 그에게 다가가서 맥을 짚어보았다.

아무리 머리를 맞대고 생각해보아도 여전히 풀리지 않는 수수께끼였다. 송 박사는 일이 시간을 끌게 되자 흥미를 잃어버렸고 무영과 하림 또한 맥이 빠져서 더 이상 그 일에 매달릴 여력도 남아있지 않았다.

"아무래도 이 일은 서로가 아무 연관도 없는 우연한 일들인가 보군."

무영이 이렇게 중얼대자 하림도 미진한 표정이었지만 그것에 동의할 수밖에 없었다.

"처음부터 그것들을 연관 지어 생각한 데에 무리가 있었나 봐요. 그저 아무것도 아닌 일들이었는데 말이에요."

하림은 무언가 아쉬웠다. 어차피 이 일 때문에 만났으니 이 일이 끝나면 서로가 헤어지는 것이 당연한 것이다. 말하자면 작별의 시간이 와버린 것이었다.

"그동안 즐거웠어요, 선생님."

뭐가 즐거웠을까 마는 딱히 할 말이 없는 하림이 이렇게 말한다. 무영도 이것이 하림과 만나는 마지막 날이라는 것을 잘 알고 있었다.

"그래, 하림. 그동안 고생 많았소."

무영이 억지로 이렇게 치하한다. 그리고는 그만이었다. 더 이상의 말이 생각나지도 않았고 더 말할 필요도 느끼지 못했다. 하림도 할 말을 찾지 못했는지 아무런 말도 하지 않고 있다. 그러니 둘 사이에 어색한 침묵이 흐를 수밖에 없었다. 그 침묵을 견디기 어려웠는지 무영이 침묵을 깼다.

"이제 나갈까?"

"그래요, 선생님."

가까스로 대답하는 하림의 말소리에 짙은 아쉬움이 배어 나왔다. 그때 무영은 무엇을 보았는지 하마터면 소리를 지를 뻔했다. 저쪽에서 누군가가 무영을 오라고 손짓하고 있었는데 그것은 어쩐지 온몸에 스멀스멀 기어오르는 파충류의 징그러운 느낌으로 다가왔기 때문이다. 무영은 왜 자신이 그런 느낌을 받았는지도 모르는 채 여자를 노려본다. 하림이 그런 무영을 빤히 쳐다보았고 무영은 짧은 헛기침을 하고는 여자에게 다가간다.

"에바?"

여자가 까르르 웃는데 이상하게도 백치 같은 웃음이 아니었다.

"호호호, 선생님. 아직도 저를 기억하시는군요."

잊을 수가 있겠는가. 그날 밤에 무영을 죽음으로 몰아넣었던 여자가 아니었던가.

"기억하다마다. 왜 그날은 그렇게 사라졌지?"

무영은 무언가를 알려는 듯이 차근차근히 물었다.

"호호호, 원래 그런 것 아니에요. 하룻밤만 즐기는 짧은 사랑."

무영이 그녀를 노려보면서 노골적으로 말한다.

"그게 아니라, 에바는 내가 그날 밤 죽은 줄 알고 사라졌겠지.”

에바가 또 까르르 웃는다.

“호호호, 선생님은 말씀도 아주 재미있게 하시네요.”

무영은 갑자기 이상한 느낌을 받는다. 그녀가 하는 말투가 분명히 에바가 아니란 느낌이 든 것이다. 물론 얼굴도 몸매도 모든 것이 에바였다. 그러나 분위기가 그녀가 아니었다. 그때 그 에바는 말을 거의 하지 않았고 거의 백치와 같은 느낌을 받았었다. 그러나 지금의 이 여자는 말을 많이 할 뿐만 아니라, 말에 재치가 있었다.

“당신은 누구지?”

무영이 짐짓 묻는다. 여자가 또 깔깔댔다.

“호호호, 참, 선생님도. 에바잖아요. 선생님 저랑 어디 좀 가시겠어요?”

무영의 머릿속이 헝클어놓은 실타래보다도 더욱 혼란스러워졌다. 분명 이 여자가 그때의 그 에바가 아닐지라도 그와 똑같은 부류의 여자일 것이다. 무영은 시간을 벌려고 입술을 다문 채 에바를 노려본다. 에바가 생글생글 웃고만 있다. 마침내 무영은 그녀에게 묻는다.

“어디를?”

“따라오시면 알게 돼요.”

에바는 무영의 마음을 읽었는지 자리에서 일어났고 무영은 그녀를 따라갈지 말지 판단이 서지 않는데 에바의 손이 스르르 무영의 팔 사이로 들어와서는 팔짱을 낀다. 무영이 힐끗 저편에 그대로 앉아서 이쪽을 바라보고 있는 하림에게 눈길을 준다. 하림의 얼굴이 바위처럼 굳어져 있었다.

에바에 이끌려 무영은 술집 밖으로 나왔다. 이미 두 번이나 무영에게 복상사를 유도했지만 실패했으니 이들은 또 다른 시도를 하고 있는지도 모른다. 하지만 이들이 왜 이런 짓을 하며 또한 왜 집요하게 자신을 노리는가 하는 것을 알려면 이들을 따라가는 수밖에 없다는 생각이 든다. 그리고 또한 이들을 알기 위해 한번 부딪혀 보고 싶었다.

에바가 운전하는 차는 쉴 새 없이 앞으로 나아갔고, 무영은 가끔 백미러로 하림이 자기 차를 몰고 따라오는가 주의 깊게 살폈다. 무영이 탄 차는 마치 끝없는 죽음의 길을 가듯이 어둠길을 쉬지도 않고 달렸다.

하림은 죽자사자 무영이 탄 차를 뒤좇았다. 저번에 그런 사건이 있었던 이후로 무영이 조그맣게나 하림의 가슴에 자리 잡은 것을 안 것은 그리 오래되지 않았다. 하림은 여태껏 그 사건들이 정말로 연관이 있는지 없는지 확실하지 않았다. 그런데 아까 무영이 에바를 만난 순간, 이 모든 일이 모종의 연관이 있다는 사실을 확실하게 깨달았다. 그리고 지금 이 순간 무영은 그 음모의 한가운데로 끌려가고 있는 것이다. 하림의 손에 땀이 났다. 운전대를 잡은 그녀의 손이 가끔 부들부들 떨렸다.

흠칫. 하림은 잠깐 무영이 탄 차의 흔적을 놓쳤었다. 부리나케 달려 간신히 차를 따라잡을 수 있었다. 무영이 탄 차는 저만큼 멀리서 비상등을 켠 채로 서 있었다. 순간 하림은 그 차를 그대로 추월할까 아니면 뒤에서 서 있을까 판단이 서지 않았다. 만일 그들이 하림의 차를 알아챈다면 더 큰 일이 벌어질 수도 있다는 생각이 들었다. 하지만 하림은 서 있는 차에서 무영이 내리는 것을 보고는 천천히 차를 뒤에 세웠다. 앞에 섰던 차는 무영을 남긴 채로 쏜살같이 앞으로 달려나갔고 무영은 툴툴대면서 하림에게 돌아오고 있다. 그 순간 하림은 안도의 한숨을 길게 내쉬고 있었다. 무영은 서둘지 않고 하림의 차로 다가왔고 하림이 소리친다.

"선생님, 빨리 타세요. 앞차를 따라잡아야지요."

그러나 무영은 고개를 저었다.

"그럴 필요 없어."

차 문을 여는 무영의 표정이 실망감에 차 있었다.

"왜요?"

하림이 바삐 묻는데 무영이 피식 웃는다.

"저 여자는 그 일과는 하등 상관이 없는 여자야."

"뭐라고요?"

"하 참, 기가 막혀서. 아, 글쎄. 하룻밤에 20만 원만 달라는 거야."

하림도 어이가 없었다. 무영이 담배를 한 대 피워 문다.

"창녀인 셈이지. 휴!"

무영이 담배 연기를 아주 길게 내뿜었다. 그 담배 연기가 하림에게는 아주 혼란스럽게 보였다.

무영이 다시 도심으로 운전하고 들어가는 하림의 작은 손을 잡은 것은 도심의 불빛이 확 들어올 때였다.

"?"

하림은 아무런 소리도 할 수가 없었다. 그녀의 입안에 있던 모든 말들이 파도에 놀라 기어들어간 해파리의 촉수와 같이 가슴 속으로 몽땅 감추어 버린 듯했다. 하림은 그대로 도심으로 들어간다면 무영을 영영 떠나보내야 한다는 것을 알고 있었다. 아마 무영도 그것을 알고 있기에 이런 작은 접촉을 해보는지도 모른다. 하림이 용기를 내서 묻는다.

"선생님, 술 한 잔 더 할까요?"

옆 눈으로 힐끗 쳐다본 무영의 모습이 촉촉한 저녁 안개와도 같은 느낌이 들었다. 가까이에 카페 하나가 은은한 자태로 밤빛을 받고 서 있다. 하림은 천천히 차를 그쪽으로 몰았다.

카페에 들어갈 때만 해도 하림은 무영에게 무슨 말을 할까 가슴만 졸였다. 그런데 카페에 들어가다가 한쪽에 앉아 있는 여자를 보고서 하림의 몸이 그만 하얗게 얼어붙어 버렸다. 그녀의 온몸에 소름이 으슬으슬 훑고 지나간다. 앉아 있는 여자는 바로 아까 전에 무영을 데리고 떠났던 그 에바라는 여자였다. 그런데 어떻게 저 여자가 바로 여기에 앉아 있을 수 있는가. 분명히 에바는 무영을 산길에 내버려 둔 채로 반대 방향으로 달아나듯이 사라졌다. 시간상으로 도저히 그 여자가 하림보다 이곳에 먼저 와 있을 수 없는 것이다. 하림은 불현듯 무영을 쳐다보았다. 그러나 무영은 그 여자에게 전혀 눈길을 주지 않았다. 아! 갑자기 하림은 벼락에 맞은 듯 비틀댔다. 그러면서도 하림은 에바도 역시 무영에게 한 번의 눈길도 주지 않는다는 사실을 눈여겨보았다.

"선생님, 나가요. 왠지 이곳은 마음에 들지 않는군요."

하림은 침착함을 가장하여 무영의 팔을 잡아끌었다. 무영은 아무런 말도 없이 그저 하림을 따라 밖으로 나왔다.

하림은 허겁지겁 차를 몬다. 확인해 볼 것이 있었다. 믿기지 않는 일이지만 그래도 제 눈으로 확인해 보고 싶은 것이다. 그리고 만약 자신의 생각이 맞다고 한다면 이건 정말로 가공스러운 일이었다. 하림이 근처에 있는 술집을 보고는 급정거를 한다. 무영이 이상스럽다는 눈초리로 하림을 노려보았고 하림이 급히 말하면서 차 밖으로 나섰다.

"선생님, 여기서 기다리세요. 확인해 볼 게 있어요."

하림은 재빨리 술집 안으로 들어가다가 허덕 가슴이 무너져 내린다. 그녀의 입에서 공포에 가까운 신음이 새어 나왔다.

분명히 있었다. 그 에바란 여인이 다른 술집에도 있었던 것이다. 어떻게 똑같은 여자들이 동시에 다른 술집에 있단 말인가? 이것은 믿을 수도 믿기지도 않는 일이었다. 이것을 어떻게 해석해야 되는가?

하림은 마치 세상의 끝 날이 온 것 같은 공포에 부들부들 떨면서 뒷걸음질 쳤다. 에바란 여자가 천천히 고개를 돌려서 하림을 쳐다본다. 그 순간 하림의 온몸은 독사와 마주친 개구리처럼 오그라든다. 온몸의 피가 몽땅 얼음장처럼 싸늘하게 굳는 느낌이었다. 그러나 에바란 여자의 눈동자는 하림에게 시선을 모으지는 않는다. 그 말은 그녀는 하림을 못 알아본다는 말이었다. 하림은 그녀의 신경이 자신에게 쓰이지 않도록 조심하면서 술집을 나왔다.

밖으로 나서는 순간 하림은 죽어라고 차를 향해 뛰었다. 금방이라도 수십 명의 똑같은 에바란 여자가 자신을 좇아 달려올 것만 같았다. 허겁지겁 차 안으로 뛰어든다. 무영이 웬일이냐는 표정으로 눈을 동그랗게 떴다. 하지만 하림은 설명할 시간이 없었다. 다짜고짜 시동을 걸고는 그대로 차를 몰았다. 바앙 하는 엔진소리와 함께 차가 앞으로 총알같이 달려나갔다. 그 바람에 무영의 몸이 덜컥하고 뒤로 젖혀졌다가 앞으로 돌아왔다. 무영이 마치 하림이 미치지는 않았냐는 듯이 쳐다보지만, 하림은 무작정 이곳을 떠나야 한다고 죽자사자 차를 전속력으로 몰았다.

한참을 달리다가 허덕 하림은 불안한 생각이 들었다. 그 여자들, 즉 에바란 여자들의 목적은 분명히 무영에게 있을지도 모른다. 이미 두 번의 시도를 했으니 다른 시도를 하지 말란 법은 없었다. 또 무영도 지나는 말로 그러지 않았던가. 여자들은 거의 비슷하게 생겼더라고. 그런데 첫 번째 카페에서 에바는 무영을 알아보지 못했고, 또한 무영도 에바에게 시선조차 주지 않았다. 으헉! 그녀의 마음속에 무언가가 길길이 뚫고 올라온다. 그것은 아주 불길한 느낌이었다. 언제나 그런 여자들에게 눈길을 먼저 주던 무영이 아니었던가. 그런데? 그렇다면?

하림은 차의 속도를 줄인다. 에바란 여자가 수없이 많이 있다면, 무영이란 사내도 수없이 많이 있을 수도 있었다. 그리고 에바란 여자가 어떤 목적에 의해 조작된 인간이라면…. 하림이 덜덜 떨고 있다. 공포심이 온몸으로 까칠하게 올라온다. 이 무영이란 사내도 조작될 수 있었고 또한 그가 하림에게 접근한 목적이 있을 것이다. 그 생각이 드는 순간 하림은 허덕이며 무영을 쳐다볼 수밖에 없었다.

무영의 하얀 이빨이 드러난다고 생각이 든다. 그렇게 사악하게 보이는 무영의 얼굴은 처음이다. 악! 소리치려 했지만, 소리가 얼어붙어 나오지 않는다. 아니 이미 하림의 입과 코는 무영이 손에 쥔 하얀 손수건에 의해 막혀져 버렸다. 숨이 쉬어지지 않는다. 공포와 어떤 약물에 의해 하림은 그대로 어둠 속으로 곤두박질을 치는 기분이다. 아아악! 비명은 그녀의 입속에서만 영영 맴돌 뿐이다. 어디선가 환청 같은 신음이 길게 들려오는 것 같다. 하림은 고개를 떨어뜨렸다. 갑자기 암흑이 악다구니처럼 하림에게 달려들었고, 그것에 의해 하림은 속절없이 난도질당해 암흑 속으로 하염없이 떨어지고 있었다.

## 4. 세상이 시작되는 곳

잠들지 않으려 무척 노력했지만 무영은 눈이 자꾸만 감겨왔다. 백미러를 보고 하림의 차가 아직도 따라오고 있다는 것을 확인한 무영은 그대로 속절없이 잠에 곯아떨어지고 말았다.

암흑이란 없어지는 것이다. 모든 것이 그대로 정지된, 시초도 종말도 아닌 것이고, 그 안에는 혼돈도 광명도 모두 얼어붙은 상태로 굳어져 있다. 빛은 내뿜는 것이 아니라 빨아들이는 것이다. 검은 암흑의 입자들이 빛에 의해 잡아 먹혀, 끝도 없는 빛의 구렁텅이로 빨려 들어가고, 그것이 어떤 입자, 아니 다른 표현을 빌리자면 씨앗이 되어, 툭 우주 밖으로 튀겨져 버린 후, 비로소 시초가 생기며 삶의 투쟁이 시작되는 것이다.

허억!

무영은 허덕거리며 눈을 떴다. 어느샌가 차는 멈추어져 있고 무영의 옆에는 텅 빈 허공만이 남아있다. 무영은 자기가 어디에 있는지 도저히 분간이 가지 않았다. 밖을 쳐다보았지만 밖도 전혀 낯선 곳이다. 언제 날이 밝았는지 주변의 풍경이 그대로 드러나 보였다. 무영이 잠에 빠져든 밤과는 전혀 다른 분위기였다. 창밖은 아주 평화롭게 보였다. 나무들이 보기 좋게 우거져 있었고 나무들 사이에는 작은 집들이 마치 동화에나 나오는 것 같은 모습으로 앙증스럽게 숨어 있다. 멀리 뻗어 있는 길이 아주 깨끗했고 어디선가 새소리가 가슴을 상큼하게 만들었다.

무영은 밖으로 나가려고 차 문의 손잡이를 잡다가는 흠칫하고 놀란다.

"아, 아니?"

무영의 놀라는 소리가 너무도 크게 들렸다. 그 손잡이는 차 문의 것이 아니었다. 이제 보니 그는 차 안에 앉아 있던 것이 아니라 작은 방에 앉아 있었다. 그리고 손잡이도 방문의 손잡이였다. 무영은 머리를 세차게 흔든다. 마치 자신이 꿈을 꾸고 있다는 생각이 든다. 하지만 이렇게 선명한 꿈은 꿈이 아니다. 정녕코 꿈은 이렇게 선명하고 정확한 색채를 갖고 있지 않고, 또 꿈이라면 자신이 이토록 명확한 정신을 갖고 있지도 않을 것이다.

손잡이를 돌려 보았다. 거의 소리도 나지 않으며 문이 열렸고 문이 열리자 밖에 있던 빛들이 함빡 안으로 쏟아져 들어왔다. 무영은 그 빛의 범람이 전혀 낯설지 않은 '어색한 익숙함'에 젖어 있다는 생각을 한다. 물론 '어색한 익숙함'이란 표현은 말도 안 되는 느낌이다. 그러나 그런 느낌을 종종 받을 때가 있다. 말하자면 잊혀진 동심 같은 것이다. 어릴 때 마음속에 강한 인상으로 심어진 감정은, 나이를 먹어감에 잊혀 버렸다가 장성한 후에 갑자기 똑같은 상황이나 그와 비슷한 상황 때문에 그 잊혔던 감정이 새롭게 되살아나면, 그 감정은 정말로 익숙한 느낌이지만 실제로는 어색하기 짝이 없다. 무영이 지금 받는 느낌이 바로 그것이었다. 상당히 익숙하지만 아주 어색한 느낌. 무영은 그 느낌이 무엇인지 꼭 꼬집어 생각할 수 없기에 그저 고개를 갸웃거리며 밖으로 나섰다.

정말로 신기하게도 처음 와보는 곳이 분명한데도 낯이 익었다. 거리도 마찬가지였다. 거리를 걷는데 한번은 와본 곳이라는 생각이 드는 것이다. 그러나 거리도 집도 하다못해 나무들까지도 전혀 처음 보는 것들이었다.

온 도시는 텅 비어있었다. 생명 있는 모든 것들은 모두 어디로 사라졌는지 아무런 소리도 들리지 않았다. 아까 들렸던 새소리조차 이제는 들리지 않는다. 모든 것이 멍한 진공 상태처럼 느껴진다. 그런 진공 상태의 거리를 무영은 무작정 헤매고 다녔다. 자신이 왜, 무엇 때문에 이곳에 있는지 왜 왔는지 모르는 채로.

한동안 도시를 돌아다니다 아무도 못 찾은 무영의 가슴이 무슨 생각이 들었는지 철렁하고 내려앉았다. 무시무시하고도 기괴한 생각이 떠오른 것이다. 그 생각은 너무나 기괴해서 생각하자마자 떨쳐 버리고 싶었지만, 한번 떠오른 생각은 맹렬한 속도로 무영의 머릿속을 어지럽혔다.

흐흐흐….

무영은 마치 넋 나간 멍청이처럼 실실 웃어 본다. 하지만 그래 보았자 그 생각은 떨어져 나가지 않았다.

'아니야, 미친 생각이야.'

무영은 이렇게 중얼거려 보지만 자신이 죽어서 이곳에 왔다는 생각은 종내 떨칠 수가 없었다. 그렇다. 무영은 자신이 죽어서 이른바 저승이라는 곳에 왔다는 생각이 든 것이다. 어젯밤, 아니 어젯밤처럼 느껴지지만 아주 오랜 세월 전에 에바라는 여인이 모는 차에 탔다가 어떤 사고나 아니면 그 여자의 음모에 의해 그 밤에 무영은 죽어진 것이다. 그리고 그의 영혼이 이 저승의 거리를 헤매고 있다는 생각이 들었던 것이다. 이미 무영에게 두 번이나 복상사를 시도했으니 세 번째의 시도가 없었다고 장담할 수는 없는 것이다. 그렇다면 무영이 그 차에서 잠든 것이 아주 중대한 실수였다. 그는 에바의 차에서 잠이 들었고 에바의 어떤 행위에 의해 죽어 여기 차가운 저승에 와있는 것이다.

갑자기 서글퍼졌다. 모든 것이 그의 머리에 떠올랐다 사라진다. 그렇지만 그 세상에서 딱히 미련을 가질 것도 없었다. 하지만 딱 하나 서운한 것은 하림에게 인사 한마디 하지도 못하고 이렇게 온 것이다. 그러나 그게 무슨 상관이란 말인가. 어차피 죽은 다음에 이름을 남기는 것처럼 어리석은 일은 없지 않는가. 죽은 이는 이름을 남겼다고 그것을 알 수도 없는 것이니까.

그런데 죽음 후의 세상이 이토록 생생하고 명료하다는 것에 기이함을 느낀다. 보통 사람들이 생각하는 죽음 뒤의 세상이란 검은 암흑과 아무것도 존재하지 않는 영원한 무(無), 또는 일종의 신들이 존재하는 세상 정도일 것인데, 지금의 세상은 이상하게도 너무나 명확한 모습으로, 마치 인간들이 사는 세상처럼 보이는 것이다. 물론 사람은 없지만 말이다.

무영이 이런저런 생각을 하면서 이쪽저쪽을 기웃거려 보지만 도대체 움직이는 것이라고는 아무것도 없었다. 무영은 답답했다. 이곳이 저승이라면, 또는 천당이나 지옥이라면 누군가가 나타나 자신을 이끌어야 하지 않는가. 이런 식이라면 무영 자신이 어떤 길을 자신의 의지로 찾아 나가야 한다는 결론이 나온다.

그가 어떤 움직임을 발견한 것은 상당히 오랜 시간이 지나서였다. 그가 가던 길이 산 쪽에서 갑자기 끊어지면서 여태까지의 분위기와는 전혀 다른 모습으로 거대한 성전이 하나 서 있었다. 그 성전의 모퉁이에서 그리 확실하지는 않지만 그래도 무언가 움직인다는 느낌이 불현듯 들었다. 그러나 그것이 다였다. 무영은 확실하지는 않더라도 그 건물에 가야 한다는 생각 때문에 그 건물로 다가갔다.

비록 구체적으로 어떤 종교를 믿는 성당이란 증표는 없었지만, 분명히 그 건물은 어떤 종교를 목적으로 세워진 성당이라는 확신이 들었다. 무영은 성전의 정문으로 다가가서는 그 육중한 문을 밀어 보았다. 쉽사리 열리지 않을 것이라는 무영의 생각과는 달리 삐걱 소리를 내며 문은 쉽게 열렸다. 성전 안은 어둠침침했지만 그리 사악하게 보이지 않았고, 오랫동안 사람이 다니지 않았던지 약간의 곰팡이 냄새를 머금고 있다. 무영은 용기를 내어 안쪽으로 발을 드밀었다. 조심스럽지만 주눅이 들지는 않은 태도로 말이다.

성전 안엔 아무도 없었다. 하지만 무영은 분명히 이 성전의 어딘가에 누군가 있다고 믿고 있다. 그것을 찾으려고 무영은 성전 안을 샅샅이 돌아다녔다. 마침내 무영의 앞에 누군가가 나타났다. 그들은 빛의 저편, 그러니까 성전의 뒷문을 등지고 나타났는데 뒷문에서 들어오는 빛이 너무도 강렬하여, 마치 빛의 저편에서 스르르 나타난 것 같은 착각을 일으키게 했다.

그들은 정확하게 세 명이었고 셋 다 얼굴을 반쯤 가린 두건과 치렁치렁한 사제복을 입고 있었는데 가운데의 사제복장은 검은색, 양옆의 두 명은 흰색의 사제복을 입은 여자들이었다. 검은색 사제복장의 사제가 두건을 쓴 채로 무영에게 말했다.

"잘 오셨습니다."

무영은 그의 말소리가 어디서 많이 들어본 목소리라고 생각하고는 고개를 갸웃한다. 그러나 무영은 그 목소리를 곰곰 생각해 볼 마음의 여유가 없었다.

"여기는 어디지요?"

무영이 이렇게 묻자 사제의 오른쪽에 있는 여자가 답했

다.

"여기는 세상이 시작되는 곳입니다."

"세상이 시작되는 곳?"

그 의미가 딱히 잡혀 오지 않는다. 사제가 다시 무영에게 말했다.

"따라오시지요."

사제가 돌아섰고 두 여자가 뒤따르자 무영은 머뭇대며 그들을 주춤 따랐다.

아주 잘 다듬어진 화강암으로 회랑이 이어져 있고 참을 수 없을 정도의 엄숙한 분위기 때문에 무영은 숨을 제대로 쉴 수도 없을 지경이었다. 무영은 어디선지 간간이 비명 소리 같은 것이 들리는 것처럼 느껴져 모골이 송연해 졌다. 분명 이곳은 지옥일 것이고 저 세 사람은 지옥의 사자일 지도 모른다는 생각에 무영은 생전에 자신이 지었을 법한 죄업을 회고해 본다.

무영이 그렇게 샅샅이 돌아다녔는데도 그들이 무영을 인도하는 곳은 전혀 처음 가는 곳이다. 마침내 목적지인 듯한 곳에 이르자 그들은 발을 멈추었다. 그들의 앞에는 몇천 년 동안 한 번도 손대지 않은 것 같은 고색창연한 문이 나타났다. 무영의 가슴이 심하게 뛰어댄다. 저것이 바로 저승의 문이라고 생각했기 때문이다. 이제 저 문으로 들어서면 안개가 자욱한 이승과 저승의 중간 다리를 지나 완전히 죽음의 세계로 들어선다는 공포감이 엄습했다.

문은 녹이 슬었는데도 힘을 주자 스르르 열렸고 무영이 상상했던 가공의 죽음의 세계는커녕 오히려 평화롭게 보이는 널찍한 방이 나타났다. 세 사람이 그 안으로 들어서자 무영도 할 수 없이 그들을 따라 안으로 들어갔다.

긴 테이블을 사이에 놓고 세 사람은 벽을 향해 앉았고 무영은 문을 등지고 앉았다. 앉은 다음에야 비로소 오른쪽에 있는 여자가 자신의 얼굴 반 정도를 가렸던 두건을 벗어놓는데 그것을 보는 순간 무영은 뒤통수를 세게 얻어맞은 것처럼 머리가 띵하다. 여자의 미소는 무영에게 마치 혼란스러운 주술 같은 느낌을 주었다.

"아, 아니? 당신은?"

너무나 놀라서 미처 말을 이을 수도 없었다. 그렇다면 이곳은 저승도 지옥도 아닌 현실이란 말인가?

"놀라셨죠, 선생님."

"에, 에바?"

여자는 에바였다. 도저히 믿을 수 없는 일이지만 분명히 그녀였다. 그리고 여태껏 만났던 다른 에바와는 약간 달랐다. 무영은 그것이 어떤 차이가 있나 하는 것을 생각하다가 비로소 여자가 감정을 가지고 있다는 것을 깨달았다. 아니 감정이 아니라 지능이 맞을 것이다. 다른 에바들은 전혀 감정이 없을 것 같은 백치미를 가지고 있었는데, 이 에바는 오히려 그 반대였다.

무영은 이제야 그녀가 이곳으로 자신을 데려왔다는 것을

실감할 수 있었다.

“왜, 왜 나를 이곳으로 데려왔소?”

책망의 말도 분노의 말도 아니라 의문의 말이었다. 실제로 무영은 왜 그들이 자신을 그렇게 집요하게 노렸고 또 왜 이곳으로 데려왔는지 그것이 궁금했다.

“도대체 이곳은 어디요?”

그러나 아직도 무영은 이곳이 어떤 곳인지 알 수가 없어 불안했다. 저승은 아닐지도 모른다. 왜냐하면 에바란 여자도 따라서 저승으로 올 수는 없지 않은가 말이다.

“이곳은 세상이 시작되는 곳이라고 말씀드렸잖아요.”

에바가 그 말을 하는 중에 이번에는 왼쪽에 있던 여자가 스르르 두건을 벗는데, 그녀의 얼굴을 보고 혼이 날아간 듯이 놀라 짧은 비명마저 그의 입에서 튀어나왔다.

“억! 아, 아니?”

무영은 아까 에바가 두건을 벗을 때보다도 더욱 놀라서 허덕인다. 도저히 믿어지지 않아서였다. 여자가 잔잔히 웃으며 무영을 바라본다.

“선생님, 안녕하세요?”

여자의 목소리에 가득 정감이 담겨있다.

“하, 하림. 어떻게 여, 여길…?”

끝내 말을 잇지 못한다. 그녀가 여기 있다는 사실보다도 그녀가 그들과 함께 한 무리라는 사실이 더욱 무영을 놀라게 했던 것이다. 가운데에 검은 사제복의 사제는 두건을 벗지 않았다. 그의 가려진 두건은 마치 갑주처럼 그를 지켜주는 듯 보였다. 사제가 무영이 하림을 보고 너무나 놀라 입을 다물지 못하자 그를 일깨워 주려는 듯이 무영에게 말했다.

"첼라입니다."

응?

"이쪽은 에바, 이쪽은 첼라지요."

그 말에 무영이 정말로 못 믿겠다는 듯이 첼라를 노려본다. 그랬단 말인가. 첼라라는 여자가 하림으로 가장해서 무영을 속여 왔단 말인가. 첼라는 하림으로 가장한 채 무영에게 접근했고 아주 잘 짜진 각본에 의해 무영은 철저히 농락당했단 말인가. 무영은 도저히 그것을 믿을 수가 없었다.

"하림. 아니지? 저 자의 말이 사실이 아니지? 너는 하림이지?"

그러나 하림은 아무런 말도 없이 그대로 무영의 말을 듣고만 있다. 무영의 얼굴에 분노의 빛이 나타났다. 그래도 가끔은 정이 들고 마음도 주었던 무영은 극심한 배신감을 느꼈다.

"네가 정말 하림이 아니라 첼라란 말이야?"

그의 목소리가 분노에 의해 덜덜 떨려 나왔다.

"그래서 처음부터 내게 계획적으로 접근했고, 그리고 이곳에까지 유인해 왔단 말이야?"

무영은 주먹을 부르르 쥐었다. 이들에게 철저히 농락당했다는 생각이 그의 이성을 마비시켜 버릴 것 같다.

"뭐야? 도대체 목적이 뭐야? 나를 이곳에 데려온 이유가 뭐냐고?"

배신감이 깊으니 악이 써졌다. 무영은 입을 앙다문 채 그들을 노려보았다. 그들은 분명히 어떤 목적으로 무영을 이곳으로 유인해 냈을 것이다.

"차차, 알게 될 것입니다."

"차차? 어림없는 소리요. 난 가겠소!"

"하하하, 가시다니요? 어디로요? 이미 보셨지 않습니까? 이곳 이외에는 갈 데가 없습니다. 그리고 이곳은 김 선생이 꿈에 그리던 곳입니다. 이곳에서는 어떤 일이든 가능합니다. 모든 욕망을 충족시켜 주는 곳, 바로 세상이 시작되는 곳입니다."

무영이 사제를 죽일 듯이 노려보았다.

"나는 내가 원하는 곳으로 갈 것이오."

사제의 말소리가 한껏 자신감을 띠고 있었다.

"강제하진 않습니다. 그러나 한번 이 세상을 봐두는 것도 선생의 경험을 위해서 필요하지 않을까요? 보신 후에 떠나셔도 늦진 않을 테니 말이지요."

그 말을 듣고 보니 그건 그렇다는 생각이 든다. 하긴 지금 돌아가 보았자 강사 자리 하나 제대로 얻을지 여부도 확실하지 않지 않은가. '모든 욕망을 충족시켜 주는 곳'이란 말이 무영에게 힘을 얻어 다가왔다. 그러나 이들의 정말 목적이 무엇인지 그것이 마음에 걸렸고 또한 하림이 자신을 속였다는 것이 그의 자존심에 커다란 상처를 입혔다는 것 빼놓고는 그리 손해 볼 것은 없다는 생각이다. 그리고 보고 난 후에 마음에 들지 않으면 떠나면 그뿐이니까.

"선생이 원하시면 선생은 이곳에서 영원히 살 수 있습니다. 신과 같은 지위를 가지고 말이지요."

'신과 같은 지위.' 참으로 엄청난 유혹이 아닐 수 없다.

"자, 따라오십시오. 세상의 시작을 보여 드리지요."

세 사람은 동시에 일어났고 무영은 시간과 거리를 약간 두고는 그들을 천천히 따랐다. 이상하게도 세 사람의 행동은 거의 동시에 이루어졌는데 그것은 오랫동안 같이 지내왔기에 나온 행동인지 아니면 그렇게 훈련되었는지는 확실치 않았다. 무영은 이런저런 생각을 하면서도 그 '신의 지위'와 '모든 욕망의 충족'이라는 달콤한 말에 정신을 빼앗기고 있었다.

뒷문으로 나간 세상은 앞문과는 전혀 달랐다. 앞문 쪽은 어쨌지 사람은 없지만 사람의 흔적, 그러니까 건물이라든지 거리라든지 또는 조성된 가로수들이 있었지만, 뒷문 쪽의 세상은 그런 것이 전혀 없는 완전한 자연 그대로였다. 그것은 마치 그 성전을 중심으로 두 개의 세상이 공존하는 것 같은 느낌이었다.

산 쪽으로 쭉 이어진 작은 길이 산 옆구리에서 급격한 경사를 이루었고, 그 왼쪽으로 돌아가니 산이 뚝 끊어지며 거대한 광장이 나타났다. 아니 광장이라기보다는 거대한 공터라 해야 맞는 말이리라. 산이 함몰되어 만들어진 거대한 분지형의 공터였다.

무영은 그곳에 수많은 사람이 모여 있는 것을 보고는 놀랐다. 사람들은 거의 옷을 입지 않은 나체거나 반나체 차림으로 거의 아무런 행동도 없이 앉거나 누워있었다. 그들은 원시적이지도 않았고, 그렇다고 이지적이지도 않았다. 말하자면 뭐랄까, 전혀 어떤 활동이 없는 고요한 상태의 사람들이라고나 할까. 무영의 눈에는 그들이 마치 생명이 없는 고체 덩어리인 것처럼 느껴졌다. 그런 고체 덩어리처럼 보이던 무리가 갑자기 움직이기 시작한 것은, 그들 세 사람, 아니 정확히 말해서 무영까지 합해 네 사람이 나타나서였다. 그들은 사제들이 나타나자 몸을 일으켜서 무릎을 꿇고는 땅바닥에 이마를 맞대며 절을 해댔다. 그들은 감히 앞을 바라보지도 못하고서 사제들을 경배한다. 그것을 보는 무영의 마음이 이상하리만큼 가라앉았다. 이 사제들은 저들 벗은 무리에게는 신이라 불리는 존재들일 것이다. 그들은 수없이 절을 하며 이 사제들에게 무엇을 간구하고 사제들은 기꺼이 그들에게 자신의 은혜를 베풀 것이다. 마침내 검은 옷의 사제가 그들에게 소리쳤다.

"경배하고 경배하라, 거룩한 날이니, 셋이며 하나인 자가 너희에게 임할 것이라."

벗은 무리가 그대로 머리를 땅바닥에 댄 채로 굳어져 있다. 사제의 말은 계속되었다.

"그날이 이르면 말이 너희를 자유롭게 할 것이요, 진리가 너희를 잠들게 하리라."

무영은 사제의 말이 먼 기억의 저편 어딘가에서 들려온다는 착각을 하고는 몸을 부르르 떤다. 정말로 모든 것이 생소한 익숙함에 절어 있는 듯 느껴졌다.

"믿는 자들은 자유롭나니 죽음이 너희에게 임할 것이요. 너희는 그 죽음 안에서 영원토록 거하리라."

무영은 사제의 이 같은 기도와 축도에 은근한 반발심이 솟구쳤다. 무영의 생각으로는 사제가 이토록 강한 권력을 가질 아무런 이유도 없는 것이다. 그러나 이것이 하나의 의식이라면 그저 의식으로 따라야 할 도리밖에는 없을 것이다.

그런데 다음 순간에 무영의 온몸에 소름이 쫙하고 끼쳤다. 갑자기 무리가 이상한 굉음을 내기 시작한 것이다. 그것은 마치 가슴 속 깊은 곳에 잠자고 있던 어떤 마성을 끌어내는 듯한 소리였고, 가슴이 찢어지는 듯한 고통이 훅하고 다가왔다.

"너희들에게 죽음이 있으니리 그것은 영원한 잠이요…."

그 순간이었다. 무영은 자신의 눈을 믿지 못했다. 그 벗은 무리들이 사제의 말이 떨어지는 그 순간 기다리기라도 했다는 듯이 서로가 서로에게 달려들었다. 그것을 보고 있는 사제의 반쯤 가린 눈에서는 싸늘한 냉기가 스쳐 지나간다.

아악!

무영은 미처 비명을 지를 수도 없었다. 벗은 무리는 서로가 서로를 죽이며 광란의 몸부림을 치는 것이다. 목을 조르는 자, 무지막지하게 주먹을 휘두르는 자, 발로 다른 사람의 목을 눌러 숨통을 끊는 자 등등. 그들은 서로를 살해하며 극도의 쾌감을 느끼는지, 온 얼굴이 흥분과 광기로 가득 찬 채 날뛰었다. 무영이 사제에게 달려들 듯이 소리친다.

"이건 사기야. 사기라고,"

"선생, 우리는 신입니다."

그 말에 무영은 기어이 분노를 토해놓고야 만다.

"신이라고? 이들을 살해하는 의식을 만든 것이 신이라고. 그들은 반드시 알게 될 거야. 당신들이 신이 아니고 다만 그들을 속이는 사기꾼이라는 것을."

무영은 그들에게 항거해야만 했다. 아무리 강력한 힘을 가지고 있는 신일지라도 이렇게 잔인하게 살해의식을 거행할 수는 없는 것이다. 그리고 아무리 자신이 이런 광신적인 집단의 한 가운데 있을지라도 무영은 소리쳐서라도 그들의 악행을 비난해야만 했다.

"선생은 이것을 사교적 광신자들의 행위라고 보시는 겁니까?"

"그렇지 않으면 뭐란 말이오!"

무영이 극도의 적대감으로 검은 옷의 사제를 죽일 듯이 노려본다. 그러자 사제가 무영을 싸늘히 노려보다가 시선을 돌려서 아직도 광란의 몸부림을 치고 있는 무리를 바라보고 외쳤다.

"자, 인간들아, 위대한 나의 피조물들아. 너희는 죽어도 죽지 않고 살아서 영원히 사는 자들이로다. 너희는 너희 위대한 신 바누를 아느냐?"

그 소리에 무리들이 흠칫 손을 멈춘다.

"경배하라, 바누가 너희를 자유롭게 할 것이니 이제 너희에게 생명책에서 자유롭게 될 수 있는 기회를 주노라."

우우우우…

그것은 피 끓는 절규보다도 더욱 가슴을 저미는 신음이었다. 무영은 귀를 막을 수밖에 없었다. 그렇지 않으면 무리들이 내는 그 신음 때문에 피라도 토할 것 같았기 때문이었다.

그들은 이번에는 다른 사람을 죽이지 않았다. 오히려 그들은 광기를 번득이며 눈을 뜬 채 자기 자신의 목을 두 손으로 눌러댔다. 그들의 눈동자는 고통보다는 오히려 유희에 찬 모습이었다.

무영은 도저히 더 이상 견딜 수 없었다. 이쪽저쪽에 죽어 넘어진 처참한 시체들 때문에 그는 견디지 못하고 그 자리에 풀썩 주저앉았다. 그는 속이 무섭게 뒤집혀 올라오는 구토를 하기 시작했다.

## 5. 영원히 사는 자

해는 산 모서리에 가까스로 걸려 넘어가지 않으려고 안간힘을 써댔지만 짙어가는 석양이 마침내 햇덩이를 산 너머로 밀어 버렸고, 힘을 얻은 황혼은 자신의 현란한 자태를 온 세상에 한껏 뿌려 놓는다. 왠지 모를 비애감이 석양이 퍼져내는 빗살무늬를 따라 넓게 퍼졌고, 무영은 그 비애감이 자기 몸속 신경세포, 특히 아픔을 느끼는 통각 세포에 속절없이 엄습함을 느끼며 몸을 떨었다. 몸을 가눌 수 없을 정도의 충격을 겪으며 겨우 성전으로 돌아온 무영은 이를 악물고 그들이 돌아올 때만을 기다리고 있었다. 무영은 벗은 무리들이 세 사제의 명령에 의해 자신들을 희생물로 제의 의식을 벌였던 그 장면을 도저히 떨쳐 버릴 수 없었다. 그것은 마치 흡착력을 지닌 연체동물과도 같이 무영의 머릿속에 끈끈히 붙어있었다. 무영은 허덕일 수밖에 없었다. 그렇듯 참혹한 장면은 처음이었기 때문이다.

마침내 세 사람의 그림자가 길게 산기슭에서 드리워 내려왔고, 석양을 등지고 나타난 그들은 마치 죽음의 그림자처럼 흐느적거리며 성전의 엄숙함을 처연히 감아 버린다. 무영은 이를 악물고 그들의 앞에 버티고 서있다. 세 사람이 다가오다가 무영을 보고서 우뚝 걸음을 멈춘다. 검은 옷 사제가 빙글댄다.

"선생, 생각보다는 약하시군요."

사제의 말소리에 비웃음이 깔려 있는지도 모른다. 하지만 무영은 그것이 어떤 의미라고 생각할 마음의 공간이 없었다.

"당신에게 그럴 권리는 없어!"

무영의 말소리가 거의 악에 가깝게 튀어 오른다. 그러나 사제는 여전히 빙글거릴 뿐이다.

"무슨 권리 말씀입니까, 선생?"

"인간 희생의 의식을 명령할 만한 권리 말이야!"

사제가 무영의 말을 들으며 그를 노려보는데 석양의 침침한 빛인데도 불구하고 사제의 안광은 무섭게 빛나고 있다. 무영은 그 눈빛이 언젠가 과거의 기억 속에 많이 본 적이 있다는 생각을 하고 부르르 떨어버렸다.

"선생, 그것은 권리가 아니요. 그것을 창조주의 섭리라고 하는 것이요."

사제는 그 말도 안 되는 소리를 너무도 당연하게 말했기에 무영에게는 그것이 그의 오만에서 나온 말처럼 들렸다. 그렇기에 무영은 참을 수가 없었던 것이다.

"에이, 이런 가증스러운…."

무영은 말을 채 끝맺지도 않고 그대로 그의 얼굴에 침을 뱉어 버렸다. 졸지에 침을 맞은 사제였으나 그는 절대로 감정을 표현하지 않고 무영을 노려보기만 한다. 얼마간 노려보는 그 눈동자에 무영의 온몸이 꽁꽁 얼어버릴 것 같은 느낌이었다. 사제가 으르렁댔다.

"선생, 이 세상의 모든 것은 내 섭리에 의해 진행되어 갑니다. 흐흐흐."

"이, 이런 못된 것! 네가 신이냐? 네가 신이냐고!"

사제의 몸에서 어떤 알지 못할 빛이 쏟아져 나오는 듯했다.

"그렇소, 선생. 내가 신이요. 내가 이들 인간들을 창조한 유일한 신이란 말이요."

허억, 무영은 거리낌 없이 말하는 그가 어이가 없기보다 오히려 두려워지기까지 하였다. 그때 사제가 나지막한 소리로 첼라를 부른다.

"첼라!"

첼라는 아주 정중하게 고개를 숙여 사제의 부름에 응했고 사제가 첼라에게 명령했다.

"오늘 김 선생을 모시도록 해라."

사제가 이 말을 하고는 곧바로 몸을 돌리는데 에바가 그를 따른다. 무영은 그의 등에다 소리쳤다.

"나는 갈 거야. 나를 내보내줘."

사제가 등을 돌린 채 말한다.

"누가 선생을 감금했나요? 선생은 가고 싶은 곳으로 갈 수 있습니다. 다만 그 선택은 신이 내려주지요."

"신(神)? 누구? 당신?"

무영은 이곳을 나가도 아무 곳에도 자신의 세상으로 나가는 출구를 찾을 수 없음을 통감하고 있다. 이미 성전 앞 거리를 하루종일 헤매 보지 않았던가.

"제발 내보내 줘."

이제 무영은 거의 애원조로 사정했다. 하지만 사제와 에바는 아무런 말도 없이 그대로 사라지고 무영은 거의 기진맥진한 상태로 중얼거린다.

"날 내보내 달라고."

첼라, 아니 하림이 넋 나간 듯이 멍하게 있는 무영에게 스르르 다가와서는 그의 팔을 잡는다.

"선생님."

"넌 뭐야? 가까이 오지 마. 넌 계획적으로 내게 접근해서 이 지옥에 나를 가둬…."

무영의 소리가 툭하고 끊어졌다. 하림이 그의 입술에 격렬한 입맞춤을 했기 때문이었다. 무영은 갑작스런 하림의 행동에 당황했다. 두 손을 버둥대며 어디에 둘지 몰라 허둥대는데 하림이 입을 떼며 무영에게 속삭였다.

"선생님, 다른 생각은 하지 마세요. 오직 한 생각만 하시는 거예요."

하림의 몸에서 툭하고 그 치렁치렁한 하얀 사제복이 벗겨져 나갔다. 그것은 마치 여태까지 갖고 있었던 고정관념의 틀처럼 부자연스러운 것이었다. 그 고정관념의 틀이 벗겨지자 무영의 가슴은 마치 불에 덴 것처럼 펄떡거리며 온몸이 불타오르기 시작한다. 하림의 몸매는 너무도 아름다웠다. 성당의 완만하게 깎여진 대리석 기둥보다도 더욱 탄력이 있어 보였고 조각가가 일부러 깎아서 만들어도 그렇게 만들지는 못할 것이라는 생각이 들 정도였다. 그런데 이상한 것은 그 몸매를 어디선가 한 번 이상 본 것 같다는 느낌이었다. 그녀의 뽀얀 피부가 마치 바다의 포말을 뚫고 나타나는 여신의 촉촉함과 흡사했다. 목욕을 바로 마친 듯한 느긋한 풍만감. 무영은 자신도 모르게 끄응 신음을 내뱉었다. 머리에 있던 모든 생각이 하얗게 지워져 버리고 그저 숨을 쉬는 것은 뜨거운 가슴뿐이었다. 무영은 전에 하림을 소중하게 여겼던 기억을 아직도 갖고 있다. 그리고 그녀를 생각하면 뜨거워졌던 가슴도 역시 그대로였다. 그것은 사회의 통념이라는 강박관념에 의해 가슴 속 깊은 곳으로 몰아넣을 수밖에 없는 것이었다.

무영은 하림을 으스러지게 껴안았다. 온몸의 모든 것이 한 곳으로 급격히 몰려서 무영은 그저 분출되기 직전의 활화산처럼 뜨거워졌다. 무영의 몸과 마음은 모두 돋보기에 모아진 분산된 햇빛처럼 오로지 하나만을 생각하고 있을 뿐이었다.

깜박!

다시 암흑이 나타났다. 암흑은 죽음이 아닌 것이다. 그것은 모든 것을 안아 보듬고 있을 뿐이다. 앞으로 자신의 자궁 안에서 탄생될 위대한 빛을 위해 온몸을 갈기갈기 찢어 버린 채 새롭게 태어날 빛에 의해 살해당할 때만을 기다리고 있는 것이다.

그러나 이번의 암흑은 너무나 왜소했다. 아니, 그것이 아니라 무영의 의지가 너무나 강한 것이다. 암흑은 언제나 그 상태이지만 그것을 느끼는 사람에 따라 그 크기가 조절되는 것인지도 모른다.

무영은 순간적으로 자신의 암흑을 깨뜨려 버렸다. 그것은 분노였고 그것은 배신감에 대한 폭풍 같은 혐오였다. 성전 바닥에서 하림의 육체를 탐하여 그녀의 암흑으로 돌입하기 직전에 무영은 그 암흑을 내동댕이쳐 버린 것이다.

무영이 벌떡 일어서자 그 뜨거운 몸이 찬바람에 식어 내린다. 하림의 벗은 몸에는 차가운 밤바람만이 그녀를 유혹하듯 스쳐 지나갔다.

"선생님?"

그녀의 목소리는 마치 불안감에 떠는 작은 새를 닮아 있다. 하지만 무영의 정신은 더할 수 없이 맑았다. 무영은 하림의 몸 중에 아랫배를 일별했다. 어스름 밤빛이지만 무영은 분명히 그녀의 배에 배꼽이 없다는 사실을 확인한다. 그것은 그녀도 분명히 그들과 같은 무리라는 증거였다. 무영이 차가운 비웃음을 그녀에게 던진다.

"하림, 네가 또 내게 복상사를 유도하는 거로군."

하림의 입술 사이로 작은 한숨이 새어 나왔다.

"선생님, 이곳에는 복상사란 없어요. 이곳은 영원히 사는 곳이니까 말이에요."

"영원히 살아? 꿈같은 소리야."

하림이 스르르 일어나서는 벗은 몸으로 무영에게 다시 다가왔다.

"선생님, 저를 원하셨잖아요. 우린 이렇게 영원히 여기서 살아갈 수 있어요."

하림이 무영에게 온몸을 기댄다. 무영의 마음이 그 순간 심히 흔들렸다. 영원히 살 수는 없을지라도 하림과 아무런 걱정 없이 평생을 지낸다는 것은 솔직히 아주 달콤한 유혹이었다. 지금 세상에 돌아간다고 해도 먹고 살 걱정부터 해야 하지 않겠는가. 무영은 다시금 하림의 벗은 몸을 와락 껴안아 버린다.

"그래요, 선생님. 지금은 오직 하나만 생각하시는 거예요."

무영을 쳐다보는 하림의 눈동자에 눈물이 촉촉이 맺혀졌다. 무영은 자신도 모르게 하림의 입술을 탐하여 거칠게 입을 맞춘다. 하림의 온몸이 마치 흡입판이나 달린 듯 착하고 감기어 왔다. 그때 무영은 그녀를 꼭 껴안은 채로 입술을 떼면서 그녀에게 속삭인다.

"난 안 돼, 하림. 나도 단순했으면 좋겠어. 그러나 나는 하나만 생각할 만큼 단순하지가 않거든."

어디선지 쨍그랑 소리가 들려오며 모아진 빛이 모두 와

장창 깨져 나가는 느낌이었다.

"난, 나는, 나는 정말로 너를 사랑해. 하지만 이곳에서는, 그리고 이런 식은 아니야. 하림, 알지?"

하림이 그 순간 흐느끼기 시작했고 무영은 그 유혹을 견디지 못할 것 같아서 그녀를 내버려둔 채로 다른 방을 찾아 들어가 버렸다.

온갖 생각이 뒤범벅이 되어 버려 무영은 한잠도 잘 수가 없었다. 특히 그 죽음의 의식에 참여해서 희생된 그들의 죽음이 눈앞에 계속 어른거렸고, 그와 함께 하림의 벗은 몸이 내내 무영을 괴롭혔다. 그리고 도저히 이해할 수 없는 것은 에바라는 여자와 하림이 배꼽이 없었고 또 둘의 몸이 완벽하게 닮았다는 사실이었다. 이런저런 생각을 하다가 어렴풋이 잠이 들었다가 눈을 뜨니 이미 성당 안으로 환하게 빛이 들어오고 있었다.

무영은 후다닥 일어나 방 밖으로 달려나갔다. 하림이 어떻게 하고 있는지 불현듯 걱정이 되었기 때문이다. 밖으로 나가다가 흑하고 무영이 그 자리에 굳어져 버렸다. 선명한 아침 햇살을 받으며 성당 앞에 죽은 듯이 굳어져 쓰러져 있는 것은 바로 하림의 새하얀 나신이었다. 그 참혹하리만큼 절묘한 햇빛과 나신의 조화가 너무도 성스러웠기에 무영은 흐득하고 숨을 멈추어야 했다. 무영은 그 햇빛에 하림의 나신이 상처를 받을까 봐 주의하며 아주 천천히 그녀의 옆으로 다가갔다.

"하림?"

무영은 가슴에 아주 날카로운 수술용 메스가 지나간 것 같은 아픔을 느끼며 가슴을 부여잡고 이렇게 불러본다. 아마도 하림은 그런 모습으로 굳어진 채 하염없이 밤새도록 흐느꼈을 것이다. 그리고 그 아픔을 견디지 못해 그렇게 굳어진 채로 밤을 꼬박 새웠을 터였다.

"하림!"

자그맣게 부르는 그의 목소리가 아픔을 참지 못해 더덜더덜 떨려 나왔다. 아침 햇살이 강하게 그녀의 나신을 내리쬐고 있고 그녀의 온몸은 그저 한 떨기 눈송이처럼 흐르르 녹아내릴 듯이 보였다. 마침내 무영은 그녀에게 다가가 그녀의 어깨에 가만히 손을 얹는다.

"하림. 나와 함께 가자. 우리의 세계로 돌아가는 거야. 난 영원히 살지 않아도 좋아. 먹을 게 없어도 후회하지 않겠어. 하림, 돌아가자. 너와 함께라면 나는 우리의 세상에서 행복하게 살 수 있을 거야."

무영의 호소가 그의 심장 속 깊은 곳에서 피눈물을 머금은 채 솟아오른다. 그런데 그 순간 무영은 이상한 소리를 들었다.

"응?"

무영의 미간이 찡그려진다. 그것은 분명히 웃음소리였다. 그것도 비웃음 소리. 무영이 허덕 놀라 하림의 몸에서 손을 뗐다. 죽은 듯이 굳어진 하림의 몸에서는 흐느낌이 아니라 비웃음이 흘러나왔던 것이다.

"선생님, 저는 이곳에서 영원히 살아요."

하림이 고개를 들며 처연히 이렇게 말했는데 무영은 그녀의 얼굴에서 어떤 광기를 발견하고는 흐드득 떨어 버렸다.

"이 바보야. 이 세상에 영원히 사는 사람이 어디 있어? 정신 차려!"

그러나 하림은 그의 말을 듣지도 않았다. 무영이 애가 달아 소리친다.

"하림, 일어나. 나와 같이 가자고. 너는 그들에게 속고 있는 거야. 그들은 사이비종교의 사기꾼들이라고."

"호호호, 선생님, 우습군요. 그들이라니요? 그들이 도대체 누구죠?"

무영이 답답하다는 듯이 말한다.

"에바와 그 사제 말이야."

"호호, 오호호호…."

갑자기 하림의 포복절도하는 웃음소리가 무영의 마음을 싸늘히 얼려 놓았다.

"정신 차려, 하림. 정신 차리라고."

갑자기 하림이 웃음을 뚝 그친다.

"선생님, 선생님이 그들이라고 부른 것은 바로 나에요."

"…?"

무영은 하림이 정신이 이상하다고 생각한다. 보통 사람

이라면 그들을 나라고 말할 수 있겠는가.

"선생님, 나는 셋이자 하나입니다. 어떤 사람들에게는 셋으로 보이지만 진정한 의미에서는 하나일 따름이지요."

그때 누군가가 하림의 말을 끊으며 다가섰다.

"그렇소, 선생. 헬라와 에바 그리고 나는 전부 같은 하나입니다."

어느 새인지 사제와 에바가 옆에 서 있었고 무영은 자리에서 떨치고 일어났다. 무영은 하림이 아직도 벗은 몸으로 있다는 사실에 당황하지만 정작 하림이나 에바 또는 사제는 그런 것에 아랑곳하지도 않았다.

"이곳은 선생이 원하는 모든 것을 이룰 수 있는 곳입니다. 선생은 전에 하림을 마음속으로 원하지 않았습니까. 당신이 원한다면 이곳에서 하림과 영원히 살 수 있습니다. 또한 당신이 원한다면 이 에바도 영원히 당신의 것이 될 수 있습니다. 에바."

이렇게 말하며 사제가 에바를 부르자 에바는 예의 그 고혹적인 미소를 지으며 무영의 앞에 섰다. 그리고 그녀의 정교해 보이는 손이 자신의 가운 위 섶을 젖혔다.

무영은 순간적으로 숨이 콱 막혀버렸다. 에바의 가운이 훌렁하며 바닥으로 떨어져 버린 것이다. 그러니 에바의 나신이 그대로 드러났다. 무영은 두 여자의 벗은 몸 때문에 눈을 어디에 둘지를 몰랐다.

"인간의 욕망은 두 가지에서 나옵니다, 선생."

사제는 느긋한 어조로 말한다.

"하나는 여자를 차지하고자 하는 욕망, 다른 하나는 돈을 많이 벌려는 욕망. 이곳에는 그런 욕망이 모두 충족될 수 있습니다, 선생."

"도대체…."

무영은 도대체 이해할 수가 없었다.

"도대체 당신은 내게 무엇을 원하는 거요?"

무영이 지그시 그를 노려본다. 그 해답을 원한다는 듯이.

"선생은 안 믿겠지만 이곳은 세상이 시작되는 곳이요. 영원히 사는 곳, 모든 것을 충족시킬 수 있는 곳입니다. 만일 선생이 원한다면 이곳에서 선생은 신이 될 수 있습니다."

"흥. 알고 있소. 그리고 당신은 이곳에 위대한 신이란 사실도 말이요."

무영의 말에 냉소가 머금어져 있다.

"안 그렇다고 믿습니까, 선생? 나는 이 세상의 창조자이고 전지전능한 자요. 이 세상의 모든 것은 내 섭리대로 이루어지고, 내 섭리대로 이루어지지 않은 것은 이 세상에 존재할 가치가 없습니다. 우선 내 섭리대로 당신의 마음을 돌리지 못한 책임을 져야 하겠지요. 첼라!"

사제가 하림에게 고개를 돌려 그녀를 불렀고 하림은 완전히 벗은 몸인데도 불구하고 조금도 주저함이 없이 사제에게 다가간다.

"나는 죽어도 사는 자요, 영원히 사는 자이며, 전에도 존재했으며 후에도 영원히 존재할 자이니라."

하림이 그대로 그것을 따라 외친다.

"나는 죽어도 사는 자요, 영원히 사는 자이며, 전에도 존재했으며 후에도 영원히 존재할 자이니라."

그것을 그대로 따라 하는 하림을 쳐다보던 무영은 눈을 번쩍 뜨며 소리쳤다.

"안 돼! 하림?"

어느새 하림의 손에는 시퍼렇게 날이 선 칼이 하나 들려져 있었고 그녀는 천천히 그 칼을 든 손을 자신의 목으로 가져갔다.

"정신 차려, 하림! 아아악! 아아악!"

그러나 그런 피 터지는 절규도 소용없는 일이었다. 하림은 전혀 거리낌 없이 자신의 목을 칼로 사정없이 베어 버렸다.

"어헉! 안 돼!"

무영이 화다닥 달려가 그대로 무너져 내리는 하림의 몸을 부둥켜안았다. 그러나 그녀의 목에서는 이미 어쩔 수 없는 선혈이 울컥울컥 솟아오른다. 무영은 자신이 할 수 있는 일이 무언지 생각도 나지 않아 그대로 피가 솟구치는 하림의 목을 두 손으로 눌러보지만 아무런 소용도 없이 하림의 목에서는 선혈이 울컥울컥하고 치밀어 올랐다.

"흐흐흐흐. 하림. 이 바보. 바보야!"

무영은 절명해 버린 하림의 피범벅이 된 시체를 마구 흔들며 통곡한다. 그녀의 흰 피부와 선홍의 피 빛깔이 어쩐지 참혹하지 않고 아름답게 보이기까지 했다.

무영이 고개를 들어 사제에게 저주를 퍼부으려는 순간 무영의 귀에는 사제의 소리가 먼저 정확히 전달되어 왔다.

"에바, 나는 죽어도 사는 자요, 영원히 사는 자이며, 전에도 존재했으며 후에도 영원히 존재할 자이니라."

그 말은 분명히 불길한 어조였다. 무영의 머리에 불길이 치솟는 느낌이다. 에바의 목소리가 들린다.

"나는 죽어도 사는 자요, 영원히 사는 자이며, 전에도 존재했으며 후에도 영원히 존재할 자이니라."

"안 돼! 에바."

무영이 본 것은 에바의 목에 그녀가 손에 든 칼이 무참히 지나치는 광경이었다. 그리고는 마치 환각의 일종인 양 에바의 몸이 스르르 그 자리에 허물어져 버렸다. 그 아름다운 나신이 마치 허깨비의 것인 양 바닥에 피를 뿌리며 쓰러지는 순간 무영은 자신도 모르는 사이에 아직도 하림의 목에 꽂혀있던 그 시퍼렇게 날이 선 칼을 잡아 뺐다. 그의 눈동자는 한곳에 고정되었고 그는 아무런 생각도 하지 않는다. 다만 한 가지 생각, 극도의 분노와 증오뿐이었다. 그는 이를 악물며 자리에서 일어섰다. 그 바람에 그의 몸에 흠뻑 묻어 있던 하림의 피가 줄줄 땅바닥으로 흘러 떨어진다. 그것은 누가 보기에도 참혹한 광경이었다. 무영은 칼을 쥔 손에 힘을 주며 벌벌 떤다. 하지만 그것도 잠시뿐이었다. 사제의 목소리가 들려왔기 때문이다.

"나는 죽어도 사는 자요, 영원히 사는 자이며, 전에도 존재했으며 후에도 영원히 존재할 자이니라."

무영은 도저히 자신의 눈을 믿을 수가 없었다. 사제의 손에도 그 시퍼런 칼이 들려 있다. 이것은 상상도 할 수 없는 짓이었다. 사제의 손이 거짓말처럼 올려진다. 무영은 아무것도 생각할 수 없었다. 그 순간만큼은 무엇이 어떻게 되어가고 있는지 분간이 가지 않았다. 모든 것은 분별력을 잃어 허둥대는 술 취한 사람처럼 빙빙 돌아가고 있다.

사제의 칼이 천천히, 아니 최소한 무영의 눈에 보이기는 아주 느린 동작처럼 그렇게 천천히, 자신의 목에 꽂힌다. 그리고 이 세상은 무영의 눈앞에서 그대로 멈추어졌다. 아무런 소리도, 아무런 생각도 없이, 무영은 그렇게 서 있을 뿐이다. 사제가 천천히 바닥에 무릎을 꿇었다. 자신의 몸을 지탱할 수 없었던지 두 손을 바닥에 짚었다. 그러나 그의 눈에서 무영은 어떤 것도 볼 수 없다. 다만 아주 평온한 느낌만을 받았을 뿐이다. 어쩌면 죽는 자의 눈동자가 저렇게 평온할 수 있을까 라고 생각하면서도 무영은 그에게 물어야만 했다.

"도대체 당신들은 누구야? 내게서 뭘 원하는 거야? 이렇게 죽으면 어떻게 하라고?"

허무했다. 이렇게 모두 죽어버리면 무영은 다시 자신의

세상으로 어떻게 돌아가느냔 말이다. 사제의 눈동자가 천천히 빛을 잃어갔고 무영은 미친 듯이 그에게 외친다.

"누구야? 누구냐고! 대체 뭘 원하느냐고!"

사제가 자신의 무게를 견디지 못해 헐러덩 그 자리에 쓰러졌고 무영도 차마 더 이상 견디지 못한 채 그 자리에 주저앉아 버렸다. 그의 손에는 아직도 끈끈한 피가 덕지덕지 묻은 칼이 들려져 있다.

"도대체 무슨 일이야? 왜 이런 일이 생겼냐고? 여기가 어디야?"

무영은 기어코 흐느끼고 말았다. 엄청난 허탈감이 무지막지하게 무영에게 밀려든다. 그것은 그의 의지를 몽땅 말살시키고도 남을 만큼의 엄청난 허탈감이었다.

무영은 자신의 손에 들고 있는 시퍼런 칼을 노려본다. 피가 상당히 많이 묻어 있지만 그래도 시퍼런 부분은 햇빛에 비쳐 번쩍번쩍 광을 내며 피를 부르고 있다. 아직도 피 맛을 덜 보았다는 듯이. 무영은 고개를 세차게 저어본다. 하지만 그것은 상당히 강한 유혹이었다. 아니 상당히 강할 정도가 아니라 도저히 떨칠 수 없는 유혹. 무영은 입술을 아프게 깨물어 본다. 하지만 유혹은 빳빳이 고개를 세운 채로 무영의 머릿속을 헤집고 다닌다. 누군가가 무영에게 속삭이는 것 같다.

"그래, 그렇게 하는 거야."

그 목소리는 너무나 달콤했다. 무영은 그 목소리에 취

해 칼날을 자신의 목에 대어 보았다. 누군가 히히히 비웃고 있었다. 잔인한 목소리로 이빨을 드러내며 낄낄거리고 있다. 무영은 그 비웃음이 자신의 입술 사이로 새어 나온다는 것을 깨닫는다. 그리고는 신음 반, 비웃음 반 정도의 이상한 소리를 내며 지그시 눈을 감은 채 손에 천천히 힘을 불어넣었다.

## 6. 창조주

희생 의식. 이것은 인간의 종교의식 중에 가장 오래된 것 중 하나이다. 특히 자신의 모든 것을 바친다는 제의(祭儀)는 상당히 고단계화된 정신 혁명적 종교에만 가능하다. 지능이 발달하지 못했거나 아니면 지능이 발달했다 하더라도 자기중심적인 이기주의 사회에서는 절대로 볼 수 없는 것이 이 자기희생 의식이었다. 자신을 아무런 두려움 없이 온전히 신에게 바칠 수 있다는 확신이 없는 한 도저히 불가능한 일이다. 그러나 그렇지 않고도 자기희생 제의가 일어날 수 있는 때가 있다. 그것은 환각이나 도취 또는 어떤 마약에 의하거나 혹은 강제에 의한 때이다.

무영은 어떤 빛이 자신의 몸속에 파고든다는 생각이 들었다. 그것은 온통 가려진 암흑을 뚫고 들어오는 강력한 힘이었다. 도저히 거부할 수 없는 그런 엄청난 기운. 무영은 그 빛에 이기지 못해 흑, 숨을 들이마신다. 그 순간 암흑과 빛이 와장창 깨어져 나갔고, 무영은 허덕이며 손을 멈추었다. 이미 시퍼런 칼날이 목의 표피층을 침투하고 끈끈한 점액질을 쏟아내고 있었다.

"으흑!"

무영은 재빨리 손으로 목의 상처를 눌렀다. 그 누른 손을 비집고 끈끈한 피가 주르르 흘러내린다. 무영은 무슨 생각이 들었는지 그 피를 손으로 찍어서 눈앞으로 가져와 멍하니 쳐다보았다. 참으로 기분 나쁘고도 신비한 느낌이 무영의 가슴 깊숙한 곳에서 스멀스멀 기어오른다. 두 명의 발가벗은 여자 시체와 한 명의 사제 시체에서 울컥울컥 솟아 나왔던 그 선혈의 줄기가 전혀 별개의 것이 아니라 한 줄기인 것 같은 느낌이 들며, 그것이 이어져 무영의 목에서도 그대로 분출되고 있다는 기이한 느낌이 든 것이다. 무영은 이상하리만큼 감정이 무뎌진 것 같았다. 그 참혹한 시체들이 그의 감정을 말려 버렸는지 그는 아무런 느낌도 없이 그저 자리에서 일어섰다.

이곳은 사악한 땅이다. 자신도 어떤 알지 못할 환각에 취해 자신을 죽일 뻔했지 않은가. 무영은 아직도 피가 흐르는 목을 어루만지며 이것이 마치 어떤 사악한 악령의 주관에 의해 이루어졌을 거라는 생각을 한다. 무영은 흠칫 주위를 둘러보았다. 그런 악령을 보기라도 하겠다는 듯이. 하지만 주위에는 아무도 없었고 그저 차가운 바람만이 비웃기라도 하듯이 스쳐 지나간다. 하늘을 우러러본다. 만약 그 무언가가 이것을 주관했다면, 그리고 그것을 섭리라고 부를 수 있다면, 그 무언가는 신이라는 이름으로 저 하늘 위에서 무영을 바라보며 낄낄대고 있을 거라는 생각 때문이었다. 이곳을 떠나야만 한다. 분명히 들어온 길이 있기에 나가는 길도 있을 것이다. 그 길을 찾아야만 한다. 그래서 무영의 세상으로 다시 돌아가야만 한다.

무영은 이렇게 생각하고 성전을 빠져나가려고 하는데 그의 앞에 사제의 시체가 힘을 잃은 채로 엎어져 있다. 마지막으로 그의 얼굴을 보고 싶은 것은 어떤 이유일까. 무영은 그 생각을 하자마자 숨이 가빠진다. 어떤 긴장감이 급박하게 무영의 온몸으로 치밀어 든다. 그는 떨리는 손으로 사제의 두건에 손을 가져갔다. 그리고는 긴장감과 공포심에 떨리는 마음으로 그의 두건을 벗겼다.

"아아악!"

무영은 비명을 지를 수밖에 없었다. 이런 일은 있을 수가 없는 것이다. 도저히 참지 못하고 무영은 세상이 떠나가게 비명을 질렀고, 성전이 그 소리를 못 이기는 듯 쩌렁쩌렁 메아리를 돌려보냈다. 무영은 뒤도 돌아보지 않고 달리기 시작했다. 그의 뒤로 금방이라도 죽어 자빠진 사제의 시체가 벌떡 일어나 뒤좇아 올 것 같은 느낌이다.

어떻게 이런 일이 있을 수가 있단 말인가. 모든 것은 꿈이다. 이것은 현실이 아닐 것이다. 무영은 쉴 새 없이 중얼대며 죽어라고 달렸다. 그의 귓전에 사악한 망령의 몸부림 소리가 쉬익쉬익 하며 달려들었다가 사라져버린다. 무영은 그 희멀건 눈동자로 죽어 넘어진 사제의 얼굴이 마치 악마의 형상인 양 무영의 영혼을 그저 꽁꽁 옭아매고 있었다. 죽어라 뛰던 그의 몸이 휘청하고 앞으로 꼬꾸라진다. 숨이 막히고 눈알이 빠져나올 것만 같았다. 하늘이 노랗게 변하고 눈앞에 뭔가가 뱅글뱅글 돌고 있다.

무영은 도저히 참을 수 없어서 그 자리에 길게 누워 버렸다. 숨이 턱에 닿아서 헉헉거리며 숨을 몰아쉬었다. 하늘이 파랗게 내려왔다가 얼굴 가까이에서 다시 까마득히 멀어져 간다. 무영은 속절없이 밀려드는 어지럼증을 견딜 수가 없어 눈을 감았다. 그 순간 엄청난 기운이 그를 눌렀고, 무영은 그 힘에 못 이겨 잠의 수렁으로 굴러떨어졌다.

엄청난 암흑이 밀려들고 있다. 여태까지 이렇게 거대한 위협을 느낀 암흑은 없었다. 어디선가 갓난애의 자지러지는 비명이 들려온다. 그리고 금속의 삐거덕거리는 기분 나쁜 소리, 예리한 칼이 생살을 찢는 것 같이 아득한 느낌이었다. 암흑은 엄청난 속도로 밀려들었다. 왠지 무형의 암흑은 끈끈한 액체와도 같은 느낌이 온몸을 치덕치덕 휘감는다. 어디선가 물소리가 아주 친숙하고도 오래된 느낌으로 다가든다. 암흑이 밀어내는 것은 물에 엉킨 광명이다. 그 광명은 오래되었으면서도 이제 새로 태어나려 하고 있다.

"으아악!"

무영은 자신의 몸에서 무언가 훌렁 빠지는 듯한 느낌이 들어 깜짝 놀라 비명을 질렀다. 그의 몸에서 뭔가가 빠져나가고 있었다.

"헉헉…."

무영은 견디지 못하고 눈을 번쩍 떴다. 온몸이 땀에 젖고, 눈에는 아무것도 보이지 않았다. 깨었지만 잠에서 깬 것이 아닌 상태이다. 무영은 자신이 왜 여기에 있어야만 하는지 기억하려고 꽤 애를 써야만 했다. 하지만 아무런 기억이 나지 않는다. 아주 오랫동안 잠을 잤고 기억할 수 없지만 아주 흉측한 악몽을 꾼 것 같았다. 그러나 자신이 그 악몽에서 깨어난 것이 어쩌면 다행이라는 생각이 든다. 한동안 누운 채 눈을 뜨고 있는데 누군가가 옆에서 말을 건넨다.

"선생님, 깨어나셨군요."

으응, 무영은 많이 듣던 목소리에 고개를 든다. 아, 그의 입술 사이로 작은 신음이 새어 나왔다. 무영의 머릿속이 텅 비며 몸이 붕 떠오른 느낌이다. 앳된 얼굴이 무영을 보고 환하게 웃고 있다. 두세 가닥 검은 머리에 갈색 물을 들인 약간은 발랄하고도 돌발적인 모습의 여자가 무영의 바로 옆에서 그를 보고 웃고 있었다. 무영은 그녀의 얼굴을 보는 순간, 마치 수천 볼트의 고압전기를 맞은 듯이 찌르륵 몸을 떨었다. 정말로 믿을 수 없는 사실이었다.

이것은 꿈일 것이다. 도저히 현실에서는 있을 수 없는

꿈일 것이다. 그는 다시 눈을 질끈 감았다. 오히려 지금이 악몽일 지도 모른다. 꿈이면 깨라고 눈을 꼭 감고 있다가 눈을 떴다. 하지만 여자는 아직도 사라지지 않고 무영을 보고 생글생글 웃고 있다. 그제야 무영이 흑하고 윗몸을 일으켰다. 그의 머릿속에 다른 생각이 떠올랐다. 그 '세상이 시작되는 곳'에 있던 모든 일이 꿈이었다. 혼몽한 중에 악몽을 꾼 것이다. 지금 이 세상이 현실이고 자신은 꿈을 꾸다가 다시 세상으로 돌아온 것이다. 무영은 가만히 그녀의 손을 잡아 본다.

"하림?"

여자가 얼굴을 약간 붉히며 미소를 보낸다.

"아이 참, 선생님도. 그렇게 빤히 쳐다보시니 이상하네요."

"하림이 맞지?"

여자는 부정도 긍정도 하지 않고 미소만 띠었고 무영은 자신이 그 이상한 악몽에서 깨어났다고 믿는다. 하지만 그 안도감도 잠깐뿐이었다.

"그렇습니다, 선생. 그녀는 하림이고 첼라이기도 하고 에바이기도 하지요."

그 불길한 목소리에 무영은 가슴이 덜컹 내려앉는. 그는 후다닥 자리를 차고 일어나 소리 나는 쪽을 노려보았다.

"그렇게 놀라실 것 없습니다, 선생."

무영의 아래턱이 덜덜 떨려왔다. 이제 그는 아무것도 분간할 수 없게 분별력을 잃었다. 죽어 나자빠졌던 하림과 사제, 그리고 그 옆에는 에바까지도 버젓이 서 있는 것이 아닌가. 이것이 또 다른 악몽이나 되는 것처럼 무영은 자신의 머리를 두 손으로 감쌌다. 그러나 사제의 목소리는 정확하게 그의 귀속으로 파고들었다.

“내가 말하지 않았습니까, 선생. 나는 죽어도 사는 자요, 영원히 사는 자요, 영원 전부터 영원 후까지 존재하는 자라고 하지 않았습니까.”

믿을 수가 없는 말이고 믿을 수가 없는 일이었다. 무영은 분명히 자신의 두 눈으로 똑똑히 그들이 목에 칼을 꽂은 채 죽어 나자빠진 것을 보았다. 무영은 자신의 두 손을 쳐다본다. 아직도 핏자국이 생생했다. 그런데 어떻게 그들이 이렇게 다시 살아서 자신에게 말을 걸 수가 있는가. 사제가 잔잔한 어조로 말한다.

“선생, 이곳에는 죽음이란 없습니다. 죽었다가 다시 살아나기를 수백 번이라도 되풀이할 수 있습니다. 이곳은 영원히 사는 곳입니다.”

무영은 이제 그 어떤 말도 믿을 수가 없었다. 아니 자신의 생각조차 어떤 환각에 씌워 정상이 아닌 것만 같았다. 그는 천천히 억양이 없는 목소리로 사제를 쳐다보지도 않고 묻는다.

“왜지요? 왜 나를 이곳으로 데려온 거요?”

그 말을 하니 갑자기 처량해진다. 그는 간절한 눈길로

사제를 쳐다보았다.

“왜 하필이면 다른 사람들이 아니라 나요? 왜 나만이 이렇게 왔어야만 하지요?”

그것이 이해가 되지 않는 부분이었다. 왜 하필이면 무영을 선택했는가. 사제가 담담히 대답한다.

“다른 사람들도 데려왔습니다. 하지만 다른 사람들은 선생과는 다른 방법으로 데려왔지요.”

“무슨…?”

“나는 다른 사람들의 정자세포와 체세포를 가져왔습니다. 그러면 그들도 이곳에서 영원히 다시 태어나 살 수 있으니 말입니다.”

무영이 그 말을 듣고는 경악한다.

“미친 짓이야. 당신은 당신의 노예를 만들기 위해 그런 짓을 한 거야.”

“노예가 아닙니다, 선생. 그들은 이 낙원을 꾸며나갈 주민들이지요. 그리고 그들은 그 대가로 영생을 선물 받았습니다.”

“미친놈. 미친놈이야. 그래서 그 많은 사람을 복상사 당하게 만들었나?”

“그들에게는 오히려 영생이 필요한 겁니다, 선생.”

“아니야. 그들은 자신의 의지에 의해 선택할 권리가 있다고.”

“영생보다도 더한 은혜가 있습니까, 선생. 몸이 다시 사는 겁니다. 영원히….”

“그렇다면 그들이 몸이 정녕 다시 살았단 말이야? 그리고 그들은 영원히 사는 것에 만족하나?”

“나는 기록에 의해서 행동합니다.”

“몸이 다시 살아서 뭣해? 정신이 썩어 문드러졌는데.”

“몸뿐 아니라 정신도 영원히 살 것입니다, 선생.”

사제의 말은 거침없이 무영의 마음을 무참하게 유린하고 있다.

“정말, 정말로.”

그것은 아닐 것이다. 그가 신일 수는 없다. 무영의 머릿속에 두건 뒤에 감추어진 그의 본 얼굴이 선명하게 떠오른다.

“정말로 당신이 신이란 말이요.”

무영의 얼굴에 지극한 의구심이 나타났다. 하지만 사제의 말에는 전혀 거리낌이 없었다.

“그렇습니다. 그게 납니다, 선생. 전에도 있었고 후에도 있을 것이며 스스로 존재하는 자며 영원히 있을 자이니라.”

사제의 온몸에서는 자욱이 환한 빛이 퍼져 나오고 무영은 그 광경에 숨이 막힐 지경이었다. 너무도 많은 생각이 한꺼번에 무영의 머릿속을 비집고 들어와 무영은 그것만 해도 미칠 것만 같았다.

“선생도 원한다면 이곳에서 신이 될 수 있습니다. 자,

첼라와 에바뿐 아니라, 광장에 있는 모든 사람이 당신을 신으로 받들어 모실 것이요."

"왜 나지요?"

다시 질문은 원점으로 돌아갔다. 사제는 무영의 질문에 대답 없이 그의 눈만을 노려보고 있다. 스스로 해답을 찾으라는 것인가?

"다른 자들은 다시 살아났소? 광장에서 스스로 죽거나 죽인 자들 말이요."

"물론입니다, 선생. 말하지 않았습니까, 이곳에는 죽음이란 없다고."

무영은 사제의 말을 믿을 수가 없었다. 어떻게 죽은 자들이 다시 살아날 수가 있단 말인가. 그러나 그 거짓말 같은 사실은 지금 무영의 눈앞에 생생하게 일어나고 있는 현실이 아니던가. 사제와 하림, 그리고 에바는 죽었다가 다시 살아난 존재들이었다.

"어떻습니까, 선생. 영생과 권세를 얻고 싶지 않습니까? 영원히 살 수 있습니다."

그것은 너무도 달콤한 유혹이었다. 죽지 않고 살 수 있다는 것은 어떤 종교나 가지고 있는 궁극의 목표인 것이다. 그리고 더욱이 신과 같은 지위를 누릴 수 있다. 무영은 침을 꿀꺽하고 삼킨다. 사제의 두건 안에서 반짝이는 눈동자가 유난히 유혹적이다. 무영은 그 순간 사제의 계획이 어떤 것이던 간에 그 음모에 빠질 수는 없다는 생각이 든다. 사제는 무영의 마음을 그대로 읽고 있다.

"하하하, 선생. 기회는 다시 오지 않습니다. 당신의 세상에서 덧없이 죽어가는 수많은 사람을 생각해 보십시오. 그들은 아무리 종교가 영생을 보장한다고 떠들지만, 그저 덧없이 인생을 살다가 사라져 갑니다. 하지만 이곳에는 확실하게 영생을 얻을 수가 있습니다."

무영이 일순 하림과 에바를 노려보았다. 두 여자의 표정은 닮았지만 눈빛에는 많은 차이가 있었다. 하림은 어딘지 모르게 간절함이 깃들어 있다. 무영이 사제의 제안을 수락하라는 그런 간절함. 그러나 그것은 무영의 마음속에서 나오는 착각일 수도 있었다. 무영이 다시 사제에게 묻는다.

"왜, 나를 선택했소? 그것부터 알아봅시다."

사제가 입가에 미소를 띠었다. 무영이 성큼 자신의 제의에 응했다는 생각 때문인지 모르겠지만.

"선생은 선택된 사람이기 때문입니다."

"선택된 사람?"

"그렇습니다, 선생. 당신은 다른 자들과는 달리 '나의 무리'에 속한 자입니다."

무영은 이 대목에서 오히려 비웃음을 흘렸다. 선택은커녕 여태까지 고통 속에서만 살아왔던 그였다. 숱한 역경을 이기고 마침내 학위를 딴 것이 겨우 강사 자리나 연연하는 처지로 되어 버린 것이 그였다. 그런데 선택이라니. 무영은 그 '선택된 사람'이란 의미가 닿지 못할 까마득한 거리에 있는, 그래서 더욱 혐오스러운 단어처럼 느껴왔던 것이다. 그런데 자신이 그 선택된 사람이라니….

"어떻게 내가 선택된 인간이요?"

무영은 비웃음을 한껏 담은 표정으로 사제에게 따지듯 물었다. 사제는 그런 무영의 눈빛을 그대로 받은 채 조금의 동요도 없이 말했다.

"이 일은 위대한 능력에 의해 시작되었습니다, 선생. 요즘 세상에는 유전자 조작이라든지 게놈 지도의 완벽한 연구, 인간 배아세포의 연구에 대해 심각하게 떠들고 있고, 지구상의 어떤 곳에서는 인간복제를 완성할 수도 있다고 장담하고 있습니다."

무영도 그것은 잘 알고 있는 사실이었다. 이미 인간 유전자 지도가 완성되었고 모든 생물의 유전자 조작이 이론적으로 가능하게 된 실정이다. 그런데 그것이 어쨌단 말인가. 무영은 이러한 인간의 복제나 유전자의 조작 같은 것이 인간의 영역이 아닌 신의 영역이고, 그런 인간의 복제나 유전자 조작 때문에 엄청난 인류의 비극이나 종말을 맞지 않을까 두려워하기도 했다. 사제의 말은 계속되었다.

"그러나 이미 오래 전에 인간의 복제를 완성한 사람이 있었습니다."

"오래 전?"

"아주 오래전이지요. 우리가 상상도 할 수 없는 오래전. 그는 인간의 복제 뿐 아니라 재생, 더 나아가 인간의 유전자 조작을 통해 원하는 인간을 마음대로 창조할 수 있었던 겁니다.”

무영이 긴장한 채 사제의 말을 경청한다.

“지금 세상은 급속도로 파멸해 가고 있습니다, 선생. 앞으로 전쟁과 파괴, 그리고 공해에 의해 인류가 멸망의 길을 갈 것이고, 그렇지 않더라도 인간은 언젠가는 멸망하게 되어있습니다. 그래서 그 위대한 자 ‘바누’는 새로운 세상을 창조하겠다는 결심을 한 것입니다.”

무시무시한 생각이었다. 그리고 그 무시무시한 생각은 완전히 현실화되어 지금 이렇게 다른 세상을 만들어 낸 것이다.

“위대한 자 ‘바누’는 비단 인간만을 창조한 것이 아니라 인간의 영원한 생명까지도 창조해 냈습니다. 이곳에서는 어떤 인간도 창조될 수 있고 어떤 인간도 우성적 결합과 유전자 조작에 의해 창조해 낼 수 있는 것입니다. 그리고 그 위대한 피조물은 영원한 생명을 갖게 됩니다. 말하자면 똑같은 의식과 똑같은 몸으로 다시 살 수가 있는 겁니다.”

무영의 목소리가 그 놀라운 사실에 약간은 떨려 나온다.

“그 위대한 자가 바로 당신이요?”

사제는 무영의 질문에 대답을 안 했지만, 무영은 사제가 바로 이 세상을 창조한 사람이라는 믿음이 왔다. 그런데 단 하나 이상한 것이 있다. 그것은 바로 두건에 가려진 사제의 본 얼굴이었다.

"선생도 원한다면 영원히 이곳에서 살 수 있습니다. 신으로서 영원히…"

무영의 눈동자가 이글이글 타오른다.

"창조의 대상으로 말이요? 영원한 피조물로써 재생과 재생의 윤회를 거듭하는 그런 삶으로 말인가요?"

사제의 눈이 그 말에 번득였다.

"아닙니다, 선생. 선생은 창조의 대상이 아니라 창조의 주체가 될 수 있습니다. 창조의 주체는 오직 선택된 자들만이 그렇게 됩니다."

무영이 고개를 저었다.

"그러나 그것은 일시적인 육신의 재창조일 뿐이요. 그저 단순히 꽃이 피고 졌다 다시 피는 일을 반복하는 그런 일시적인 육신의 재생일 뿐."

"무엇을 원하시는 겁니까, 선생."

"영혼의 불멸이나 깨달음이 없는 육체의 지속일 뿐이란 말이요."

사제가 기어코 웃음을 터뜨렸다.

"선생의 생각은 이해가 가지 않습니다. 영생 외에 무엇을 바란단 말입니까."

무영은 그 순간 사제가 자신의 말을 완전히 파악하지 못한다는 사실을 깨달았다.

"육신이 영원히 산다는 것과 영혼의 안식을 얻는다는 것은 전혀 다른 두 개의 문제요. 영혼의 깨달음은 더 이상의 육신을 필요로 하지 않으니 말이요."

이 같은 무영의 심오한 말은 사제에게는 통하지 않았다. 그러나 이 말을 하는 중에 무영은 분명히 깨달은 것이 있다. 자신은 육신의 영생을 원하지는 않는다는 사실이다. 그리고 갑자기 떠오른 생각은, 아니 떠오른 생각이 아니라 이미 오래전 잊혔던 숱한 기억 속에서 불쑥 튀어 오른 생각은, 사제의 진면목이었다. 그것은 정말로 믿기지 않았지만, 그리고 믿을 수도 없겠지만, 바로 무영의 본모습이었다. 그의 머릿속에 두건 안에 감추어진 무영 자신의 얼굴이 희멀건 눈동자로 죽어있는 모습이 떠오른다. 무영은 이를 악물었다. 무엇이 어떻게 된 것일까.

## 7. 죽음의 유희

이 세상의 어떤 종교도 원천적으로 새로운 것은 하나도 없다. 사상이나 종교는 과거 어느 때인가 이루어졌던 것이 바탕이 되어 변화되거나 성숙이 되어 나타난 것들이다. 그 과거란 시점이 얼마나 오래전인지는 확실히 모를지라도 아무튼 유전자라는 영원히 이어질 수 있는 흐름이 있기에 새로운 종교란 하나도 없다고 볼 수 있다.

무영은 처음엔 자신이 어떤 광신도의 집단에 들어왔다고 생각했지만, 이제는 오히려 이 집단이 인간 본연의 광신적 모습이라는 생각이 들었다. 그리고 무영은 광신도의 집단 정도가 아닌, 그런 광신적 모습의 세상과 그 시기에 들어와 있는 것이다. 무영은 이곳이 자신이 생각했던 어떤 현실적 세상이라는 느낌이 사라져버리자 그만 기가 막혀버렸다. 이제 다시는 전 세상으로 돌아갈 수 없다는 마음이 그의 가슴을 콱 막히게 만들었다.

말하자면 이것은 죽음 이후의 세상일 수도 있었다. 무영은 이미 죽었고 자신의 체세포, 또는 정자세포에 의해 이곳에서 다시 되살려진 것이다. 광장에서 자신을 희생하기 위해 광란의 몸부림을 쳤던 사람들과 마찬가지로 무영 자신은 어떤 누군가에 의해 재생된 것이리라. 창조주나 그런 비슷한 명칭으로 불리는 그런 자에 의해서 말이다. 무영의 의지와는 하등의 관계도 없이 재생된 것이다.

무영은 그것이 기분 나빴다. 자신의 의지와는 전혀 상관도 없이 자신의 정자나 체세포가 채집되어 죽어 버린 자신을 그 세포를 이용해서 다시 살려 놓은 것이라는 사실은 그를 상당히 불쾌하게 만들었다. 다른 것은 몰라도 적어도 자신의 체세포는 자신의 의지에 의해 재생이 되어져야 한다는 생각이 들었다. 그러나 따져보면 인간 자체가 그렇지 않은가. 자신의 의지와는 전혀 상관없이 어머니의 난자와 아버지의 정자의 결합에 의해 이 세상에 태어나는 것은 똑같은 이치였다.

"휴…"

무영은 한숨을 땅이 꺼지라고 내쉬어 본다. 그러나 가슴 속에는 무엇이 뭉쳐 있는 것처럼 시원해지지 않았다. 그들 세 사람은 성전의 한복판에서 어떤 의식을 올리며 굳어져 있다. 그러나 그들이 올리는 성스러운 제사는 무영에게 하등의 관계도 없는 것이다. 무영은 한번 무엇인가 알아봐야 된다는 생각에 자리에서 일어선다. 성전의 앞문은 암만 가보았자 빈 건물과 거리만이 있을 뿐이다. 그러니 뒷문으로 나가야만 한다. 그래서 무엇이 이 세상에 있나 하는 것을 알아보아야만 할 것이다. 사제와 두 여자는 무엇을 하는지 그대로 무릎을 꿇은 채 굳어져 있고 무영은 그들을 뒤로 하고 뒷문 쪽으로 걸어 나갔다. 그때 사제의 굳어진 몸에서 무영을 쏘아보는 안광이 반짝하고 빛났다.

산 쪽의 길을 따라 전에 갔던 커다란 분지가 있는 쪽으로 걸어갔다. 분지는 마치 죽음 바로 전의 상태와도 같이 고요했다. 모든 것은 그 고요 속에 잠들어 있다. 영생은 죽음과 동격인 상태인가. 무영은 분지 끝으로 두 개의 거대한 돌기둥이 세워져 있는 곳을 노려본다. 저곳이 세상의 끝일 것이다. 사제의 힘이 닿는 세상. 저곳을 지나면 퍽하고 이 세상의 환영이 깨어져 버리고 다른 세상, 혹시 잘하면 전에 무영이 살았던 세상으로 갈 수 있을지도 모른다.

무영은 주위를 두리번거린다. 저번에 이곳에서 자기희생 의식을 드렸던 그 사람들이, 아니 그 시체들이 하나도 보이지 않는 게 이상했다. 그들은 사제의 말대로 다시 살아난 것일까. 어디선가 이상한 비명이 들려오는 것 같았지만 아무도 보이지는 않는다. 무영은 금방이라도 사제나 아니면 광신적 집단이 달려올 것만 같은 느낌이었지만 그저 훅하고 분지 안으로 뛰어들었다. 그 아득한 고요함이 무영의 숨을 말려 버릴 것 같다.

분지는 안으로 들어가니 너무도 넓었다. 마치 어떤 경기장에 혼자 들어온 검투사와도 같이 무영은 그 휑한 경기장을 두려워했다. 그는 달리기 시작했다. 세상의 끝에 세워진 기둥을 향해. 만약 저곳을 통과하지 못하고 다시 사제의 손에 걸리면 이제는 다시 다른 세상을 볼 수가 없을 거라는 생각에 죽어라고 달렸다.

분지의 건조한 바람이 무영의 얼굴을 마구 때려댔고 누군가가 무영을 갈기갈기 찢어 죽이려고 달려오는 것 같은 느낌이었다. 그러나 실제로 무영은 그 넓은 분지를 죽어라고 혼자 달리고 있었다. 사악한 악령의 소리가 그의 뒤에서 깔깔거리며 따라온다. 하지만 모든 것은 그의 마음속에서 만들어 낸 환영이었다.

마침내 세상의 끝에 서 있는 두 개의 거대한 기둥이 가까이 다가왔고 그는 무작정 그 뒤로 몸을 던졌다. 누군가가 그의 뒤를 따라오고 있다는 느낌 때문이었다. 그러나 그의 뒤로는 헛헛한 바람만이 맴돌다 사라진다. 무영은 기둥에 기댄 채 온갖 숨을 몰아쉰다. 숨을 몰아쉬다가 다시 분지 쪽을 바라본다. 분지에서는 숨 막힐 듯한 고요만이 끼득끼득 비웃음을 남기며 무영을 놀려대는 것 같다. 무영은 다시 한번 크게 숨을 들이마신다. 마침내 그들을 빠져나온 것이다. 그 신의 무리라고 불릴 수 있는 창조주의 무리를 빠져나온 것이다. 영생을 얻지 못한다고 할지라도 후회는 없었다.

무영은 허덕임을 멈추고는 벌떡 일어섰다. 이제 가야만 한다. 앞에 무엇이 있던지 그는 다른 세상을 찾아야만 했다. 기둥을 놓고 앞으로 나가니 그의 뒤에서 무언가가 파삭하고 깨지는 느낌이었다. 그러나 그것에 상관하지 않고 그는 앞만 보고 걸어 나갔다.

거의 길이 없는 숲이었다. 무영은 어떻게 그 많은 사람이 이 숲속에서 나타났는지 이해할 수가 없었다. 길도 없고 그저 숲만 있는데 그렇게 많은 사람이 동시에 나타날 수 있단 말인가. 하지만 분명히 분지에서 희생 의식을 했던 사람들은 이 숲속에서 나타난 것이리라.

성전의 앞쪽은 정리된 거리, 그리고 뒤쪽은 자연적인 길이었지만, 두 개의 기둥을 지난 이쪽은 정말로 컴컴한 숲속이었다. 무영은 앞으로 가다가 허덕허덕 숨을 고르기 위해 멈춰야만 했다. 이제 돌아갈 수도 돌아갈 길도 없었다. 이렇게 길을 잃으면 고스란히 이곳에서 죽어야 할 것이다. 그러나 후회도 없고 다른 감상도 생기지 않는다. 영생을 포기한 것은 아쉽지만 그래도 영혼이 떠돌 곳은 있지 않겠냐 하는 생각이었다. 그러다가 흐드득 무영은 무슨 생각이 들었는지 이를 악물어 버린다.

사제가 따라오지 않은 것은 이유가 있을 것이다. 아니 다른 광신자 무리가 무영을 잡으려고 쫓아오지 않은 것은 분명한 이유가 있을 터였다. 여태까지 무영의 세상에서 그들의 세상으로 무영을 끌고 오기 위해 갖은 애를 썼던 그들이 이렇게 쉽게 무영을 보내줄 리는 없는 것이다. 그렇다면? 무영은 그 생각이 들자 분노가 솟구친다. 견딜 수가 없었다. 아직도 사제에게는 무영의 체세포와 정자세포가 있는 것이다. 여기 이 숲속에서 무영이 죽어 넘어질지라도 사제는 다시 무영의 세포로 똑같은 무영을 재생시켜 놓으리라.

"으흐흐…."

무영은 신음을 토했다. 도저히 그들의 손아귀에서 벗어날 수 없단 말인가. 하지만 무영은 다른 방법을 찾아야만 한다. 이들의 손에서 벗어날 수 있는 방법을 말이다. 그렇지 않으면 영원히 그들의 피조물로 영생을 윤회하며 살게 되리라.

헉헉대며 가보아도 도저히 길이 보이지 않았고 모든 것은 철저히 무영에게 부정적이었다. 숲은 갈수록 깊어졌고 이제는 하늘조차 보이지 않았다. 그러나 길을 있을 것이다. 지금 무영이 죽는다 해도 다음 세포에 의해 다시 태어나거든 또 다시 찾아야만 하는 길이 있었다.

마침내 어떤 소리를 들었다. 그것은 생명의 소리이자 시초의 소리이다. 무영은 본능적으로 그 소리가 생명의 시작을 알리는 소리라는 사실을 알았다. 무영은 허겁지겁 소리가 들리는 곳으로 달려간다. 갑자기 하늘이 활짝 열리며 눈부신 태양이 와장창 다른 세상을 깨쳐 버렸다.

물이었다. 그 소리는 분명히 물이었다. 무영은 무작정 달려가서 물에 첨벙 얼굴을 담가버렸다. 시원한 생명에의 감촉이 새록새록 살아나고 있다. 산 것이다. 이것이 바로 삶의 느낌이었다. 무영은 허럭허럭 물을 마시다가 말고 그저 물 옆에 그저 퍼져 드러누워 버렸다. 혼곤한 피로가 그의 온몸을 노예로 잡으려는 듯이 몰려왔다.

그때 무영은 그들을 보았다. 창조된 인간들. 아무런 표정도 없는 인간들이 거의 벗은 몸으로 무영을 무관심하게 바라보고 있다. 여태까지 물에 취해 아무도 보지 못했는데 그들은 무영의 주위에, 아니 엄밀하게는 물 주위에 모여 있었다. 아무도 해할 수 없을 것 같은 그들의 멍한 눈동자는 무영에게 측은한 마음을 일게 만들었다.

사제의 손에 의해 생명을 받았고 또한 영원한 생명을 유지해 나간다는 그 인간들. 그러나 영혼의 구원이나 깨달음이 없이 단순히 죽음이 없는 삶이 저들을 저토록 건조하게 만들었을 것이다. 무영은 누구 하나 무영에게 눈길을 주지 않는 그 인간 사이를 지나서 한곳에 다리를 뻗고 누웠다. 아마 저들의 눈동자에서 무영은 그 누구도 해하지 못할 인간들로 보였기에 안심 놓고 그들 사이에 누워 버린 것이다.

잠이 오고 있다. 엄청난 피로감이 그의 온몸으로 두 눈으로 쏟아져 들어온다. 무영은 그것을 피할 수 없어서 눈을 감았다. 꼬륵 하는 소리가 들리는 듯 했다.

무영이 꿈속에서 본 것은 마치 연체동물처럼 아무 쪽으로나 마음대로 늘어나는 공간이었다. 여태까지의 공간과는 달리 무영이 보는 것은 무형의 것이 아니라 유형의 것이다. 각도도 방향도 없이 그 공간은 마냥 멋대로 늘어나고 있는데 그 공간 안에 들어있는 무영은 자신이 마치 넓은 양철판에 비추어진 기형적인 모습처럼 이리저리 구부리면 구부리는 방향으로 이리저리 흉측하게 변해가고 있다. 공간이 구부려질 때마다 어디선지 챙그렁 챙, 챙그렁 챙 하는 귀청을 찢을 듯한 굉음이 그의 귀를 아프게 한다. 그때 어떤 힘이 그 공간의 변형을 파괴하려고 하는 듯 공간으로 비집고 들어왔고, 무영은 그 갇힌 공간에서 빠져나오려고 몸부림을 쳐댔다.

"으헉…."

온몸에 진땀인지 이슬인지 모를 것이 흥건했다. 아직도 무영은 잠 속을 헤매는 것처럼 눈앞이 뿌옇게 보였고 그것을 걷어 버리려고 마냥 허덕이며 두 손을 앞으로 내저었다. 그때 무언가가 그의 손에 잡혀졌다. 따뜻한 감촉, 그리고 부드러운 느낌. 그것은 그의 손에 잡혀진 것이 아니라 그를 잡은 것이다. 그 아늑한 느낌이 무영의 가슴 속에 한줄기 섬광으로 뚫고 들어온다.

"억."

비로소 무영은 눈을 떴다. 무영의 눈앞에 보이는 것은 맑디맑은 눈동자였다. 마치 무영의 모든 것을 빨아들일 것 같은 그 깊은 눈동자.

"선생님, 일어나세요."

무영은 고개를 흔들었다. 또 그녀였다. 하림, 아니 첼라가 무영을 깨우고 있는 것이다. 또 죽었다가 다시 재생되었단 말인가. 그러기에 사제는 무영을 좇아오지 않은 것이다. 그를 언제나 다시 잡을 자신이 있기 때문에 말이다. 흐흐흑. 무영의 신음은 완전한 절망감에서 비롯된 것이었다. 아무리 몸부림쳐도 그들에게서 벗어날 수 없다는 그런 절망감.

"선생님, 일어나시라니까요."

그 소리는 마치 아득한 옛날 저편에서 울려 퍼지는 것처럼 무영의 머리를 붕붕 울려댔다. 여자가 다시 무영을 재촉한다.

"어서요, 선생님. 서두르셔야 해요."

그녀의 목소리에는 초조감이 담겨있다. 무슨 일을 꾸미려는 것인가? 무영이 아직도 그대로 누워있자 여자가 그의 팔을 잡아끈다. 무영이 그녀를 노려보면서 몸을 일으키는데 여자가 만류한다.

"천천히, 아주 천천히."

무영은 무엇이 잘못되어 간다고 생각한다. 여자는 극도

의 조심성을 보이는 것이다. 그는 윗몸을 일으키며 여자를 노려보았다.

"첼라, 나를 또 어떻게 농락하려는 거지?"

여자는 하림이었다. 그녀의 얼굴이 초조한 빛을 띠고 있다.

"선생님, 빨리요."

매우 조심스러운 표정이고 행동이었다. 무영은 그녀의 표정이 너무나 심각했기에 그녀가 이끄는 대로 자리에서 일어났다. 하림은 무영을 조심스럽게 어디론가 인도했다. 그들의 주위에는 아직도 그 벗은 무리들이 아무렇게나 쓰러져 있다.

물을 따라 상류 쪽으로 올라가면서 하림이 무영에게 주의를 준다.

"무엇을 보건 절대로 표정을 나타내거나 소리를 쳐서는 안 돼요. 아셨죠?"

"첼라, 무슨 장난을 하는 거야?"

무영이 지그시 물었지만 하림은 대답이 없이 서두르기만 했다.

어둠은 마치 암흑처럼 사악하게 숲속으로 급히 내리고 있다. 그 어스름 황혼빛은 악귀를 깨우는 전설 속의 마약처럼 숲속을 온통 검은 빛으로 일렁이게 만들었고, 그 마약 때문인지 아니면 전설 때문인지 숲속에 어지럽게 누워

있던 벗은 무리들이 세력을 얻은 것처럼 보였다. 무영은 그 숲속의 어둠 속에서 허깨비 망령처럼 일어서는 어스름 검은 그림자를 보고는 공포에 질린다. 하림이 조용히 속삭였다.

"선생님, 표정을 나타내시지 마세요."

흐득 정신을 차리고는 하림을 따라 무작정 앞으로 나가는데 무영의 눈앞에 벌어진 광경은 도저히 믿지 못할 일이었다. 곳곳에서 벗은 무리들의 광란이 벌어졌다. 처음 어둑어둑한 빛에서 그들이 하는 짓을 정확하게 알 수 없었는데 자꾸만 그것들은 정확한 모습으로 무영의 눈에 비쳐졌다.

"헉."

그들은 서로가 서로의 목을 누르든지 아니면 서로가 서로를 해치고 있던 것이다. 목이 졸린 그들은 캑캑 신음도 내지 못하고 그대로 얼굴에 격한 핏줄을 드러낸 채 쓰러져갔다. 어쩌다 커다란 행동을 하는 자들은 많은 자들이 집중적으로 공격을 당했는데 아마 그들의 행동이 크게 눈에 띄었기 때문에 공격대상이 된 것 같았다. 무영은 그저 널브러진 시체를 넘어서 하림을 따라 앞으로 나아갔지만, 점점 시체들은 이쪽저쪽에 많이 쌓이고 있었다. 무영은 그 참혹한 광경에 이를 물었지만, 하림이 주의를 주었기에 표정을 나타내지 않으려고 조심했다.

그들은 유령이었다. 인간이지만 밤에만 흐득흐득 일어서서는 남을 해치는 유령인간들. 무영은 공포심에 온몸이 마비가 되는 것 같았지만 그래도 앞으로 나아가야만 했다.

갑자기 한 인간이 입에 게거품을 물고 무영에게 달려든다. 아마 수없이 많은 인간을 죽인 자일지도 모른다. 그 자가 달려들자 무영이 흠칫 놀라서 하림의 경고도 잊고 짧은 비명을 질렀다.

"억!"

그 순간 서로가 서로의 목을 눌러대던 인간들이 휙 고개를 돌려 무영을 쳐다보았고 무영의 얼굴이 공포로 싸늘히 굳어졌다. 하림이 급히 소리친다.

"선생님, 뛰세요!"

벗은 무리들이 자신들이 하던 행위를 멈추고는 무영에게 달려들려던 순간이었다. 하림이 소리치자 무영은 죽어라고 앞으로 달린다. 벗은 무리들이 그것을 보고는 악귀의 무리인 양 무영과 하림을 좇아왔다. 뛰면서 무영의 앞뒤로 휘딱휘딱 나타나는 인간들의 손길을 뿌리치면서 무영은 하림을 따라 숨이 턱에 닿도록 뛰었다. 무영을 쫓는 무리는 더욱더 많아졌다. 이제 그들은 서로가 서로를 죽이는 것이 아니라 무영을 쫓는 것이 최상의 목표인 것 같이 보였다.

"선생님, 조금만 더."

하림이 그렇게 잘 뛰리라고는 전혀 생각하지 못했다. 오히려 무영의 힘이 빠지고 있다. 그의 다리에 힘이 빠져 흐들 풀어진다. 이곳은 지옥이었다. 낮에는 무표정한 인간들이 지금은 악귀로 변해 있는 것이다. 무영이 그들에게 잡히면 그들은 무영을 갈기갈기 찢어 버릴 것이다. 그 급한 순간에 무영은 또 그들에게 찢겨지면 다시 성전에서 사제가 자신을 재생시킬 것이라는 생각을 한다. 숨이 턱에 닿았고 이제는 너무나 숨이 차서 심장이 멎을 지경이었다.

"저기에요!"

하림이 소리치며 가리키는 곳에는 거대한 건물 하나가 검은 모습으로 우뚝 솟아 있었다. 갑자기 누군가 무영의 손목을 움켜잡았다. 무영은 그를 향해 무작정 주먹을 휘둘렀다. 퍽 하는 소리와 함께 그 사내는 뒤로 나동그라졌고, 달리는 중에도 여러 사람이 그에게 달려드는 것이 보였다. 또 다른 손이 무영을 잡았다. 주먹을 휘둘렀지만 또 다른 손이 그의 몸을 잡아 버린다. 악! 그들의 손은 마치 징그러운 이물질이 가득한 것처럼 느껴진다.

무영의 몸 위로 그들의 악다구니가 마구 쏟아진다. 이제는 끝이었다. 지옥도 새 세상도 모두가 끝이었다. 그러면서 한편으로 무영은 사제의 손에 다른 곳에서 재생되는 생각만을 한다. 누군가가 무영의 목을 한껏 눌렀다. 눈알이 빠져나올 것 같은 고통이 엄습한다. 무영의 발을 누군가가 잡았고 무영은 그들에 이끌려서 질질 끌려갔다. 몸부림을 칠 수도 없었다.

이제 암흑이 밀려올 것이다. 육체는 암흑 밖에서 꺽꺽 사라지겠고 암흑에 걸린 육신 없는 꿈만이 암흑 안에 갇혀 영원히 쳇바퀴를 돌 것이다. 죽음이 없이 영생을 사는 창조된 인간들은 죽음이란 유희로 서로를 죽이지만 다음 날이면 어김없이 되살아나서, 끝도 없고 한도 없는 지루한 일상을 다시 시작할 것이지만, 그들에게 죽을 수 있는 인간인 무영을 죽이는 것은 생전 처음 맛보는 신기한 유희일 것이다.

무영은 무리 중간에 끼어 이제는 아무런 저항도 없이 몸을 그들에게 맡기고 있다. 모든 것을 포기한 것이다. 어차피 지금 자신의 몸도 자신이 아니라 복제된 것인지도 모른다. 이대로 없어지면 다른 복제물로 다시 태어날 것이다.

무언가 강하게 다가오고 있다. 그것은 온몸을 까맣게 재로 태울 정도로 강력한 것이다. 갑자기 인간들이 그 기운을 느끼고는 쫘악 하고 흩어진다. 무영이 그 때문에 그 기운의 가운데에 놓여졌다. 그것은 빛이었다. 강력한 빛이 건물에서 쏟아져 나오고 있었다. 그 엄청난 기운을 견디지 못하고 인간들은 그대로 어찔어찔 물러난 것이다. 무영은 허덕이며 땅을 기었다. 포기했던 마음이 강력한 삶의 의욕으로 되돌아온 것이다. 빛 속에서 누군가가 소리쳤다.

"선생님, 빛을 벗어나지 말고 그대로 오세요!"

하림이었다. 인간들이 혼란에 빠져서 그 환한 빛을 거부한 채로 눈을 가리고 아우성을 쳐댔다. 무영이 진이 빠져 일어서지도 못하고 그저 허둥지둥 기어서 건물로 다가간다.

"선생님, 서두르셔야 해요."

그 강력한 빛에 놀랐던 인간들이 눈을 가늘게 뜨고는 정신을 차리는 것 같았다. 다시 그들의 공격이 시작될 것이다. 무영은 죽을힘을 내어 바닥에서 일어섰다. 인간들이 우우하고 달려들고 있다. 무영은 빛을 향해 죽어라고 달렸다. 건물이 눈앞에 보이자 무작정 몸을 날려서 건물로 뛰어들었다. 웅 하는 소리와 함께 빛이 사라졌고 인간들은 건물의 주위에는 감히 근접하지 못하고 아우성을 치다가 다시 목표물을 수정하고는 서로가 서로의 목을 쥐어 잡는다. 그들의 위에 검은 암흑이 끼끼끼 덮어 씌워졌다.

무영은 숨이 끊어질 것 같은 고통을 참지 못하고 그대로 바닥에 길게 누워 버렸다. 온몸은 인간들에 의해 찢기고 터져 이곳저곳에서 피가 터져 나오고 있다. 그의 숨소리는 너무나 가빠서 마치 쇳소리가 나는 듯 쌕쌕댔다. 하림이 그런 그를 내려다보며 걱정스레 묻는다.

"선생님, 괜찮으세요?"

아무런 대답도 할 수가 없고 아무런 소리도 정확하게 들리지 않았다. 그저 온 세상이 풀무질에 잔뜩 달구어진 대장간의 화덕 속 같다는 느낌밖에는 들지 않았고 무영은 그 뜨거운 열화에 못 이겨 혼절하고 말았다.

누구도 깨닫지 못하지만, 처음은 언제나 암흑에서부터 시작한다. 현실이건 꿈이건 간에 말이다. 태어날 때도 암흑에서 빛으로 나서고, 꿈을 꿀 때에도 암흑에서 형상이 모아져 시작되는 것이다. 그러나 그 암흑의 전은 또 항상 빛이었다. 그러니 암흑은 빛의 한 종류일 뿐이다. 암흑으로 복장(伏藏)되어 있던 씨앗이나 배아, 또는 정자는 항상 빛을 향해 나가려고 몸부림치고, 그것이 발아나 탄생을 유발하는 것이다. 그러나 발아나 탄생과 함께 깨져서 없어졌을 것 같은 그 암흑은 항상 생명과 함께 공존해 나가고 있다.

무영은 이제 분명히 빛이 되어있었다. 온몸에서 탄생고의 울음을 뚝뚝 묻힌 채 양수를 헤치고 나갈 준비가 되어있는 것이다. 모아진 빛은 태아의 배에 뭉쳐지고 기운이 영글어 형태가 이루어지는 것이다. 그리고 자신도 알 수 없는 강한 기운에 밀려, 온몸이 옥죄어 오며 어디론가 운명처럼 밀려나는 것이리라.

"으윽."

무영은 덜컥 숨을 몰아쉬며 잠에서 깨어났다. 마구 그의 눈동자로 달려드는 불빛들이 마치 치열한 살상 무기인 양 그의 얼굴로 사정없이 날아든다. 그는 눈도 뜨지 못하고 소리쳤다.

"여기가 어디야? 대체 여기가 어디야?"

정신을 차릴 수가 없었다. 또 재생된 것일까? 운명이라는 고약한 이름하에 또 어디에 닿은 것일까.

무영은 너무나 많은 일이 한꺼번에 닥쳤기에 도무지 정신을 차릴 수가 없었다. 이 세상은 모조리 꿈 아니면 환각처럼 느껴졌다.

"이제 좀 정신이 드세요."

무영은 자신에게 걱정스러운 눈길을 보내며 이렇게 묻는 여자를 이상한 눈빛으로 올려다본다. 또 하림이었다. 무영이 허덕 바닥에서 몸을 일으킨다.

"첼라?"

하림이 무영의 얼굴을 빤히 쳐다보는데 눈빛이 이상했다.

"첼라가 누구지요?"

무영은 자신의 귀를 의심했다. 아니 자신의 눈을 의심했다는 게 정확한 것이리라. 첼라를 모르다니?

"선생님은 아까부터 나를 첼라라고 불렀어요? 도대체 첼라가 누구지요?"

무영이 흐륵 숨을 멈춘다. 그렇다면 이 여자는 첼라가 아니란 말인가?

"선생님, 정신 차리세요. 저 하림이에요."

"하림?"

갑자기 무영의 가슴에서 울컥 뜨거운 것이 치밀었고 무영은 와락 하림을 껴안아 버렸다.

"어마, 선생님!"

하림이 허덕 놀라서 어쩔 줄 모른다.

얼마나 정겨운 이름이던가, 하림이라는 이름은. 그 환각과도 같은 세상에서 오로지 무영만이 홀로였는데 지금 하림을 만난 것이 너무나 반가워 그저 와락 껴안고 만 것이다. 하림이 잠시 어쩔 줄 모르다가 무영에게 몸을 맡겼다.

얼마나 지독한 외로움이었던가. 무영이 헉헉 흐느끼는데 하림도 그와 함께 흐느껴 운다. 슬픔은 분명히 전염성이 있었다. 그리고 그것은 악성이었다. 한번 흐느껴 울기 시작하자 온몸이 마치 모두 눈물로 화해 녹아 버릴 듯이 눈물이 났다. 둘은 그 자리에서 부둥켜안고 마치 울기 위해 태어난 사람처럼 울어 대기만 했다.

"어떻게 이런 일이 일어났지? 어떻게 이런 일이 시작된 걸까?"

무영의 중얼거림이 공허하게 건물 안에 메아리친다. 하지만 그것은 누구에게 묻는 질문이 아니라 너무나 혼란스러웠기 때문에 나오는 허탈한 중얼거림이었다. 하림도 무영에게 꼭 껴안긴 채로 가만히 있기만 했다. 이제 눈물은 말라 버렸는지 더 이상 울지 않았다.

무영은 하림의 주위를 빙글빙글 돌면서 이 일을 어떻게 풀어나가야 할지 곰곰 생각하고 있다. 하림의 주위를 돌면서도 가끔씩 그녀의 거의 다 벗은 몸매를 일별하곤 했는데, 그녀의 몸매는 절대로 완벽하지 않았다. 또한 무영이 몇 번씩이나 그녀 모르게 주의 깊게 살핀 것은 그녀의 아랫배에 조그맣지만 분명하게 존재하는 배꼽이었다.

"무서웠어요. 그 깊은 잠에서 깨어나자 주위에 있던 사람들이 모두가 이상한 사람들이었어요. 그들은 너무나 무표정했기에 사악한 인간들보다도 더욱 무서워 보였어요."

무영은 하림이 애처로워 그녀를 다시 꼭 껴안았다.

"재미있는 이야기 하나 해줄까, 하림?"

무영은 그녀를 진정시키려 했다. 그래도 무영은 그 세 사람의 보호 하에 있었던 것이나 다름없었지만, 하림은 그 무리들 사이에서 스스로 생존하는 법을 배워서 생존했던 것이니 얼마나 힘들었을까.

"비너스의 탄생이라는 그림 기억나?"

"예. 근데 그건 왜요?"

"비너스의 탄생에서 하나의 중대한 화가의 실수가 있었어."

하림이 힘없이 그의 말을 듣고만 있다.

"비너스는 바닷물의 포말에서 생겨난 건데 비너스의 배에는 배꼽이 그려져 있지. 그것은 중대한 실수야. 배꼽은 엄마의 배에서 태어나는 사람들에게만 존재하는 것이거든."

하림이 잠시 자신의 배를 쳐다본다.

"이들 인간들은 복제된 인간들이야. 그러니 배꼽이 존재할 수 없지. 마치 비너스와 마찬가지로 말이야."

하림이 신기하다는 듯이 무영을 바라본다. 무영이 하림을 위해 억지로 끌끌 웃는다.

"나는 말이야, 하림을 본 순간 배꼽부터 쳐다봤지, 복제인간인가 아닌가 하고 말이야, 하하하."

그것은 거짓말이다. 무영은 정신이 없어서 하림을 첼라인지 알았었다. 그러나 그 말에 하림이 약간은 부끄럽다는 듯이 깔깔댔다. 하림도 무영을 위로해야만 했다. 둘이서 깔깔대다가 서서히 웃음이 사라지자, 하림이 걱정이 되는지 무영에게 묻는다.

"이제 우리는 어떻게 하지요? 어떻게 우리의 세상으로 다시 돌아갈 수 있지요?"

하림의 말에 무영의 가슴에 다시 절망감이 밀려들었다.

## 8. 암흑 속으로

절망이란 한정된 범위 안에서만 힘을 쓰는 권세가 있다. 극심한 절망감에 빠져 있을지라도 그것이 모든 사람에게 다 해당되는 것은 아니다. 다만 몇 사람, 그 상황에 빠져 있는 그런 공간에 속해진 사람에게만 존재할 수 있는 것이 바로 절망이었다.

지금 무영과 하림이 느끼는 절망감은 복제 인간들에게 둘러싸인 이 건물 내에서만 존재하는 것이다. 아니 조금 더 넓게는 이 '세상이 시작되는 곳'이라는 세계만큼만 존재하는 것이리라. 이 범위를 벗어나면 그 절망이란 힘은 권세를 잃고 더 이상 무영과 하림을 포로로 잡지는 못할 것이다. 그러나 어떻게 그 범위를 벗어나느냐가 문제였다.

하림이 그 답답함을 벗어나려고 무영에게 말을 건다.

"저는 그 사람이 선생님인 줄 알았어요. 선생님이 그 여자와 차를 타고 가던 날 말이에요."

무영은 그날이 바로 이 믿기지 않는 일이 벌어진 날이라는 것을 잘 알고 있었다. 그날은 며칠 아니면 몇 달 전인지도 모른다. 아니 그보다 더욱 오랜 시간이 흘렀을 수도 있었다. 하림이 탄 차가 무영과 에바가 탄 차를 좇아 하염없이 산길로 들어왔던 날. 하림은 그날의 일을 이제는 담담하게 무영에게 말한다.

그 자는 무영이 아니었다. 분명히 무영과 똑같았지만 느낌이 달랐다. 또한 에바란 여자가 그렇게 많았다는 사실은 하림에게는 어떤 공포감을 불러일으켰지만, 그보다도 그 여자들이 무영을 알아보지 못했다는 사실이 더욱 무시무시한 사실이었다. 하림이 그 사실을 깨달았을 때는 이미 무영이 아닌 복제 인간이 그녀를 공격했을 때였다. 하림은 그 거센 힘에 속절없이 눌려 까마득한 잠에 빠져들었고, 그 죽음보다도 더 깊은 잠은 하림을 이런 불가사의한 세상으로 밀어 넣었던 것이었다.

"깨어보니 이곳이었어요. 주위에는 표정 없는 사람들이 내게 아무런 시선도 주지 않았죠. 나는 마치 죽고 난 후에 저승에라도 온 듯한 느낌이었어요. 굉장히 혼란스러웠어요."

하림은 말하다 말고 그날의 기억이 생생하게 떠오르는지 몸서리를 쳤다.

"갑자기 그들은 한곳으로 몰려갔어요. 나도 조심스럽게

따라가 보았죠. 넓은 공터가 나왔고 그 공터에 그 인간들이 아무 데나 마구 쓰러져 눕는 거였어요. 인간들은 어디서 그렇게 많이 왔는지 꾸역꾸역 몰려들었고 그들은 어떤 즐거운 일을 계획이나 하는 듯이 보였어요."

그 분지였다. 무영의 눈앞에서 인간들이 죽음의 향연을 벌였던 그 분지.

"이상한 복장의 사람이 무어라고 소리치자 사람들은 죽음에 대한 초대를 받은 것처럼 서로를 죽이고 자신들도 죽이기 시작했어요. 아, 끔찍한 장면이에요."

무영은 이제 확실히 왜 그들이 자신들을 죽이려 하고 또 다른 인간들을 죽이려 하는지 알 것만 같았다.

그들은 영원한 생명이 지겨운 것이다. 자신의 의지가 아닌 어떤 알지 못할 힘에 의해 체세포나 정자세포가 채취되어 이곳에서 복제된 그들은 영원한 생명을 가진 대신에 그것에 대체할 낙이 없는 것이었다. 그러니 그들의 유일한 쾌락은 죽음이라는 행위였다. 서로가 서로를 죽이고 또 남을 죽여서 그 금지된 쾌락을 즐기지만, 다음 날이면 어김없이 다시 살아나곤 하는 것이다. 그리고 사제가 준비한 날은 그들이 공개적으로 죽을 수 있는 날일 것이다.

하림의 말이 이어진다.

"그들은 본능적으로 내가 그들과 다르다는 사실을 알고 있었어요. 매일 죽었다 살아나는 그들에게는 감정이 없었지만 제게는 뚜렷한 감정이 있잖아요. 나의 슬픔, 외로움,

추위, 무서움, 공포 등등을 그들은 뚜렷하게 감지해 내고 말았죠."

그렇기에 하림은 무영을 본 순간 그가 무영이란 것도 감지해 냈다는 것이다. 그 절절한 외로움과 공포심에서 무영을 본 순간 그녀의 가슴이 우지끈 무너져 내렸다는 것이다.

무영은 처음에 에바란 여자를 만났던 때를 기억한다. 그 때 그녀도 그랬다. 어쩌면 감정이 없는 듯했고, 다른 말로 표현하자면 백치의 지능을 갖고 있는 듯했다. 그러면서 약간 슬픈 표정의 여자는 아마 복제 인간 특유의 모습인지도 모른다.

"그들은 제가 죽는 것을 보기 원했어요. 그 완전한 죽음을 보고 싶은 거지요. 다음 날도 절대로 깨어날 수 없는 그 아름다운 죽음을 보고픈 거였어요."

하림의 눈에서 공포심이 역력히 배어났다. 무영이 순간적으로 눈물을 글썽이는 그녀를 껴안는다.

"그들은 밤을 기다리고 있었던 거예요. 다음 날 살아날 수 있나 없나를 확인하기 위해. 나는 그들의 의도를 알고는 그들로부터 도망치기 위해 죽을힘을 다해 달렸죠. 그래서 찾아낸 곳이 바로 이곳이에요."

하림은 헉헉댔다. 그 암담했던 마음이 그대로 나타나고 있었다. 참고 참았던 그 고통이 그녀의 온몸을 엄습했기 때문이었다. 무영은 그런 그녀를 꼭 껴안은 채로 그녀의 등을 다독거렸다.

"그들 사이에서 살아남기 위해서는 그들과 똑같이 행동을 해야 했어요. 무관심과 무표정, 그리고 어슬렁거리기와 누워서 그저 멍하니 있기 등등이요. 하지만 밤이면 그들은 죽음의 유희를 즐기기에 조금만 늦어도 그들의 손아귀에서 벗어날 수 없어요. 이 건물은 그들에게는 웬일인지 금단의 땅과도 같아요. 그들은 절대로 이 건물의 근처에 오지 않아요. 그러기에 밤이면 이곳에 와서 웅크리고 잤어요. 밖에서는 죽음의 유희를 즐기는 그들의 비명과 신음이 들려왔어요. 그리고 아침이면 그들은 어김없이 다시 살아났고요."

하림이 무영의 품에 안겨서 바들바들 떨었다. 얼마나 공포를 느꼈을까. 무영은 그녀의 등을 하염없이 쓰다듬었다. 그러다가 흠칫 무슨 생각이 들었는지 무영은 하림의 몸을 두 손으로 잡았다.

"하림, 이 건물 안으로 들어가 보았어?"

하림이 고개를 힘없이 저었다.

"무서웠어요. 도저히 안으로 들어갈 용기가 나지 않았거든요. 여기에 있는 것만도 무서웠는데 안에는 무엇이 있을지 모르잖아요."

하긴 그럴 수밖에 없을 것이란 생각이 들었다. 전혀 낯선 곳에서 무서운 광란의 무리 사이에 홀로 떨어진 여자에게는 모든 것이 두려움의 대상이 될 것이다.

"하림, 이곳에 혹시 어떤 열쇠가 숨겨져 있을지 몰라. 우리가 우리의 세상으로 다시 돌아갈 수 있는 열쇠가 말이야. 그 복제 인간들이 들어올 수 없도록 되어있다면 필시 어떤 비밀이 숨겨져 있을 거야."

무영이 하림의 손을 잡고 건물의 안쪽으로 발을 옮기자 하림이 주춤 그를 따라온다. 하긴 이 상태에서는 무영이 지옥의 끝까지 가자고 한들 따라갈 것이다.

건물의 안쪽은 컴컴한 암흑의 구렁텅이였다. 마치 끝도 없는 수렁 속으로 빨려 들어가듯 무영과 하림은 끈적끈적한 점액질의 냄새를 맡고 있다. 발밑과 주위가 모두 끈끈한 액체와 같은 느낌이 들었는데 실제로 손을 들어보면 잡히는 것은 아무것도 없었다. 하림이 그 이상한 느낌에 허덕이기 시작했다.

"선생님, 무서워요."

무영이 그녀를 거의 안다시피 해서 앞으로 나아간다. 하림은 정말로 무영이 느낄 수 있을 정도로 심하게 떨고 있었다.

"돌아가요, 선생님. 이곳은 아주 기분이 나빠요."

그녀의 말소리조차 덜덜 떨려 나왔다. 이제 주위는 한 치도 분간할 수 없을 정도로 캄캄한 암흑으로 변해 버렸다. 무영이 하림에게 강하게 말했다.

"하림, 잘 들어. 이게 우리의 마지막 기회일 수도 있어. 아니, 그게 아니라, 우리는 이미 죽었는지도 몰라. 에바를 쫓아 그 산길로 들어섰을 때, 우리는 이미 어떤 힘에 의해 죽음의 문을 훌떡 뛰어넘었을 수도 있어. 지금 우리가 하고 있는 일이나 우리에게 일어나는 일이 현실의 일이 아니라 죽음 후의 세계일 수도 있는 거야."

"아니, 아니에요. 우리는 이렇게 살아 있잖아요."

하림이 두려움에 못 이겨 이렇게 흐느낀다.

"그리고 최소한 돌아가면 그곳에는 삶이 있잖아요."

"복제 인간들과의 삶? 영원한 생명이란 허울 좋은 명목으로 무의미하게 사는 삶 말이야?"

"그래도 확실하잖아요."

하림이 애원을 했다.

"아니야. 어차피 죽은 뒤의 삶도 우리에겐 분명하지 않아. 죽음 뒤의 삶이 이토록 현실적이지 않다고 누가 증명할 수 있겠어. 우리가 가다가 죽는다 해도 이보다 더욱 현실적인 삶이 존재할지도 몰라. 자, 하림, 가자고. 두려워할 것 없어. 이미 우리가 죽음을 넘어선 몸인데 또 뭐가 두렵다는 거야."

하림의 손을 이끈다. 하림이 허겁지겁 무영이 이끄는 데로 따라갔다. 마치 꿈속에서의 장면 같이 느껴진다. 가도 가도 끝이 없는 암흑. 숨이 막힐 것 같았다. 도저히 그 깊이를 알 수 없는 탄생 이전의 심연. 탄생 이전에는 자신의 의지가 아닌 어떤 운명적 힘에 의해 이 암흑에서 떠밀려 빛으로 태어났지만, 지금은 순전히 자신의 의지에 의해 암흑의 앞으로 그 암흑을 통과하기 위해 나아가고 있는 것이다. 하림은 금방이라도 숨이 까르르 넘어갈 정도로 떨고 있다. 무영은 차라리 그녀를 안고 말았다.

"하림, 정신 차려. 우리는 아무것도 아니야. 이미 죽어진 영혼일 뿐이란 말이야."

무영은 하림의 용기를 유도하기 위해 이렇게 말했다.

"무서워요, 선생님. 이것은 우리가 앞으로 나가는 것이 아니라 누군가가 우리를 앞으로 나가라고 밀고 있는 느낌이에요. 좋은 것들이 이미 다 빠져나가고 수없이 많은 나쁜 것들만이 몸 안에 또아리를 틀고 있는 것 같아요. 무서워요. 흐흑, 무섭단 말이에요."

무영이 그녀의 어깨를 잡고 흔들었다.

"무엇이 무서운 거야? 어두움이? 아니면 지금의 상황이? 그것도 아니면 어둠 저쪽 끝 편에 나타날 세상이 두려운 거야?"

"아니에요, 선생님. 제가 두려워하는 것은 어둠 끝 편에 있을지도 모르는 지옥이라는 세상이에요. 우리는 지금 죽었는지도 모르는 상태잖아요. 그리고 이것이 황천의 길이라면 저 끝에는 천당 아니면 지옥이 존재해야만 하잖아요."

헉, 무영이 가슴이 갑자기 무너져 내린다. 만약 자신들이 죽은 영혼이고 또 이 길을 자신의 의지가 아니라 어떤 힘에 의해 밀려가고 있다면, 하림의 가정은 충분히 가능한 일이었다. 죽음의 통로를 따라 나아가면 그 끝에 있는 영혼의 사망터인 지옥이 있을 수도 있는 일이다. 하림이 헉헉댔다.

"돌아가고 싶어요, 선생님. 지옥인지 천당인지 모를 곳으로 가느니 차라리 확실하게 무표정한 인간들과 사는 게 나을 거예요. 만약 저 끝에 천당이 있으면 모르겠지만 지옥이라면 영원한 지옥의 화염 불에서 영원히 고통을 받으며 살아갈 거잖아요."

그 순간 무영의 마음에도 격렬한 혼돈이 왔다. 지금이라도 돌아간다면 사제와 첼라와 에바처럼 신으로 군림하며 영원히 살 수 있지 않은가 말이다. 사제의 조건만 수락한다면 그곳에서 영원히 살 수 있을 텐데 무엇하러 이렇게 앞으로 나아가는가 말이다. 그러나 그럴 수는 없었다. 차라리 불확실하더라도 앞으로 나아가는 것이 날지도 모른다. 그 복제 인간들 틈에서 사느니 차라리 앞으로 나아갈 것이란 결심이 섰다. 무영이 하림을 앞으로 잡아끈다.

"하림, 일어나. 그럴 수는 없어. 무표정하고 멍한 모습으로 영원히 산다는 것은 정말로 무의미한 일이야. 앞으로 가는 거야. 무언가 우리를 기다리고 있을 거야."

그러나 하림이 흐느끼며 앞으로 나아가지 않았다.

"제발, 선생님. 돌아가요. 무서워요. 저 끝에 우리를 기다리며 악다구니를 쓰고 있는 지옥의 사자들이 느껴져요."

"바보. 그것은 공포에서 오는 환각이야. 정신 차려. 분명히 다른 것이 기다릴 거야. 나는 말이야, 하림. 그런 식으로는 살아갈 수 없어. 무표정하게 영원히 산다는 것은 차라리 지옥에서 사는 것보다 못할 거야."

하림이 기어이 흐느끼며 땅바닥에 주저앉았다.

"선생님, 그러시다면 가세요. 저는 못가겠어요."

하림이 주저앉자 무영의 가슴이 그대로 허물어져 버렸다. 그의 마음이 쨍그랑 소리가 나면서 산산조각으로 갈라지는 것 같은 아픔에 무영이 소리친다.

"하림, 그러지마, 그럴 수는 없어."

무영의 마지막 소리는 애원에 가까웠다.

"쉽게 그렇게 포기하지 마, 하림."

그러나 하림은 절대로 다시 일어나지 않았다. 그녀는 그대로 굳어진 채로 흐느끼고 있다. 무영은 마침내 결단을 내려야만 했다. 마음이 아프지만.

"하림, 그러면 있지. 돌아가서 아까 그곳에서 기다려. 내가 저 암흑의 끝을 보고 올 테니 말이야."

하림의 흐느낌이 더욱 심해진다. 무영이 주저하면서 더 듬댔다.

"만약에… 만약에 말이야, 하림… 내가 돌아오지 않거든…"

갑자기 하림이 무영의 목에 두 손을 감더니 미친 듯이 무영의 입을 찾았다. 무영도 도저히 견딜 수가 없어 그녀의 입을 허겁지겁 맞추었다. 길고 긴 입맞춤. 숨이 멎을 것만 같다. 온 가슴이 갈가리 찢기는 듯한 느낌에 둘은 흐득흐득 떨어버린다. 이것이 마지막일 수도 있다. 이대로 시간이 멈춰졌으면 하는 바람이 든다. 그러나 항상 시간은 앞을 향해 줄달음치고 가슴이 찢어지는 사람들의 이별은 항상 짧게 다가오는 것이다.

이것이 마지막이라는 생각은 아주 불길하게 느껴졌다. 그러나 벌써 마지막이란 순간이 지났는지도 모른다. 이 암흑의 세계에 들어온 순간부터, 아니 더 멀게는 이 '세상이 시작되는 곳'에 들어온 순간부터 둘은 커다란 벽을 만들었는지도 알 수는 없는 노릇이었다.

무영은 하림에게 다짐했다.

"하림, 내가 만약에 돌아오지 않거든, 저 끝의 세상이 지옥이라고 생각해. 그리고 하림은 그 인간들에게 돌아가는 거야. 지옥의 고통은 한 명만 받으면 충분해. 하림은 내가 돌아오지 않거든, 미련 없이 돌아서서 나를 잊어야만 해, 알았지?"

하림의 울음소리가 더욱 커지고 그녀의 슬픔이 너무도 사무쳐서 말 한마디 할 수가 없었다. 무영이 마침내 머뭇머뭇 그녀의 손을 잡고 말했다.

"하림, 사랑해. 난생처음 누군가가 소중하다는 것을 알았어. 하림, 안녕. 이제 가야 할 시간이야."

무영은 도저히 더 이상 기다릴 수가 없었다. 하림의 손끝이 무영의 마지막 손마디에 걸려 파르르 떤다. 하림의 말이 흐드득 슬픔으로 끝맺지도 못한다.

"선, 선… 생님. 흑흑, 안… 녕히…."

그다음 말은 미처 그녀의 입에서 나오지도 못하고 영원히 암흑이 말려 버렸다. 하림은 속으로 넋이 나간 듯이 중얼댔다. '선생님. 사랑해요.' 그러나 암흑은 이미 무영의 흔적마저 지워버린 후였다. 하림이 그 암흑의 고통과 공포를 못 이기고 다시 서둘러 뒤로 돌아섰다.

암흑은 무영을 한꺼번에 삼켜 버리려고 와락 달려들었고, 어디선가 괴기한 비명 같은 것이 들려오기도 했다. 그러나 그러한 암흑이나 비명조차도 무영의 마음을 두렵게 만들지는 못했으니, 그는 뒤에 두고 온 하림만을 생각하느라고 가슴이 아팠기에 다른 생각을 할 여유가 없기 때문이었다. 그는 쉬지 않고 자신에게 다짐하듯이 조그만 소리로 중얼거렸다.

"하림, 기다려. 반드시 돌아갈게. 하림, 꼭 기다려야 해."

무영은 아직도 하림의 체취를 느끼고 있지만 암흑은 냉정하게 그를 몰아내고 있었다. 키득키득하는 환청 소리가 암흑 곳곳에 마치 함정처럼 도사리고 있다가 들려왔고 무영은 그것에 놀라곤 했지만, 결코 포기하지 않고 앞으로 나아갔다.

이렇게 아무것도 보이지 않는 어둠 속에서는 제일 무서운 것이 자신이 만들어 내는 상상의 가공물들이다. 두려움은 그 자체만으로 사람을 절대로 해칠 수 없지만, 그 두려움이 만들어 내는 상상의 가공물들은 온갖 일을 해낼 수 있었다. 그것은 처음에는 조악하게 만들어진 모조품처럼 시시하고 볼품없게 생각되지만, 점점 상상의 도가 그것에 덧붙여져 정말로 가공스럽게 보일 만큼 꽤 무시무시한 악마로 치장을 하고 난 후에, 자신을 상상으로 만들어 낸 상상한 자에게 악다구니처럼 달려들어 그의 정신을 물어뜯고 급기야는 자살이나 정신이상으로 만들어 버린다.

무영도 헉헉거리기 시작했다. 자신이 상상해 낸 온갖 악귀들이 점점 더 숫자가 많아져서 암흑 속에서 떠다니며 무영의 정신을 빼앗으려고 달려든다. 그리고 무영의 마음을 더욱 해치는 것은 저 암흑 끝에 존재할지도 모르는 세계였다. 그것이 지옥일 수도 있다는 생각이 점점 더 크고 분명하게 힘을 얻어가고 있는 터였다. 하림의 생각처럼 지옥이 있다고 하는 생각은 처음에는 설마 하다가 그 불안의 도가 더해지면 지독하게 공포를 느끼고 그러다가 확실한 지옥을 만들어 내고 그 이후에는 더 이상 앞으로 나아갈 수가 없는 것이다.

무영의 마음에 극심한 갈등이 비집고 들어왔다. 지금이라도 뒤돌아 간다면 금세 하림에게 되돌아갈 수 있었다. 그리고 사제와 타협하면 그 세계에서 지금의 의식을 그대로 유지한 채로 편안히 살 수 있는 것이다. 또 잘만 하면 그 세계를 지배하는 신으로 군림할 수 있었다.

으흐흑! 누군가가 신음을 내뱉는다. 흑 어흑! 누군가가 목 놓아 울고 있다. 무영은 그 신음과 울음소리가 어디서 나는지 몰라 주위를 둘러보지만, 어둠 속에서 있는 것은 오직 자신뿐이다. 무영은 주위를 두리번거리다가 마침내 그 신음소리와 울고 있는 소리는 바로 자신이 내는 것이라는 사실을 알았다. 그 엄청난 공포와 아무것도 보이지 않는 캄캄한 암흑이 자신의 소리마저도 다른 사람이 내는 것 같은 환각의 상태로 몰아갔던 것이다.

발을 돌려 죽어라고 하림에게로 뛰어가고 싶었다. 이 죽음보다도 더 공포를 느낄 수 없는 암흑은 무영의 목줄기를 거머쥔 채로 으르렁대는 것 같다. 뒤로 돌아라. 그리고 달려 도망치라고.

암흑이 더 끈적끈적하게 다가왔다. 그리고 이제는 무영이 앞으로 나아가는 것이 아니라 암흑이 꿀쩍꿀쩍 무영을 밀어낸다. 무영은 허공을 두 손으로 헤집어 보지만 아무것도 잡히지 않았다. 그런데 이상하게도 아무것도 잡히지 않는 두 손에 무언가가 강렬히 느껴졌다. 따스한 온기, 무언가가 살아있는 듯한 느낌. 무영은 갑자기 울고 싶어졌다. 비로소 무언가가 느껴지기 시작했다. 작은 음악소리, 그리고 먼 곳에서 가늘게 쏘아지는 한 줄기 빛. 무영은 그 빛으로 빨려 들어가고 있는 것이다. 여태까지 자신은 앞으로 자기의 의지대로 나아갔다고 생각했지만 그것은 그의 착각이었다. 무영은 전속력으로 그 빛으로 빨려 들어가고 있었던 것이다.

아아악!

무영은 사지를 버둥대면서 고래고래 비명을 질렀다. 엄청난 흡인력이 그의 온몸을 엄청나게 빨아들였다.

## 9. 신 천지창조

세 갈래 길이 있다. 하나는 되돌아가는 길, 다른 하나는 똑바로 앞으로 가는 길, 그리고 마지막 하나는 뒤도 앞도 아니라 옆으로 빠지는 길이다. 어느 길이라도 선택하면 운명이 선택자의 발에 걸려 넘어지고, 모든 것은 다시 운명이라는 길에 들어서게 된다. 그러나 어느 길이 앞으로 가는 길인지, 아니면 되돌아가는 길인지, 그것도 아니면 옆으로 빠지는 길인지 아는 사람은 아무도 없었다. 선택은 항상 자신이 내리지만 그것은 항상 신의 손에 놓여 있는 것이다.

무영의 길도 알 수 없는 길이다. 어떤 길이 하림에게 되돌아가는 길인지, 어느 길이 앞으로 나아가는 길인지, 또는 지금 가는 길이 옆으로 빠지는 길인지 전혀 알 수 없었다. 그러나 다만 확실한 것은 지금 무영은 빛의 구덩이에 빠져 있다는 사실이다.

너무도 강렬한 빛이 무영의 온몸을 그대로 녹여 버릴 듯이 이글거린다. 마치 세상은 빛으로 이루어진 듯이 온 사방에서 빛을 뿜어내고 있다. 그렇게 무영이 두려워했던 그 암흑의 끝은 지옥이 아니라 빛의 세상이었다. 그곳에는 하림이나 무영이 그토록 두려워했던 악귀나 악마도 존재하지 않았다. 무영은 한참 동안 그 빛 속에 갇혀서 눈도 뜨지 못하고 두 손으로 자신의 두 눈을 가려야만 했다. 아무것도 볼 수 없다는 의미는 암흑이나 강력한 빛이나 똑같았다.

한참 후에야 그 빛이 어느 정도 익숙해졌을 때 무영은 빛을 배경으로 한 사람이 머리에 두건을 쓴 채로 쪼그려 앉아 있는 것을 발견했다. 그 사람은 빛이 익숙해질 때야 비로소 보였는데, 그것은 마치 그 사람이 그곳에 있었던 것이 아니라 어디에서 훅하고 빨려 들어온 느낌을 주었다. 무영은 두려워서 벌벌 떨었다. 그는 아마 신일지도 모른다. 아니면 최소한 인간은 아닐 것이다. 무영이 그대로 얼어붙어 있자 그 사람이 잔잔한 소리로 입을 열었다.

"두려워 말게. 내가 누군지 궁금하지 않은가?"

무영은 침을 꿀꺽 삼켰다. 말을 하려고 했지만, 말소리는 빛 때문에 다 산란되어 버린 것 같았다.

"나는 이 세상을 만든 사람이야."

무영의 다리가 그 소리를 듣고는 후둘후둘 떨렸다. 간신히 바싹 마른입을 열어 그에게 물었다.

"어, 어떤 세, 세상 말씀입니까?"

그 사람은 지금껏 무영이 보아왔던 사람들과는 전혀 달

랐다. 마치 보기만 해도 두려워지기도 했고 또한 경외심이 들기도 했다.

"자네가 방금 통과했던 세상이지."

"당신은 누구십니까?"

"하하하. 아직도 나를 모르겠지? 앉게. 천천히 자네의 의문을 풀어야 할 테니. 그리고 다시는 나를 보지 못할 테니까 말이야."

무영이 머뭇머뭇 그의 앞에 앉는다. 아직도 그는 두건을 쓴 채였기에 그의 얼굴은 볼 수가 없었다. 다만 그의 몸에서 풍겨나는 자욱한 기운이 그가 보통 사람이 아니란 사실만 알려주고 있었다.

"나는 바누라고 한다네."

헉! 무영은 그 이름을 기억한다. 그 사제가 벗은 무리들에게 '위대한 신 바누'라고 분명히 이야기했던 것이다. 그렇다면 사제가 바누가 아니라 사제가 가리켰던 그 신이 바로 무영의 앞에서 말하고 있는 것이다.

바누는 그저 두건을 뒤집어 쓴 채로 말했기에 마치 말소리가 두건의 안 깊은 곳에서 울려 퍼져 위로 솟구치는 것 같은 느낌이 들었다.

"나는 인간의 유한성에 항상 마음 아파했다네."

무영은 긴장한 채로 그의 말을 하나도 빠뜨리지 않으려고 노력했다.

"내가 이 일을 시작한 것은 그리 오래되지 않았다네. 하지만 다른 학자들보다는 엄청나게 빠른 시간이었지. 그들이 양을 복제했다고 떠들었을 때 나는 벌써 그들보다 시간으로 치면 몇 세기는 빨랐을 거야. 하지만 복제된 인간들은 언제나 불완전했었어. 나는 그 불완전을 제거하고 제거하다가 결국 유전자 조작을 시험해 보았다네. 그리고 실제로 영생을 가진 완벽한 인간을 만들어내게 되었지. 너무나 완벽하게 만들었기에 나는 더할 수 없이 기뻤다네. 그런데 인간의 욕심이란 한이 없는 거야.

조각가가 조각을 해도 해도 만족하지 못하는 것처럼, 미술가가 그림을 아무리 그려도 만족하지 못하는 것처럼, 나도 만족하지 못했던 걸세. 그래서 나는 가장 완전한 인간을 만들기를 원했네. 정말로 아름다운 인간을 말이야. 그것은 어렵긴 해도 전혀 불가능한 일은 아니었어. 누구라도 한 번만 보면 반할 수 있는 인간을 만들고 싶어 했던 거야. 얼굴도 몸매도 하다못해 행동거지 하나까지도 말이야. 그리고 나는 그 인간들을 만드는데 성공했고, 그들이 너무나 자랑스러워 그들에게 다른 영생을 가진 인간들을 지배할 수 있는 권리를 주었어. 그들은 말을 할 수 있었고, 그 말이 그들을 자유롭게 한 게 아니라 오히려 억압하고 말았지. 그들은 서로가 서로와 통했고 그래서 그들이 생각하기엔 정말로 자유로울 것이라는 행동을 시작한 거야. 그런데 그것은 오히려 혼란의 시작이었지.

그들은 서로가 서로를 믿어야만 했고 행동을 같이 해야

만 했어. 그래서 그들은 자신들이 별도의 인간들이 아니라 동일인이라는 타협을 한 거야. 그리곤 그들은 그들 세계뿐 아니라 다른 세계를 지배하기 원했다네. 즉 그들은 자네의 세상을 지배하고픈 욕망을 가졌던 거야. 처음 그들은 새로운 인간을 창조하기 위해 자네의 세상에서 수없이 많은 세포를 채집한 거야. 나는 그런 그들의 비뚤어진 욕망을 막으려고 했지만, 오히려 그들에게 내가 떠밀려 쫓겨나고야 말았다네. 흐흐흐….”

바누는 자조의 웃음을 한껏 흘렸다.

“나는 그들에게 모든 것을 주었지만 그들은 나를 이곳으로 몰아내곤 이제 경배는커녕 기억조차도 하고 있지 않지. 그리고 그들은 끊임없이 유전자 조작과 인간 복제를 해왔지.”

“그러니까, 그 사제란 자와 첼라 그리고 에바가 그들이군요.”

“음. 그런 셈이지. 그들은 나도 몰래 자네의 세상으로 복제 인간을 내보내 인류의 체세포와 정자세포를 채취해 왔다네.”

“왜지요? 그들은 수많은 영생을 지닌 인간들이 있는데…”

“성전 앞의 도시를 보았나?”

“예. 텅텅 빈 그 도시 말씀이지요.”

“그래, 그들은 거기에 새로운 인간형을 만들어 거주시킬

작정일세."

"새로운 인간형?"

"그렇다네. 영생이 아니라 죽을 수 있는 인간군들. 즉 자네 같은 무리들 말일세."

무영이 경악했다. 그렇다면 그 도시는 앞으로 다른 인간군들에 의해 채워질 도시였단 말인가. 그런데 의문이 있었다. 왜 다른 사람들은 다 복상사를 당했는데 무영만이 살아남았고 또한 사제가 왜 무영과 타협하기를 원했는지 그것이 궁금했다.

"그런데 왜 그들은 나를 원했지요? 왜 나만이 살아남았나요?"

"그들은 모아온 정액과 체세포를 서로 다른 용기에 분리시켜 놓고는 인간들을 만들었네. 그런데 아주 중대한 착오가 생긴 거야."

"중대한 착오라니요?"

무영이 그에게 바싹 다가갔다.

"채취해온 세포들은 다른 용기에 분리되었기에 서로 다른 용기에서 복제된 인간들은 전부 다른 사람이어야 옳지. 그런데 같은 사람이 나온 거야."

"그 말은…?"

"자네의 체세포와 정자세포는 두 번에 걸쳐서 채취되었거든. 각각 다른 용기에서 복제된 인간이 동일한 유전체계를 갖는다는 사실은 불가능한 일일세. 그러니 그들에게 혼란이 온 거야."

정기를 완전히 빨린 사람은 복상사로 죽어버리게 된다. 그러니 한 사람의 세포가 두 번 채취될 수는 없는 것인데, 무영의 체세포는 두 번에 걸쳐 채취되었다. 그것은 분명히 그들에게 혼란을 가져다주었고, 또 그 혼란을 풀기 위해 그들은 무영을 찾았을 것이다. 그랬을지라도 의문은 남았다.

"그런데 왜 나였죠? 그리고 그럴 가능성은 없는 것 아닙니까?"

이제 무영은 그가 두렵지 않았다. 오히려 친근하기까지 생각되었다. 무영은 바누의 대답을 기다렸지만 바누는 그것에 대해서는 일언반구도 없었다. 무영은 참지 못하고 재차 묻는다.

"왜요? 대답을 왜 안 하시는 거죠? 당신도 그것에 대한 답이 없나요?"

바누는 대답 대신에 그저 눈을 감고 한참을 있다가 다시 무영에게 불쑥 물었다.

"자네는 이곳이 어디라고 생각하나?"

무영은 고개를 젓는다. 알 수 없지 않은가? 그 지겹도록 길었던 암흑. 그리고 빛. 그것밖에는 알 수 있는 것은 하나도 없었다. 바누가 아주 천천히 무영에게 말했다.

"자네는 지금 어디를 통해 이곳에 왔다고 생각하나?"

그것도 알 수 없는 일이다. 다만 끈끈하고 컴컴했다는 기억밖에는.

"여기는 자궁이야. 여자의 아주 깊숙한 곳이지. 한 여자가 아니라 세상 어머니의 자궁이지."

헉, 무영은 그 말에 소스라쳤다. 그 끈끈했던 점막들이 그렇다면?

"자네가 통과했던 곳은 질이라 부르는 곳이지. 자궁경도라고나 할까? 재미있지 않나?"

무영은 바누의 말을 믿을 수가 없다. 아니 도저히 그런 일이 이루어질 수 없는 일이지 않는가.

"그래. 자네는 지금 태아가 되어 있는 거라네. 자네는 여태까지 자네가 세상에 태어난 것이 자네의 의지가 아니라고 생각해 왔지만 그건 엄연히 자네의 의지였다네. 하림을 뿌리치고 자네는 다른 세상을 찾아 이곳으로 오지 않았는가. 그러나 자네는 그것이 자네의 순수한 의지였다는 사실을 항상 잊고만 있었지."

무영의 가슴 속에 무언가가 치밀어 오르는 느낌이었다.

"자, 자네에겐 세 가지 길이 있네. 하나는 뒤로 되돌아가는 길, 또 하나는 곧장 앞으로 나아가는 길, 마지막 하나는 옆으로 빠지는 길일세. 선택은 언제나 자네가 하지만 그 선택은 신이 주는 거라네. 자, 어느 길도 다 자네의 운명이라네."

빛들이 강력하게 움직이고 있다. 바누가 손을 높이 든다. 무영이 초조해서 다급하게 묻는다.

"도대체 당신은 누구요? 나는 어디로 가는 겁니까? 내가 만약 태아라면 같은 자궁 속에 들어와 있는 당신은 도대체 누구냔 말이요?"

빛이 온통 유형의 물질처럼 와지끈 와지끈 우그러지고 부서져 나간다. 바누가 껄껄댔다.

"자넨 너무 많이 잊어버렸구만. 내가 누군지, 그리고 자네가 왜 복상사를 당하지 않았는지 잘 알고 있지 않은가? 왜 이 건물에서 빛이 나와 자네를 복제 인간들로부터 구했는지 그런 것들은 자네가 더욱 잘 알지 않는가."

"하하하하…."

바누가 빛으로 변해 폭발하려고 하고 있었다. 무영은 눈이 부셔서 두 손으로 앞을 가렸다. 퍽 하며 모든 것이 무영의 머릿속에서 깨어진다. 그리고 그 빛에서 사제의 그 무시무시했던 얼굴이 떠올랐다. 그 얼굴은 다른 사람이 아닌 무영의 얼굴이었다. 무영의 가장 악한 모습만을 담았을 것 같은 모습. 그러나 그의 얼굴은 분명히 무영 자신의 얼굴이었던 것이다. 빛 속에서 바누의 모습이 뚜렷이 나타났다.

"아 아…."

이제야 무영은 모든 것이 어렴풋이 기억된다. 바누의 얼굴이 깔깔대며 소리치는데 그 소리는 마치 수억 년 동굴 속에서 갇혔다 풀려난 것처럼 윙윙 울어댔다.

"그래. 모든 것은 자네가 한 짓이야. 인간 복제를 주관한 것도, 신으로 군림하려 했던 것도 그리고 유전자 복제로 인간의 악한 면과 선한 면 두 개로 나누어서 복제한 것도 다 자네의 짓이었어."

무영이 엄청난 충격 때문에 자신의 얼굴을 두 손으로 감싼다. 모든 것이 자신이 만들어 낸 일이란 생각이 마치 꿈과 같이 다가온다.

"사제란 복제 신을 만든 것도 자네의 체세포에서였고, 이 위대한 신 바누를 만든 것도 자네의 체세포였단 말일세."

"으흐흑…."

무영이 흐느꼈다. 이제야 기억이 명료해지기 시작했다. 그 복제 인간의 세상을 만든 것은 바로 무영 자신이었다. 그리고 그 복상사의 함정에 빠지지 않게 자신의 유전자를 조작한 것도 무영 자신이었다. 그렇기에 다른 사람들은 모두 복상사에 걸렸지만, 자신은 그것에서 빠져나갔던 것이다.

바누의 말은 계속되었다.

"자, 세 길은 모두 자네 앞에 있네. 이제는 갈 시간이야. 하하하."

빛은 바누를 삼켜 버릴 듯이 일렁였고 그 순간 바누의 두건이 훌렁 벗겨졌다. 무영은 그때 분명히 바누의 정확한 얼굴을 볼 수 있었다. 그는 바로 무영 자신이었다. 무영의 온몸이 하얗게 지워지는 듯한 느낌이었다.

"하하하, 무영. 나 바누는 바로 자네일세. 지금이 아닌 수천 년의 세월을 통해 수없이 복제되어왔던 자네의 본모습이란 말이야. 으하하하."

짱그렁…

빛이 순식간에 깨지면서 무영을 사정없이 때려댔고 무영은 심한 충격을 받은 채 울컥 선혈을 토했다. 빛이 부서지고 있다. 그리고 무영은 다시 그 빛이 자신을 엄청난 기운으로 밀어내는 느낌을 받고는 처절한 비명을 질렀다.

"아아악, 아아아악…."

지금 가는 길이 어떤 길인지 모른다. 아마 신도 모를 것이다. 하림이 있던 곳으로 되돌아가는 길인지, 아니면 자궁 경도를 따라 세상에 갓난아기로 태어날 길인지, 아니면 옆길로 빠져서 아무도 알 수 없는 길로 가는 것인지 아무도 모른다. 그러나 선택은 반드시 필요했고 그래서 선택한 후에 후회는 불필요한 일이다. 길을 선택한 후에야 반드시 신의 섭리가 다가오고, 그리고 운명이 결정지어지는 것이다. 무언가 무영에게 다가오고 있다. 자신이 가는 길이 어떤 길일지라도 분명히 이것은 무영의 의지로 선택한 길이었다.

"아앙…."

무영은 참지 못하고 거친 울음을 터뜨렸다. 주위에서 소란스러운 움직임이 느껴진다. 어떤 곳에 이른 것이다. 아직은 모르지만 무영말고도 많은 생명체들의 움직임이 느껴진다. 산만한 소리와 누구를 부르는 소리. 그것은 분명히 사람들의 소리였고, 무영의 선택한 길이 어떤 길이었었는지 궁금해졌다. 탄생이었을까? 아니면 운명의 집착이었을까?

무언가 무영의 가슴에 섬뜩한 느낌으로 다가왔다. 서걱거리는 기분 나쁜 소리, 그리고 이제 무영의 귀가 뜨이기 시작했다. 분명히 이해되는 말이 들려온다.

"간호원! 간호원!"

굵은 남자의 목소리였다. 무영은 눈을 떴다. 희미한 불빛이 그의 눈에 정확한 모습으로 잡혀지지 않고 한참 동안 흔들렸다. 그러다가 형상들이 마침내 눈에 들어오기 시작했다. 주위에 있던 사람들이 그의 동공에 초점이 맞춰지길 기다렸다가 그의 정신이 들어오자 환호한다. 무영은 알 수 없다는 표정으로 자신의 앞에 있는 사람을 응시했다.

"송, 송 박사?"

"그래, 날세. 깨어났구만."

깨어나? 무영은 송 박사가 무슨 말을 하는지 이해할 수 없었다. 송 박사의 옆에 있던 목소리 굵은 의사가 대신 설명한다.

"김 선생께서는 대형 교통사고를 당하셨습니다."

"교통사고?"

"그래. 유 기자와 함께 타고 있던 차가 산길에서 벼랑 아래로 굴렀다네."

"유 기자?"

"그래, 유하림 기자 말일세."

하림. 갑자기 무영의 눈에 눈물이 글썽 맺힌다.

"하, 하림은?"

송 박사와 의사가 고개를 젓는다.

"유하림 기자는 견디어 내지 못했습니다."

쿵, 무영의 가슴이 무너져 내렸다. 그것이 아닐 것이다. 하림은 아직도 저 암흑 뒤편에서 무영을 기다리고 있을 것이다. 무영은 자신의 손끝을 쳐다본다. 아직 마지막으로 잡았던 그녀의 따사한 온기가 손끝에 남아있는 것 같은데….

그의 눈에서 눈물이 진하게 이어지자 의사와 간호사가 자리를 비켜준다. 무영은 머리를 세차게 저어본다.

'아니야, 이건 사실이 아니야. 하림에게 난 꼭 돌아간다고 했어. 하림은 아직 기다리고 있을 거야.'

"안정을 취해야 하네."

송 박사의 말소리가 전혀 들리지 않았다. 믿기지가 않았다. 이건 뭔가 잘못된 거라는 생각이 든다. 지금에 와서야 생각이지만 자신의 선택은 전혀 잘되지 않았다는 느낌이 들었다. 차라리 길을 돌아가서 하림과 함께 남았을 걸 하는 막심한 후회가 일었다.

비가 몹시도 내리고 있다. 사람들은 하필이면 이런 날을 잡았느냐고 불평을 했지만, 무영은 오히려 자신의 얼굴을 남에게 보이지 않게 된 것을 다행으로 여겼다. 상여는 비

때문에 추적추적한 흙탕길을 기어기어 나아갔고, 칠성판이 아닌 고급 관의 현란한 치장이 처량한 빗방울에 하염없이 부딪혔다. 철벅이는 황톳길은 마치 인생의 진창길인 양 질펀하기 짝이 없었다. 무영은 관을 따라가면서도 아직 자신이 겪은 일이 어느 만큼이 현실이고 어느 만큼이 꿈이었는지 구별이 되지 않는다. 이상한 것은 자신과 하림이 같은 차에 타고 있었다는 사실이었다. 무영은 분명히 에바란 여자의 차에 탔었고, 하림은 무영이 탄 차를 추적해 오고 있었지 않았던가. 절대로 이해할 수 없는 일이었다.

무영의 귀에 이상한 환청이 들리는 듯 멍멍하다. 과연 무영이 선택한 이 길이 제3의 길이란 말인가? 죽음의 저편에서 하림은 아직도 무영을 기다리고 있을까? 숱한 의문이 그의 머릿속을 무척이나 복잡하게 만든다.

하림의 관이 이미 파놓은 땅속으로 들어가는데, 이미 비는 올 만큼 와서 구덩이는 흙과 빗물로 엉망이었다. 인부들의 바쁜 손놀림이 마냥 허덕였고 부어지는 흙들은 이미 진흙처럼 변해서 퍼득댔다. 관은 마침내 꼬르륵 물속으로 수장이 되어지고 흙들은 그 위에 영원의 자물쇠처럼 퍼부어지고 있다. 무영은 무표정한 모습으로 그대로 굳어졌다. 관이 흙으로 봉인이 되자 이제 그것은 이승과 저승의 분명한 경계로 산 사람들에게 인식되어 졌다. 그리고는 모든 것이 마무리된 것이다.

조문객이 한 명 두 명씩 자리를 떴고 송 박사의 목소리가 아주 조용히 들려왔다.

"이제 내려가도록 하지."

하지만 무영은 고개를 저었다.

"먼저 내려가게."

송 박사는 무슨 말을 하려다가 기어이 말을 하지 못하고 그저 자리를 떴고, 마침내 무영은 그 자리에 홀로 비를 맞으며 서 있었다.

분명히 꿈은 아니었다. 그 이상한 세상. 세상을 창조한 자와 지배하려는 자. 사제와 바누, 그리고 첼라와 에바. 영원히 사는 무표정한 인간들. 서로가 서로를 죽이는 유희. 가슴이 답답해 온다. 이렇게 남는 자와 떠나는 자 사이의 경계가 무척이나 멀게만 느껴진다.

하림. 무영의 눈에 다시 눈물이 길게 이어졌다. 어쩌면 무영이 절대로 돌아갈 수 없는 그 세상에서 그녀는 아직도 이해할 수 없는 마음으로 무영을 기다리고 있을 것이다. 어쩌면 무영이 죽은 후에는 그녀를 그 건물에서 만날 수 있을지도 모른다. 그러나 아마 세월이 흘러서 그가 죽는다 해도 그 건물로 닿을 수 있다는 확신은 없었다. 무영이 그녀의 무덤에 마지막으로 눈길을 준다.

"하림, 사랑해. 만약에 내가 갈 수 있다면 이제는 그 길을 택할 것이야."

그의 목소리가 빗속에 허물어져 버린다.

비가 억수로 쏟아지면서 무영의 마음도 몸도 모두가 흠

빽 슬픔으로 적셔져 버렸다. 그는 천천히 뒤로 돌았다.

'하림, 기다려. 수억 년이 걸릴지 모르지만 내 반드시 돌아가고야 말 거야.'

그의 등 뒤에도 억수 같은 빗물이 쏟아져 내렸다. 몸이 너무 젖어서 걷기가 불편했다. 무언가 따듯한 것이 마시고 싶었다. 아니 아주 뜨거운 물에 온몸을 푹 잠겼으면 했다. 무영은 산에 맞닿은 도로변에 작고 허술한 포장마차에 몸을 들이밀었다. 온몸에서 찌걱찌걱 슬픔 방울이 떨어져 나왔다.

"아주머니, 소주 한 병만 주세요."

무영은 지친 목소리로 힘없이 주문했고, 오뎅 국물이 마치 지옥 불이나 되는 듯이 끓고 있는 것을 멍하니 쳐다보았다. 그는 술을 마시면서 무언가를 생각해 보려고 하는데 아무런 생각이 나지 않았다. 엄청난 비는 그의 모든 기억이나 생각을 몽땅 씻어 버린 것 같았다. 그때 누군가가 포장마차로 들어와서 무영의 옆에 앉았다. 무영은 눈길도 주지 않고 다시 잔에 술 한 잔을 따르는데 옆에서 누군가가 말을 걸었다.

"선생님, 저도 한 잔 주시겠어요."

그 목소리가 어쩐지 귀에 익었다. 무영은 약간은 취한 눈으로 고개를 돌렸다. 그리고는 헉하고 놀라서 가슴이 멈출 것만 같았다.

"에, 에바?"

여자가 빙긋 웃는다.

"저를 아세요? 나는 선생님을 모르겠는데, 호호호… 어떤 철학자가 말했대요. 이 세상 첫날부터 여자는 한 얼굴이었다고요. 호호호…."

여자의 말소리가 빗소리를 뚫고 하늘로 하염없이 날아갈 것만 같았다. 무영의 만취한 몸을 여자가 지탱하기란 힘드는 일이다. 여자는 전혀 불평도 없이 무영의 비틀거리는 몸을 가누게 하며 근처의 여관으로 흘러 들어갔다. 여관이며 다른 거리들이 어디서 많이 본 듯 눈에 익었다. 무영은 풀려가는 눈으로 건물들을 보면서 무언가 어렴풋이 생각날 듯하다가 그대로 고개를 젓고 만다.

물을 한가득 욕조에 받아 놓고 무영은 옷을 입을 채 물속에 풍덩 들어갔다. 그것을 보고 여자가 까르르 웃었다. 그 모습이 하림과 많이 닮아 있었다.

"하림…."

무영은 참지 못하고 하림을 소리쳐 불러봤다. 여자가 다가온다. 이제 여자는 완전히 하림과 똑같았다. 무영이 벌떡 욕조에서 일어나다가 중심을 못 잡고 그대로 욕조에 풍덩 빠져 버렸다. 여자가 그런 무영에게 다가왔고, 무영은 여자의 얼굴을 아주 중요한 것을 만지듯이 두 손으로 고이 감싼다. 여자가 흑 하고 무영에게 쓰러졌다. 무영의 귀에는 마치 환청과도 같은 소리가 들렸다. '선생님, 무척 오랫동안 기다렸어요.'

"그래. 이제는 절대로 하림을 두고 가지 않을 거야. 하림."

무영은 미친 듯이 여자를 애무했다.

새벽에 무영은 머리가 깨지는 듯이 아파 잠에서 깼다. 아직도 여자는 무영의 옆에서 잠을 자고 있었다. 과음 때문에 정신이 맑지 못했고 그의 머리가 빠개지듯이 아파왔다. 여자는 하림과 닮기는 했지만 하림은 아니었고, 에바와 비슷했지만 에바도 아니었다. 무영은 여자의 얼굴을 살피다가 무슨 생각이 들었는지 헉하고 숨을 멈추었다. 어젯밤의 일이 기억난 것이다. 그것은 여자를 애무하다가 알아챈 것인데 어젯밤에는 미처 그것을 생각할 만큼 판단력이 맑지 못했다. 무영은 떨리는 손으로 천천히 여자가 덮고 있는 이불을 걷었다. 놀랍도록 하얀 피부가 무영의 손에 의해 나타나고 있다. 여자의 벌거벗은 윗몸이 나타났고 이어서 무영은 이불을 조금 더 젖힌다.

"아…."

마치 불에 덴 듯한 느낌이다. 역시 여자는 완벽한 몸매를 가지고 있었다. 어젯밤에 그것을 느꼈던 것이다. 그리고… 역시 흔적만 남아있을 뿐이지 배꼽은 없었다. 그것을 본 순간 무영의 가슴이 뛰었다. 무영이 후다닥 자리에서 일어났다. 다른 생각이 든 것이다. 그는 무작정 여관을 나섰고, 비가 갠 뒤의 아침이 상쾌하게 그에게 달려들었다.

무영은 거리를 돌아다녔다. 분명히 그 거리는 잘 아는

거리였다. 여태까지 그가 살아왔고 커왔으며 생활했던 그 거리였다. 그런데 무영은 그 거리를 보고는 극심한 의심이 일었다. 그는 급히 근처에 있던 대중목욕탕을 찾았다. 무언가를 확인해 보고 싶은 것이다. 김이 마치 신화 속의 한 부분처럼 후룩후룩 오르는 욕탕에서 무영은 허깨비처럼 몸을 일으키거나 담그고 있는 인간들을 노려본다. 그 자욱한 김 사이로 벌거벗은 육체들이 어른거렸다. 무영은 그들의 알몸을 지그시 노려보다가 격심한 충격에 그대로 숨이 막혀버렸다. 자신이 생각했던 사실이 현실이었던 것이다.

그 알몸의 인간들은 모두 배꼽이 없었다. 무영은 멍하니 넋이 나간 채로 그들을 보고 있다. 바누의 깔깔대는 말이 그의 머릿속에 비수처럼 던져진다.

"하하하, 앞으로 그들은 너희 세계를 지배할 것이야."

무영은 고개를 흔들고 이를 악물어 보지만 주위에 있는 인간들은 꿈이 아니라 엄연한 현실이었다. 그리고 그 도시. 만약 사람이 하나도 없다면 자신이 태어나고 자란 그 도시는 분명 '세상이 시작되는 곳'의 성전 앞에 있었던 그 도시인 것을 이제야 깨달은 것이다.

무영의 입술 사이로 신음이 새어 나왔다. 그는 모든 것이 너무 혼란스러워서 미칠 것만 같았다. 갑자기 무영의 머릿속에 어떤 생각이 떠오른다. 그것은 너무나 두려운 생각이기에 그는 고개를 강하게 저었다. 그러나 꼭 그것을 확인해 보아야만 했다. 여태까지 생각해 보지 못한 것이다.

무영은 거의 숨도 쉬지 못한 채로 거울 앞에 섰다. 그리고 천천히 거울 앞에서 자기의 윗옷을 올린다. 숨이 멈출 것만 같았다. 천천히 옷을 올리는 손은 아주 심하게 떨리고 있었다. 그리고는 마침내 거울에 비친 자기의 배를 보면서 흐드득 떨었다.

"이, 이럴 수가…."

모든 세상이 캄캄하게 느껴지며 무영은 그대로 무릎을 꿇고야 말았다.

# 뜻풀이

1) 그 여자: 판도라.

2) 그 상자: 판도라의 저주받은 상자.

3) 그들: 신들을 일컬음.

4) 세상을 해할 권세: 요한계시록.

5) 쌩 쎄케르 미사: 저주받은 자를 말려 죽이는 악마적 미사.

6) 여신의 춤: 시바의 여신, 세상의 끝 날에 파괴를 주관한다.

7) 아스테르트: 풍요의 여신.

8) 풍요의 여신은 종종 만삭의 몸으로 숭배되어 진다.

9) 허매: 헤르메스, 즉 머큐리. 학예, 상업, 변론의 신으로 신들의 사자 역할을 한다.

10) 아킬로스: 북풍의 신.

11) 불을 나누어 주었던 자: 프로메테우스, 티탄족인 거인 신으로서 진흙으로 인간을 빚어 만들고, 인간들에게 불을 가져다 줌. 이 때문에 제우스의 미움을 받아 형벌을 받고 묶인 몸이 됨. 제우스는 불을 가진 인간들을 벌하기 위해 판도라를 창조했다고 함.

12) 행복하게 잘 살 수 있는 이들: 아담과 하와.

13) 대붕: 장자에서 나오는 신비한 새.

14) 목동: 크리슈나, 최고의 신(바가바드기타)으로 받들어지나, 한편으로는 비신(非神)적인 요소가 많은 신. 다른 신에 비해 샤마(syama), 즉 검은 피부를 가지고 있어 비아리아 계의 신임. 비슈누의 권화로 인정되며 흰 소를 탄 목동으로 자주 등장함.

15) 르비딤: 시내 광야를 지나기 전에 있는 오아시스.

16) 에아스터: 앵글로 색슨족이 숭배했던 봄의 신. 부활절인 이스터의 의미가 있음.

17) 동정녀의 아들: 예수를 가리킴. 부활절 축제는 이교신인 에아스터의 축제를 견제한다는 의미가 큼.

18) 레쉐프: 가나안의 재앙의 신, 불꽃처럼 이글대는 모습으로 나타남.

19) 브라히만: 비슈누와 시바와 함께 트리뮤르티(trimurti, 삼신) 중의 하나. 최고의 신이며 창조의 신이지만, 인격화되기 전에는 그 비중이 약함, 인격화된 후에 바수데바(최고의 신)보다도 더욱 큰 비중을 가짐.

20) 엘리: 창조주로서의 하나님.

21) 불붙는 떨기나무의 환상: 모세가 본 여호와의 현현. 출애굽기.

22) 엘릭서(Eilxer): 신들의 음료, 불사약.

23) 아후라 마즈라: 바사에서 믿던 조로아스터교의 주신, 태양빛의 신.

24) 난타: 누탄경에서 나오는 세상의 중심.

25) 수미산: 대일여래가 관장하는 천지의 꼭대기.

26) 도광(都廣): 천지의 중심, 중앙에 생명나무인 건목(建木)이 있음.

27) 메루: 신들의 땅(마하바라타).

28) 아스가르드: 북구신들의 거주지.

29) 디바: 음악의 여신.

30) 디오니소스: 술과 음악의 신, 즉 박쿠스.

31) 유발: 음악의 시조(창세기).

32) 탐무즈: 즉 두무지. 풍요의 신. 다산과 생식의 여신인 이난나(혹은 이쉬타르)의 남편. 성경에는 담무스로 기록되어짐(에스겔).

33) 번제: 희생제의. 주로 동물을 태워서 그 연기를 바쳐 신께 흠향케 함(성경).

34) 마르둑: 바벨론의 질서의 신. 신중의 영웅. 성경에는 므로닥(에레미야) 또는 부로닥으로 나와 있음.

35) 티야마트: 바벨론의 혼돈의 신, 성경에서는 악어 또는 용으로 표현됨(시편).

36) 파에톤: 태양신 아폴론의 아들.

37) 이륜차: 아폴론의 황금 수레, 즉 태양을 뜻함.

38) 키: 수메르의 대지의 여신.

39) 가이아: 그리이스의 대지의 여신.

40) 카르마: 업(業).

41) 모크샤: 해방.

42) 하데스: 땅속의 신, 곧 죽음의 신.

43) 아이온: 초기 기독교의 일파인 그노시스파에서 주장했던 영적인 요소. 최고의 신중에서 떨어져 나온 신도 물질도 아닌 존재들.

44) 절대자의 전령: 아이온은 절대자가 아니라 절대자에게서 떨어져 나온 자들임.

45) 하닷: 셈족이 믿던 폭풍의 신.

46) 레: 이집트의 태양의 신.

47) 쉬르: 아람족이 믿던 달의 신, 곧 신(sin 또는 shin) 또는 쉬날(shinar)로 시내산이나 시내평야는 달신의 숭배 근거지였음(Sinai mountain, Sinai desert).

48) 리워야단: 바벨론의 혼돈의 여신인 티야마트와 동일한 괴물(시편).

49) 데미우르고스: 창조주. 아이온 중에서 저급에 속하며 이들이 인간세를 창조했다고 전해짐. 즉 여호와나 엘리힘과 동일한 격에 있다는 주장(그노시스파).

50) 야훼(야웨): 성경에서 인격적인 신의 이름으로 등장. 모세가 시내 산에서 만났던 신. 실제의 이름은 경외심으로 없어지고 YHWH정도로 존재하다가 마쏘라 사본에 근거하여 16세기에 다시 복구됨.

51) 엘리힘: 엘리의 복수형. 실제로 성경에서의 신은 대부분 복수형으로 쓰였다.

52) 사라: 아브라함의 아내(성경).

53) 태상노군: 노인성(星), 노인을 주관하는 신령.

54) 발: 가뭄을 몰고 오는 여신.

55) 판천의 들: 고대에 대 전쟁이 벌어졌던 벌판. 피와 시체가 산하를 덮었다고 전해짐.

56) 앰브로샤와 넥타: 신들의 음식과 음료.

57) 이그드라실(Yggdrarsill): 세계의 중심에 있는 나무.

58) 부상: 세계를 떠받친다는 전설상의 뽕나무.

59) 이미르(Ymir): 서리의 거인으로 세상에서의 첫 생명체. 북구의 세신에게 타살 당함.

60) 자신의 외손자들: 북구의 세신은 거인족의 딸 베스타라의 아들들.

61) 친족살해의식: 고대에 보편적으로 있던 친족 살해 의식, 특히 고대 근동지방에서 많이 존재했음.

62) 9개의 해: 세상에는 10개의 해가 있는데 부상에서 9개의 해가 쉬는 동안에 지상에서는 1개의 해만이 빛난다고 하는 전설.

63) 하늘을 꿰매 놓다: 여와 보천 신화.

64) 미드가르드: 인간이 사는 세상을 말함(북구 신화).

65) 아트라하시스(Atrahasis): 예외적으로 지혜로운 자라는 뜻. 신들의 심판에서 살아남은 유일한 인간을 뜻함. 노아의 방주의 원천적 신화. 설형문자로 발견되었음.

66) 바벨탑: 인간이 신에 대한 도전으로 탑을 세우자 인간의 언어를 혼란시켰다고 전해짐. 태초에 말씀과 언어의 혼란 간에는 모

종의 연관이 있음.

67) 라키아: 궁창, 유대인이 믿었던 하늘의 끝.

68) 신들은 인류의 심장에 칼을 꽂았다: 제우스는 인간들의 소리가 너무 시끄럽다고 인간을 멸망시키기로 결정했다 함.

69) 우투나피시팀: 대홍수에서 살아남은 유일한 자. 보통 노아의 방주의 원 주인공. 종종 아트라하시스와 동일 인물로 취급됨(길가메쉬 서사시).

70) 에아: 물의 여신, 지하수의 여신.

71) 니씨르(Nissir): 대홍수에서 방주가 닿았던 산, 성경에서는 아라랏산.

72) 크바시르(Kwasir)의 피: 시를 짓는 능력을 갖게 만드는 술.

73) 위대한 평화의 협약: 크바시르는 아스가르드의 신들과 바다의 신들 사이의 휴전서약으로 만들어진 사람임.

74) 오르페우스: 음악의 신, 아폴론의 아들.

75) 라멕: 유발의 아버지. 그의 '복수의 노래'가 노래의 시초라고 알려져 있음(창세기).

76) 비슈누와 악마 발리의 계약: 비슈누가 난쟁이로 변해 발리에게 세 걸음의 땅을 달라고 하자 발리가 허락했고, 비슈누는 갑자기 거대해져 천계, 공계, 지계를 세 걸음으로 걸었다는 신화.

77) 비슈누와 발리: 비슈누와 악마 발리의 계약으로 이 세상이 생겨남.

78) 발리, 비슈누, 브라히만: 삼신, 즉 트리뮤리티. 삼신의 개념은 이 세상 곳곳에 퍼져 있어, 인류가 보편적으로 믿던 어떤 신앙을

가리킴.

79) 인류와 대일여래: 즉 우주.

80) 혼돈: 혼돈은 성경뿐 아니라 전 세계에 골고루 퍼져있던 개념으로 태초의 세상 모습임.

81) 티아마트와 마르둑의 싸움: 혼돈의 여신인 티아마트를 신들의 영웅인 마르둑이 찢어 죽여 그것으로 천지를 창조했다는 신화.

82) 오딘과 이미루의 전쟁: 오딘은 거인 이미루를 죽이고 그 몸으로 세상을 만들었다.

83) 반고의 죽음: 반고가 죽자 그 몸이 세상으로 바뀌었다는 신화.

84) 진흙으로 인간을 빚어내 코에 생기를 불어넣었다(창세기).

85) 진흙을 7일 동안 다듬어 인간을 만들었다: 인류의 어머니인 여와는 진흙을 빚어 7일 동안에 걸쳐 인간을 만들었다고 전해짐.

86) 두 개의 나무토막으로 인간을 만들었다: 북구의 세신인 오딘 비리 베가 나무토막을 다듬어 인간을 만들었다는 신화.

87) 인간도 유희로서 인간들을 만들고 있잖아: 즉 성교(性交)를 의미.

88) 그노시스: 즉 영지주의. 기독교의 초기 분파로 조물주와 절대자를 분리시켰음. 즉 절대자와 그에게서 떨어져 나온 아이온, 그리고 그 아이온 중에서 저급의 영이 인간세에 닿아 물질계를 창조했다는 주장. 저급의 영은 데미우르고스로서 그가 바로 조물주라고 주장함.

# 나비의 입맞춤

최정열 소설집

발 행 처 · 도서출판 청어
발 행 인 · 이영철
영　　업 · 이동호
기　　획 · 남기환
편　　집 · 방세화
디 자 인 · 이수빈 | 김영은
제작이사 · 공병한
인　　쇄 · 두리터

등　　록 · 1999년 5월 3일
(제321-3210000251001999000063호)

**1판 1쇄 발행** · 2022년 10월 20일

주　　소 · 서울특별시 서초구 남부순환로 364길 8-15 동일빌딩 2층
대표전화 · 02-586-0477
팩시밀리 · 0303-0942-0478

홈페이지 · www.chungeobook.com
E-mail · ppi20@hanmail.net
I S B N · 979-11-6855-079-9(03810)